KNAUR

Von der Autorin ist im Knaur Taschenbuch bereits erschienen:
Die Rückkehr der Wale
Der Herzschlag der Steine

Über die Autorin:
Isabel Morland wurde 1963 in Bamberg geboren und wuchs in einer literaturbegeisterten Familie auf. Nach verschiedenen selbstständigen Tätigkeiten und Auslandsaufenthalten studierte sie Kommunikationswissenschaften. Sie arbeitet freiberuflich als Trainerin und Coach. Sie brachte zunächst ihre vier leiblichen Kinder zur Welt, bevor sie sich ihren geistigen Kindern widmete und, angeregt durch die vielen Reisen, zu ihrer ursprünglichen Leidenschaft, dem Schreiben, zurückkehrte.
Diverse ausgedehnte Aufenthalte auf entlegenen und verlassenen schottischen Inseln inspirierten sie zu einem Romanzyklus über die faszinierende Landschaft und Lebensweise der Menschen auf den Hebriden. Seelisch in Schottland verwurzelt, lebt sie mit ihrer Familie in ihrer fränkischen Heimat. Neben ihrer Liebe zum Schreiben hält sie als Hobbyfotografin die Stimmungen der Landschaften ihrer Erzählungen fest.

Isabel Morland

Sehnsucht nach St. Kilda

Roman

KNAUR

Besuchen Sie uns im Internet:
www.knaur.de

FSC
www.fsc.org
MIX
Papier aus verantwortungsvollen Quellen
FSC® C014496

Originalausgabe November 2019

Ein Imprint der Verlagsgruppe
Droemer Knaur GmbH & Co. KG, München

Ein Projekt der AVA International
Autoren- und Verlagsagentur
www.ava-international.de
Redaktion: Dr. Clarissa Czöppan
Covergestaltung: Alexandra Dohse / grafikkiosk.de
Coverabbildung: Isabel Morland
Abbildungen im Innenteil von Shutterstock:
Burben (Küste), schankz (Möwen); Karte von Peter Palm
Satz: Adobe InDesign im Verlag
Druck und Bindung: GGP Media GmbH, Pößneck
ISBN 978-3-426-52422-0

2 4 5 3

In Gedanken an jene Juninacht,
als das Boot mich zurückbrachte
und St. Kilda im Glanz der untergehenden Sonne
auf mich wartete.

… in ein Land, in dem Milch und Honig fließen …

Exodus, 3,8

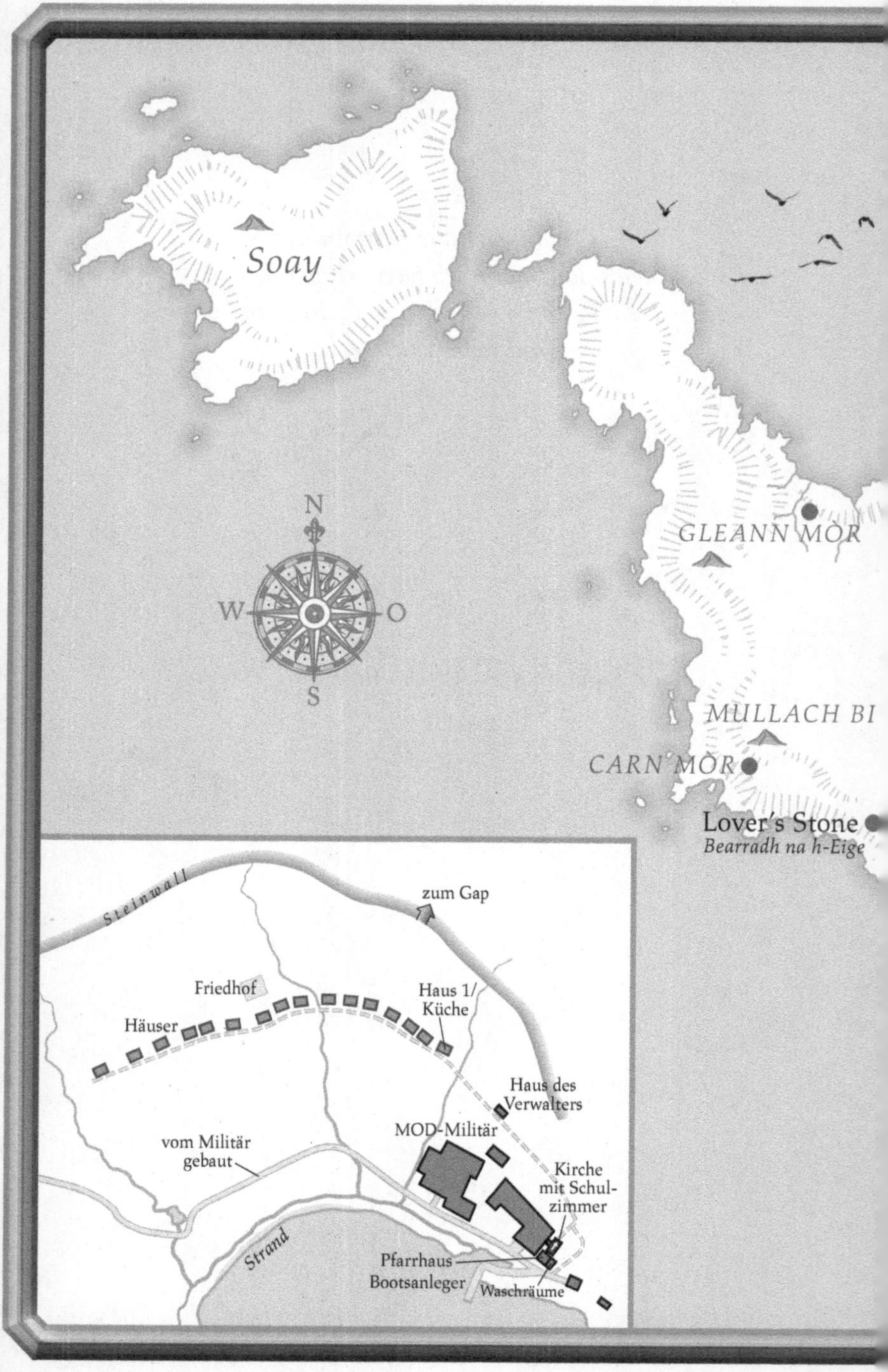
Soay
N
W
O
S
GLEANN MOR
MULLACH BI
CARN MOR
Lover's Stone
Bearradh na h-Eige
Steinwall
zum Gap
Friedhof
Häuser
Haus 1/
Küche
Haus des
Verwalters
MOD-Militär
vom Militär
gebaut
Kirche
mit Schul-
zimmer
Strand
Pfarrhaus
Bootsanleger
Waschräume

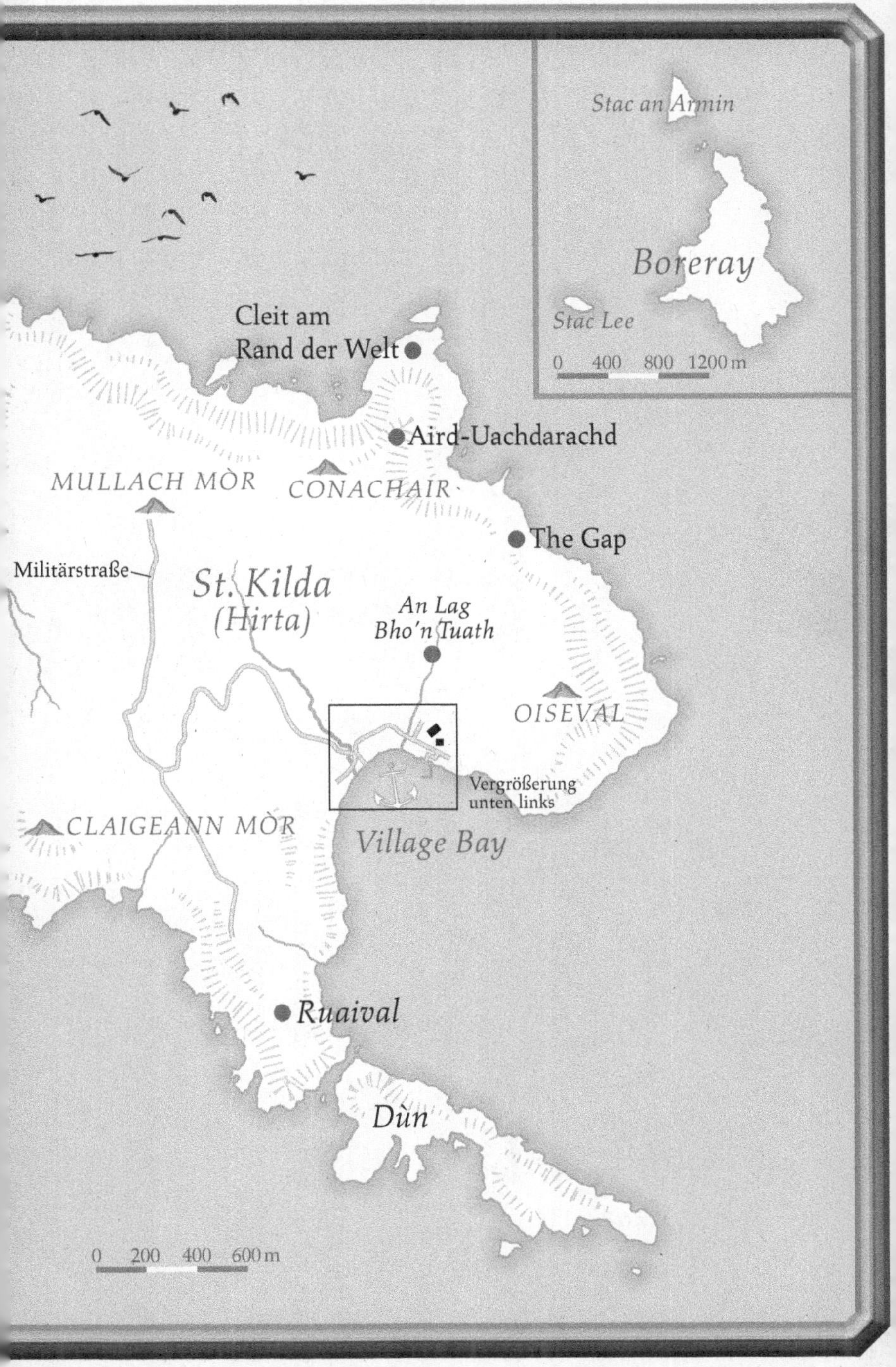

Stac an Armin
Boreray
Stac Lee
0 400 800 1200 m
Cleit am
Rand der Welt
Aird-Uachdarachd
MULLACH MÒR
CONACHAIR
The Gap
Militärstraße
St. Kilda
(Hirta)
An Lag
Bho'n Tuath
OISEVAL
Vergrößerung
unten links
CLAIGEANN MÒR
Village Bay
Ruaival
Dùn
0 200 400 600 m

We stand,
Almost surrounded by sea,
As waves slide across rocks
Around us
And shorewards to sand.
Each rise, silvered by sun,
Seems to sing
An ageless song of friendship
As they bring the boat
That takes us home.

Katharine Macfarlane

Da stehen wir,
fast ganz vom Meer umgeben,
die Wellen gleiten über die Felsen
um uns her
und küstenwärts über den Sand.
Die Brandung, in silbernes Licht getaucht,
klingt wie ein zeitloses Lied von Freundschaft,
als das Boot kommt,
das uns nach Hause bringt.

PROLOG

Hirta, Archipel St. Kilda, Schottland
29. August 1930

An dem Tag, an dem die Welt der kleinen Annie McViccar zerbrach, schien die Sonne von einem wolkenlosen Himmel. Sie lag bäuchlings auf dem Sauergras, den Hals nach vorne gereckt, sodass der Kopf mit den geflochtenen Zöpfen über den Abgrund ragte. Unter ihr donnerten die Brecher gegen den Granit der Felsen. Gischtnebel trieben in der Luft. Annie hob den Blick und versuchte, eine Küstenlinie auszumachen, aber von der schönen neuen Welt, die da draußen angeblich auf sie wartete, war in der Endlosigkeit der Blautöne nichts zu sehen. Annie war es nur recht. Sie hatte keine Lust auf den Ausflug. Dies hier war die Welt, die sie kannte, und sie war gut. Warum wollten auf einmal alle auf das Festland fahren? Die meisten von ihnen hatten noch nie zuvor eine Reise gemacht. Kopfschüttelnd sog sie die Backen ein und sammelte Spucke in ihrem Mund. Dann spitzte sie die Lippen und zielte. Mit Genugtuung stellte sie fest, dass sie es geschafft hatte, einen der Basstölpel zu treffen, die in den zerklüfteten Klippen nisteten. Das große Abenteuer konnte ihr gestohlen bleiben. Ihre Mutter hatte erzählt, dass da draußen jede Menge wunderbare Dinge auf sie warteten: Blechkisten, die sich wie von Zauberhand auf Rädern bewegten, oder Bäume, die höher waren als die Menschen. Annie schüttelte den Kopf. Allein die Vorstellung war albern. Die höchsten Gewächse, die sie kannte, waren Kohlköpfe, und die gingen ihr noch nicht einmal bis zu den Knien. Es gab nur eine Erklärung: Ihre Mutter log. Und als Annie das verstanden hatte, hatte sie begonnen, Geheimnisse und Abenteuer zu hassen.

Ihre nackten Zehen bohrten sich in die Grasnelkenbüschel. Sie hob den Oberkörper, sodass Kopf und Schultern frei in der Luft schwebten, und breitete die Arme zur Seite. Der Geruch von Guano stieg in ihre Nase, aber er störte sie nicht. Daran war sie gewöhnt. An Bäume nicht. Die waren ihr unheimlich. Das Kreischen der Basstölpel erfüllte die Luft. Flügelrauschend umkreisten sie die Klippen, ein lärmendes, ineinander verzahntes Getriebe. Auf ein unsichtbares Kommando hin erhoben sie sich von ihren Nistplätzen in den Felsen, flogen in weiten Kreisen auf das offene Meer hinaus und kehrten zurück, während wieder andere Vögel sich in die Lüfte erhoben. Annie schloss die Augen und gab sich dem Sog hin. Mühelos erhob sie sich im Geiste mit den Basstölpeln in die Lüfte und ließ sich vom Wind aufs offene Meer tragen. Ein Schwarm schillernder Fischleiber zog unter der Wasseroberfläche auf die Küste zu. Sie legte die Flügel an und schoss wie ein Pfeil auf die Wellen zu. Ihr Körper zitterte vor Erregung, als sie die salzige, hoch aufspritzende Gischt schmeckte … In diesem Moment hörte sie, wie Finlay ihren Namen rief. Sie schlug die Augen auf, zog die Knie an und ließ sich rückwärts ins Gras fallen.

»Wo steckst du nur?« Keuchend blieb er neben ihr stehen, sein Körper verdeckte die Sonne. »Das Schiff legt gleich ab. Wir müssen los.«

»Ich komm ja schon«, sagte sie und blieb sitzen. Mit zusammengekniffenen Augen musterte sie Finlay. Er war zwei Jahre älter als sie und ihr bester Freund. Finlay kannte wunderbare Spiele und konnte sich herrliche Geschichten ausdenken. Annie bewunderte ihn dafür. Doch warum auch Finlay so versessen darauf war, zum Festland zu fahren, wollte ihr beim besten Willen nicht in den Kopf.

Finlay ließ sich neben ihr ins Gras fallen. Er schlang die Arme um die Knie. »Es wird bestimmt schön. Du hast gehört, was die Erwachsenen sagen. Wir können uns die Bäuche mal so richtig vollschlagen.«

Annie zuckte die Schultern. »Wenn ich zu viel esse, wird mir übel.«

Sie senkte den Blick. Bei dem Gedanken daran, auf ein Schiff zu steigen, die schützende Bucht zu verlassen und auf den tosenden Atlantik hinauszufahren, hin zu der schmalen Linie, die irgendwo in der Ferne Luft und Wasser voneinander schied, hätte sie losheulen können. Aber wenn sie das täte, würde Finlay ihr vorwerfen, sie sei ein Baby. Dabei war sie schon acht. Also presste sie die Lippen zusammen und schwieg.

»Wenn es uns nicht gefällt, fahren wir eben wieder zurück«, sagte Finlay. Er zog ein Messer aus seiner Tasche und pulte in aller Gemütsruhe damit das Schwarze unter seinen Fingernägeln hervor. Für ihn schien alles ganz einfach zu sein.

Annie blinzelte. »Meinst du, das geht?«

»Klar. Jetzt komm. Wir müssen los.«

»Nein!« Annie runzelte die Stirn. »Erst musst du es schwören. Einen richtigen Eid. Bis in den Tod.« Das klang beeindruckend, obwohl sie nicht genau wusste, was das war. Aber das musste sie Finlay ja nicht auf die Nase binden.

»Na schön.« Finlay nahm ein Taschentuch und wischte das Messer daran ab. »Streck deine Hand aus.«

»Warum?«, fragte Annie, ihr wurde flau im Magen. Allmählich wünschte sie, sie hätte das mit dem Eid nicht gesagt. Aber nun war es zu spät. Sie konnte keinen Rückzieher mehr machen, ohne wie ein Feigling dazustehen.

»Zu einem Eid bis in den Tod gehört Blut. Und 'ne Opfergabe.« Er kramte eine rostige Blechschachtel aus der Hose hervor, in der einmal Bonbons gewesen waren. Annie betrachtete nachdenklich die Dose. Das mit dem Opfer leuchtete ihr ein. Sie hatte schon öfter gesehen, wie die Frauen drüben in Glen Bay Milch in einen alten, hohlen Stein gossen, damit die Ernte gut wurde. Aber was wollte Finlay mit einer leeren Bonbondose?

Er fing ihren fragenden Blick auf. »Wir brauchen etwas, das wir hineinlegen können«, sagte er. »Such in deinen Taschen.«

Unten in der Bucht ertönte die Schiffssirene. Annie wühlte in den Schößen ihres Rocks und zog den kleinen hölzernen Vogel hervor, den Finlay ihr im letzten Winter geschnitzt hatte. Mit demselben Messer, das er jetzt in der Hand hielt. »Hier.« Sie legte den Vogel in die Blechdose und verbarg die Hand hinter ihrem Rücken.

»Nun mach schon. Gib mir die Hand«, forderte er sie auf.

»Ich will nicht.«

»Ist doch nur ein kleiner Ritz. Los jetzt.«

Sie wollte den Arm ausstrecken, aber er war auf einmal schwer wie Blei. Kurzerhand packte Finlay ihre Hand und drehte den Daumen nach oben. Bevor sie begriff, was er tat, war es vorbei. Danach setzte er das Messer an seinem eigenen Finger an.

»Au …«, sagte sie, mehr aus Empörung, denn richtig weh hatte es nicht getan.

Finlay machte ein feierliches Gesicht. »Ich schwöre bis in den Tod, dass wir nach Hause zurückkehren, wenn es uns auf dem Festland nicht gefällt, so es Gottes Wille ist«, sagte er, dann drückte er einen Tropfen Blut auf den geschnitzten Vogel. Das Holz färbte sich dunkelbraun an der Stelle. »Jetzt du.«

»Ich schwöre es auch«, beteuerte sie und drückte ebenfalls Blut aus ihrem Finger auf das Holz. »Bis in den Tod. So es Gottes Wille ist.«

Finlay legte die Figur in die Schachtel und schloss den Deckel. »Jetzt zufrieden?«

»Ja. Was ist mit der Dose?«

»Das ist unser Faustpfand. Wir müssen sie hierlassen. In einem Versteck.«

»Die Dose ist unser Schatz?«, fragte Annie. Sie hasste es, wenn Finlay Wörter benutzte, die sie nicht verstand.

»Nein, aber … ach, was soll's, ich erkläre es dir später.« Er deutete in Richtung Bucht. Unten auf der Dorfstraße liefen Menschen hin und her, beladen mit Körben und allem möglichen Gepäck. »Geh schon mal vor. Ich komme nach. Wir werden gleich evakuiert.«

Sie sah ihm hinterher, wie er hügelaufwärts in Richtung des großen Bergs davonlief. *Evakuiert,* noch ein Wort, von dem sie nicht wusste, was es bedeutete. Die Erwachsenen benutzten es ständig. Sie mochte den Klang nicht. Es hörte sich so spitz an, wie die Nadel der Spritze, die die Krankenschwester der Insel, Schwester Alden, vewendete, wenn es jemandem nicht gut ging. Annie unterdrückte den Impuls, Finlay hinterherzurennen und ihn zu fragen, was *evakuiert* zu bedeuten hatte, und machte sich auf den Weg hinunter ins Dorf.

* * *

Wenig später war es so weit. Die Schiffssirene ertönte. Annie konnte kaum still stehen. Die allgemeine Aufregung hatte auch sie erfasst. Gemeinsam mit den anderen war sie vor wenigen Minuten an Bord der HMS Harebell gegangen. Der Kapitän hatte einen dicken Backenbart und war sehr freundlich. Er hatte alle mit Handschlag begrüßt, sogar die Kinder. Kichernd rannte Annie mit Finlay auf dem Deck umher und spielte Fangen. Doch dann, als der Anker gelichtet wurde und das Schiff zu stampfen und zu poltern begann, blieb ihr das Lachen im Hals stecken. Das Brummen der Maschinen drang bis in ihren Bauch. Sie hatte so etwas noch nie erlebt. Es klang, als wäre ein gefährliches

Tier aus dem Schlaf erwacht. So schnell sie konnte, lief sie zu ihrer Mutter und drückte das Gesicht in die flatternden Rockschöße. Nach einer Weile, als sie bemerkte, dass nichts Schlimmes passierte, hob sie den Blick und sah quer über die Bucht. Die Häuser entlang der Main Street wurden kleiner und kleiner, bis sie aussahen wie Spielzeugklötzchen. Ihre Mutter hatte den roten Schal abgenommen und winkte damit, den Blick wie gefesselt auf die leere Dorfstraße gerichtet. Einige Frauen schluchzten.

Annie fragte sich, warum. Sie dachte an das Schälchen mit Weizenkörnern, das die Mutter vor der Abfahrt auf den Küchentisch gestellt hatte, daneben die Bibel, aufgeschlagen bei *Exodus*. Mit ihrer schönen, singenden Stimme hatte sie daraus den Vers gelesen über das Land, in dem Milch und Honig flossen. Dorthin waren sie nun unterwegs. Vor der Abfahrt hatten sich alle darauf gefreut. Doch nun flossen Tränen. Annies Blick glitt über Village Bay. Sie suchte nach einer Erklärung für die Traurigkeit um sie herum, aber sosehr sie sich bemühte, sie konnte nichts Ungewöhnliches entdecken. Inzwischen waren Wolken aufgezogen. Ihre Schatten zogen im raschen Wechsel über die Hänge und das Dorf hinweg. Das Gekreische der Seevögel erfüllte die Luft. In der Bucht rollten die Brecher heran. Alles war wie immer, abgesehen davon, dass die Hunde nicht am Anleger standen und bellten. Und dass nur noch wenige Schafe in den Hügeln grasten. Auch heute stiegen aus den Kaminen der Häuser Rauchschwaden in den Himmel. Der Anblick beruhigte sie. Die Feuer im Herd waren noch nie ausgegangen. Dass sie auch heute brannten, glich einem stummen Versprechen. Es bedeutete, dass sie alle am Abend wieder zurück wären, um Torf nachzulegen, damit die Glut nicht erlosch. So wie immer. Warum also weinten die Frauen?

Stampfend verließ die HMS Harebell das schützende Hufeisen von Village Bay. Annie sah die Insel zum ersten Mal vom Wasser aus, umgeben von schroff aus dem Meer ragenden Felsen. Sie umrundeten Oiseval, den Berg im Osten, Heimat der Eissturmvögel und der Sturmschwalben, und steuerten auf den offenen Atlantik zu. Die graue Festung im Meer glitt zurück. Sturmvögel und Papageientaucher umschwärmten das Boot. Annie deutete lachend in die Luft. Doch die Augen der Erwachsenen blieben fest auf den winzigen Punkt im stahlgrauen Atlantik geheftet.

Dann war es vorbei.

Seenebel senkte sich über die Schultern der Berge. St. Kilda verschwand, als hätte es nie existiert.

Auf einmal lief ihr ein unangenehmer Schauer über den Rücken. Sie schüttelte das mulmige Gefühl ab und hüpfte auf einem Bein zu Finlay hinüber. Ihr Blick fiel auf eine der Frauen, die mit rot geweinten Augen neben einem Spinnrad stand. Annie verstand nicht, warum diese ganzen Dinge mit auf den Ausflug mussten. Stolz darauf, es besser gemacht zu haben, baute sie sich vor Finlay auf.

»Ich habe mein Strickzeug im Haus gelassen«, sagte sie, um vor ihm zu glänzen.

»Warum?« Finlay verzog das Gesicht. Seine Begeisterung blieb aus.

Annie pustete sich eine Strähne aus der Stirn »Ich mache heute Abend mit dem Strumpf weiter. Wenn wir zurück sind.«

Er verdrehte die Augen und seufzte. »Du kapierst es nicht.«

Annie schnitt ihm eine Grimasse. Dann machte sie auf dem Absatz kehrt und hüpfte auf dem anderen Bein zu ihrer Mutter zurück. Natürlich kapierte sie, was das alles bedeutete. Sie wollte es nur nicht laut sagen.

Evakuierung war der Name für das Spiel, das die Erwachsenen sich ausgedacht hatten. Alles andere war unvorstellbar.

Kapitel 1

London, 2005

Das Mädchen vor ihr auf der Rolltreppe hielt einen Werbeprospekt des Disney Stores in der Hand und bemerkte nicht, dass sie im Weg stand. Rachel Morrisson tippte der Mutter der Kleinen, einer hochgewachsenen Blonden in Jeans und Stöckelschuhen, auf die Schulter. Die Frau wirbelte herum. Eine Wolke teuren Parfüms schwebte durch die muffige Luft der Londoner Subway.

»Mach Platz, Lisa. Die Dame hier möchte durch.« Sie zog die Kleine zur Seite und lächelte entschuldigend. »Das Set mit den Prinzessinnen-Spielfiguren ist da. Sie redet seit heute Morgen von nichts anderem.«

Rachel zwinkerte der Kleinen zu und schob sich vorsichtig an ihr vorbei, dabei fiel ihr Blick auf den Prospekt. Sam, ihr sieben Jahre alter Sohn, wünschte sich schon ewig die Actionfigur von Buzz Lightyear, aber bei ihrem schmalen Budget waren Geschenke unter dem Jahr nicht drin. Das Leben in London war teuer. Rachel musste mit drei Jobs jonglieren, um über die Runden zu kommen. Dabei blieb die Zeit mit Sam auf der Strecke. Meist war es die Studentin von nebenan, die Sam abends vorlas und ihn ins Bett brachte. Sie schob das schlechte Gewissen beiseite, das sie sich mit dem Heer alleinerziehender Mütter teilte, die täglich aus den Vororten in die City pendelten. Wenn alles gut lief, würde es demnächst leichter für sie beide.

Der Plan lautete: siebenhundert Sommerkleider bis Monatsende. Oder anders gerechnet: Rachel würde im Schnitt pro Tag fünfzig Kleider verkaufen und damit Avery Gordon, der Store-Managerin bei Character!, beweisen, dass sie das Zeug zur stellvertretenden Leiterin hatte. Seit zwei Jahren arbeitete sie unter Averys Fuchtel als Verkäuferin in Teilzeit. Im Bewerbungsgespräch hatte Rachel durch ihre natürliche Freundlichkeit beeindruckt. Zudem hatte es geheißen, dass sie mit den langen braunen Haaren und der schlanken Figur vom Typ perfekt zu der lässigen, modernen Linie von Character! passe. Sie selbst fand sich nur durchschnittlich attraktiv, aber Avery war von ihrem Look begeistert gewesen. Natürlich hatte sie Avery damals nicht verraten, dass sie es sich nicht leisten konnte, Geld für Mode auszugeben. Die übergroße, mit Schaffell versetzte Lederjacke hatte ihrem verstorbenen Ehemann Josh gehört. Das weiße Hoodie und die Baggyjeans stammten aus einem Secondhandshop. In ihrer Zeit an der Schauspielschule hatte Rachel ein Faible dafür entwickelt, Stücke zu kombinieren, die auf den ersten Blick nicht zusammenpassten. Mit diesem Talent konnte sie punkten, auch wenn ihre Karriere als Schauspielerin im Sand verlaufen war.

Obwohl es ursprünglich nicht Rachels Traum gewesen war, Mode zu verkaufen, liebte sie ihren Job. Sie entwickelte Freude daran, Menschen zu beraten und ihnen Mut zur Farbe zu machen. So herausfordernd es war, sie schaffte es, für jeden Typ das perfekte Outfit zu finden. Doch eine Schattenseite gab es bei Character!, und das war die Bezahlung. Sie verdiente kaum mehr als die Leute der Putzkolonne, die jeden Morgen die Kehrgeräte durch das Westfield Centre schoben. Um über die Runden zu kommen, war Rachel auf Nebenjobs angewiesen, bei denen sie oft bis in den Abend hinein von zu Hause weg war. Auf Dauer konnte es so nicht weitergehen. Vor einigen Monaten hatte Rachel ihren Mut zusammengenommen und Avery erklärt, dass sie nicht länger für so wenig Geld arbeiten könne. Dafür hatte Avery Verständnis gezeigt und versprochen, Rachel bei der Firmenleitung für eine Beförderung vorzuschlagen, aber bisher war es bei Vertröstungen geblieben.

Rachel sprintete die Rolltreppe hoch. Freitagmittag und Monatsanfang. Die Menschen drängten durch die Gänge von Shepherds Bush. Je mehr Besucher heute zum Shoppen ins Westfield Centre kamen, umso besser standen ihre Chancen, die Verkaufszahlen zu erreichen. Im Vergleich zum Vorjahresmonat lagen sie etwas zurück. Aber es war machbar. Sie musste es schaffen, Sam zuliebe. Er bedeutete ihr alles. Seinetwegen waren sie nach Ilford gezogen, obwohl sie da nicht so günstig lebten wie in der Hochhaussiedlung. Sam hatte es dort gehasst. Die jetzige Mietwohnung war klein, aber sauber. Und der handtuchgroße Garten hinter dem Haus war ein viel sicherer Ort als der Spielplatz neben den Betonbunkern. Dorthin hatte sie ihn sowieso nur in Begleitung gehen lassen, wegen der Junkies, die da herumlungerten. Zum Glück war das vorbei.

Joshs plötzlicher Tod vor sechs Jahren hatte ihr Leben vor eine Herausforderung gestellt. Anfangs hatte sie gemeint, an ihrer Trauer zu ersticken, aber mittlerweile hatte sie sich zurück ins Leben gekämpft. Sie hatte gelernt, stark zu sein. Für Sam, aber auch für Josh, der nicht mehr miterleben konnte, wie sein Sohn sich von einem rotschopfigen Baby in einen prächtigen Jungen verwandelte. Doch das Loch in ihrem Herzen hatte sich nie geschlossen. Sie vermisste Josh, jeden Tag aufs Neue. Ihre Beziehung war etwas Besonderes gewesen. Josh und sie hatten sich auf der Schauspielschule kennengelernt. Während Rachels Bühnenkarriere im Sand verlaufen war, hatte Josh es ins West End geschafft. Sein Traum von einem Leben auf der Bühne erfüllte sich. Das Stück, in dem er spielte, war erfolgreich, die Besucherzahlen seit Jahren stabil. Abend für Abend zog er das Publikum mit seinem Charisma in seinen Bann. Breitschultrig, gut aussehend und mit unglaublichem irischem Charme gesegnet, war er in der Rolle des Schurken der gefeierte Star des Dramas. Doch sosehr Josh den rauschenden Applaus genoss, außerhalb der Vorstellung hatte er nur Augen für Rachel. Dabei küsste er berufsbedingt Frauen, die unglaublich attraktiv waren. Doch für Josh war es Rachel, die den Raum zum Leuchten brachte. Er ermutigte sie immer wieder vorzusprechen. Er tröstete sie, wenn sie wieder einmal zu dünn, zu dick oder zu durchschnittlich gewesen war und ihr jemand die Rolle vor der Nase weggeschnappt hatte. Er zog sie nie damit auf, dass der einzige Schauspieljob, den sie je ergattert hatte, ein TV-Spot für Milchwerbung gewesen war. Ihr Text hatte aus Muhlauten und zwei schwachsinnigen Zeilen bestanden. *Ich bin die glückliche Marcydale-Kuh. Meine Milch macht stark und gesund.* Josh hatte nie ein Wort darüber verloren, wie lächerlich sie in dem gefleckten Kuh-Kostüm ausgesehen hatte. Im Gegenteil. Er war wahnsinnig stolz darauf, dass sie es bis ins Fernsehen geschafft hatte. Keinen Moment zweifelte er daran, dass für Rachel bald der große Durchbruch käme. Für Josh war alles nur eine Frage der Zeit.

Dabei war es Josh gewesen, dem die Zeit zwischen den Fingern zerronnen war wie Sand in einem Stundenglas. Doch das hatte damals niemand ahnen können.

So sehr war sie in Gedanken mit Vergangenheit und Zukunft beschäftigt, dass sie den Mann auf der Treppe vor ihr nicht bemerkte. Unsanft rempelte sie ihn mit der Schulter an.

»Können Sie nicht aufpassen?« Der Dicke stand auf der Stufe über ihr und starrte mit vorwurfsvollem Blick auf sie herunter. Rachel starrte ungerührt zurück. Sie spürte schäumende Wut in ihrem Bauch aufsteigen. Es war ja kaum ihre Schuld, dass er die Treppe blockierte. Eisig fixierte sie ihn, während er an einem Burger kaute. Im Licht der Neonröhren wirkte sein fettverschmierter Mund, als hätte er Lipgloss aufgetragen.

»Es tut mir leid. Dürfte ich vorbei?« Sie kräuselte die Lippen in der Andeutung eines distanzierten Lächelns.

Er wischte die Finger an einem Papier ab und bewegte sich keinen Millimeter. Missbilligend deutete er auf die Turnschuhe an ihren Füßen. »Hören Sie, Schätzchen, das hier ist eine verdammte Rolltreppe, kein Fitnessgerät. Wenn Sie Bewegung brauchen, fahren Sie mit dem Rad zur Arbeit.«

Sie war schon im Begriff auszusprechen, was ihr auf den Lippen lag, aber dann überlegte sie, dass es nicht der Mühe wert war. Das hier war London. Jeder hatte es eilig. Jeder musste Geld verdienen, und jeder wollte raus aus dem Stress. Jeder war genervt von den bis zum Anschlag ausgelasteten öffentlichen Verkehrsmitteln. Jeder hatte den Lärm, den Smog, die Touristen satt. Jeder war unfreundlich und zugleich aufs Äußerste diszipliniert und geduldig. Jeder passte sich an, und in jedem steckte ein glorreicher Exzentriker. Jeder hatte die Nase voll von der Hektik Londons, und jeder redete davon, in die Cotswolds oder nach Somerset zu ziehen. Dennoch ging kaum jemand.

Rachel beschloss, sich von einer unfreundlichen Bemerkung nicht den Tag verderben zu lassen. Also lächelte sie den Ärger weg und hastete weiter.

Sie trat ins Freie. Ein Luftzug aus den Tiefen des Schachts wirbelte eine orange Plastiktüte über den Asphalt. Vom Vordach des Ausgangs tropfte Mairegen in eine schmutzig graue Pfütze. Ihr Blick fiel auf das Schild der U-Bahn-Station. Shepherds Bush. Sie runzelte die Stirn. Wer hatte sich bloß all die merkwürdigen Namen in London ausgedacht? Seit Shakespeares Zeiten saß an dieser Stelle ganz sicher kein Hirte mehr neben einem Busch und zählte Schafe. Hastig schüttelte sie die Regentropfen aus ihren Haaren und eilte auf das Westfield zu. Noch nie im Leben war ihr ein Job so wichtig gewesen. Noch nie war sie so davon überzeugt gewesen, dass sie es schaffen konnten, Sam und sie.

Fünfzehn Minuten vor Schichtbeginn betrat Rachel den Store. Aus den Lautsprechern ertönten gedämpfte Beats. Ein Hintergrundgeräusch, das sie kaum noch wahrnahm. Gedanklich bereits mit der Umsetzung ihrer Pläne beschäftigt, knöpfte sie ihre Jacke auf und verschaffte sich rasch einen Überblick. Anscheinend war heute bereits die Hölle los gewesen. Der Retoure-Ständer vor den Kabinen quoll über vor Kleidung. Der Tisch mit den reduzierten T-Shirts war ein einziges Chaos. Die neue Aushilfskraft wischte die gläserne Schmuckauslage sauber, anstatt sich um die Kunden zu kümmern. Avery war nirgends zu sehen. Wahrscheinlich war sie im Lager und kontrollierte den Wareneingang. Lila, Rachels Kollegin mit den kurzen, violett gefärbten Haaren, war alleine auf der Verkaufsfläche und bediente zwei Kundinnen gleichzeitig. Als sie Rachel bemerkte, gestikulierte sie wie wild hinter dem Rücken ihrer Kundin. Rachel zuckte die Schultern. Wusste der Himmel, was Lila von ihr wollte. Es würde warten müssen. Zuerst musste sie den Ständer mit einem Schwung neuer Sommerkleider bestücken und gut sichtbar positionieren. Natürlich würde Avery ihr die Zeit vor Schichtbeginn nicht anrechnen, aber das spielte keine Rolle. Sie war gewillt, alles zu geben, um Averys rechte Hand zu werden. Avery predigte immer, dass überdurchschnittliches Engagement sich auszahle. Und obwohl Avery unheimlich karrieregeil war, blieb sie stets fair. Rachel tippte sich mit dem Zeigefinger gegen die Lippen, was ihr beim Nachdenken half, und blickte prüfend zu den Umkleiden hinüber. Vielleicht konnte sie die Cardigans in die Nähe der Kabinen rücken, um weiter vorne Platz für die Kleider zu schaffen.

Der Vorhangstoff von Kabine zwei bewegte sich. Sarah Holloways Gesicht mit den auffallend grünen Augen, der hellen Haut und dem leuchtend roten Pixie-Haarschnitt tauchte auf. Darunter versuchte ihre Hand vergeblich zu verhindern, dass die in Unterwäsche steckenden Teile des Körpers sichtbar wurden. Mrs Holloway zählte zu Rachels Stammkundinnen. Sie war fordernd und vergriff sich oft im Ton, gab aber beinahe jede zweite Woche Geld für ein Outfit bei ihr aus. Dem gestressten Blick nach schien sie einen ihrer Katastrophentage zu haben. Im Klartext bedeutete dies: Sie hatte ein Date und nichts zum Anziehen. Rachel begriff: Das war es, was Lila ihr hatte signalisieren wollen.

»Shells! Oh mein Gott, wie gut, dass Sie da sind!«, rief Mrs Holloway quer durch den Laden. »Sie sind meine Rettung. Bitte schnell …!«

»Bin sofort da«, erwiderte Rachel und verdrängte ihren Ärger darüber, dass Mrs Holloway sie mit ihrem Kosenamen ansprach, als wären sie beste Freundinnen. Unauffällig warf sie einen Blick auf die Uhr. Die Sommerkleider konnte sie vergessen. In diesem Zustand war Mrs Holloway eine tickende Zeitbombe. Mit jeder Sekunde, die sie in der Kabine würde warten müssen, würde ihre Laune unerträglicher. Geschwind warf Rachel ihre Jacke und die Tasche mit den Pumps hinter die Theke. Umkleiden konnte sie sich später, bei Schichtbeginn. Im Gehen streifte sie einen Zopfgummi vom Handgelenk und band ihr Haar zu einem lässigen Dutt. Avery konnte es auf den Tod nicht leiden, wenn man mit offenem Haar bediente.

»Wie kann ich helfen?«, fragte sie, als sie der Kundin gegenüberstand.

»Ich bin verzweifelt.« Mrs Holloways Kopf verschwand in den Tiefen der Umkleide. Es raschelte, dann tauchte sie wieder auf und schob ein geblümtes Cocktailkleid durch den Vorhang. »Das ist doch unmöglich Größe 38! Sehen Sie sich diese Taille an. Die ist ja so schmal wie mein Oberarm. Sind das Kindergrößen?«

Rachel nahm das Kleid und hängte es ordentlich auf den Bügel. »Es sind keine *normalen* englischen Maße«, versicherte Rachel und hoffte, dass Mrs Holloway ihr das abkaufte. »Der Designer ist bekannt dafür, dass er mit italienischen Models arbeitet. Die sind im Vergleich zu uns Britinnen ja viel schmaler gebaut.«

»So etwas dachte ich mir schon.« Mrs Holloway verzog das Gesicht. »Wo ich doch eher zu Größe 36 als zu 38 tendiere.«

Darauf erwiderte Rachel erst mal nichts. Es hätte der Kundenbeziehung einen Abbruch getan, Mrs Holloway darauf hinzuweisen, dass sie mehr ein Fall für Größe 40 war.

Sarahs Augen nahmen einen flehenden Ausdruck an. »Würden Sie mir das Kleid eine Nummer größer bringen? Oder in einer Zwischengröße?«

»Kein Problem, Mrs Holloway.«

»Sagen Sie doch Sarah zu mir.«

»Gerne doch.« Wie gewohnt schenkte Rachel ihr ein ungezwungenes Lächeln, aber innerlich stöhnte sie auf. Bei Character! legte man Wert darauf, die Kunden freundlich, aber keinesfalls freundschaftlich zu behandeln. Das klang einfach, allerdings nur in der Theorie. Im wahren Leben war es knifflig, eine Linie zwischen persönlich und privat zu ziehen, ohne dass die Kundin sich zurückgewiesen fühlte. So wie im Fall von Sarah Holloway, die Rachel über jedes frustrierende Detail ihrer wechselnden Dates auf dem Laufenden hielt. Für Sarah war Einkaufen wie Therapie. Und jetzt bestand sie darauf, mit Vornamen angesprochen zu werden … Rachel beschloss, das Problem zu umgehen. Am besten, sie verwendete gar keinen Namen mehr. Weder Sarah noch Mrs Holloway.

»Stimmt etwas nicht?«, fragte Sarah/Mrs Holloway, als Rachel dastand und gedankenverloren das Schild mit der Konfektionsgröße betrachtete.

»Aber nein.« Rachel vermied es, Sarah anzusehen, und zupfte einen Fussel von dem geblümten Stoff. »Ich überlege nur … Hat Ihnen Lila schon die neu eingetroffenen Kleider gezeigt?«

»Neue Modelle? Wo?« Interessiert reckte Sarah den Kopf.

»Sie wurden gestern geliefert. Ich wollte sie gerade einsortieren.«

»Wirklich? Das klingt ja fantastisch! Ob da etwas für mich dabei ist?«

»Ich denke schon. Verraten Sie mir, zu welchem Anlass Sie es brauchen?«

»Jake Cockburn«, erklärte Sarah, ihre Augen leuchteten auf. »Der Anlass heißt Jake Cockburn. Er führt mich morgen Abend zum Essen aus. Anschließend gehen wir auf eine Vernissage. Ist das nicht aufregend?«

»Es klingt wunderbar«, sagte Rachel. »Ich verspreche Ihnen, wir finden etwas, das Jake sprachlos machen wird. Im positiven Sinn, natürlich.«

Etliche Kleider später trat Sarah mit einem zufriedenen Lächeln aus der Kabine. »Das hier ist es«, sagte sie und drehte sich vor dem Spiegel, um einen Blick auf den eleganten Rückenausschnitt zu erhaschen.

Rachel atmete auf. Seitdem Sarah sie in Beschlag genommen hatte, war sie kaum zum Luftholen gekommen. Sarah verstand es meisterhaft, einen auf Trab zu halten. Rachel hatte noch immer keine Zeit gefunden, sich im System anzumelden, und arbeitete seit einer halben Stunde umsonst. Aber dafür sah Sarah in dem schwarzen Kleid wunderbar aus. Vorausgesetzt, man beachtete die verstrubbelte Frisur nicht. Nach den vielen Anproben sah ihr Elfenhaarschnitt aus, als wäre sie einem Troll in die Hände gefallen.

»Es ist perfekt«, meinte Rachel. »Jake wird Sie anbeten.«

»Trotzdem …« Sarah runzelte die Stirn. »Sollten wir nicht doch noch etwas anderes probieren? Um die Schultern herum komme ich mir etwas nackt vor.«

»Wie wäre es mit einem hübschen Tuch oder einer Kette?«, schlug Rachel vor, bevor Sarah Gelegenheit fand, das kleine Schwarze wieder zu verwerfen. »Wenn Sie möchten, kann ich Ihnen gerne etwas Passendes bringen.«

»Nicht nötig. Ich nehme den Schal, den Sie gerade selbst tragen. Das ist genau das, was ich suche.«

Rachel spürte, wie das Lächeln auf ihrem Gesicht erstarb. Verflixt. Der türkis gemusterte Seidenschal, den Josh ihr zum ersten Hochzeitstag geschenkt hatte. Ihr Glücksschal. Sie hatte ihn heute extra ausgewählt, um optimistisch in den Tag zu starten. In der Eile hatte sie vergessen, ihn abzunehmen. Avery würde ausrasten, wenn sie mitbekäme, dass Rachel damit im Store herumlief. Dienstkleidung hatte ausschließlich aus Stücken der Character!-Kollektion zu bestehen. Dafür gab es schließlich den Mitarbeiterrabatt.

»Das ist leider unmöglich, Mrs Holloway, ich meine, Sarah … Außerdem ist es nicht Ihre Farbe«, sagte Rachel, aber Sarah schien nicht zuzuhören.

Bevor Rachel reagieren konnte, griff sie nach dem Tuch und zog es von Rachels Schulter.

»Bitte schön.« Triumphierend legte Sarah es sich um und warf einen Blick in den Spiegel. »Ich hatte recht. Es passt wunderbar. Ich nehme es.«

»Ausgeschlossen. Ich kann Ihnen diesen Schal nicht verkaufen.« Rachel fühlte, wie sich zwischen ihren Brüsten Schweiß sammelte. »Es ist ein privates Stück und gehört nicht zur Kollektion.«

»Dann schenken Sie mir den Schal. Bei dem Umsatz, den Sie mit mir machen, ist das sicher drin.«

»Tut mir leid, aber das darf ich nicht.«

»Meine Güte. Jetzt haben Sie sich nicht so.« Sarah schüttelte ungeduldig den Kopf. »Sie werden ihn mir doch zumindest für das Date ausleihen können. Am Montag bekommen Sie ihn frisch gewaschen zurück.«

Eine Welle von Zorn stieg in Rachel auf. Sie konnte es keine Sekunde länger ertragen, den Schal, der immer noch ein winziges bisschen nach ihrem verstorbenen Mann zu riechen schien, an Sarahs bleicher Haut zu sehen. Mit festem Blick fixierte sie ihre Kundin. »Bitte geben Sie mir den Schal. Er gehört mir.«

»Dass Sie so wenig entgegenkommend sind, hätte ich nicht vermutet.«

»Es ist mein Glücksschal.«

»Umso besser. Glück kann bei einem Date nicht schaden.«

»Sarah, ich bestehe darauf, dass Sie mir meinen Schal geben. Sofort.«

»Und wenn nicht?« Herausfordernd funkelte Sarah Rachel an. »Was wollen Sie tun? Ihre Vorgesetzte rufen?«

Rachel sagte nichts. Dafür streckte sie auffordernd die Hand aus. Nichts passierte. Allmählich hatte sie das Gefühl, in einem absurden Theaterstück gelandet zu sein.

»Ich dachte, der Kunde steht bei Character! im Mittelpunkt?«, meinte Sarah und legte den Kopf schräg. »Was wohl meine Freundinnen dazu sagen werden, wenn sie hören, dass Sie mir diesen kleinen Gefallen abschlagen? Wo es doch um das wichtigste Date meines Lebens geht.«

»Sarah, bitte!«

»*Bisher* hat mein Bekanntenkreis viel Geld in diesem Laden gelassen.«

Sich als Lohn für ihren Einsatz auch noch unterschwellige Drohungen anhören zu müssen, ging entschieden zu weit. Ohne an die Folgen zu denken, hob Rachel den Arm und griff nach ihrem Tuch.

Gleichzeitig hob auch Sarah den Arm. Rachel spürte, wie ihre Fingernägel Sarahs Haut streiften.

»Oh mein Gott! Sie haben mich gekratzt«, rief Sarah, so laut, dass alle Köpfe zu ihnen herumfuhren.

»Es war keine Absicht.« Rachels Wangen glühten. »Ich entschuldige mich ausdrücklich dafür. Zeigen Sie bitte mal her.«

Widerwillig hielt Sarah ihr den Arm entgegen. Rachel bemerkte einen aufgekratzten Mückenstich, daneben einen hauchdünnen rosa Strich. Sie hätte schwören können, dass er sich schon vor dem kleinen Zusammenstoß an Sarahs Arm befunden hatte. »Soll ich Ihnen ein Pflaster holen?«, erbot sich Rachel.

»Gibt es ein Problem?« Als sie eine näselnde Stimme hinter sich hörte, fuhr Rachel herum. Vor ihr stand Callista Hurford, die General Managerin von Character!. Sie blickte Rachel scharf an.

Rachel schluckte. Schlagartig wurde ihr bewusst, dass sie einen riesigen Fehler gemacht hatte. Noch nie war sie einer Beförderung so nahe gewesen. Noch nie war der Traum von einem leichteren Leben so greifbar gewesen. Wie hatte sie nur so unbeherrscht sein können? Womöglich hatte sie ihre Chance gerade verspielt. Sie dachte an die Buzz-Lightyear-Figur, die Sam sich schon so lange wünschte. Jetzt würde er sie wohl nicht bekommen.

* * *

Drei Minuten nachdem Sarah den Store verlassen hatte, mit Pflaster auf dem Arm und einem fetten Rabattgutschein zur Entschädigung, fand Rachel sich in Averys Büro wieder. Die Stimmung in dem winzigen Raum war eisig, als wäre der nukleare Winter ausgebrochen. Natürlich hatte sich Callista von Sarah en détail berichten lassen, was passiert war. Mit gesenktem Blick saß Rachel da. Ihre Gedanken wirbelten durcheinander. Sie war so wütend, dass sie von Callistas Ansprache kaum etwas mitbekam. Wütend auf Sarah Holloway, die sie so in Beschlag genommen hatte, dass ihr keine Zeit geblieben war, die Pumps anzuziehen und sich einzuloggen. Wütend auf Avery, die nur dasaß und nichts zu Rachels Verteidigung beitrug. Nicht einmal, als sie hörte, dass alles nur passiert war, weil Rachel die Kundin möglichst gut hatte bedienen wollen. Aber mehr als alles andere war Rachel wütend auf sich selbst. Als sie den Schal, den Josh ihr geschenkt hatte, an Sarahs Hals gesehen hatte, war etwas in ihr angesprungen. Als hätte jemand einen Knopf gedrückt. Im Nachhinein musste sie sich eingestehen, dass sie nicht den nötigen kühlen Kopf behalten hatte.

»So etwas habe ich bei Character! noch nie erlebt«, verkündete Callista über den Rand ihrer pinken Brille hinweg. Ungehalten tippte sie mit dem Stift gegen ihr Klemmbrett. »Unglaublich, dass Avery Sie als stellvertretende Filialleitung vorgeschlagen hat.«

»Es tut mir wahnsinnig leid, Callista«, beteuerte Rachel erneut. »Bitte glauben Sie mir.«

»Schön. Selbst wenn wir diesen Zwischenfall vergessen – was mir zugegeben schwerfällt –, weshalb hatten Sie diesen Schal an?«

»In der Eile habe ich vergessen, ihn abzunehmen.«

»Obwohl es gegen die Regeln verstößt? Vielleicht sollten Sie mal unsere Richtlinien lesen. Wie wäre es damit?« Ungeduldig wedelte Callista mit der gelb-orangen Firmenbroschüre vor Rachels Nase herum.

»Die Richtlinien sind mir bestens vertraut. Auch die Unternehmenswerte. Stammkundenbindung hat höchste Priorität, denn Neukundengewinnung ist teuer«, zitierte Rachel Averys Mantra. »Bitte glauben Sie mir, Callista. Ich habe mir nie etwas zuschulden kommen lassen. Avery kann das bestätigen. Und meine Umsätze sind immer top.« Sie unterbrach sich und sah Hilfe suchend in Averys Richtung, aber deren Miene wirkte so undurchdringlich wie der Londoner Smog. »Im Laden war die Hölle los«, fuhr Rachel fort. »Mrs Holloway war völlig aufgelöst, weil sie kein passendes Kleid fand. Also habe ich getan, was ich für richtig hielt, um die Kundin zufriedenzustellen.«

Doch Callista verzog keine Miene. »Das erklärt noch lange nicht, weshalb Sie nicht im System angemeldet waren. Wieso hatten Sie Ihre Storecard nicht umhängen, und wo war das Headset? Und was verdammt noch mal hat Sie geritten, die Kundin in Turnschuhen zu bedienen und mit dieser …« Mit einer herablassenden Geste ließ Callista die Character!-Broschüre auf den Tisch fallen und fuchtelte mit den Händen in der Luft herum, auf der Suche nach einem passenden Ausdruck. »… dieser Gardine vom Flohmarkt um den Hals.«

Rachel schwieg gekränkt. Es hatte keinen Sinn. Wie sollte sie Callista erklären, was der Schal emotional für sie bedeutete?

Voll Argwohn lehnte Callista sich zurück. Sie kniff die Augen hinter der pinken Brille zusammen. »Wirklich, Shells, Ihr Verhalten lässt mich zweifeln. Ist es Ihnen überhaupt ernst mit der Bewerbung?«

»Ich möchte diesen Job mehr als alles andere«, erwiderte Rachel mit fester Stimme. »Bitte geben Sie mir die Möglichkeit zu beweisen, was in mir steckt.«

Callista gab einen Seufzer von sich, als hätte Rachel sie darum gebeten, ab sofort das doppelte Gehalt und einen Dienstwagen zur Verfügung gestellt zu bekommen. Mit zweifelnder Miene wandte sie sich an Avery. »Was meinen Sie dazu?«

Avery tat, als hätte sie einen Asthmaanfall, obwohl sie vor Monaten mit dem Rauchen aufgehört hatte. Sie zog einen Sprüh-Inhalator aus der Tasche und pumpte drei Hübe in ihren Mund. Schließlich räusperte sie sich. »Nun, da Shells ihren Fehler einsieht, sollten wir ihr noch eine Chance geben. Immerhin macht sie gute Umsätze.«

Callista trommelte mit ihren künstlichen Fingernägeln auf die Tischplatte. »Hm. Was schlagen Sie vor?«

»Ich habe ab morgen eine Woche Urlaub. In der Zeit könnte Shells sich beweisen. Wenn sie uns nach dieser Woche ein Umsatzplus vorlegen kann, sollten wir die Stelle probeweise mit ihr besetzen.«

Eine ganze Weile schwieg Callista. Schließlich seufzte sie lang und tief, zum zweiten Mal in diesem Gespräch. Skeptisch blickte sie Rachel ins Gesicht. »Was sagen Sie dazu, Shells? Stellen Sie sich der Herausforderung?«

Die Gedanken in Rachels Kopf explodierten wie Feuerwerkskracher. Der Store lag ein gutes Stück zurück mit den Verkaufszahlen. Die Aktion mit den Sommerkleidern war ein Ansatz, um die Vorgaben zu erfüllen. Die Jeans-Abteilung auf Vordermann zu bringen, die hauptsächlich für die schlechten Zahlen verantwortlich war, war weitaus anspruchsvoller. Sie würde den Laden komplett umräumen und neu dekorieren müssen. Sie musste zusätzliche Auswertungen erstellen und die Aushilfen briefen, wie sie Zusatzverkäufe generieren könnten. Und das alles in einer Woche. Das bedeutete Überstunden bis zum Umfallen. Gedanklich sah sie sich bereits im Schlafsack im Büro übernachten. Zum Glück war Sam nächste Woche mit der Schule auf

Klassenfahrt. Sonst hätte sie nicht ansatzweise darüber nachzudenken brauchen.

Ihre Wangen prickelten. Das hier würde nicht leicht. Aber dennoch. Es war ihre Chance. Sie würde es schaffen, das fühlte sie. Am Ende der Woche würde Callista sie geradezu darum anbetteln, die Stelle als stellvertretende Storeleiterin anzunehmen. Das Handy in ihrer Jeanstasche vibrierte. Rachel erschrak, aber zum Glück schien nur sie das Klirren auf dem Metallrahmen des Stuhls zu bemerken. Unauffällig verlagerte sie das Gewicht auf die andere Pohälfte und schenkte Callista ein Lächeln. »Sie können sich auf mich verlassen. Ich werde Sie nicht enttäuschen.«

Mit wackligen Knien, aber frisch gestärktem Optimismus verließ Rachel Averys Büro. Sie ging zur Kasse, griff nach der Tasche mit den Pumps und beschloss, ihr Äußeres zu kontrollieren, bevor sie sich einloggte. Schließlich wollte sie nicht noch mehr Unwillen erregen. Inzwischen hatte sie eine geschlagene Stunde ohne Bezahlung im Laden verbracht. Auf drei oder vier zusätzliche Minuten kam es jetzt auch nicht mehr an. Also marschierte sie zur Personaltoilette, schlüpfte in ihre Pumps und frischte ihr Make-up auf. Dann warf sie einen Blick auf das Handy. Drei Anrufe in Abwesenheit. Und eine Nachricht auf der Mailbox von Sams Lehrerin, die ihre ambitionierten Pläne mit einem Schlag zunichtemachte.

Die Türen und Fensterrahmen der Kinderabteilung des King George Hospital in Ilford waren sonnengelb gestrichen, um eine heitere Note vorzutäuschen. Doch auf Rachel wirkten die fröhlichen Farben nicht beruhigend. Im Gegenteil. Sie erinnerten sie an das Krankenhaus, in das man Josh gebracht hatte. Auch dort hatte man die Wände in Gelb- und Orangetönen gestrichen. Sie schloss die Augen, als die Erinnerungen sie einholten.

Auf einmal stand sie wieder in der Notaufnahme. Neben ihr die Krankentrage, auf der die Sanitäter Josh festgeschnallt hatten. Hektisch hantierten Ärzte an ihm herum und überprüften seine Vitalwerte. Sie benutzten Fachbegriffe, die Rachel nicht verstand. Aber die Hektik und Ratlosigkeit in ihren Stimmen ließ Rachel das Blut in den Adern gefrieren. Joshs Gesicht war unverändert gelblich. Die Schatten unter seinen Augen schwarz. Über dem Mund hatte er eine Atemmaske. In einer Vene seines linken Armes steckte eine Infusionsnadel. Vor wenigen Augenblicken hatte die Schwester an der Anmeldung Rachel die Einweisungspapiere überreicht. Der Stift in Rachels Hand zitterte. Sie zwang sich, den Blick von Josh abzuwenden. *Geburtsdatum des Patienten* … Rachel war kurz davor, in Tränen auszubrechen. Verdammt. Sie konnte sich nicht erinnern. Wann war Josh geboren? Verzweifelt wandte sie sich an die Schwester. »Es tut mir leid … Ich … ich kann das jetzt nicht.«

»Schon gut. Geben Sie mir einfach die Versicherungskarte.«

Auf Rachels Stirn stand kalter Schweiß. Verständnislos starrte sie die Schwester an. Sie begriff nicht, was man von ihr wollte.

»Mrs Morrisson? Ist Ihnen nicht gut?«

Ängstlich blickte Rachel zu Josh hinüber, den die Ärzte jetzt auf eine Tür mit der Aufschrift: *Intensiv – Kein Zutritt* zuschoben.

»Was ist los? Was passiert mit Josh?« Ihre Stimme vibrierte. Tränen liefen über ihre Wangen.

Die Schwester umrundete die Theke und stützte Rachel am Ellbogen. »Keine Angst, Mrs Morrisson. Der Chefarzt ist jetzt bei Ihrem Mann. Ich hole die Bereitschaft, damit man sich um Sie kümmert. Sie haben einen Schock.«

Ohne auf die Schwester zu hören, sprang Rachel auf. Sie rannte zu der Tür, durch die die Ärzte Josh geschoben hatten, und rüttelte vergeblich daran.

»Bitte, Mrs Morrisson. Sie müssen jetzt vernünftig sein.«

Rachel schüttelte den Arm der Schwester ab. Mit beiden Fäusten trommelte sie gegen die Tür. »Ich muss zu Josh. Er braucht mich.«

Dann riss der Film. An das, was danach passiert war, konnte sie sich später nicht erinnern. Adrenalin hatte ihr Gehirn geflutet und alle Vernunft weggeschwemmt.

Rachel schlug die Augen auf. Auch hier, in der Notaufnahme der Kinderabteilung, war der Raum bis zum letzten Molekül mit Stresshormon gefüllt. Es ging von den Eltern aus, die mit ängstlichen Mienen dasaßen und auf den Bericht der Ärzte warteten.

Wie sehr Rachel Notaufnahmen hasste. Sie hatte es nicht geschafft, sich auf einen der orangen Plastikstühle zu setzen. Seit über einer Stunde tigerte sie zwischen der Anmeldung und der verdorrten Yuccapalme auf und ab. Dabei schielte sie ständig nach der Funkuhr und zwang sich, die Schwestern am Stützpunkt nicht andauernd zu bedrängen, ob sie wüssten, wie es

Sam gehe. Die Angst in ihrer Magengrube war ein heißer, glühender Feuerball. Wieso dauerte es so endlos?

Ein gereiztes Trommeln von Fingern auf dem Tisch der Anmeldung durchbrach ihre Gedanken. Rachel wandte den Kopf. Die Schwester hinter der Theke warf ihr einen bitterbösen Blick zu.

»Entschuldigung«, sagte sie und bemühte sich, leiser aufzutreten. Ihr war nicht bewusst gewesen, wie störend das Klacken ihrer Pumps war. Sie trat an die Anmeldung. »Braucht der Arzt noch lange?«

Die Schwester nahm ihre Brille ab. Sie warf Rachel das gleiche nichtssagende Lächeln zu, mit dem sie allen Anfragen begegnete. »Wollen Sie nicht Platz nehmen, Mrs Morrisson? Dort drüben ist ein Stuhl frei.«

Rachel blickte kopfschüttelnd zurück. Warum bestanden Ärzte und Schwestern immer darauf, dass man sich setzte? Wurde dadurch irgendetwas besser?

»Dr. Warden ist ein exzellenter Arzt. Er ist sehr genau mit seinen Untersuchungen«, erklärte die Schwester. Sie schob die Brille zurück auf die Nase und wandte sich wieder ihrem Computer zu.

Als ob sie das in irgendeiner Weise beruhigen würde … Rachel blieb wie erstarrt stehen. Sie hatte in ihrem Leben reichlich Gelegenheit gehabt, den Code zu entschlüsseln, den die Schwestern benutzten.

»Dr. Warden ist ein exzellenter Arzt« hieß, dass Sam durch den Sturz ernsthaft verletzt war und sie einen Spezialisten bemühten.

»Er ist sehr genau mit seinen Untersuchungen« bedeutete, dass Dr. Warden noch nicht herausgefunden hatte, ob Sams Gehirn zu einer undefinierbaren grauen Masse angeschwollen war. Vielleicht drückte eine Blutung gegen die Schädeldecke. Vielleicht war ein Nerv abgequetscht. Dann würde Sam sein Leben im Rollstuhl verbringen.

»Setzen Sie sich« und »unsere Stühle sind sehr bequem« war ein anderer Ausdruck für: »Es wäre leichter für alle, wenn Sie bei dem, was wir Ihnen gleich zu sagen haben, sitzen. Wir haben Besseres zu tun, als uns um eine bewusstlos auf dem Boden liegende Frau zu kümmern.«

Diese verdammte Hilflosigkeit … Sie schloss die Augen. Im Geiste sah sich wieder auf dem Flur der Intensivstation sitzen. Wie sie es trotz Widerstand der Schwester dorthin geschafft hatte, wusste sie nicht mehr. Die Schiebetür zu dem Raum, in dem Josh lag, stand einen Spalt offen. Im Zimmer selbst war es laut wie an einer belebten Straßenkreuzung. Ärzte und Schwestern riefen knappe Kommandos. Monitore piepsten. Es klang, als würden Schläuche oder Katheter aus sterilen Verpackungen gerissen. Ein Absauger brummte. Rachel kannte die Geräusche von anderen Aufenthalten auf der Intensivstation. Ihr Vater hatte drei Wochen im Koma gelegen, bevor er gestorben war. Sie hatte gelernt, dass es nicht der Lärm oder die Hektik war, wovor man Angst haben musste, sondern die plötzliche Stille.

»Scheiße! Wir verlieren ihn!«, drang es aus dem Zimmer.

Rachel erstarrte.

»Defi vorbereiten.«

»Zurücktreten!«

Ein schriller Warnton.

»Scheiße.«

Schweigen.

»Scheiße. Scheiße. Scheiße.«

»Defi!«

»Weg!«

Der Warnton.

Stille.

Rachel spürte, wie ein kühler Windhauch ihre Schultern streifte, obwohl die Fenster geschlossen waren.

Sie blickte durch die von Regen und Staub verschlierte Scheibe nach draußen. Ein gleißender Sonnenstrahl brach durch die Wolkendecke und berührte ihre Wange, als Joshs Seele sich auf den Weg nach Hause machte.

»Mrs Morrisson?«

Eine Hand berührte ihre Schulter. Sie öffnete die Augen.

»Sie können jetzt zu Ihrem Sohn.«

* * *

Trotz seines britisch klingenden Namens war Dr. Warden indischer Abstammung, wie Rachel feststellte. Seine Haut hatte die Farbe von dunklem Toffee, die schwarz glänzenden Haare waren im Nacken zu einem Knoten gebunden. Braune Augen blickten seelenvoll über eine randlose Brille hinweg. Er erhob sich und reichte Rachel über den Schreibtisch hinweg eine Hand.

»Wie geht es Sam?«, entfuhr es Rachel, bevor sie sich auf ihre gute Erziehung besinnen und Dr. Warden einen guten Tag wünschen konnte.

»Es geht ihm gut.« Dr. Warden ließ ihre Hand los. Unaufgefordert schenkte er Wasser in zwei Gläser. Eines davon reichte er ihr. Rachel fiel auf, dass er sie nicht darum bat, sich zu setzen. Allerdings tat sie es diesmal von alleine. Ihre Knie bebten.

»Sam hat ein Schädel-Hirn-Trauma ersten Grades. Mit anderen Worten eine Gehirnerschütterung. Er hat Glück gehabt.« Dr. Warden sah ihr fest in die Augen. »Anfangs hatten wir eine Gehirnblutung vermutet, weil er eine Weile bewusstlos war. Einen Sturz die Treppe hinunter sollte man nicht auf die leichte Schulter nehmen.«

Rachel schnappte nach Luft. Weshalb hatte Sams Lehrerin ihr nichts von der Ohnmacht erzählt? Und dass Sam einen ganzen Treppenabsatz hinuntergepoltert war, war ihr ebenfalls neu. Bisher war von einem kleinen Sturz die Rede gewesen.

»Es besteht kein Grund zur Sorge, Mrs Morrisson«, erklärte Dr. Warden ruhig. »Sams Werte auf der Glasgow Coma Scale lagen unter dreizehn. Daher haben wir ein MRT gemacht. Die Funktionsstörung des Gehirns ist nur vorübergehend. Andere Verletzungen, wie beispielsweise die der Halswirbelsäule, konnten wir ausschließen. Es liegen keine Anzeichen für eine Gehirnblutung vor.«

Auf dem Gang quietschten Gummisohlen, untermalt von einem metallischen Klirren. Dem Geräusch nach wurde ein Wagen vorbeigeschoben. Rachel atmete zitternd aus. »Das heißt, Sam geht es gut? Kann ich ihn mit nach Hause nehmen?«

»Sam geht es gut«, bestätigte Dr. Warden. Er beugte sich vor und verschränkte die Hände auf dem Tisch. »Aber wir würden gerne in den nächsten Tagen einige kognitive Tests durchführen, um ein postkommotionelles Syndrom gegebenenfalls rechtzeitig zu erkennen.«

Rachel nickte, obwohl sie kein Wort verstand.

»Unserer Erfahrung nach schreitet die Genesung besser voran, wenn ein Elternteil während des stationären Aufenthalts bei dem Kind bleibt. Ließe sich das einrichten, Mrs Morrisson? Wir haben sehr komfortable Familienzimmer.«

Rachel starrte ihn an. Wie Dr. Warden es sagte, klang es einfach. So, als hätte er sie darum gebeten, Sam am Montag einen warmen Pullover anzuziehen, damit er sich nicht erkältete, und ihm ein Portion Vitamin C zu verabreichen. Rachel wusste, dass es unnütz war, sich bei Gott oder wer auch immer zuständig war, zu beschweren. Die Sorge um Sam war sie los. Dafür war sie mehr als dankbar. Aber ihre Alltagssorgen hatten sie umso fester im Griff.

Ein paar Tage ... Drei Worte, und alles, worauf sie hingearbeitet hatte, stürzte wie ein Kartenhaus zusammen. Es war vorbei. Der Traum von der Vollzeitstelle und einem leichteren Leben war ausgeträumt. Ausgeschlossen, dass man ihr bei Character! eine weitere Chance einräumte.

»Mrs Morrisson?« Von jenseits des Trümmerfeldes erklang Dr. Wardens Stimme.

»Entschuldigung …« Sie griff zu dem Glas und trank einen Schluck. Avery würde toben, wenn sie die nächsten Tage nicht zur Arbeit käme. Rachel konnte von Glück reden, wenn man ihr nicht kündigte. Sie räusperte sich. »Ich habe nur überlegt, ob es sich einrichten lässt.«

»Und wie lautet die Antwort?«

»Ich bleibe bei meinem Jungen.« Rachel nickte. Sie fühlte sich schlecht, weil sie gezögert hatte. Sam war gesund. Das alleine zählte. Es war kein Weltuntergang, sondern nur Geld, das sie verlor. Geld machte bekanntlich nicht glücklich. Aber leider brauchte man ein ordentliches Einkommen, um in London über die Runden zu kommen.

»Ich werde der Schwester Bescheid geben, damit sie das Nötige veranlasst.« Dr. Warden erhob sich und reichte Rachel zum Abschied die Hand. »Sie können jetzt zu Sam. Bitte erschrecken Sie nicht, wenn Sie den Verband sehen. Sam hat eine Platzwunde am Haaransatz, die genäht werden musste. Später wird man nichts mehr davon bemerken.«

»Glauben Sie mir, Dr. Warden, eine Narbe ist mein geringstes Problem«, erwiderte Rachel. Sie zögerte und blickte unsicher zu Dr. Warden hinüber. »Wissen Sie zufällig, was es kostet, wenn ich in Sams Zimmer schlafe?«

Bedauernd schüttelte Dr. Warden den Kopf. »Leider nein. Aber die Schwester kann es Ihnen sagen. Zu Ihrer Beruhigung …«, er lächelte verständnisvoll. »Soweit ich informiert bin, haben Sie dreißig Tage Zeit, um die Rechnung zu begleichen.«

Kapitel 4

Vor den Fenstern des King George Hospital ging die Dämmerung in ein verwaschenes Blau über. Durch die Schallschutzfenster drang in unregelmäßigen Abständen das Heulen der Ambulanz hindurch. Nachdem Sam ein Zimmer und ein Bett bekommen hatte, war Rachel erst einmal nach Hause gefahren. Das Nötigste war schnell gepackt: Pyjamas, Handtücher, Wäsche zum Wechseln, Zahnbürsten, das Monopoly-Spiel, eine Packung Schokokekse. Und Dotty, Sams lila Kuschelelefant. Rechtzeitig zum Abendessen – Käsemakkaroni, Sams Lieblingsessen – war sie zurück gewesen. Jetzt saß sie neben ihm, auf einer Pritsche, im Schein der Nachttischlampe, und wartete darauf, dass er endlich einschlief.

»Mummy?«

Sie stützte sich auf den Ellbogen und streichelte seine feuchte, schwitzige Hand. »Was ist, mein Schatz?«

»Du musst nicht bei mir bleiben. Ich bin kein Baby mehr.«

»Nein, das bist du nicht. Aber ich bleibe trotzdem.«

Er sah sie mit großen Augen an. »Kriegst du jetzt Ärger auf der Arbeit?«

Sanft stupste sie ihn gegen die Nase. »Wie kommst du denn darauf? Ich telefoniere morgen mit Avery und erkläre ihr, was los ist.«

»Es tut mir leid.«

»Das muss es nicht.« Verwundert darüber, dass er sich entschuldigte, runzelte sie die Stirn. »Es war ein Unfall. So etwas passiert. Du kannst nichts dafür.«

»Benjamin hat es nicht mit Absicht gemacht, Mummy.«

Etwas in Rachel verspannte sich. »Was meinst du damit?«

»Ich bin nicht von selbst gestürzt. Benjamin hat mich geschubst.«

»War denn so ein Gedränge in der Pause?«, hakte sie vorsichtig nach.

Sam dachte nach. Er fuhr sich mit der Zunge über die Mundwinkel. »Nein. Gar nicht. Es ist einfach so passiert.«

Rachels Körper kribbelte vor Wut. Sie musste sich gewaltig zusammenreißen, nicht auszusprechen, was sie dachte, und blickte schweigend zum Fenster hinüber, wo sich die Zweige eines Kastanienbaums schemenhaft im Wind wiegten. Sie hätte ihren rechten Arm darauf verwettet, dass Benjamin Sam mit Absicht geschubst hatte. Aus purer Bösartigkeit. Benjamin Eccles war ein richtiger kleiner Mistkerl. Genau wie sein Vater, der regelmäßig im Suff Nachbarn beleidigte. Benjamin war keinen Deut besser. Letzte Woche hatte er Sam bei einem Streit mit voller Wucht in den Magen getreten, als dieser schon am Boden gelegen hatte. Daraufhin hatte Rachel versucht, mit seiner Mutter zu reden. Doch mit Mrs Eccles war nicht zu reden. Sam müsse lernen, sich zu wehren, hatte sie gemeint, wenn ihm etwas nicht passe. Rachel hatte sie gefragt, wie sie sich das vorstelle. Immerhin war Benjamin einen Kopf größer als Sam und ungefähr doppelt so breit. Daraufhin war Mrs Eccles völlig ausgerastet und hatte ihr wüste Beschimpfungen an den Kopf geworfen. Rachel hatte sich beherrschen müssen, ihr nicht ins Gesicht zu sagen, was sie von der ganzen Familie hielt. Sie würden beim nächsten Schulbasar am Kuchenstand wieder nebeneinanderstehen und Torten auf Pappteller laden, da war Ehrlichkeit nicht die beste

Option gewesen. Rachel atmete tief durch und versuchte, nicht daran zu denken, dass Sam die ganzen sechsunddreißig Steinstufen vom ersten Stock bis hinunter in die Halle gestürzt war. Er hätte sich das Genick brechen können. Vielleicht war Ilford doch keine so gute Wahl, wie sie geglaubt hatte. Die Jungs an der Schule waren richtige Rowdys. Sam passte nicht dorthin. Möglicherweise hatte er deshalb noch keine Freunde gefunden.

»Mummy?«

»Hm?«

»Ich hab dich lieb.«

»Ich dich auch.« Sie drückte ihm einen Kuss auf die Wange und zog die Decke sorgfältig über seinen Rücken. »Jetzt schlaf. Alles wird gut.«

* * *

Am nächsten Morgen stand Rachel auf dem Gang, damit Sam nicht mithörte, wie sie mit Avery telefonierte. So geladen hatte sie ihre Chefin noch nie erlebt.

»Du erzählst mir nicht im Ernst gerade, dass du die gesamte Woche nicht arbeiten kannst? Noch nicht einmal in Teilzeit? Von deinem Versprechen, den Laden auf Vordermann zu bringen, ganz abgesehen?«, blaffte Avery in den Hörer.

»Es tut mir wirklich leid, aber ...«

»Weißt du, was das für mich bedeutet?« Eine rhetorische Frage, denn Avery ließ ihr keine Zeit für eine Antwort. »Das Wetter ist bombastisch. Zum ersten Mal seit Wochen. Das Geschäft läuft jetzt und nicht dann, wenn du es zufällig einrichten kannst.«

»Ich mache das doch nicht, um dich zu ärgern, Avery, sondern weil ...«

»Du ruinierst gerade mein Leben, Rachel, ist dir das klar? Wenn du nächste Woche komplett ausfällst, kann ich meinen

Urlaub vergessen.« Rachel hörte, wie sie ihr Asthmaspray betätigte. »Eine Woche Bahamas für zwei Personen im Luxushotel. Ich *weiß*, dass Frank mir einen Heiratsantrag machen will. Es ist unser fünfter Jahrestag, verstehst du? Weshalb hätte er mich sonst bitten sollen, ein *ganz besonderes* Kleid mitzunehmen? Für einen *ganz besonderen* Abend. Klingelt da etwas bei dir?«

»Ich sagte doch, es tut mir leid. Aber wer weiß, vielleicht organisiert Frank ja einen anderen *ganz besonderen* Abend für euch? Es gibt viele Orte für einen romantischen Heiratsantrag in London.«

»Ach ja?« Avery schnaubte missmutig in den Hörer. »Ich wollte meinen Antrag an einem türkisfarbenen Strand in Nassau bekommen, und du bist schuld, dass daraus nichts wird.«

Rachels freie Hand ballte sich zusammen. Seit wann war sie für Averys Privatleben verantwortlich? Sie biss sich auf die Lippe. »Bitte, Avery, lass es mich erklären«, sagte sie ruhig. »Du weißt nicht, was hier los ist.«

»Ich höre.«

Rachel nickte der Schwester zu, die gerade an ihr vorbeiging. Dann holte sie Luft. »Die Ärzte müssen eine Reihe von Untersuchungen an Sam vornehmen. Dabei kann ich ihn nicht alleine lassen, Avery. Er ist erst sieben. Du erinnerst dich sicher, wie es war, als du so alt warst. Bestimmt hast du dich auch vor allem gefürchtet, was mit Ärzten oder Krankenhäusern zu tun hatte.«

Schweigen.

»Callista wird einen Anfall bekommen«, erklärte Avery schließlich. »Das weißt du, Rachel, nicht wahr?«

»Ja …«

»Überleg dir, was du tust«, sagte Avery, der Ton ihrer Stimme war weicher geworden. »Deine Bewerbung ist endgültig vom Tisch, wenn du das durchziehst.«

Rachel nickte stumm.

»Ich weiß, dass du es als alleinerziehende Mutter nicht leicht hast, Rachel. Und ich habe immer versucht, dich, soweit es geht, zu unterstützen …«

»Ja, das stimmt …«

»Ich sage es nicht gerne, Rachel.« Avery hustete und sog an ihrem Inhalator. »Tu dir und Sam einen Gefallen. Ernsthaft. Denk in Ruhe darüber nach, ob eine Position im Einzelhandel auf Dauer das Richtige für dich ist.«

Rachel presste schweigend die Lippen aufeinander.

»Ich meine es nur gut.«

»Danke für dein Verständnis«, erklärte Rachel. »Und für den Rat. Du hast recht. Ich muss mir Gedanken machen, wie es für Sam und mich weitergehen soll.«

* * *

Am Donnerstag wurde Sam aus dem Krankenhaus entlassen. Rachel war überglücklich, endlich wieder zu Hause zu sein. Sie beschloss, einmal nicht auf das Geld zu achten, und bestellte zur Feier des Tages Pizza für sie beide. Dazu sahen sie sich einen Film an und tranken Cola. Später war Sam so müde, dass ihm auf der Couch die Augen zufielen. Rachel verfrachtete ihn frühzeitig ins Bett.

Dann ging sie in die Küche, schenkte sich ein Glas Rotwein aus dem Tetra Pak ein und schlich zurück ins Wohnzimmer. Sie schnappte sich Papier, Stift und einen Taschenrechner. Bevor sie sich nicht einen Überblick über die Rechnungen verschafft hatte, die während ihrer Abwesenheit in den Briefkasten geflattert waren, konnte sie nicht ins Bett gehen.

Eine Viertelstunde später legte sie den Block frustriert zur Seite. Was für ein Schlamassel. Die Krankenhausrechnung würde ihr Budget endgültig sprengen. Zu allem Übel hatte zwischendurch der Besitzer der chinesischen Wäscherei angerufen und ihr den Job gekündigt. Er habe es satt, alleinerziehende Mütter zu beschäftigen, die seine Planung andauernd durcheinanderbrächten. Da arbeite er noch lieber mit polnischen Aushilfen, die kaum Englisch sprächen, aber zuverlässig zur Arbeit erschienen. Rachel konnte es ihm nicht verdenken. Sie hatte ihn oft genug hängen lassen. Niemand beschäftigte gerne alleinstehende Mütter, die ständig wegen eines kranken Kindes zu Hause blieben.

Seufzend beugte sie sich zur Seite und nahm das Glas vom Boden. Sie war schon den ganzen Tag über in einer merkwürdigen Stimmung gewesen. Sams Unfall hatte ihr einen kurzen Ausstieg aus dem Hamsterrad verschafft. Jetzt, da sie ihre Arbeit aus einer gewissen Distanz betrachtete, kam sie aus dem Grübeln nicht mehr heraus. Ihr Leben wurde von dürftig verwobenen Fäden zusammengehalten. Riss einer davon, riffelten alle Maschen auf. Wie bei einem kaputten Pullover. Averys Worte hallten in ihr nach. Sie arbeitete gerne im Verkauf, aber vielleicht war es wirklich nicht das Richtige für sie. Vielleicht war London nicht das Richtige für sie. Keine ihrer Hoffnungen hatte sich erfüllt. Eine nach der anderen waren sie zerplatzt wie Seifenblasen. Zum ersten Mal in all den Jahren stand sie ohne Plan da. Seit Joshs Tod hatte sie hart gearbeitet. Ihr eigenes Leben und das von Sam waren dabei auf der Strecke geblieben. Avery hatte recht. So konnte es nicht weitergehen.

Nachdenklich starrte sie in das Glas. Der herbe Geruch von Tannin, durchmischt mit der Süße von Früchten, stieg in ihre Nase und transportierte sie in eine andere Welt. In eine Welt, in der Josh noch gelebt hatte und sie jung, verliebt und unbeschwert gewesen war. Mit dem Geld, das Josh bei seinem ersten Engagement verdient hatte, hatten sie sich einen Traum erfüllt. Sie waren nach Venedig, die Stadt der Gondeln, der Paläste und des schmerzhaft-schönen Verfalls gereist. An einem nebligen Februarabend, als das diffuse Licht der Sonne in der Lagune versank, war er neben der Laterne an der Spitze zwischen der Fondamenta Salute und der Fondamenta Zattere Ai Saloni vor ihr auf die Knie gefallen und hatte um ihre Hand angehalten. Die umstehenden Touristen hatten vor Begeisterung Beifall geklatscht, den größten, den Rachel in ihrem ganzen Leben bekommen hatte. Später hatten sie Arm in Arm auf den Stufen der Rialtobrücke gesessen und ihr Glück mit einer Flasche Montepulciano gefeiert. In der darauffolgenden Nacht wurde Sam gezeugt. Fast acht Jahre war das jetzt her. Wie sehr hatten sie sich auf eine Zukunft gefreut, die ihnen beiden gehörte. Rachels Herz wurde bei der Erinnerung schwer. Inzwischen gab es Tage, an denen sie sich fühlte, als wäre sie sechzig, und nicht vierunddreißig. Dabei ging es nicht um die Tatsache, dass es seit Josh keinen Mann mehr in ihrem Leben gegeben hatte. Ihr Bedürfnis nach einer Beziehung oder nach Sex war so gut wie erloschen. Schuld daran war der nie nachlassende Druck.

Sie wischte eine Träne weg, die sich unbemerkt über ihre Wange geschlichen hatte. Was würde Josh wohl sagen, wenn er sie jetzt sehen könnte? Sie hatte sich immer vorgestellt, mit ihm alt zu werden. Er war alles gewesen, was sie an Familie besaß, abgesehen von Sam. Nie im Leben hätte sie damit gerechnet, dass er sich quasi über Nacht von einem gesunden Dreißigjährigen in einen sterbenskranken Mann verwandeln könnte. Damals, nach seinem Tod, hatte sie gemeint, verstanden zu haben, worauf es in dieser Welt ankam. Leben ließ sich nicht auf morgen verschieben. Es fand jetzt statt oder überhaupt nicht. Was war aus ihrem Vorsatz geworden, jeden Augenblick so intensiv wie möglich zu spüren? Hatte sie alles wieder vergessen?

Das Glas war beinahe leer. Sie hatte nicht bemerkt, wie viel sie getrunken hatte. Eine angenehme Schwere breitete sich in ihrem Kopf aus. Wie Nebel, der sich über ihre Gedanken senkte. Sie hob das Glas in die Luft und prostete Josh zu. Und dann trank sie den letzten Schluck. Auf ihre Ehe und auf eine verlorene Zeit.

Ein Rumpeln in der Küche ließ sie aufhorchen. Sie stellte das Glas auf dem Boden ab, schwang sich vom Sofa und ging auf Strümpfen in den schmalen Flur. Im Dunkeln trat sie in etwas Nasses. Sie tastete nach dem Lichtschalter und erblickte die Pfütze, die unter der Küchentür auf sie zufloss.

Zehn Minuten später kroch sie auf allen vieren über den Küchenboden und beseitigte das Chaos. Sie zwängte sich in die Lücke zwischen der Wand und der kaputten Waschmaschine und wischte sorgfältig aus. Ursprünglich war hier eine Spülmaschine vorgesehen gewesen, aber der Vermieter hatte sein Versprechen nie wahr gemacht. Sie ließ sich zurück auf die Fersen fallen und betrachtete das Linoleum. Es war seit Langem brüchig. Durch den Wasserschaden war es jetzt wohl völlig hinüber. Der Mief, der von dem feuchten Untergrund ausging, roch erbärmlich. Sie lehnte den Rücken gegen den Schrank und zog die Knie an die Brust. Neben ihr lag der nasse Lappen. Ihre Hände zitterten. Von jähem Zorn gepackt, nahm sie ihn und schmetterte ihn mit einer solchen Wucht gegen die Wand, dass er kurz kleben blieb, bevor er mit einem schmatzenden Geräusch in den Ausguss platschte. Mit pochendem Herzen blickte sie auf den nassen Fleck neben dem bröckeligen Putz. Sie fühlte sich traurig und leer. Die Wohnung in ihrer ganzen Schäbigkeit lächelte herablassend auf sie nieder.

Sie spürte, wie ihr die Tränen in die Augen traten. Emotionen wallten in ihr auf, die sie lange zurückgehalten hatte. Bleischwer legte sich die Erschöpfung um ihre Schultern. Sie war es leid, tapfer zu sein und ihre Gefühle zurückzuhalten. Ihr Körper bebte vor Anspannung. Sie presste den Handballen vor den

Mund, damit Sam nicht hörte, wie sie weinte, und ließ den Schmerz zu.

Sie wusste nicht, wie lange sie so dagesessen hatte, aber schließlich waren alle Tränen versiegt. Ihre Beine waren eingeschlafen und schmerzten. Schwerfällig erhob sie sich, zog die feuchten Jeans und Socken aus und legte sie zum Trocknen auf die kaputte Waschmaschine. Dann straffte sie die Schultern, ging zurück ins Wohnzimmer und gönnte sich ein zweites Glas. Mit angewinkelten Knien saß sie auf der Couch, in der Hand einen Stift, einen Block in der anderen. Ihr Haar fiel in wirren Strähnen auf ihre Schultern. Sie strich es ordnend zurück. Dann nahm sie ihren Stolz, spülte ihn mit einem Schluck Wein hinunter und schrieb den Brief, den sie seit sechs Jahren vermieden hatte zu schreiben.

Es dauerte drei Tage, dann rief Annie an.

»Gut, dass du zur Vernunft kommst. Es wird Zeit, dass du aufhörst, Sam hin und her zu schieben. Damit machst du euch beide nur unglücklich«, sagte Annie mit ihrem rollenden gälischen Akzent, der typisch für Harris war, die nördlichste Insel der Äußeren Hebriden. Dort, wo die Winde vom Atlantik mit ungebremster Gewalt auf die schottische Westküste trafen, lebte Annie.

Rachel spürte, wie sie sich verspannte. Granny hatte ihre eigenen Ansichten. Noch dazu war sie sehr direkt. *Zu* direkt. Das war einer der Gründe, warum Rachel lange gezögert hatte, diesen Brief zu schreiben. Sie liebte ihre Großmutter, aber sie waren sehr unterschiedlich. Das würde es schwierig machen, unter einem Dach zu leben.

»Wer sagt, dass ich unglücklich bin?«, erwiderte Rachel und warf einen Blick auf Sam, der auf der Couch eingeschlafen war, obwohl die Frühlingssonne auf sein Gesicht schien. Sie ging hinüber ins Bad, zog die Tür hinter sich zu und ließ sich auf den Rand der Wanne nieder.

»Nun, dein Brief klingt sehr danach. Mach nicht den gleichen Fehler wie deine Mutter. Du musst dir nichts beweisen«, sagte Annie.

Rachel starrte auf den orangen Putzeimer in der Wanne, den sie seit dem Drama mit der Waschmaschine noch nicht weggeräumt hatte. Granny hatte gut reden. Wie konnte Rachel sich nicht als Versager fühlen? Sie war vierunddreißig, alleinerziehend und zog zu ihrer Großmutter, weil sie aus eigener Kraft nicht über die Runden kam. Worauf sollte sie da stolz sein? Sie legte die Hand gegen die schmerzende Stirn. »Auf jeden Fall habe ich nicht vor, dir auf der Tasche zu liegen.«

»Komm erst einmal her. Über alles andere reden wir dann.«

»Ich werde mir auf der Insel einen Job suchen. Vielleicht kannst du dich schon mal umhören? Ich bin flexibel«, sagte Rachel vage. Im Grunde gab es nur drei Tätigkeiten, mit denen sie Erfahrung hatte: Mode verkaufen, in der Küche aushelfen und Hemden bügeln. Das, und die Schauspielerei. Aber damit ließ sich auf einer einsamen Insel wenig anfangen.

»Das mache ich. Ich hatte dir ja schon nach Joshs Tod vorgeschlagen, mit Sam hierherzuziehen. Die Luft ist viel gesünder als in London.«

Rachel zuckte die Schultern. »Ilford ist besser, als du denkst.«

»Mag sein.« Annie klapperte mit einem Topf. Dann sagte sie: »Es wäre einfacher gewesen anzurufen, statt einen drei Seiten langen Brief zu schreiben.«

Schweigend starrte Rachel die Rollgardine mit dem lila Pfauenmuster vor dem Lichtschacht an. Wie sollte sie Annie das erklären? Auf dem Papier die Situation zu schildern, war eine Sache. Granny am Telefon eingestehen zu müssen, dass ihr Leben in einer Sackgasse steckte, eine andere.

»Also schön. Dann sehen wir uns in zwei Wochen?«, fragte Annie. Im Hintergrund gackerte ein Huhn.

»Ja, wenn ich es schaffe, die Wohnung bis dahin aufzulösen.« Rachel erhob sich und stapelte drei angebrochene Rollen Klopapier übereinander, die auf dem Boden durcheinanderkullerten. Sie nahm sich vor, ein Wörtchen mit Sam zu reden. Wenn sie bei Granny wohnten, würde er Ordnungssinn entwickeln müssen. Hoffentlich kamen die beiden miteinander aus.

»Ruf von unterwegs an und lass mich wissen, um welche Zeit ihr eintrefft. Ich koche uns etwas Schönes. Sam isst doch hoffentlich alles?«

»Alles, außer Kartoffel-Lauch-Suppe.«

»Vernünftiges Kind. Lauchsuppe konnte ich auch nie leiden. Dann noch einen schönen Sonntag, Rachel. Und fahr vorsichtig.«

Rachel legte auf. Sie ging zurück ins Wohnzimmer, wo Sam im Schlafanzug und mit einer rosa Pappnase im Gesicht auf dem Sofa herumhopste. Bei der letzten Schulaufführung war er eines der drei kleinen Schweinchen gewesen. Gegen ihren Willen musste sie lachen. Sie ging zu ihm hinüber, nahm ihm die Nase ab und hob warnend einen Zeigefinger. »Was hatten wir ausgemacht? Du sollst noch nicht herumtollen.«

»Ich bin aufgewacht und du warst nicht da.« Er grinste schief.

»Das ist keine Entschuldigung. Wie geht es deinem Kopf?«

»Mir ist langweilig.« Er verdrehte die Augen. »Kann ich mit dem Skateboard nach draußen gehen?«

»Auf keinen Fall, junger Mann.«

»Na schön«, meinte Sam gutmütig und zuckte die Achseln. »Kann ich dann ein Eis haben?«

»Von mir aus.« Sie setzte sich zu ihm auf die Couch und schlug die Beine unter. »Aber zuerst muss ich mit dir reden.«

»Okay.«

Rachel ließ den Gummi der Schweinenase schnalzen. Wie sollte sie Sam den Umzug schmackhaft machen? Er würde es hassen, mitten im Schuljahr die Klasse zu wechseln. Sie seufzte. »Ich habe gerade mit Granny telefoniert. Sie lässt dich grüßen.«

»Granny ist coooool«, Sam verdrehte begeistert die Augen.

»Ach ja? Ist sie das?«, fragte Rachel verwundert. Bislang kannten sich die beiden nur vom Telefon. »Was ist so toll an ihr?«

»Sie sagt nie so komisches Zeug wie andere Omas.«

»Welches Zeug denn?«

Sam schüttelte den Kopf, als könnte er nicht glauben, dass Rachel eine so dumme Frage stellte. »Du weißt schon. Sachen wie: ›Bist du auch immer schön brav zu deiner Mummy?‹ oder ›Du bist aber groß geworden.‹ Oma-Sachen eben.«

»Du magst Granny?«

»Ja.«

»Was hältst du davon, wenn wir sie in Schottland besuchen?«

»Im Ernst? Das wäre toll! In den Ferien?«

Sie zögerte. »Na ja, möglicherweise früher. Wie würde es dir gefallen, eine Zeit lang am Meer zu leben? Du und ich und Granny? Wäre das nicht toll?«

»Hm. Ich weiß nicht. Was ist mit der Schule?«

»Du kommst in eine neue Klasse. Dort oben findest du bestimmt viele Freunde.« Anders als in Ilford, setzte sie in Gedanken hinzu. »Mit deinen bisherigen Freunden kannst du telefonieren. Und in den Ferien besucht ihr euch.«

Schweigen. Sie konnte sehen, wie es in ihm arbeitete. »Mummy?«

»Ja?«

»Eigentlich möchte ich Benjamin gar nicht wiedersehen.« Er schob die Unterlippe vor. »Andy schon, aber der zieht Ende des Schuljahres nach Devon.«

»Ich lade Andy in den Sommerferien mit seiner Mum und seinem Bruder zu uns auf die Insel ein. Dann könnt ihr stundenlang am Strand zusammen spielen.«

»Echt jetzt?«

»Ja. Warum nicht?« Sie zuckte die Schultern. »Außerdem ist es wichtig, dass wir zu Granny ziehen. Sie braucht uns.«

»Wieso?«

»Sie ist nicht mehr die Jüngste. Vielleicht kannst du ihr in der Teestube helfen. Das macht bestimmt Spaß.«

Er schwieg.

»Und was wird aus Freckles, Sparky und Jumper?«

»Die Kaulquappen nehmen wir mit.«

»Und wenn sie Heimweh bekommen? Sie waren noch nie am Meer. Die kennen sich doch da nicht aus.«

»Das ist richtig«, nickte Rachel. »Und darum brauchen sie dich. Du wirst ihnen alles zeigen müssen. Meinst du, du kriegst das hin?«

»Na klar, Mummy. Das schaffen wir.«

»Klasse«, sie hob die Hand und gab ihm Highfive, obwohl ihr viel eher danach zumute gewesen wäre, ihn in die Arme zu nehmen und zu drücken. Rachels Herz fühlte sich an wie ein seltsamer Ort, den sie einmal bewohnt hatte. Seit Joshs Tod hatte es sich verschlossen. Und dann gab es noch den Teil ihres Herzens, der seit Sams Geburt außerhalb ihres Körpers lebte.

Grinsend zog er die Hand zurück. »Kann ich jetzt ein Eis haben?«

»Ja, mein Großer.« Sie stand auf, ging in die Küche. Doch statt das Eis aus dem Gefrierfach zu holen, starrte sie zum Fenster hinaus in den winzigen Garten, unfähig zu glauben, dass es wirklich passierte. Sie würden nach Harris ziehen. Als Kind hatte es ihr in den Ferien dort gefallen. Aber wie würde es sein, für länger dort zu leben? Und London zu verlassen? Gedankenverloren strich sie mit der Hand über den splittrigen Fensterrahmen. Sämtliche Erinnerungen an Josh hatten mit London zu tun. Da war zum einen Soho, die Welt der Theater und das quirlige Nachtleben. Dann der Borough Market am South End, auf dem sie regelmäßig Lebensmittel eingekauft hatten. Die Kanäle mit den Hausbooten in Little Venice. Auf einem davon hatte Josh als Student gewohnt. Dort hatte er sie zum ersten Mal geküsst. Seit Joshs Tod hatte sie diese Orte nie wieder besucht. Aber es fühlte sich tröstlich an, dass sie zumindest die Möglichkeit hatte. Theoretisch trennte sie nur eine U-Bahn-Fahrt von ihren Erinnerungen. Harris dagegen lag siebenhundert Meilen und fünfzehn Stunden mit dem Auto entfernt. Sie seufzte. Würde sie Josh noch ein Stück mehr verlieren, wenn sie aus London wegzog?

Sie wandte sich vom Fenster ab. Ihr Blick fiel auf die Dinge, die sich in all den Jahren in der Küche angesammelt hatten. Der Tisch und die beiden Stühle vom Flohmarkt in Portobello, die sie und Josh abgebeizt und gestrichen hatten. Der Flickenteppich, auf dem Sam seine ersten Krabbelversuche unternommen hatte. Geschirr, Töpfe und Pfannen, die sie gemeinsam angeschafft hatten … Die ganze Wohnung war voll von einer Vergangenheit, die sie unmöglich mitnehmen konnte. Schweren Herzens beschloss sie, am kommenden Wochenende einen Hausflohmarkt zu veranstalten. Ein paar der Dinge würde sie an die wenigen Freundinnen, die ihr von früher geblieben waren, verschenken. Den überflüssigen Krempel würde sie auf den Sperrmüll werfen. Sie vergaß Sams Eis und begann, eine Liste zu schreiben. Es gab etliches zu erledigen. Ihren Job und die Wohnung zu kündigen, wäre das Erste. Als sie hier eingezogen waren, hatte sie sich geärgert, die Miete wöchentlich zahlen zu müssen. Die Hausbesitzerin hatte sich geweigert, einen ordentlichen Mietvertrag abzuschließen. Jetzt erwies es sich als Vorteil. Sam von der Schule abzumelden war der nächste Punkt. Von ihren restlichen Ersparnissen und dem Geld aus dem Hausflohmarkt ein gebrauchtes Auto zu kaufen, kam gleich danach. Und so ging es weiter und weiter. Als sie den Stift zur Seite legte, war die Liste lang geworden.

»Mummy?« Sam kam in die Küche getrottet. »Was ist mit meinem Eis?«

»Entschuldige, mein Schatz, das hatte ich vergessen.« Sie strich ihm zärtlich über den Kopf.

»Weinst du etwa?« Verwundert sah er sie an.

»Ach was.« Sie schüttelte den Kopf und trat an den Kühlschrank. »Ich habe nur etwas im Auge. Möchtest du Vanille oder Schoko?«

»Beides.«

»Kommt sofort.« Sie warf ihm einen strengen Blick zu. »Geh schon mal zurück auf die Couch. Der Arzt sagt, du musst dich ausruhen.«

Sie sah ihm hinterher, wie er aus der Küche tapste. Ein mulmiges Gefühl machte sich in ihr breit. Um ehrlich zu sein, war sie sich nicht sicher, ob sie das Richtige tat. Plötzlich bekam sie Angst davor, ihr bisheriges Leben hinter sich zu lassen. Angst vor der Abgeschiedenheit. Angst vor allem vor der Leere in ihrem Inneren, die auf Harris jede Menge Raum haben würde, sich zu entfalten.

Kapitel 6

Es war ein seltsames Gefühl, nach Schottland zurückzukehren. Als die Fähre auf Tarbert zuglitt und das moderne Gebäude der Harris Destillerie in Sicht kam, war Rachel vermutlich nervöser als Sam, für den alles ein großes Abenteuer zu sein schien.

Sie fuhr vom Anleger und lenkte den klapprigen Ford Kombi, den sie von ihrem wenigen Geld erstanden hatte, an den vielen bunten Läden vorbei aus der Stadt heraus. Ihr letzter Besuch auf der Insel lag zwanzig Jahre zurück. Tarbert hatte sich verändert. Aus dem verschlafenen Nest war ein attraktiver Ferienort geworden. Krachend schaltete sie in den nächsten Gang. Vielleicht wäre es ja doch leichter als gedacht, hier oben einen Job zu finden. In einem der einladenden kleinen Restaurants vielleicht oder in der Destillerie.

Als sie über die schmale Küstenstraße hinauf in die Hügel fuhren, zog mitten aus dem Nichts Nebel auf. Ein dumpfes Zwielicht lag über der kargen Landschaft, die aus Geröll, mit gelben Flechten bewachsenen Felsen und spärlichen Grasnaben bestand. Sams fröhliche Laune schien sich mit dem Wetterumschwung verflüchtigt zu haben. Schweigend saß er neben ihr auf dem Kindersitz, die Plastikbox mit den winzigen Fröschen auf dem Schoß, die eigentlich zum Transport von Hamstern gedacht war. Teilnahmslos starrte er vor sich hin.

»Alles in Ordnung mit dir, Kumpel?«, fragte Rachel in die ungewöhnliche Stille.

»Mum?«

»Ja?« Sie versuchte, einen Blick auf sein Gesicht zu erhaschen, was angesichts der kurvigen Straße kaum möglich war. Konzentriert richtete sie ihre Augen wieder auf die Fahrbahn.

»Können wir nicht nach Glencoe zurückfahren? Da hat es mir besser gefallen.«

»Warte, bis wir an der Küste sind.«

»Wieso gibt es hier keine Bäume?«

»Keine Ahnung.« Sie zuckte die Schultern. »Wir können Granny fragen, wenn es dich interessiert.«

»Du hast gesagt, wir ziehen auf eine wunderschöne Insel. Aber hier sieht es aus wie auf dem Mond.«

Sie lenkte den Wagen in eine der Ausweichbuchten, um ein hinter ihr fahrendes Auto überholen zu lassen. Dabei hatte sie Gelegenheit, Sam genauer zu mustern. Er wirkte ungewöhnlich blass. »Ist dir übel?« Sie beugte sich zum Handschuhfach hinüber und nahm eine Plastiktüte heraus. »Hier, für den Notfall.«

Mit spitzen Fingern nahm Sam die Tüte. Er zog ein Gesicht, als würde sich ihm der Magen beim Anblick des Plastikbeutels erst recht umdrehen. »Ich muss nicht kotzen«, sagte er. »Glaub ich zumindest.«

»Na schön. Aber sag Bescheid, wenn ich anhalten soll.« Sie legte den Gang ein und fuhr weiter.

»Warum kann Granny denn nicht zu uns ziehen? Du hast doch gesagt, sie ist alt und braucht uns. Warum können wir ihr nicht in London helfen?«

Rachel seufzte. »Oh, Schätzchen, das habe ich dir doch schon erklärt. Annie möchte nicht weg von hier. Das ist …«, sie nagte an ihrer Unterlippe und suchte nach einem passenden Bild, »… das ist so, als würde man einen alten Baum verpflanzen.

Wenn Annie hier wegmüsste, würde sie krank. In ihrem Alter schlägt man nicht mehr so leicht Wurzeln.«

»Aber hier gibt es doch gar keine Bäume. Hast du selbst gesagt.« Er streckte den Zeigefinger aus und kicherte, als sie ein genervtes Gesicht zog. Hoffentlich lag es nur an der langen Fahrt und dem scheußlichen Wetter, dass Sam so anstrengend war.

»Granny gefällt es hier«, sagte Rachel. »Als Kind hat sie auf einer einsamen Insel ganz weit draußen im Atlantik gelebt. Im Winter waren sie völlig vom Festland abgeschnitten.«

»Du meinst, eine Insel wie bei Robinson Crusoe?«

»Na ja, so in etwa. Nur ohne Palmen«, sagte sie, doch Sams Aufmerksamkeit hatte sich inzwischen auf etwas anderes gerichtet. Aus den Augenwinkeln sah sie, wie er den Deckel öffnete und in die Hamsterbox langte. Sie nahm eine Hand vom Lenker und hielt seinen Arm fest. »Hatten wir nicht gesagt, dass der Deckel zu bleibt, junger Mann? Ich habe keine Lust, das Auto nach deinen Fröschen abzusuchen.«

»Sparky wollte nur mal zum Fenster hinausschauen.«

»Sparky bleibt, wo er ist. Genau wie Freckles und Jumper. Übrigens, so übel ist es hier doch nicht. Schau mal, da vorne!« Sie deutete aus dem Fenster. Der Wagen glitt über eine gut ausgebaute Straße auf die unendlich weiten silbernen Sandbänke von Luskentyre zu. Gleichmäßig rollten die Brecher vom Atlantik herein. Der Horizont schien endlos. »Wenn die Sonne scheint, ist das der schönste Strand der Welt.«

Sam zog eine Grimasse, schloss aber ohne weitere Diskussion den Deckel.

»Tut mir leid, Mummy«, meinte er eine Weile später. Inzwischen hatten sie die Hügel hinter sich gelassen und fuhren die Küstenstraße entlang. »Ich wollte dich nicht ärgern. Wenn du es hier schön findest, gefällt es mir auch.«

»Du gewöhnst dich bestimmt schnell ein.« Aufmunternd tätschelte sie seinen Oberschenkel. »Vielleicht können wir morgen deinen Drachen nehmen und einen Ausflug an den Strand machen …«

»Halt an, Mummy! Schnell!«

Abrupt trat Rachel auf die Bremse. Zum Glück befanden sie sich auf Höhe einer Ausweichbucht. War Sam doch übel? Sie strich sich das Haar aus der Stirn und warf ihm einen besorgten Blick zu. »Mein Gott, Sam, was ist denn?«

»Schafe«, quietschte er und deutete aus dem Fenster. »Ganz viele. Mit schwarzen Köpfen und blauen Punkten auf dem Rücken. Können wir aussteigen und sie streicheln? Bitte?«

»Oh, Sam, du wirst ab jetzt jeden Tag Gelegenheit haben, Schafe zu streicheln«, meinte sie, erleichtert, dass es ihm nur um die Tiere ging. »Wusstest du, dass Granny Hühner hat? Und sogar eine Kuh.«

Sam machte große Augen. »Echt jetzt?«

»Ja, echt.«

»Cool. Lass uns schnell weiterfahren. Ist es noch weit?«

»Nein.« Sie legte den Gang ein. »Freust du dich auf Granny?«

»Schon … Aber es ist auch komisch, weil ich sie noch nie gesehen habe.«

»Das verstehe ich. Du musst keine Angst haben. Granny ist eine ganz reizende ältere Dame.«

* * *

Kurz darauf erreichten sie den Ortseingang von Northton. Die lang gezogene Dorfstraße schnitt mitten durch den Weiler, um dann abrupt vor einer von Schafzäunen umgrenzten, gelb blühenden Wiese zu enden. Annies Haus lag genau davor.

Rachel schaltete den Motor aus und warf einen Blick auf das Schild über der Eingangstür des grau verputzten, einstöckigen Hauses, an dessen beiden Seiten je ein Kamingiebel aufragte. Eine Bauweise, die auf den Inseln verbreitet war. *Laimrig nam Gal,* Landeplatz der Fremden, das war der Name, den Annie für ihr Haus gewählt hatte. Neben dem Haus, unmittelbar vor dem Schafgatter gelegen, befand sich ein ebenerdiger Anbau, dessen Fenster sich tief in das dicke, weiß getünchte Mauerwerk duckten. Im Fenster links von der Eingangstür hing ein Schild mit der Aufschrift *Tearoom.* Wenn Rachel nicht gewusst hätte, dass Annie ein Café führte, hätte sie es glatt übersehen. In dieser Einöde einen Tearoom vorzufinden, war in etwa so wahrscheinlich wie ein Fünf-Sterne-Hotel am Nordpol. Sie löste ihren Sicherheitsgurt und tätschelte Sam aufmunternd die Schulter. »Komm, wir sehen nach, wo Granny steckt.«

Sam sprang aus dem Auto und griff nach ihrer Hand. Mittlerweile hatte leichter Nieselregen eingesetzt. Rachel fröstelte vor Übermüdung. Sie hoffte, dass Granny sie mit einem schönen, heißen Tee und einem Stück Kuchen für Sam empfangen würde. Sie stieß die niedrige Tür auf und trat über die ausgebesserte Schwelle in einen behaglich anmutenden Raum. Zu ihren Füßen erstreckte sich ein Karomuster aus groben braunen und olivfarbenen Fliesen, die in der Mitte des Zimmers in eine gekachelte Sonne mündeten. Ringsherum standen schlichte dunkle Holztische mit dazu passenden Stühlen. Die weiß verputzten Wände waren mit maritimen Fotos und mit Wimpeln aus bunt gemusteren Stoffen geschmückt. Dunkle, fast schwarze Holzbalken schlossen den Raum nach oben hin ab. Links neben dem Eingang befand sich die Theke, daneben eine Glasvitrine mit einer Auswahl selbst gebackener Kuchen. Im offenen Kamin flackerte ein Feuer.

»Hallo?«, fragte Rachel in die Stille des Nachmittags hinein. Nichts rührte sich.

Sam zog ungeduldig an ihrer Hand. »Wo ist Granny denn? Ich habe Hunger. Kann ich ein Stück Schokokuchen bekommen?«

»Bestimmt, mein Schatz, aber erst einmal müssen wir Granny finden.« Rachel reckte den Hals und spähte in den langen Gang, der hinter der Theke in einen Nebenraum führte. »Hallo? Annie?«, rief sie, lauter diesmal. Sicher hörte Annie inzwischen nicht mehr gut.

Die Tür zum Gastraum flog auf. Ein Schwall feuchter, kühler Luft drang ins Zimmer und verscheuchte die behagliche Wärme. Die große, hagere Gestalt eines Mannes verdeckte den Eingang. Sein Gesicht unter der Mütze war im Zwielicht kaum zu erkennen. Als der Fremde Rachel und Sam erblickte, nahm er die abgewetzte Mütze vom Kopf. Verlegen drehte er sie in der Hand. Er trat näher, sodass sie sein Gesicht erkennen konnte. Die Haut war braun und wettergegerbt, das Kinn stoppelig, die schütteren Haare klebten wirr an seinem Kopf. Die Nickelbrille hatte einen Sprung im linken Glas. Zu einem blauen Drillich trug er Gummistiefel, an deren Rändern Schmutz klebte.

»Ich suche die *Cailleach*«, sagte er. »Haben Sie sie gesehen?«

»Sie meinen Mrs McViccar?«

»*Aye*, die *Cailleach*.«

Sam kam zu ihnen herübergeschlendert. Er legte den Kopf schräg und blickte zu dem Fremden auf. »Was ist das, eine *Cailleach?*«

»Eine weise alte Frau«, erklärte der Fremde. »Eine Heilerin.«

»Du meinst eine Hexe?« Sam schluckte hörbar.

Der ältere Mann wischte sich mit dem Unterarm die Nässe aus dem Gesicht. »Eine Hexe? Damit liegst du gar nicht mal so verkehrt. Aber eine gute.« Er lächelte Rachel schief zu. »Ist sie da?«

»Tut mir leid …« Rachel schüttelte den Kopf, während sie überlegte, wie sie den Besucher loswurde, bevor er Sam noch mehr Unsinn über Annie erzählte. Am Ende glaubte Sam noch, Annie ritte nachts auf dem Besen um das Haus. Rachel rang sich ein höfliches Lächeln ab. »Ich wüsste selbst gerne, wo sie ist.«

Er streckte ihr eine große, schaufelförmige Hand entgegen. »Ach, das hätte ich fast vergessen. Ich bin Kenny, ein Nachbar.«

»Hallo, Kenny«, sie reichte ihm die Hand. Kenny schwenkte sie auf und ab wie einen Pumpenschwengel, während sie ihm erklärte, wer sie waren. »Wir kommen gerade von London herauf. Es war eine lange Fahrt.« Sie gähnte herzhaft, damit Kenny verstand, dass sie zu müde für Unterhaltungen war. »Kann ich Annie etwas ausrichten?«

»Nö.«

»Vielleicht können Sie ja später wiederkommen?«

»*Aye*«, sagte Kenny und nahm an einem der Tische Platz. Rachel verdrehte die Augen. Dieser Kenny war entweder schwer von Begriff oder einfach unglaublich stur.

»Kaffee ist da drüben«, erklärte er, inzwischen nicht mehr ganz so verlegen. »Annie stellt die Kanne immer hinter die Theke.«

»Kaffee …«, wiederholte Rachel gedehnt.

»*Aye*. Extraviel Zucker, bitte. Und Sahne.«

»Kaffee also«, seufzte Rachel.

»Und Haferkekse. Die krieg ich immer dazu.«

Rachel kapitulierte. Es war einfacher, Kenny den Kaffee zu bringen, anstatt mit ihm zu diskutieren. Davon abgesehen hatte sie selbst einen Kaffee dringend nötig. Also schlüpfte sie hinter die Theke, füllte zwei Becher, holte Haferkekse und schnitt ein Stück Schokokuchen für Sam ab. Während Kenny und Sam aßen, schritt sie unruhig das Haus, die Scheune und den Garten ab, doch Annie war nirgends zu entdecken.

Frustriert gab sie die Suche auf und kehrte an den Tisch zurück. Hoffentlich war Annie nichts zugestoßen. Sam verschlang die letzten Krümel so gierig, als hätte er seit Tagen nichts zu essen bekommen, dabei starrte er Kenny fasziniert an. Rachel hoffte inständig, dass Sam nicht vorhatte, das Thema *Meine Oma ist eine Hexe* wieder aufzugreifen.

Kenny knabberte an dem Keks und spülte mit Kaffee hinunter. Seine Augen hinter der Nickelbrille flackerten. »Denken Sie nur«, erklärte er. »Da bin ich oben im Moor. Wollte den verflixten Wasserzulauf reparieren. Und wie ich da so sitze und verschnaufe, geht neben mir im Erdreich eine winzige Tür auf. Kenny, sage ich mir, sei vorsichtig, das Kleine Volk kann einem übel mitspielen. Also nehme ich den Eisennagel, den ich zum Glück bei mir hatte, und ramme ihn in den Boden.« Er blickte erwartungsvoll zwischen ihr und Sam hin und her. »*Eisennagel*, verstehen Sie?«

»Sicher«, behauptete Rachel. Bevor Sam etwas sagen konnte, schob sie Kenny den Teller zu. »Noch einen Keks?«

Sam überlegte. Er zog die Stirn kraus. »Eisennagel? Vielleicht, um was festzumachen?«

»*Aye!*« Kenny nickte beifällig, sehr zu Rachels Ärger. Sie hatte gehofft, dass Kenny den Wink mit dem Zaunpfahl verstehen und das Thema wechseln würde. Aber das tat er nicht. »Bist ein cleverer Kerl. Festmachen ist gar nicht schlecht. Wer weiß, vielleicht hätten sie mich sonst mitgenommen. Dem Kleinen Volk ist nicht zu trauen.« Die letzten Worte flüsterte er. Dabei schaute er sich besorgt über die Schultern, als hätte er Angst, belauscht zu werden. Er beugte sich über den Tisch und blickte Sam in die Augen. »Ich stecke also den Eisennagel in den Boden …«

Aus dem Nebenraum ertönte ein seltsames Geräusch. Rachel reckte den Kopf. Es klang wie … Gackern? Sie stöhnte auf. Erst dieser Kenny und jetzt Hühner. Wo um alles in der Welt steckte Annie?

»Und da sehe ich, wie hinter dieser Tür eine winzige, gefleckte Kuh steht, kaum größer als ein Kaninchen, die gerade ein winziges, ohrenloses Kalb zur Welt gebracht hat. Ihr könnt mir glauben, dass ich es jetzt aber mit der Angst zu tun bekam! Ich hab die Beine in die Hand genommen und bin um mein Leben gerannt«, erklärte er, die Nickelbrille saß schief auf seiner Nase.

Rachel kniff die Augen zusammen. Dieser Kenny hatte sie doch nicht mehr alle.

»*Aye,* und deshalb bin ich hier. Ich brauche ein Schutzkraut von der *Cailleach.*« Kenny lehnte sich zurück und fuchtelte mit dem Teelöffel durch die Luft. »Meine Kuh ist trächtig, und ich möchte nicht, dass mir das Kleine Volk einen Kobold statt eines guten Kalbes unterschiebt.«

Im Nebenraum schlug eine Tür. Im nächsten Augenblick schepperte es, als würde ein Stapel Töpfe umgeschmissen. Dann Hühnergackern, aufgebrachter diesmal. Dazu eine Frauenstimme, deren weicher, rollender Akzent Rachel nur allzu bekannt vorkam. »Ach du liebe Güte, ihr dummen, dummen Tiere. Macht, dass ihr aus meiner Küche kommt, bevor ihr im Kochtopf landet. Hier drinnen habt ihr nichts zu suchen.«

Das Gackern verstummte, dann stand Annie in der Schwelle. »Dachte ich mir doch, dass der blaue Ford da draußen dir gehört, Rachel. Tut mir leid, dass ihr warten musstet. Wie schön, dich zu sehen.« Sie kam hinter der Theke hervor und umarmte ihre Enkelin. Dann lächelte sie Sam zu. »Na, schmeckt dir mein Kuchen?«

Sam leckte sich mit der Zunge einen Krümel vom Mund und nickte begeistert. »Hi, Granny. Der Kuchen war toll.«

Annie beugte sich zu Kenny und legte ihm die Hand auf die Schulter. »Wie ich sehe, hat sich meine Enkelin gut um dich gekümmert.«

Kenny nickte bedächtig. »*Aye,* das hat sie. Stell dir vor, was passiert ist …«

Seufzend ließ sich Rachel auf die Bank neben Sam fallen. Sie tat, als würde sie sich die lächerliche Geschichte zum zweiten Mal anhören. In Wirklichkeit war sie mit den Gedanken ganz woanders. Über den Rand ihrer Kaffeetasse hinweg betrachtete sie verstohlen ihre Großmutter. Bei ihrer letzten Begegnung war Annie eine stattliche, selbstbewusste Frau Anfang sechzig gewesen. Mittlerweile war sie dreiundachtzig und immer noch eine Erscheinung. Zu hellen Jeans und Turnschuhen trug sie einen fliederfarbenen, handgestrickten Pulli, dazu einen farblich passenden Schal. Ihre Haltung war aufrecht, ihr silbergraues Haar fiel weich auf ihre Schultern. Durch das vom Wetter gegerbte Gesicht zogen sich Runzeln und Falten.

Sam schien von Granny fasziniert. Rachel maß ihn mit einem strengen Blick. Hoffentlich würde er nicht anfangen, eine seiner typischen Sam-Fragen zu stellen und sich zu erkundigen, ob Granny schon zu Zeiten der Dinosaurier gelebt habe.

»Verstehe«, nickte Annie, als Kenny mit seiner Geschichte zu Ende war. Sie erhob sich und verschwand im Nebenraum. Kurz darauf kehrte sie zurück, ein Bündel getrockneter Kräuter in den Händen. »Bärlapp. Das sollte helfen. Nagele es an die Stalltür, das wird dem Kleinen Volk den Eintritt verwehren.«

Kenny strahlte. Mit einem zufriedenen Grinsen setzte er die Mütze auf und ließ sich von Annie zur Tür begleiten. Sam zupfte aufgeregt an Rachels Pullover.

»Was ist denn?«

Der Junge warf einen kurzen Blick zu Annie hinüber, die sich noch immer mit Kenny unterhielt. Dann kletterte er auf die Bank und legte seinen schokoladenverschmierten Mund an Rachels Ohr: »Weißt du was?«

»Was denn?«, raunte sie zurück.

»Großmutter hat hervorstehende Augen wie ein Chamäleon.«

»Pst. Das darfst du nicht sagen. Sie kann nichts dafür. Es ist eine Erkrankung der Schilddrüse.«

»Schildkröte?«

»Nein, Dummchen, Schild*drüse*.«

»Ach so. Ich glaube, ich mag Granny.«

»Das ist prima.«

Sam holte tief Luft und seufzte genüsslich, als wäre heute Geburtstag und Weihnachten gleichzeitig. »Mummy?«

»Ja?«

»Ist Granny verrückt?«

Kapitel 7

Rachel staunte, wie schnell Sam sich einlebte. Er war enttäuscht gewesen, als sie ihm versichert hatte, dass Annie weder verrückt noch eine Hexe war. Dennoch kamen die beiden wunderbar miteinander aus. Rachel hingegen fiel es nicht leicht, mit Annies spezieller Art klarzukommen. Aber das hatte sie ja befürchtet. Sie waren einfach zu unterschiedlich. Dabei gab sich Annie alle Mühe, damit Sam und sie sich in *Laimrig nam Gal* wie zu Hause fühlten. Annie hatte ihnen das Gästezimmer überlassen. Ein heller Raum im ersten Stock, mit leuchtend roten Tweed-Vorhängen vor den Fenstern.

Bei dem Gedanken, wie das Zimmer mittlerweile aussah, stöhnte Rachel innerlich auf. Sam war wie ein Wirbelsturm. Innerhalb von Minuten schaffte er es, Chaos entstehen zu lassen. Matchbox-Autos lagen überall verstreut, dazwischen Legosteine. Die Holztruhe vor dem Bett hatte er zu einem Maltisch umfunktioniert. Wachsmalstifte und Zeichnungen mit krakeligen Dinosauriern flogen im Zimmer herum. Die Filzstifte hatte sie ihm vorsichtshalber abgenommen. Jetzt hoffte sie, dass Sam nicht auf die Idee kam, nach den Fenstermalfarben zu fragen. Sie hatte sie im Schrank unter ihrer Wäsche versteckt. Wirklich, es wurde Zeit, dass er zur Schule ging, bevor sich das Kriegsgebiet auf Annies Küche und Wohnzimmer ausweitete. Um Sam anzumelden, war sie heute nach Leverburgh gefahren und hatte mit der Lehrerin geredet.

Rachel lenkte vorsichtig um die Schlaglöcher vor *Laimrig nam Gal* und parkte den Wagen hinter dem Tearoom. Die Lehrerin hatte einen kompetenten Eindruck gemacht. Die Klassenräume waren freundlich und sauber. Es gab einen Schulbus, der die Kinder morgens aus den umliegenden Dörfern abholte und am Nachmittag zurückbrachte. Die Schülerzahl war rückläufig, daher war es kein Problem, Sam aufzunehmen, obwohl es inzwischen Anfang Juni war und das Schuljahr in wenigen Wochen enden würde. Gleich am nächsten Montag würde Sam seine neuen Klassenkameraden kennenlernen. Rachel nahm die Anmeldepapiere und die Tasche mit den Einkäufen vom Beifahrersitz und schlug die Autotür zu. Der erste Schritt war getan. Sam war untergebracht. Nun konnte sie nach einem Job suchen, ohne dass aus dem Haus ein Schlachtfeld würde.

Als sie durch den Hintereingang die Küche des Tearooms betrat, fiel sie dennoch aus allen Wolken. Es sah aus, als wären die Hunnen eingefallen. Neben der Spüle stapelte sich schmutziges Geschirr, auf der Arbeitsfläche waren Kakaopulver und lose Teeblätter verstreut. Zettel mit abgehakten Bestellungen flogen durch die Gegend, und auf dem alten Herd standen benutzte Töpfe. Rachel seufzte. Normalerweise duldete Annie kein Durcheinander. Sie mochte nach außen hin resolut wirken, aber war sie dem Andrang im Tearoom in ihrem Alter gewachsen? Rachel stellte ihre Tasche auf einem Stuhl ab und machte sich auf die Suche nach Annie und Sam.

Als sie den Gastraum betrat, war Sam dabei, das Schild im Fenster auf *Geschlossen* zu drehen. Annie saß an dem Tisch neben dem Kamin, die Geldkassette vor sich, und zählte die Tageseinnahmen.

»Na, ihr beiden? War viel los, während ich weg war?«, fragte Rachel zur Begrüßung.

»Mummy!« Sam sprang auf und stürzte sich in ihre Arme. »Da bist du ja. Wir haben ganz schrecklich viel Kuchen verkauft.

Und Tee und Kaffee. Ich durfte helfen, die Sachen zu den Gästen zu bringen. Granny meint, ich habe das gut gemacht. Mir ist nur ein einziger Teller runtergefallen. Und Granny sagt, morgen darf ich wieder helfen.«

Rachel lächelte und strubbelte Sam über den roten Schopf. In dem spärlichen Licht, das durch die Fenster fiel, wirkte Annie erschöpft. Rachel setzte sich zu ihr an den Tisch und zog Sam auf ihren Schoß. Nachdenklich blickte sie zu Annie hinüber. »Du musst geschafft sein. Soll ich dir einen Tee bringen?«

Gereizt schüttelte Annie den Kopf, weil Rachel sie beim Zählen störte. Sie warf die restlichen Penny-Stücke in die Kasse zurück, notierte eine Zahl und zog einen Strich unter die Reihe auf ihrem Zettel. Dann blickte sie auf. »Nein danke. Ein Guinness wäre mir jetzt lieber, aber dafür ist es wohl noch zu früh.« Sie zwinkerte Sam zu. »Wir haben gute Einnahmen gemacht. Du warst mir eine große Hilfe.«

»Wir waren richtig tüchtig, Mummy.« Sam strahlte. »Du kannst öfter wegfahren.«

»Das ist prima«, nickte Rachel. Insgeheim befürchtete sie, dass Sam für Annie eine zusätzliche Belastung darstellte, aber um Sam nicht den Spaß zu verderben, ließ sie es auf sich beruhen. Sie schob Sam von ihrem Schoß. »Ich räume die Küche auf, und Granny ruht sich etwas aus.«

Mit gerunzelter Stirn blickte Annie von ihrer Zahlenreihe auf. »Das ist nicht nötig, mir geht es hervorragend.«

»Ja, ruh dich aus«, echote Sam. Anscheinend war ihm Annies Lob zu Kopf gestiegen. »Wir sind doch extra hierhergezogen, weil du so alt bist. Mummy hat gesagt, wir müssen kommen und dir helfen.«

Der Stift, den Annie zum Addieren benutzte, verharrte einen Moment regungslos in der Luft. »Ach, hat sie das gesagt?«, gab Annie spröde zurück. »Ich hatte gedacht, es wäre umgekehrt.«

Sie warf Rachel einen durchdringenden Blick zu, bevor sie sich wieder ihren Zahlen zuwandte.

Rachel spürte, wie ihr die Hitze in die Wangen stieg. »So war das doch nicht gemeint … Sam hat das falsch verstanden. Du weißt, wie Kinder sind.«

»Ja, das weiß ich«, gab Annie ungerührt zurück.

Daraufhin herrschte erst mal Schweigen.

Rachel warf einen vernichtenden Blick auf Sams Hinterkopf und versuchte, ihn mit der Kraft ihrer Gedanken zu beschwören, nicht noch mehr unüberlegtes Zeug von sich zu geben. Falls doch, würde sie eine Schule für ihn suchen, die sieben Tage die Woche geöffnet hatte. Entschlossen reckte sie das Kinn. »Jetzt sei nicht beleidigt. Lass mich den Abwasch erledigen.«

»Warte, ich hol dir Grannys Schürze«, erbot Sam sich und flitzte los. Kurz darauf war er wieder da und hängte sie Rachel um den Hals. Er trat einen Schritt zurück, musterte seine Mutter und schlug sich kichernd die Hand vor den Mund.

»Was ist so lustig?«, fragte Rachel argwöhnisch.

»Jetzt siehst du aus wie Granny!« Sam bog sich vor Lachen und deutete mit dem Zeigefinger auf sie.

»Sam!« Rachel hob warnend eine Augenbraue.

»Was denn?« Ihr Sohn rang die Hände in die Luft. Er machte ein Gesicht, als verstünde er beim besten Willen nicht, weshalb Rachel schon wieder sauer auf ihn war. »Das ist doch gut. Dann kriegst du ein Gefühl dafür, wie es ist, wenn du mal alt bist.«

»Danke, Sam, sehr freundlich«, erwiderte sie. »Planänderung: Zeit für deine Dusche. Du siehst aus, als hättest du in Schokoladenkuchen gebadet. Den Abwasch erledige ich später.« Sie nahm die Schürze ab und ergriff Sams Hand.

»Musst du immer nur meckern?« Breitbeinig wie eine Miniaturausgabe von John Wayne baute sich Sam vor ihr auf. Er kniff die Augen zusammen und funkelte sie wütend an. »Was hab ich denn jetzt schon wieder falsch gemacht?« Er warf einen Hilfe suchenden Blick in Annies Richtung. »Granny und ich haben uns unterhalten, als du weg warst. Ich weiß, dass Granny alt ist und bald stirbt. Aber das ist nichts Schlimmes. Granny sagt, eines Tages sterben wir alle. Genau wie mein Dad …«

»Sam!« Rachel schleuderte die Schürze mit Schwung neben sich auf die Bank. »Es reicht.« Sie warf Annie über Sams Kopf hinweg einen finsteren Blick zu. Sam war Halbwaise. Sollte er jetzt noch mit der Angst leben, dass seine Mutter und seine Urgroßmutter auch bald sterben würden und er ganz alleine wäre?

Annie zuckte ungerührt die Schultern. »Warum sollte ich Sam etwas vormachen? Dass ich nicht mehr so lange zu leben habe, ist klar. Ich finde es falsch, ein Geheimnis um den Tod zu machen.«

Erschrocken schmiegte Sam sich in ihren Arm. »Stirbst du auch bald, Mummy?«

Rachel spürte einen Stich in ihrer Brust. Sie strich Sam das Haar aus der Stirn und gab ihm einen Kuss. »Nein«, sagte sie und warf Annie einen Siehst-du-was-du-angerichtet-hast-Blick zu. »Ich habe vor, noch sehr, sehr lange deine Mutter zu sein. Verlass dich drauf.«

»Aber du kannst es nicht wissen, oder?«, hakte Sam nach. »Deine Eltern sind auch gestorben, als du noch jung warst. Und Onkel Ewan wurde sogar nur zwanzig. Das stimmt, Annie, nicht wahr?«

»Er war dreiundzwanzig, als er starb.« Annie riss die beschriebene Seite vom Block und legte sie in die Kasse. »Keiner weiß, wann der Herr uns abruft, mein Junge. Es ist vorherbestimmt. Aber deine Mum ist noch lange nicht an der Reihe. Ganz sicher.«

Erleichtert seufzte Sam auf. Rachel spürte, wie sich sein kleiner Körper entspannte. »Na, zum Glück.«

Rachel zupfte Sams hochgerutschten Pulli zurecht. Dabei ertastete sie einen Riss am Ellbogen von Sams Kapuzenshirt, der ihr bis jetzt noch gar nicht aufgefallen war. Sie dehnte den Stoff und musterte das Loch. »Wie ist denn das passiert? Du wirst mir doch nicht erzählen, dass das Sweatshirt jetzt auch hinüber ist? Wir haben es erst gekauft.«

Er biss sich auf die Lippe. »Es tut mir leid, Mummy. Echt.«

»Das ist der vierte Pullover innerhalb von ein paar Tagen. Wie schaffst du das?«

»Keine Ahnung. Es ist vorhin beim Klettern passiert. An den anderen Löchern ist der olle Schafzaun schuld.«

»Beim Klettern?«, wiederholte Rachel gedehnt. »Wie du an unserem ersten Tag festgestellt hast, gibt es hier keine Bäume. Wo um alles in der Welt bist du herumgeklettert, wenn ich fragen darf? Ich hoffe doch schwer, du warst nicht in den Klippen?«

»Keine Sorge, Mum, ich war nicht in der Bucht.« Zufrieden warf Sam sich in die Brust. »Du kennst doch das Steinhaus hinter dem Stall, wo Granny das Futter für die Tiere aufhebt.«

Rachel nickte. Ein ungutes Gefühl beschlich sie.

Vor Aufregung kickste Sams Stimme. »Ich bin die Hausmauer hinaufgeklettert. Ganz alleine. Bis aufs Dach.«

Heftig sog Rachel die Luft ein. Das konnte Sam unmöglich ernst meinen. Annie hatte doch wohl nicht zugelassen, dass der Junge an der Wand des alten Blackhouse emporkletterte? Er hatte bereits einen schlimmen Sturz hinter sich. So verrückt konnte nicht einmal ihre Großmutter sein.

Sam hüpfte wild vor ihrer Nase auf und ab. »Du musst mitkommen, Mummy, jetzt gleich. Ich zeig's dir. Es ist wie bouldern, nur viel cooler. Die Kletterwand in der Schule war ja für Babys!«

»Später vielleicht, nicht jetzt.« Sie bedachte Annie erneut mit einem vernichtenden Blick, sagte aber nichts. Vor Sam wollte sie keine Szene machen. Ihr Magen fuhr Achterbahn, wenn sie sich vorstellte, wie Sam auf dem Dach des alten Hauses herumturnte.

»Du brauchst nicht so zu gucken«, entrüstete sich Annie, die offenbar keine Hemmungen hatte, vor Sam offen zu reden. »Was ist denn so schlimm dabei? Du kannst den Jungen nicht in einen Glaskasten stecken.« Ihr Blick wurde eindringlich. »Leben ist zerbrechlich. Trotzdem muss es mit beiden Händen gelebt werden. Sonst ist jeder Tag vergeudet. Und was die zerrissenen Sweatshirts angeht, vielleicht solltest du Sam zur Abwechslung einen Wollpullover stricken, statt Industrieware zu kaufen. Synthetikfasern taugen nichts.«

»Es würde schon helfen, wenn du ihn nicht zu halsbrecherischen Kletterpartien ermuntern würdest«, gab Rachel zurück. Ihre Blicke hakten sich ineinander fest. Annie konnte so unglaublich stur sein. Rachel nahm sich vor, im Alter nie so zu werden.

»Mummy …« Sam schob sich vor sie, als wollte er mit seinem Körper einen Schutzwall zwischen ihr und Granny errichten. »Kannst du aufhören, dich mit Granny zu streiten?«

Rachel wollte antworten, aber Annie kam ihr zuvor.

»Du hast recht, mein Junge. Es ist albern. Deine Mum und ich führen uns auf wie zänkische Krähen.« Sie neigte den Kopf und wandte sich an Rachel: »Warum fährst du morgen nicht nach Tarbert? Die Wollmühle hat hübsche Reste für wenig Geld. Damit könnten wir Sam etwas stricken. Wenn wir uns zu zweit dranmachen, geht das ruckzuck.«

Rachel atmete durch. Stricken, ja, das war eine gute Idee. Im Grunde hatte sie richtig Lust darauf. Als junges Mädchen hatte sie viel gestrickt.

»Warum nicht.« Sie zuckte die Schultern. »Ich wollte mich ohnehin in Tarbert nach einem Job umsehen.«

»Oh Mann, Mummy, warum arbeitest du nicht bei Granny im Tearoom?« Sam schlug sich mit der Hand vor die Stirn, als kapierte er beim besten Willen nicht, dass die Erwachsenen nicht von selbst auf eine so offensichtliche Lösung kamen.

Rachel zögerte. Sie wusste nicht, wie sie es Sam erklären sollte. So einfach, wie er sich das vorstellte, war es nicht. Sie erhob sich und griff nach Sams Hand. »Das ist eine schöne Idee, aber ich brauche eine richtige Arbeit, mit der ich richtiges Geld verdiene. Davon abgesehen ist es Grannys Tearoom, und sie kommt wunderbar zurecht.«

»Aber …«

»Nichts aber. Wir gehen jetzt. Zeit für deine Dusche.« Sie legte eine Hand auf Annies knochige Schulter. »Danke fürs Aufpassen. Und rühr den Abwasch nicht an. Ich erledige ihn, sobald ich diesen jungen Mann hier sauber geschrubbt habe.«

»Wenn du darauf bestehst«, erklärte Annie widerwillig. Sie stand ebenfalls auf und presste die Kasse so fest an ihre Brust, als wäre es die Bundeslade. »Du sollst wissen, dass ich das auch alleine schaffe.«

»Ich weiß, ich weiß«, winkte Rachel ab. In Gedanken schüttelte sie den Kopf über so viel Sturheit. Aber Annie war nun einmal Annie. Sie konnte nicht aus ihrer Haut. Aus Erzählungen wusste Rachel, dass die Bewohner St. Kildas über Jahrhunderte gewohnt gewesen waren, ihre Dinge selbst zu regeln. Sie waren äußerst stolze und selbstständige Menschen. Diese Einstellung steckte Annie im Blut. Vermutlich würde eher der Mond seine Umlaufbahn ändern, dachte Rachel, als dass Annie ein Jota ihrer Autonomie aufgeben würde. Schwer, sich dagegen zu behaupten. Rachel hoffte, dass es ihr gelingen würde, in Tarbert einen Job zu bekommen. Zusammen mit Annie im Tearoom zu arbeiten, stellte sie sich extrem anspruchsvoll vor. Es würde keine vierundzwanzig Stunden dauern, bis sie aneinandergerieten. Und darauf durfte es Rachel in ihrer derzeitigen Situation nicht ankommen lassen.

Kapitel 8

Etwas später stand Rachel im Bad und rubbelte Sams Kopf trocken. Vorsichtig tupfte sie über die Narbe an der Stirn. Die Fäden waren vor der Abreise gezogen worden, aber die Stelle war noch empfindlich. Sam duckte sich zur Seite und versuchte zu entkommen, obwohl sich sein Haar immer noch feucht anfühlte. Er setzte sich auf den Badezimmerteppich und rollte einen Socken über seine Zehen. »Wir haben heute aber nicht nur Leute bedient«, erklärte er, so beseelt von seinen Erlebnissen, dass er vor Mitteilungsdrang zu platzen schien. »Wir haben noch viel mehr gemacht.« Das *viel* zog er genüsslich in die Länge.

»So?«, sagte Rachel und hängte das Badetuch zum Trocknen auf den Ständer. »Was denn?«, fügte sie hinzu, obwohl sie sich nicht sicher war, ob sie mehr erfahren wollte. Wahrscheinlich würde sie sich nur furchtbar aufregen müssen.

»Wir haben Menschen gesund gemacht.«

»Aha.«

»Was denn?« Sam zerrte an der Socke, deren Ferse völlig schief saß. »Du musst nicht so tun, als würde ich schon wieder Unsinn erzählen, weil es nämlich stimmt, was ich sage. In echt.«

Rachel nahm das Sweatshirt mit dem aufgenähten Dinosaurier vom Stuhl und betrachtete den Riss. Selbst wenn sie es nähte, viel Staat wäre damit nicht mehr zu machen. Sie zuckte die Schultern. »Ich glaube dir.«

»Wirklich?«

»Ja.«

»Es sind ganz viele Leute gekommen, die sich Kräuter bei Granny geholt haben …«, erzählte Sam, während er die Zehen in seine zweite Socke steckte. Rachel konnte sehen, dass er sie verkehrt herum hielt, sagte aber nichts. »Und dann war da eine Frau, die hatte schon einen ganz dicken Bauch, weil sie bald ein Baby bekommt.«

»Wie schön«, meinte Rachel, in Gedanken noch bei dem kaputten Pulli.

»Ja. Und weißt du, wem sie es zu verdanken hat, dass sie ein Baby bekommt?«

Rachel legte den Pullover beiseite. »Nein, wem denn?«

»Granny«, verkündete Sam strahlend.

»Granny? Das hast du sicher falsch verstanden.«

»Doch. Wenn sie nicht gewesen wäre, hätte Mairi nämlich keinen Mann gefunden, der der Papa des Babys sein könnte.«

Rachel spürte den Drang, laut aufzulachen, in sich aufsteigen und bemühte sich tapfer, ihn zu unterdrücken. Annie hatte sich also als Kupplerin verdingt, und herausgekommen war dabei, dass Mairi schwanger war. Mit dieser Erklärung hatte sie nun wirklich nicht gerechnet. Sie zwinkerte Sam zu. »Ich bin sicher, dass Mairi auch ohne Granny einen Mann gefunden hätte.«

»Du verstehst das nicht«, ungeduldig verdrehte Sam die Augen. »Mairi war doch schon in Dan verliebt.«

»Dan ist der Vater des Babys, hoffe ich?«

»Ja, klar. Aber Dan hat irgendwie nicht so richtig kapiert, dass Mairi ihn heiraten will. Aber dann hat Granny Mairi erklärt, was sie tun muss.«

»Ach ja?« Rachel zupfte einen Fussel von dem Dinosaurier-Pulli. »Und was?«

»Ha«, Sam wackelte triumphierend mit den bestrumpften Zehen. »Ich hab doch gewusst, dass du keine Ahnung hast! Dabei ist es babyeinfach. Pass auf, du machst das hier.« Er sprang auf und stampfte mit dem Fuß auf den Boden.

»Ich muss aufstampfen?«

»Nein, Dummie.« Er kringelte sich vor Lachen. »Du brauchst den Fußabdruck von dem Mann, den du heiraten willst. Den musst du ausbuddeln und in einen Blumentopf tun.«

»Logisch«, nickte Rachel, gespielt ernst. »Und den Blumentopf stell ich neben mein Bett und gieße ihn jeden Abend, bevor ich schlafen gehe, bis ein Mann aus der Erde wächst.«

»Nee, falsch!« Sam riss ihr das Sweatshirt aus der Hand und schlüpfte hinein. »Du musst Ringelblumen auf den Fußabdruck säen«, erklärte er aus den Tiefen des Pullovers.

»Ringelblumen? Wozu das denn?«

Sams karottenroter Schopf tauchte aus der Halsöffnung auf, er verrenkte die Schultern und schlüpfte in die Ärmel. »Dann kann dir derjenige, in den du verknallt bist, nicht mehr weglaufen und findet dich ganz wunderschön.«

»Das ist … interessant«, brachte Rachel mit einiger Anstrengung heraus, während sie sich fragte, ob Sams ursprünglicher Verdacht berechtigt war. Vielleicht war Annie ja doch verrückt?

»Ich sag dir, mach das ja nicht«, warnte Sam. »Ich brauche ganz bestimmt keinen neuen Daddy.«

»Keine Sorge«, beruhigte sie ihn. Nach Josh hatte sie sich für keinen Mann mehr interessiert. Nicht einmal für Adam, obwohl der wirklich gut ausgesehen und es wirklich ernst gemeint hatte. Zumindest hatte sie den Eindruck gehabt. »Du reichst mir vollkommen. Na los, zieh deine Schuhe an. Granny wartet mit dem Abendessen.«

Wenige Minuten später schob sie Sam vor sich her in die Küche. Annie stand an ihrem Herd und werkelte vor sich hin. Ein undefinierbarer Geruch lag in der Luft, von dem Rachel nicht wusste, ob sie ihn appetitanregend finden sollte. Es roch wie alter Fisch. Als Annie sie eintreten hörte, wandte sie sich zu ihnen um. »Das Essen braucht nicht mehr lange. Möchtest du solange den Salat vorbereiten?« Sie deutete mit dem Kopf auf einen grünen Salat, eine Paprika und ein paar Tomaten, die sie auf dem Küchentisch zurechtgelegt hatte.

»Sicher«, erklärte Rachel und griff zum Messer. Sie nahm die Paprika, löste den Stiel und die Kerne heraus und schnitt feine Streifen. »Was gibt es denn?« Sie hob die Nase und schnupperte in die Luft. »Ich überlege schon die ganze Zeit, was da so riecht, aber ich komme einfach nicht darauf.«

»Kein Wunder.« Annie legte den Topflappen beiseite und zuckte die Schultern. »Ich glaube nicht, dass du es schon einmal gegessen hast.«

»Es ist gebratener Kormoran«, platzte Sam mit wichtiger Miene heraus. »Ich habe ihn mit Granny vorhin im Garten ausgegraben. Man muss ihn vier Tage in der Erde verbuddeln, damit er nicht mehr nach Fisch schmeckt.«

Rachels Messer rutschte ab und verletzte sie am Finger. Allerdings war sie viel zu beschäftigt, die aufkommende Übelkeit zu unterdrücken, als es zu bemerken. Sie legte das Messer beiseite und starrte Annie an. »Das ist unmöglich dein Ernst, oder?«

»Wieso?«

»Bist du von allen guten Geistern verlassen? Wir werden alle mit einer Lebensmittelvergiftung im Krankenhaus landen. Wer weiß, mit welchen Bakterien das Fleisch verseucht ist.«

»Darüber brauchst du dir keine Gedanken zu machen, mein Herd heizt ausgezeichnet«, gab Annie schmallippig zurück.

»Und ob ich mir Gedanken mache«, erwiderte Rachel. Allmählich fiel es ihr schwer, souverän zu reagieren. »Du willst doch nicht wirklich dieses abscheuliche …« Sie konnte den Namen des Vogels nicht aussprechen, ohne dass ihr übel wurde, »… dieses Tier essen wollen? Noch dazu, nachdem es vier Tage in deinem Garten vor sich hin gefault ist?«

Annies Augen traten noch ein wenig mehr hervor als ohnehin. Ihre Mundwinkel zuckten, aber sie sagte keinen Ton. Dafür sprach Sam. »Auf der Insel, wo Granny als Kind gelebt hat, haben sie sogar Eier eingegraben und gegessen, nicht wahr, Granny, das stimmt doch?«

»Ja, das stimmt«, erklärte Annie würdevoll, ohne den Blick von Rachel zu lösen. »Wir haben sie in mit Asche gefüllten Fässern aufgehoben, damit sie über den Winter reichen.«

»Schön. Das mag ja so gewesen sein. Trotzdem weigere ich mich, auch nur einen Bissen von diesem … Ding da zu essen. Und du wirst es auch bleiben lassen, Sam.«

»Wer nicht will, der hat schon.« Gleichgültig zuckte Annie die Schultern, aber Rachel konnte sehen, wie ihr Kinn vor Entrüstung zitterte. »Dieser Kormoran ist gesünder als die mit Hormonen vollgepumpten Hühner aus dem Supermarkt.«

Sam nahm etwas Schwarzes vom Tisch und wedelte damit herum. »Darf ich wenigstens das behalten?«

Rachel warf ihm einen strengen Blick zu. »Was ist es?«

»Ein Flügel.«

»Wirf ihn in den Müll. Aber sofort!« Rachel schlug mit der Faust auf den Tisch. Sie spürte, wie sich ihr Magen vor Abscheu umdrehte. Sie hatte Mühe, nicht loszukreischen. Schwer atmend presste sie eine Hand auf den blutenden Schnitt und warf Annie einen Blick zu, der um einiges giftiger war als fauliges Kormoranfleisch. »Also wirklich, wie kannst du Sam so etwas Widerliches zum Spielen geben?«

»Jetzt reicht es mir aber«, schimpfte Sam, noch bevor Annie Gelegenheit hatte zu antworten. Sein Gesicht war puterrot.

»Immer musst du dich mit Granny streiten. Das ist so was von gemein von dir. Dabei meint sie es nur gut.«

Schlagartig wurde Rachel bewusst, dass sie überreagiert hatte. Sie ließ die angestaute Wut mit einem langen Atemzug aus ihrem Körper entweichen. »Na schön. Soll Annie eben ihren Kormoran essen. Für uns gibt es etwas anderes.«

»Entschuldige dich bei Granny«, forderte Sam.

»Also gut.« Rachel drehte sich um. »Es tut mir leid, Annie, wirklich. Ich bin sicher, du weißt, was du tust.«

Schweigen senkte sich über die Küche. Rachel fühlte sich müde und erschlagen. Den Kampf ums Abendessen hatte sie gewonnen. Dennoch hatte sie das Gefühl, verloren zu haben.

»Komm jetzt, Sam«, sagte sie und griff nach ihrem Autoschlüssel auf dem Küchentisch. »Wir fahren in den Supermarkt und holen eine Tiefkühlpizza. Und für Granny ein Guinness. Damit kann sie den Kormoran hinunterspülen.«

* * *

Am anderen Tag fuhr Rachel nach Tarbert. In der Destille teilte man ihr bedauernd mit, dass sie für dieses Jahr keine weiteren Saisonkräfte benötigten. Auch der Harris-Tweed-Shop konnte ihr keine Zusage geben, aber zumindest notierte sich der Geschäftsführer ihre Telefonnummer. Danach versuchte sie es in den Restaurants, im Supermarkt und in dem indischen Gemischtwarenladen, der neben Keksen, Zeitungen und Zahnpasta auch Töpfe, Barbiepuppen und Herrenhemden verkaufte. Zu guter Letzt fragte sie noch in dem Café gegenüber der Touristeninformation nach, aber auch da hatte sie kein Glück. Niedergeschlagen kehrte sie nach Hause zurück.

Als sie das Wohnzimmer betrat, saßen Annie und Sam auf der braunen Ledercouch, die Köpfe über ein altmodisches Fotoalbum mit raschelndem Transparentpapier gebeugt. Als Annie sie bemerkte, nahm sie die Brille von der Nase und blickte zu ihr auf. »Oje. Nichts gefunden?«

»Nein, keine Chance. Die Saisonjobs sind alle vergeben. Morgen versuche ich es in Leverburgh, obwohl es dort noch weniger Läden und Restaurants gibt.« Rachel stellte die Tasche auf den Boden und ließ sich auf einen Sessel fallen. Sie reckte den Hals und warf einen Blick auf die Schwarz-Weiß-Fotografien in dem Album auf dem Couchtisch. »Was seht ihr euch da an?«

»Bilder aus Grannys Leben«, erklärte Sam mit wichtiger Miene. Er kratzte über die Narbe, obwohl Rachel ihm tausendmal erklärt hatte, dass er es lassen sollte. »Schau mal da!« Sam deutete auf ein Bild, das Annie als Mädchen zeigte. Sie stand mit einer Handvoll Kinder vor einer Trockensteinmauer. Alle blickten starr in die Kamera. »Wusstest du, dass es in Grannys Schule nur elf Kinder gab? Das war auf St. Kilda, wo Annie gelebt hat.«

»Ich kenne das Album. Granny hat es mir oft gezeigt, als ich klein war«, sagte Rachel. Langsam strich sie mit dem Zeigefinger über den Rand des Bildes. Es fiel ihr jedes Mal aufs Neue schwer zu begreifen, dass das Kind, das so ernst und doch so zuversichtlich in die Kamera blickte, tatsächlich Annie gewesen war.

»Aber wusstest du auch, dass sie nur so streng gucken musste, damit das Foto nicht verwackelt?«, fragte Sam weiter. »Die Kameras damals brauchten ganz lange, bis das Bild fertig war, und alle Kinder mussten ganz still sitzen und durften nicht lachen oder Faxen machen.«

Bevor sie antworten konnte, war Sam gedanklich drei Sprünge weiter. Er zeigte auf ein Foto, auf dem Männer, Frauen und Kinder vor einem Berg toter Vögel zu sehen waren. »Granny hat auf einer Insel ganz weit draußen im Atlantik gelebt. Und es gab nur eine einzige Straße mit sechzehn Häusern. Und im Winter gab es so dolle Stürme, dass ihnen die Dächer um die

Ohren geflogen sind und sie drei Tage lang taub von dem Getöse waren. Sie haben Vögel gefangen und Eier aus den Nestern geholt. Davon haben sie gelebt.« Sam tippte mit dem Finger auf das Foto. »Das sind tote Basstölpel. Es waren unheimlich viele, mindestens ein paar Tausend oder so. Wusstest du, dass man Papageientaucher essen kann? Das mussten sie nämlich, sonst wären sie auf St. Kilda verhungert. Vor allem im Winter. Und Kühlschränke hatten sie auch nicht. Sie haben das Fleisch und die Federn in Steinhütten aufgehoben. In einer davon hat Granny sogar einen echten Schatz versteckt. Stell dir vor!«

Annie klopfte mit der zugeklappten Brille gegen die Tischkante. »Deine Mutter kennt die Geschichten, Sam. Du solltest sie damit nicht langweilen.«

Sam tat, als hätte er nichts gehört, und redete weiter. Rachel hasste es, wenn er diese Nummer abzog, besonders, wenn er sich dazu die Finger in die Ohren steckte. Was er diesmal zum Glück nicht tat. Ihr Sohn hatte ein Gespür dafür, wann er sich auf dünnem Eis bewegte.

»... und das Klettern war sehr gefährlich, weil die Männer sich mit Seilen über furchtbar steile Felsen hinunterlassen mussten, um an die Nester zu kommen. Manchmal sind sie über die Klippen gestürzt und gestorben. Aber die Vögel haben sie untereinander aufgeteilt. Jeder bekam etwas, auch die Alten und die Kranken, die gar nicht mehr auf Vogeljagd gehen konnten. Das ist cool, nicht wahr?«

»Ziemlich«, bestätigte Rachel. Innerlich musste sie über ihn schmunzeln. Der Abenteuer-Virus hatte ihn im Griff. Für einen Jungen seines Alters mussten Annies Geschichten wahnsinnig aufregend klingen. So aufregend wie die Bücher von Jules Verne, die Rachel als Kind verschlungen hatte. Allerdings wusste sie mittlerweile, dass der Reiz von Romanen wie *Zwei Jahre Ferien* ausschließlich darin bestand, dass man mit Sicherheit davon ausgehen konnte, nie mit einer Horde anderer Kinder auf einer einsamen Insel festzusitzen. In der Realität hätte sich die vermeintliche Romantik als Albtraum entpuppt. Sie wandte sich an Annie. »Ich frage mich, wie ihr in dieser Einöde überlebt habt. Ich wäre schreiend davongerannt.«

»Das wärst du nicht, wenn du es nicht anders gekannt hättest.« Annies Blick wurde sehnsüchtig. »Sicher war es hart. Aber für uns war es das Paradies. Ein viel besserer Platz als sonst wo auf der Welt. Wir hatten Seelenfrieden.«

Rachel sah, dass Annies Augen feucht geworden waren. Sie reichte über den Tisch und nahm ihre zitternde Hand. Die Evakuierung musste für Annie ein Trauma gewesen sein. Immerhin war sie erst acht Jahre alt gewesen. Rachel fragte sich, ob Annies Herz davon je geheilt war.

Sam sorgte dafür, dass der schwermütige Moment endete. »Hat Granny dir auch ihre Platsche-Füße gezeigt?«

»Platsche-Füße?« Rachel warf Sam einen scharfen Blick zu. »Das war jetzt weder besonders höflich noch witzig, junger Mann. Wie wäre es, du fährst ein wenig herunter?«

»Aber es stimmt doch«, verteidigte sich Sam und starrte sie an. »Was ist denn los? Wieso bist du ständig nur genervt?«

Rachel senkte den Blick und betrachtete ihre Finger. Ihr schlechtes Gewissen holte sie ein. Obwohl sie sich so gut wie möglich zusammenriss, war sie momentan wirklich mies drauf. Natürlich lag es an den Geldsorgen, nicht daran, dass Sam sie stresste. Aber was sollte sie tun? Sie konnte den Jungen nicht damit belasten, dass sie keine Ahnung hatte, wie es weitergehen sollte. Falls sie wirklich keinen Job fand, würden sie erneut umziehen müssen. Irgendwohin, wo es Arbeit gab. Auf Annies Kosten konnte Rachel nicht leben. Dafür war sie zu stolz.

»Tut mir leid, Sam.« Rachel winkte ihn zu sich und zog ihn in die Arme. »Ich hatte einen anstrengenden Tag.«

»Schon okay.« Er schmiegte sich an sie. »Kriege ich auch mal so breite Füße wie Granny?«

»Nein. Auch wenn du tausendmal die Wand des Blackhouse hochkletterst, was übrigens nach wie vor verboten ist.«

»Schade.« Sam zog ein Gesicht, ließ sich rücklings aufs Sofa fallen und schob die Hände in die Hosentaschen. »Wieso interessierst du dich nicht für Grannys Geschichten?«

»Vermutlich weil ich sie so oft gehört habe, dass ich ein Buch darüber schreiben könnte.« Rachel bückte sich und griff nach den Tüten. Sie schob das Fotoalbum beiseite und breitete verschiedenfarbige Wollknäuel auf dem Tisch aus. »Schau mal, Sam. Ich war in der Mühle. Das hier sind die Farben, die mir gefallen. Was findest du schön?«

»Alle.«

»Gut. Du musst dich trotzdem für eine oder zwei entscheiden.«

»Nein. Ich will einen Pulli mit Streifen in allen Farben.«

»Lila-grün-orange-hellrot-blau gestreift?« Rachel kniff die Augen zusammen.

»Klar.«

»Mach mich jetzt nicht wahnsinnig, Sam, ja?« Sie nahm die Hälfte der Wollknäuel und steckte sie in die Tasche zurück. »Damit siehst du aus wie ein Zebra, das beim Paintball einer Horde von Verrückten in die Hände gefallen ist.«

Sam zog eine Schnute. »Das ist gemein. Wieso hast du die Farben denn mitgebracht, wenn du es doof findest?«

Das Klingeln des Telefons unterbrach die Diskussion.

»Lass nur«, wehrte Annie ab und erhob sich. »Ich geh schon.«

»Wusstest du, dass Granny auch im Gehen stricken kann? Und spinnen kann sie auch. Mit einem Spinnrad. Und auf St. Kilda …«

Rachel beugte sich über die Lehne des Sessels und gab ihm einen Klaps auf den Po. »Es reicht, Plappermaul. Geh raus zum Spielen.«

Kopfschüttelnd blickte sie ihm hinterher. Es stimmte, sie hatte für Annies Geschichten nicht sonderlich viel übrig. Bei der Vorstellung, wie Annie gelebt haben musste, lief Rachel ein Schauder über den Rücken. Für sie wäre das nichts gewesen. Das gestrige Abendessen kam ihr in den Sinn. Sofort hatte sie wieder diesen ekligen Geruch in der Nase. Zum Glück hatte sie Sam den Kormoranflügel doch noch abluchsen und unbemerkt in den Müll verschwinden lassen können. Danach hatte sie sich die Hände gründlich mit Desinfektionsmittel eingerieben. Rachel lehnte sich in die Polsterung zurück, ihr Blick fiel auf die alten Fotos. Um St. Kilda war in den letzten Jahren ein regelrechter Hype entstanden. Warum, verstand Rachel nicht. Vielleicht war es Nostalgie. Überall auf Harris fanden sich Werbeschilder für Bootsfahrten nach St. Kilda. Rachel schüttelte den Kopf. Sie selbst käme nie auf die Idee, so viel Geld auszugeben für einen Tagesausflug zu ein paar einsamen Felsbrocken.

Als Annie zurückkehrte, lag ein Lächeln auf ihren Lippen. »Du hast gerade ein Jobangebot bekommen.«

»Wie bitte?« Rachels Augen wurden rund. »Wie hast du das denn aus dem Ärmel gezaubert?«

»Du sagtest doch, ich solle mich umhören.« Annie ließ sich umständlich in ihrem Sessel nieder. »Das war Pete Drummond, ein alter Bekannter. Pete leitet einen Workshop für den NTS, den National Trust for Scotland. Seine Köchin hat sich gestern den Fuß gebrochen. Jetzt sucht er eine Aushilfe für die nächsten vier Wochen. Es wird sehr gut bezahlt.«

»Wow.« Rachel richtete sich auf. »Wirklich Pech für die Köchin, aber für mich kommt es wie gerufen. Dann wären zumindest die nächsten Wochen abgedeckt.«

»Mehr als das«, winkte Annie ab. »Es ist eine Sieben-Tage-die-Woche-Vollzeitstelle. Ich würde meinen, du verdienst damit genauso viel, wie wenn du bis zum Ende der Saison einen Job in einem Café gefunden hättest.«

»Das wird ja immer besser!«, freute sich Rachel. »Wo muss ich unterschreiben?«

Annie räusperte sich. »Einen Haken hat die Sache …«

»Na los, raus damit«, stöhnte Rachel. »So schlimm wird es schon nicht sein.«

Schweigend zuckte Annie die Schultern.

»Außer vielleicht, Petes Lieblingsessen ist geschmorter Kormoran«, fügte Rachel grinsend hinzu. Als Annies Blick sie traf, gefror ihr Lächeln. Auf einmal schien die Luft in der Küche elektrisch geladen zu sein. Rachels Magen zog sich zusammen. »Doch nicht wirklich?«

Annie griff nach einem Wollknäuel und Nadeln. Mit flinken Fingern schlug sie ein paar Maschen an. »Der Workshop findet auf St. Kilda statt.«

»Ach du Schande …«, entfuhr es Rachel.

Den Blick auf die Nadeln gerichtet, meinte Annie: »Ich habe Pete schon erklärt, dass es vermutlich nicht infrage kommt. Obwohl er dreihundert Pfund extra drauflegt, wenn du es so kurzfristig möglich machen kannst.«

Dreihundert Pfund zusätzlich … Rachel schluckte. Das war ungefähr doppelt so viel, wie sie momentan auf dem Konto hatte. Mit dem Lohn für die vier Wochen eine gewaltige Summe. »Wer sagt, dass ich ablehne?«, hörte sie sich zu ihrer eigenen Überraschung sagen. »Sam könnte mitkommen. Für ihn wäre es ein tolles Abenteuer.«

Wie gerufen, stürmte Sam ins Zimmer. »Mummy, Freckles ist ausgebüxt.«

»Nicht jetzt, Sam!« Rachel warf ihm einen kurzen Blick zu. »Setz dich. Annie und ich müssen etwas besprechen. Ich habe einen Job auf St. Kilda angeboten bekommen.«

»Ist das das Abenteuer, von dem ihr gerade gesprochen habt? Fahren wir nach St. Kilda?« Sam bekam glühende Wangen vor Aufregung. »Das wäre so was von klasse. Können wir das machen, Mummy, bitte? Wir ziehen los und suchen Grannys Schatz! Granny hat ihn auf der Insel versteckt, und wir müssen ihn unbedingt finden, weil …«

Ein geräuschvolles Hüsteln unterbrach seinen Redeschwall. »Sam kann leider nicht mitkommen. Ich habe Pete bereits darauf angesprochen, aber er sagt, das ist im Rahmen des Workshops unmöglich«, meinte Annie.

»Blöder Mist!« Frustriert senkte Sam den Kopf und trat gegen den Tisch, was ihm einen vernichtenden Blick von Rachel einbrachte.

»Das war's. Thema erledigt«, erklärte Rachel entschlossen. Sie untersagte sich, daran zu denken, dass sie sich gerade den letzten Job entgehen ließ, den sie in dieser Saison würde ergattern können.

»Fahr einfach ohne mich, Mummy«, sagte Sam plötzlich.

»Unsinn.« Sie warf ihm einen scharfen Blick zu. »Wie soll denn das funktionieren? Granny kann doch nicht vier Wochen lang alleine auf dich aufpassen.«

»Und wieso kann ich das nicht, wenn ich fragen darf?« Annie sah von ihrem Strickzeug auf, ihre Stimme klang spitz. »Wurde ich für senil erklärt, ohne dass man mir etwas davon gesagt hat?«

»Nein, aber …«

»Na klar kann ich bei Granny bleiben.« Sam zupfte Rachel am Ärmel und blickte sie mit Unschuldsaugen an. »Aber nur, wenn du dafür versprichst, den Schatz zu suchen.«

»Töte mir jetzt nicht den letzten Nerv mit diesem idiotischen Schatz!«, fuhr Rachel ihn an, schärfer als beabsichtigt. Sie fischte ein Haargummi aus ihrer Jackentasche, fasste das Haar zusammen und schlang es zu einem Dutt. Sam wandte den Blick ab. Er wusste genau, dass sie das nur tat, wenn sie richtig genervt war. So wie jetzt.

»Ich verstehe nicht, warum du dich so aufregst«, erklärte Annie. »Wir reden von vier Wochen, nicht von vier Jahren.«

»Eben. Das ist zu lange.«

»Also wirklich!« Annie beendete die Reihe und wendete das Strickzeug. »Deinem Blick nach möchte man meinen, du traust mir nicht einmal zu, Sams Frösche zu hüten.«

»Pah! Dabei ist das pupsleicht. Sogar die Hühner könnten auf Sparky, Freckles und Jumper aufpassen«, platzte Sam dazwischen. »Mach dir keine Sorgen, Mum, Granny und ich kriegen das hin. Außerdem können wir jeden Abend telefonieren.«

Schon wieder hüstelte Annie. Rachel schielte misstrauisch zu ihr hinüber.

»Es gibt keine Telefonverbindung nach St. Kilda. Und keine andere dieser neumodischen Möglichkeiten, wie Internet und dergleichen.«

Rachel stöhnte. Das wurde ja immer schlimmer.

»Aber im Notfall …« Granny betonte das Wort und gab Sam mit einem scharfen Blick zu verstehen, dass es sich um keinen *wirklichen* Notfall handelte, wenn man meinte, noch ein drittes Stück Schokokuchen essen zu müssen, und auch nicht, wenn man Vorschuss auf sein Taschengeld brauchte, um sich damit die neueste Ausgabe des Comic-Magazins zu kaufen. »… im Notfall kann man eine Nachricht über das auf der Insel stationierte Militär absetzen.«

»Na siehst du«, frohlockte Sam, »wenn ich entführt werde oder ein Lkw mich überfährt und ich ganz eingegipst im Krankenhaus liege, ruft Annie einfach den Hubschrauber.«

»Danke, Sam, dann kann ich ja beruhigt sein.« Rachel schenkte ihrem Sohn ein zuckersüßes Lächeln. Er war manchmal ein richtiges Herzchen …

»Na prima, Mummy, dann ist ja alles gut und du kannst fahren.«

Ihr Lächeln gefror. Leider hatte sie für einen Moment vergessen, dass Sam Ironie nur selten verstand. Er rückte näher an sie heran und schob seine Hand unter ihren Pulli, so wie er es als Baby immer getan hatte. »Ich weiß ja, dass du nur so sauer bist, weil du immer so viel Angst um mich hast.«

Schweigend streichelte Rachel seine Hand. Ein ungutes Gefühl beschlich sie bei dem Gedanken, Sam vier Wochen alleine zu lassen. Sie musste an die Schicksalsschläge denken, die sie bisher erlitten hatte. Mit zwölf hatte sie ihren Vater bei einem Verkehrsunfall verloren. Mit neunzehn war ihre Mutter an Nierenversagen gestorben. Als sie zwanzig gewesen war, war ihr Bruder in Australien in eine Propellermaschine gestiegen und abgestürzt. Mit achtundzwanzig hatte sie Josh, den Mann, den sie geliebt hatte und mit dem sie hatte alt werden wollen, an eine Krankheit namens HLH verloren. Sekundäre Hämophagozytische Lymphohistiozytose. Eine Krankheit, die so selten auftrat, dass es nicht einmal ausreichend gesicherte Studien darüber gab. Und was hätte es auch geändert? Der Tod kannte kein Mitleid. Er war der größte Schauspieler von allen. In bunten Verkleidungen lauerte er an der nächsten Ecke.

Sam reckte sich, weil ihm in der Umarmung zu eng wurde, und zog die Hände unter ihrem Pulli hervor. Am liebsten hätte sie ihn festgehalten, aber ihm war langweilig. Flink wie ein Äffchen rannte er wieder in den Garten hinaus. Rachel runzelte die Stirn. Es war unmöglich. Sie konnte nicht vier Wochen getrennt von Sam sein.

Das Klappern der Nadeln verstummte. Annie ließ das Strickzeug sinken. »Nimm diesen Job auf St. Kilda an. In deiner Abwesenheit wird nichts Schlimmes passieren, das verspreche ich.«

»Wie willst du das wissen?«

»Ach, Rachel …« Annie schürzte die Lippen, ein Netz fein verästelter Linien zog sich um ihre Mundpartie. »Du musst lernen loszulassen. Wie soll der Junge denn Selbstsicherheit entwickeln? Und wenn du schon vom Schlimmsten ausgehst, der Hubschrauber kann dich im Notfall innerhalb von einer Stunde nach Hause bringen. Schneller bist du von Tarbert aus auch nicht hier.«

Rachel schwieg. Sie wusste, dass Annie recht hatte.

»Du darfst Sam nicht einsperren. Sonst fängt er irgendwann an, dich zu hassen.«

Obwohl sie einen Stich im Herzen spürte, nickte Rachel.

»Ich weiß, dass du viel mitgemacht hast.« Annie strich mit der Hand die gestrickten Reihen glatt. Ihre Stimme klang einfühlend. »Du hast lange um Josh getrauert, aber jetzt wird es Zeit weiterzuleben. Finde heraus, was deine Träume sind. Auf St. Kilda hättest du Gelegenheit, darüber nachzudenken.«

Kapitel 9

Am Samstagnachmittag der darauffolgenden Woche ging Rachel an Bord der Infinity. Heftig winkend stand sie am Heck und blickte auf Sams immer kleiner werdende Gestalt am Pier von Leverburgh. Sie konnte kaum glauben, dass sie das wirklich tat.

Sie würde in den folgenden vier Wochen auf St. Kilda leben und für das leibliche Wohl der Teilnehmer des diesjährigen NTS-Workshops sorgen. Mittlerweile wusste sie, worum es bei der Sache ging. Die UNESCO hatte dem Archipel aufgrund seiner Einzigartigkeit doppelten Weltkulturerbe-Status verliehen. Die jeden Sommer stattfindenden Workshops hatten zum Ziel, das Erbe zumindest zum Teil vor dem Verfall zu bewahren, der ihm durch die unablässig tosenden Winde und die schweren Winter drohte. Das bedeutete körperliche Arbeit und hungrige Mägen.

Viel zu schnell glitt der Hafen, und Sam mit ihm, außer Sicht. Die Infinity steuerte aus dem zerklüfteten Sund von Harris aufs offene Meer hinaus. Rachel wusste nicht mehr, was sie mit ihren Händen anfangen sollte, und verhakte die Daumen in der Schwimmweste. Dick, der drahtig gebaute Skipper mit den wachen Augen, und Nola, eine schlanke Brasilianerin mit langem, dunklem Haar und einem charmanten Akzent, waren für das Wohl der Passagiere während der Überfahrt verantwortlich. Die beiden waren Rachel auf den ersten Blick sympathisch. Vor der

Abfahrt hatte es ein kurzes Briefing gegeben. Solange sie sich mit einer Hand an den Sicherungsleinen festhielten, hatte Dick mit seinem jungenhaften Grinsen erklärt, durften sie sich frei an Bord bewegen und die Aussicht genießen. Rachel ließ den Blick über die Gruppe von Menschen schweifen, die im Heck der Infinity auf den Sitzbänken im Freien Platz genommen hatten. Eine Schicksalsgemeinschaft auf Zeit. Rachel spürte ein hohles Gefühl im Magen. Alle unterhielten sich angeregt miteinander und lachten. Sie schien die Einzige zu sein, die niemanden kannte. Es fühlte sich an, als wäre sie beim falschen Klassentreffen gelandet. Rachel seufzte. Hoffentlich waren wenigstens ein oder zwei Teilnehmer dabei, mit denen sie auf einer Wellenlinie lag. Sie strich sich das wehende Haar aus dem Gesicht. Vom Fahrtwind wurde es empfindlich kühl. Die aufspritzende Gischt durchnässte ihre Jeans. Zu dumm, dass sie ihre Regenhose nicht angezogen hatte. Kurz entschlossen griff sie nach dem Halteseil über ihrem Kopf und hangelte sich zu der Kabine vor, was bei dem Seegang nicht einfach war. Die Küste lag wenige Seemeilen zurück, und schon türmte sich die stahlgraue Oberfläche des Atlantiks zu meterhohen Wellenbergen. Wie ein Korken tanzte die Infinity auf und ab. Rachel spürte einen Anflug von Übelkeit, ähnlich wie zu Beginn ihrer Schwangerschaft mit Sam.

»Alles in Ordnung? Du siehst blass aus.« Nola, die an der Tür zur Kabine stand, streckte ihr die Hand entgegen und half ihr die Treppe hinunter. Bei der kleinen Ansprache vor der Abfahrt hatten sich alle darauf geeinigt, sich mit »du« und Vornamen anzureden.

»Ja, danke. Es geht gleich wieder«, gab Rachel zurück, der es unangenehm war, dass Nola sie so besorgt anblickte. Rachel ließ sich auf einen der hohen weißen Ledersitze hinter Dick fallen. Um sich von dem aufkommenden Unwohlsein abzulenken, hielt sie den Blick auf den Horizont gerichtet. Allmählich beruhigte sich ihr Magen.

Dick drehte sich zu ihr um. Er musste beinahe schreien, um das Dröhnen des Motors zu übertönen. »Siehst du den blinkenden Punkt hier?« Er deutete auf den Bildschirm.

Sie lehnte sich vor und blickte mit staunenden Augen auf die vielen Knöpfe und Hebel. Es sah aus wie in einem Flugzeugcockpit. Sie fragte sich, wie Dick den Überblick behielt.

»Das da sind wir. Rechts siehst du den Sund, den wir gerade verlassen haben. Und diese Schönheit da …«, er drückte ein paar Knöpfe und veränderte die Einstellungen, sodass Harris zu einem winzigen Fleck zusammenschrumpfte und am gegenüberliegenden Bildschirmrand ein weißer Fleck auftauchte. Dazwischen war nichts als freie Fläche. »… das ist St. Kilda. Wir haben ungefähr achtunddreißig Seemeilen vor uns, das sind vierundvierzig Meilen oder siebzig Kilometer, wenn du willst. In vier Stunden sind wir da, wenn wir den Wind weiter im Rücken haben.« Er zwinkerte ihr zu. »Du brauchst dir also keine Sorgen zu machen, dass die Eier in eurem Proviant als Omelett auf Kilda ankommen. Das Wetter ist perfekt. Wir werden ruhig und sicher in Village Bay landen.«

Eine Hand tippte ihr von hinten auf die Schulter. »Hier, nimm. Tee beruhigt den Magen«, sagte Nola und reichte ihr einen dampfenden Becher. Ihre braunen Augen strahlten zuversichtlich. »Sei nicht traurig, weil du niemanden kennst. Das ändert sich bald. Ich bringe seit Jahren Tagesausflügler nach Kilda. Auf der Hinfahrt hast du eine Gruppe von Fremden vor dir, die sich kaum trauen, etwas zu sagen, und auf der Rückfahrt liegen sie sich alle in den Armen und tauschen Adressen aus.« Nola zuckte die Schultern. »Liegt an der Insel. Die macht etwas mit einem.«

Da Rachel nicht genau verstand, was Nola ihr damit sagen wollte, schwieg sie.

»Warte ab. Du wirst es erleben.« Nola warf sich das zu einem Zopf gebundene dunkle Haar über die Schulter und ging nach hinten, um die restlichen Passagiere mit Tee zu versorgen.

Rachel ließ sich auf ihren Sitz zurückfallen und starrte zum Fenster hinaus. Der Tee war heiß und kräftig und trug dazu bei, dass sich ihr Magen beruhigte. Aber kläglich war ihr immer noch zumute. Was Sam wohl gerade machte? Ob er daran gedacht hatte, einen warmen Pullover anzuziehen, wenn er nach draußen ging? Hoffentlich turnte er nicht auf dem Dach des Blackhouse herum. Und hoffentlich … Sie gab sich einen Ruck. Sam war gut versorgt. Zeit, mit der Grübelei aufzuhören. Davon wurde nichts besser.

Sie hob die Hand und fuhr mit dem Finger die Spur der Wassertropfen nach, die der Fahrtwind im Zickzackkurs über die Scheibe trieb. Die Sonne hatte sich hinter bedrohlich düsteren Regenwolken versteckt. Rachel musste die Augen zusammenkneifen, um die feine Linie des Horizonts in all dem Grau auszumachen. Die Lehne des Sitzes neben ihr gab nach. Sie drehte den Kopf und bemerkte, dass sich Pete zu ihr gesetzt hatte. Er lächelte ihr zu. »Schön, dass in diesem Jahr ausgerechnet Annies Enkelin zu uns gestoßen ist. Sicher kennst du mehr Geschichten über die Insel als irgendjemand sonst. Bist du gespannt darauf, die Heimat deiner Vorfahren zu sehen?«

Rachel zögerte. Die Insel besaß nichts, was man als schön oder lieblich bezeichnen konnte. Das wusste sie aus Annies Berichten. Im Grunde handelte es sich um einen Haufen kahler Felsen mitten im tosenden Nordatlantik. Eine winzige Nadelspitze zwischen Schottland und Amerika. Es gab keinerlei Annehmlichkeiten, weder Hotels noch Restaurants oder Cafés. Keine Sonnenliegen, auf denen man sich ausruhen und den Tag genießen konnte, oder Sandstrände, deren Anblick einen vor Glück schwindlig machte, kein Fernsehen und kein Radio. Es gab ja noch nicht einmal gutes Wetter. Die überwiegende Zeit des Jahres fegten Sturmtiefs über St. Kilda hinweg, die so extrem waren, dass es die Wildschafe wie Wattebäusche über die Klippen blies. Ein einsamer, unwirtlicher Ort, bevölkert von einer Million Seevögeln und den Geistern der ehemaligen Bewohner. Nein, wenn sie ehrlich war, hielt sich ihre Begeisterung in Grenzen. Aber das konnte sie Pete schlecht sagen. Wenn man sich in einer Gruppe von Menschen befand, die unter einem schweren Anfall von St.-Kilda-Fieber litten, war es besser, mit den Wölfen zu heulen. Also lächelte sie höflich und meinte: »Ja, es ist aufregend.«

»Bist du mit den Einkäufen klargekommen?«

»Ich denke schon«, nickte Rachel zögerlich. Vor Pete wollte sie nicht zugeben, dass es eine ziemliche Herausforderung gewesen war, richtig zu planen. Zusammen mit Annie hatte sie Essenspläne für vier Wochen erstellt, mit Frühstück, einer warmen und einer kalten Mahlzeit pro Tag sowie einem Nachmittagssnack. Dann hatten sie die Zutaten zusammengeschrieben und hochgerechnet, welche Mengen nötig wären, um zehn Personen satt zu bekommen. Zur Sicherheit waren sie die Liste mehrfach durchgegangen, hatten gestrichen, ergänzt und zur Sicherheit einen Puffer eingebaut. Am Schluss war sie mit dem Auto in den Supermarkt gefahren und voll bis unters Dach beladen zurückgekommen. Nun befanden sich die Vorräte im Bug der Infinity, fein säuberlich in Plastikboxen verstaut. Sie war stolz, dass es so gut geklappt hatte. Und das Budget hatte sie auch nicht überzogen. Blieb nur zu hoffen, dass sie sich nicht verkalkuliert hatte. Einen Supermarkt gab es auf St. Kilda natürlich auch nicht.

»Du machst das schon.« Pete nickte ihr aufmunternd zu, seine freundlichen Augen strahlten. »Die gute Nachricht ist, wir sind dieses Jahr weniger Leute. Zwei Teilnehmer mussten kurzfristig absagen. Unterm Strich weniger Arbeit für dich. Außerdem haben wir ein paar Wiederholungstäter dabei, die es gewohnt sind, beim Aufräumen mit anzupacken. Yi hier drüben zum Beispiel«, er deutete in Richtung einer jungen Chinesin, die auf der gegenüberliegenden Seite des schmalen Gangs saß und sich angeregt mit einer anderen Frau unterhielt. »Sie ist Ornithologin. Und Cynthia kommt aus Inverness und ist auch zum zweiten Mal dabei. Ich mag sie sehr.«

Soweit Rachel abschätzen konnte, belief sich die Zahl der weiblichen Teilnehmer auf drei. Sie deutete auf eine junge Frau mit weißblonden Haaren, die in ein Gespräch mit einem der Männer vertieft war. »Wer ist das da drüben?«

»Das ist Chloé. Sie ist zum ersten Mal dabei, wirkt aber sehr aufgeschlossen. Soweit ich weiß, kommt sie aus Brüssel und arbeitet als Empfangsdame bei der Europäischen Kommission.« Er zwinkerte Rachel zu. »Du musst dir nicht alles merken. Wir machen beim Abendessen eine Kennlernrunde.«

»Das ist prima«, meinte Rachel höflich, denn schließlich war Pete ihr Arbeitgeber. Kennlernrunden, das war ganz und gar nicht ihr Ding. Insgeheim nahm sie sich vor, sich den anderen gegenüber weitestgehend bedeckt zu halten. Beruf und Privates zu vermischen war selten von Vorteil.

Pete bedachte sie mit einem langen Blick. »Letztes Jahr hat sich ein Pärchen bei dem Workshop gefunden. Soweit ich gehört habe, läuten demnächst die Hochzeitsglocken. Wer weiß? Vielleicht kommen auch in dieser Gruppe die Richtigen zusammen.« Er unterbrach sich und zwinkerte ihr zu. »Du bist alleinerziehend, nicht wahr?«

»Ich bin Witwe und nicht auf der Suche«, erklärte sie steif, um bei Pete keine falsche Vorstellung aufkommen zu lassen. Er schien ganz beseelt von der Idee, Teilnehmer miteinander zu verkuppeln.

»Nicht auf der Suche? Das haben schon andere von sich behauptet«, meinte Pete. »Du weißt ja, was man sagt: Ein Besuch auf St. Kilda verändert dein Leben.«

Rachel lächelte. Sie konnte Pete gut leiden. Er war ein netter, gutmütiger Kerl. Anfang sechzig schätzungsweise und Ingenieur, und er strahlte eine beneidenswerte Gelassenheit aus. Sie fragte sich, ob es Situationen gab, die Pete aus dem Gleichgewicht brachten.

»Es gibt bereits einen Mann in meinem Leben«, erklärte sie. »Er heißt Sam und ist sieben Jahre alt.«

»Dagegen hat wohl niemand eine Chance«, schmunzelte Pete und erhob sich. »Dann bis später. Ich gehe jetzt und bringe den Jungs schonend bei, dass du nicht zu haben bist.«

»Untersteh dich.« Sie warf ihm einen gespielt strengen Blick zu.

»War nur ein Scherz.« Er zuckte die Schultern. »Bis dann.«

»Pete?«

»Ja?«

»Du sagtest, die gute Nachricht wäre, dass ich mehr freie Zeit für mich habe. Aber wenn das die *gute* Nachricht ist, was ist dann die schlechte?«

»Ach, das hätte ich fast vergessen.« Pete kratzte sich den Schädel. »Morgen wird ein weiterer Teilnehmer zu uns stoßen. Ein Ehrengast sozusagen, im Auftrag des NTS. Ich habe die Nachricht erst gestern Abend bekommen. Er ist Fotograf und kommt aus London. Aus Termingründen hat er es nicht rechtzeitig nach Harris herauf geschafft. Deshalb kommt er mit dem Militärhubschrauber nach. Ich möchte, dass er sich rundum wohlfühlt, auch wenn er Sonderwünsche beim Essen haben sollte. Ist das ein Problem für dich?«

»Nein, das bekomme ich hin«, erklärte sie. »Falls er etwas zu Exotisches möchte, muss er sich in den Klippen ein paar Vogeleier suchen. Das trägt sicher zu einem authentischen St.-Kilda-Gefühl bei«, fügte sie hinzu. Im nächsten Moment erschrak sie über ihre Kühnheit. Sie musterte Pete vorsichtig von der Seite. War sie zu vorlaut gewesen?

Doch zu ihrer Erleichterung lachte Pete aus vollem Hals. Ein vielversprechender Anfang. Ihr Chef auf Zeit besaß den gleichen Humor wie sie. Sie lehnte sich in ihren Sitz zurück, wischte mit dem Ärmel über das beschlagene Fenster und versuchte, sich zu entspannen. Nach kurzer Zeit fielen ihr von dem gleichförmigen Brummen des Motors und dem Schaukeln des Boots die Augen zu. Sie nickte weg.

Aufgeregtes Stimmengewirr riss sie aus ihrem Schlummer. Sie schlug die Augen auf. Ein Knistern lag in der Luft, das sie sofort unruhig machte. Sie drehte sich um, um zu sehen, was los war. Alle wühlten in ihren Rucksäcken und zogen Fotoapparate heraus. Auch Rachel hielt es nicht mehr auf ihrem Sitz. Sie erhob sich und ging nach hinten zum Aussichtsdeck. Die Dünung hatte sich gelegt, der Atlantik war leicht gekräuselt. Über dem Meer lag ein lila Leuchten, durchbrochen von Orange, dort, wo die fächerförmigen Strahlen der tief stehenden Sonne auf die Wasseroberfläche trafen.

Rachel hob die Hand vor die Augen. Ihr Blick folgte dem der anderen. Ein Prickeln durchlief sie. Die schwarze, zerklüftete Silhouette erhob sich wie von Zauberhand mitten aus dem Nichts. Eine Zitadelle, aus Fels und erkalteter Lava geformt. Die dunklen Zinnen waren von Wolkenbannern verhüllt, sodass es wirkte, als stiege Rauch aus Kaminen. Eine geheimnisvolle Aura umgab den Archipel. Ein aus der Zeit gefallener Ort, beinahe wie im Märchen. Gebannt stand sie da, die Augen auf die Festung mitten im Meer gerichtet, und sog den Anblick in sich auf. Nie im Leben hätte sie erwartet, dass es so überwältigend wäre.

In geradem, raschem Kurs näherten sie sich Hirta, der Hauptinsel. Je näher sie kamen, umso mehr hatte Rachel den Eindruck, das sagenumwobene Atlantis vor sich liegen zu sehen. Die vorgelagerten, eigenwillig geformten, mit dicken Schichten von Guano überzogenen Brandungspfeiler wirkten wie die Spitzen eines versunkenen Kontinents. Die Luft war erfüllt von Flügelrauschen. Rachel blickte in den Himmel. Trotz der vorgerückten Stunde waren es Tausende von Basstölpeln, Papageientauchern und Eissturmvögeln, die die Infinity umschwärmten. Das Motorengeräusch wurde leiser und verstummte schließlich. Dick ging mit sicherer Hand in der geschützten, hufeisenförmigen Bucht von Village Bay vor Anker. Rachel, die sich bislang für immun gegen den eigenartigen Zauber der Insel gehalten hatte, ertappte sich dabei, wie sie die Luft anhielt. Ihr Herz hämmerte vor Aufregung gegen ihre Rippen. Mit beiden Händen umklammerte sie die Reling. Ein sanftes, schmerzlich schönes Ziehen durchfuhr ihre Brust, als sie die überraschend grünen Hügel erblickte, die sich hinter dem Halbrund der Bucht erhoben. Und dort, von einer lang gezogenen Steinmauer umrundet, lag das Dorf. In weitem Bogen reihten sich verlassene Häuser aneinander. Aus der Entfernung konnte man den Verlauf der Straße erahnen, der einzigen auf Hirta. Die ehemaligen Bewohner hatten ihr den klangvollen Namen Main Street verliehen. Rachel kniff die Augen zusammen und ließ den Blick über die Ruinen schweifen. Das vorletzte Haus mit der Nummer vierzehn, am Ende der Straße, war das Haus, in dem Annie geboren worden war. Dort hatte sie bis zur Evakuierung gelebt. Und da, am Anfang der Straße, lagen die sechs Häuser, welche von Teilnehmern früherer NTS-Workshops wieder aufgebaut worden waren und ihnen als Unterkünfte dienen würden. Auf den schwarzen Teerdächern spiegelte sich der Schein der untergehenden Abendsonne.

Rachel warf einen verstohlenen Blick auf Nola. Sie stand neben ihr, die ausdrucksvollen Augen auf das verlassene Dorf geheftet, hinter dessen Mauern Rachels Vorfahren gelebt hatten. So abgeschnitten vom Rest der Welt, dass der Begriff »Einsamkeit« eine ganz eigene Dimension annahm. Obwohl Nola den Anblick schon unzählige Male erlebt haben musste, schien er ihr zu Herzen zu gehen. Rachel runzelte die Stirn. Was hatte Nola vorhin gesagt? *Die Insel macht etwas mit dir …* In diesem Moment drehte sich Nola zu ihr um. »Der Anblick berührt mich immer wieder aufs Neue. Eigentlich müsste man meinen, dass ich es inzwischen gewohnt bin.« Sie zuckte die Schultern, verlegen, wie es schien.

Dann beobachtete Rachel, wie Nola zu Dick hinüberging. Mit routinierten Bewegungen lösten sie den Spritzwasserschutz und ließen das Dingi zu Wasser. Rachel wusste, dass die Boote nicht bis an den Pier heranfahren durften, damit die Insel rattenfrei blieb und nicht das gleiche Schicksal erlitt wie die Shiant-Inseln. Dort hatten eingeschleppte Ratten der brütenden Vogelkolonie schwer zugesetzt. Sie musterte das Schlauchboot skeptisch. Es schien sich um eine wackelige Angelegenheit zu handeln. Bei der Menge an Personen und Gepäck würde es ziemlich oft zwischen der Anlegestelle und der Infinity hin- und herfahren müssen. Es würde ewig dauern, bis sie mit dem Ausladen fertig waren. Ihre Gedanken wanderten zurück zu Sam. Es war später Abend. Hoffentlich lag er schlafend im Bett. An die hellen Nächte im Norden hatte er sich noch nicht gewöhnt.

Zu ihrem Erstaunen standen alle keine vierzig Minuten später mit Sack und Pack gut gelaunt am Pier. Johlend winkten sie Dick und Nola hinterher, denen eine lange Fahrt durch die helle Juninacht bevorstand, bevor sie zurück auf Harris wären.

In schneller Fahrt umrundete die Infinity das Ende der Bucht und glitt außer Sicht. Mittlerweile kam Pete, der im Haus des ehemaligen Verwalters etwas erledigt hatte, zu ihnen zurückgeschlendert. Er blieb vor der Gruppe stehen und hob die Hand. »Darf ich um Ruhe bitten?«

Die Gespräche verstummten.

»Normalerweise kommt der Warden herunter, um uns zu begrüßen, aber er ist heute in Edinburgh und kommt erst morgen mit dem Hubschrauber zurück. Also fällt mir die Ehre zu, euch auf Hirta willkommen zu heißen und mit ein paar Regeln vertraut zu machen, die uns das Zusammenleben erleichtern.«

»Spar dir die Mühe, kennen wir alles«, winkte ein kompakt gebauter, circa vierzig Jahre alter Mann mit Glatze und Lachfalten um die Mundwinkel grinsend ab. Rachel hatte mitbekommen, dass er Steve hieß und für eine IT-Firma arbeitete. »Du hast das Kommando hier. Wir sollen keinen Stein hochheben oder versetzen, bevor wir nicht mit dir gesprochen haben. Außerdem sollen wir die Duschen und die Toiletten in Ordnung halten, die Türen hinter uns schließen, damit die Schafe nicht in die Waschräume rennen, den Müll trennen und uns im Großen und Ganzen einfach der unglaublichen Tatsache bewusst sein, dass wir uns in einem gigantischen Freiluftmuseum befinden, das weltweit einzigartig ist. Stimmt doch, oder?« Er schob die Hände in die Taschen und grinste Pete zu.

»So in etwa«, nickte Pete gut gelaunt. »Du hast vergessen zu erwähnen, dass wir auf der Insel ein Team bilden. Das bedeutet, wir sind gegenseitig füreinander da und versuchen, gut miteinander auszukommen. Damit sich auch unsere Neulinge wohlfühlen, möchte ich euch zu einem kleinen Beisammensein nach dem Essen einladen. Dann können sich alle besser kennenlernen. Außerdem gibt es zusätzlich folgende Regeln zu beachten …«

Pete zählte noch einiges an Vorschriften auf und wies mehrfach darauf hin, dass jeder auf der Tafel im Aufenthaltsraum einzutragen hatte, wohin er ging und wann er zurück sein wollte, sobald er das Dorf verließ, denn nur so könne man Sicherheit garantieren. Er deutete auf ein paar vereinzelte, weiß getünchte Gebäude, zwischen Pier und der Main Street gelegen, und erklärte, dass es sich dabei um das Haus des Verwalters, das Pfarrhaus, die Kirche sowie den Block mit den Sanitäranlagen handelte. Dann zog er ein ernstes Gesicht und schärfte ihnen ein, dass sie keinesfalls die grün getünchten Militärgebäude des MOD zu betreten hätten. Am besten hielten sie sich von den Baracken fern. Danach listete er auf – für alle, die es noch nicht wussten –, in welchem Haus sich die Küche und der Aufenthaltsraum befanden (Haus Nummer eins), in welchem Haus die Männer (Nummer zwei), die Frauen (Nummer vier) und er selbst schliefen (Nummer sechs) und dass das Museum in Haus Nummer drei untergebracht war, während die Arbeitsgeräte im Haus Nummer fünf lagerten. Rachel schwirrte der Kopf bei all den Informationen.

»So«, schloss Pete. »Ihr habt jetzt Zeit, eure Sachen hinauf in die Schlafräume zu bringen. Den Proviant tragen wir gemeinsam hoch, dann geht es schneller. Schließlich wollen alle noch heute Abend etwas auf dem Teller haben. Es gibt Schubkarren, die ihr benutzen könnt. Rachel, du kommst mit mir, dann zeige ich dir die Küche. Für die Benutzung gibt es Sonderregeln …«

Eilig schnappte sich Rachel ihre Tasche und folgte dem munter plaudernden Pete zum Küchenhaus. Die anderen schienen ganz nett zu sein, und mit den vielen Vorschriften würde sie schon klarkommen. Eigentlich war der erste Eindruck von St. Kilda sehr gut. Besser, als sie erwartet hatte. Die Abgeschiedenheit und die Ruhe hatten etwas für sich, das ließ sich nicht leugnen. Annies Worte kamen ihr in den Sinn. Vielleicht stimmte es, vielleicht musste sie wirklich mal aus all dem Stress heraus und

Abstand gewinnen. Sie ließ den Blick über die Hauptstraße schweifen, die sich sichelförmig oberhalb der Bucht an die Hänge schmiegte. Einsam und verlassen lagen die sechzehn Häuser vor ihr, dazwischen erhoben sich die verfallenen Blackhouses. Nichts regte sich. Braune Soay-Schafe wanderten gemächlich kauend zwischen den Ruinen umher. Rachel schulterte ihr Gepäck und atmete die laue Nachtluft. Das hier würden die mit Abstand ruhigsten vier Wochen ihres Lebens werden.

Kapitel 10

Es ging auf Mitternacht zu, als Rachel fertig mit der Arbeit war und die letzten Teller in den Schrank räumte. Bei der Zubereitung des Abendessens war sie nervös gewesen, obwohl sie ein Rezept gewählt hatte, das sie aus dem Effeff beherrschte. Die in den Proviantboxen verteilten Zutaten zu finden, war eine Herausforderung gewesen. Und dann hatte sie aus lauter Hektik zu viel Ingwer an das Curry getan. Trotzdem schien es allen geschmeckt zu haben, denn die Pfanne war bis auf den letzten Rest leer gekratzt. Sie band die Schürze ab. Müde, aber zufrieden sah sie sich um. Die Küche nahm die Hälfte des Raumes ein und war durch eine mit Sicherheitsband markierte Stufe vom Aufenthaltsbereich abgegrenzt. Da man vor dem Haus bei jedem Schritt in Schafsmist trat, durfte dieser Bereich aus hygienischen Gründen nur mit Rachels Erlaubnis und mit sauberen Clogs betreten werden. Die Ausstattung der Küche war erstklassig. Töpfe und Pfannen waren aus hochwertigem Material (das hatte sie in dem Pub in London anders erlebt), der Herd funktionierte einwandfrei. Ein riesiger, mittlerweile gut gefüllter Kühlschrank brummte in der Ecke bedächtig vor sich hin. Die Vorräte, welche nicht gekühlt werden mussten, lagerten in Plastikdosen in den chromglänzenden Schränken. Pete hatte ihr eingeschärft, Essen nicht offen herumliegen zu lassen, da die Mäuse bis ins Haus kämen und alles anknabberten. Darauf konnte Rachel gut verzichten. Sie nahm sich vor, peinlich genau Ordnung zu halten.

Sie ging die Stufe hinunter und trat an den für alle zugänglichen kleineren Kühlschrank im vorderen Teil des Gemeinschaftsraums. Nachdenklich rückte sie den Wasserkocher und die Teebeutelschachteln zurecht. Hoffentlich hatten sie keine leidenschaftlichen Kaffeetrinker unter sich, sonst würden die zwei Dosen Instantkaffee knapp werden. Ob sie den Vorrat an Zucker und Schokoriegeln richtig eingeschätzt hatte? Niedriger Blutzucker könnte sich negativ auf die Moral der Gruppe auswirken. Seufzend rieb sie sich die Stirn. Es war zu spät, sich darüber Gedanken zu machen. Sie bückte sich und holte den Pappbehälter mit dem Weißwein aus dem Kühlschrank. Alle anderen waren zeitig zu Bett gegangen, um fit für den morgigen Tag zu sein, aber Rachel war so beschäftigt gewesen, dass sie nicht gleich zur Ruhe kam. Sie hatte sich ein Glas Wein verdient.

Zu ihrer Überraschung war das Kennenlernen richtig nett gewesen. Gemeinsam hatten sie um den Holztisch gesessen. Die Fragen, die Pete ihnen reihum gestellt hatte, waren teils lustig, teils nachdenklich gewesen. Manche Dinge hätte Rachel anders vermutet. Beispielsweise, dass Greg, der auf den ersten Blick zurückhaltend und langweilig wirkte, bei der Feuerwehr arbeitete. Oder dass Bill aus den USA stammte und Astrophysiker war. Jedenfalls schienen alle sehr umgänglich zu sein. Nur mit Chloé, der dreißigjährigen Belgierin mit weißblondem, bis an die babyblauen Augen reichendem Pony, Fransenschnitt und hellblau lackierten Fingernägeln, wurde Rachel nicht warm. Nach ihrem Dafürhalten war diese Chloé etwas zu aufgesetzt und schrill. Obendrein besaß sie ein nervtötendes Bedürfnis, im Mittelpunkt zu stehen. Rachel seufzte. Chloé war Teil des Teams. Irgendwie würden sie miteinander auskommen müssen. Rachel schlüpfte in ihre Strickjacke und trat nach draußen.

Der seltsame Schimmer der Mittsommernacht lag über der Bucht. Das Wasser glänzte wie dunkler Samt. Ein Duft von Sommerwiese, vermischt mit dem Geruch von Algen und Salz, stieg ihr in die Nase. Gefangen vom Zauber der Nacht setzte sie sich auf den Holzbalken, der als Bank vor dem Haus diente, und löste ihren Haargummi. Sie schüttelte den Kopf, sodass das kastanienbraune Haar locker um ihre Schultern fiel. Zum ersten Mal seit ihrer Ankunft fand sie Zeit, den Ausblick auf sich wirken zu lassen.

Hinter einem Streifen Grasland lag im silbrigen Schein des Mondes die Bucht. Dùn, die Halbinsel, die einst zu Hirta gehört hatte, aber vor geraumer Zeit vom ungebremsten Zorn der Nordatlantikstürme von der Hauptinsel abgeschnitten worden war, erhob sich dunkel gegen den Nachthimmel. Die gezackten Klippen erinnerten an den Schwanz eines versteinerten Urzeitdrachens. Rachel wandte den Kopf und ließ den Blick die Straße hinuntergleiten. In den Fenstern von Haus Nummer zwei und vier schien Licht und zeichnete helle Flecken auf die ausgetretene, mit Gras überwucherte Straße. Rachel legte den Kopf in den Nacken und atmete durch. Ein warmes, heimeliges Gefühl schlich sich in ihre Seele. Sie kuschelte sich in ihre Wolljacke, nippte an ihrem Wein und stellte sich vor, wie es sich für Annie angefühlt haben mochte, spät in der Nacht von der Jagd nach Vögeln ins Dorf zurückzukehren. Diese raue, unwirtliche Insel war einst Annies ganze Welt gewesen. Es war ihre Heimat. Heimat … das Wort klang dumpf in Rachels Gedanken nach. Ein Ort, den sie nach Joshs Tod verloren und seitdem nie wiedergefunden hatte. Seltsam, dass ausgerechnet der Anblick des verlassenen Dorfes ihr die Erinnerung zurückbrachte.

Was für ein merkwürdiger Abend, dachte Rachel. Wahrscheinlich stieg ihr der Wein zu Kopf. Sie streckte die Beine aus und versuchte sich zu entspannten. Ein sanfter Wind glitt von den Hängen des Oiseval ins Tal herab und trug die Geräusche der Nachtvögel an ihr Ohr. Rachel schloss die Augen und lehnte den Kopf an die steinerne Hauswand. Ein Schauer durchlief sie. Wie aus dem Nichts stiegen Bilder und Geschichten aus den Tiefen ihrer Erinnerung auf und schwebten wie Glühwürmchen in den Nachthimmel empor.

Haus Nummer eins war nicht einfach nur eine wiederaufgebaute Ruine. Es war das Zuhause der Macleans gewesen, zur Zeit der Evakuierung die kinderreichste Familie auf Hirta. Im Winter des Jahres 1929, dem schlimmsten, den die Bewohner erlebt hatten, hatten alle neun Maclean-Kinder barfuß gehen müssen, weil das Geld nicht für Schuhe gereicht hatte. Rachel spürte eine Gänsehaut über ihren Körper kriechen, als die Namen aus Annies Geschichten plötzlich lebendig wurden und Bedeutung erhielten. Überrascht von der Flut der Gefühle, die die Atmosphäre über dem nächtlichen verfallenen Dorf in ihr auslöste, lauschte sie in die Dunkelheit. Ein fernes Echo hallte die Straße entlang, das Wispern und Raunen früherer Leben. Jedem Stein, jedem Murmeln des Bachs, jedem Wogen des Grases auf den steinernen Hütten, genannt Cleits, schien eine Stimme zu entspringen. Rachel fröstelte. Sechsunddreißig Bewohner hatten 1930 St. Kilda verlassen. Doch die Toten waren geblieben.

Rachel hörte Schritte im Gras und wandte den Kopf. Erleichtert stellte sie fest, dass es ein Mensch aus Fleisch und Blut war, der ihr von den Waschräumen entgegenkam. Sie straffte den Rücken und versuchte sich zu erinnern, wie die ernst blickende Frau aus Inverness mit dem blonden, schulterlangen Haar hieß. Namen hatte sie sich nie sonderlich gut merken können. Es wäre schön gewesen, wenn Pete Namensschilder zum Anstecken für sie alle dabeigehabt hätte. Aber Pete schien darauf zu setzen, dass sie durch die gemeinsamen Aufgaben schnell miteinander vertraut wurden. Teambuilding nannte sich das wohl.

»Hallo, Rachel, sag nicht, dass du jetzt erst in der Küche fertig geworden bist?«

Cynthia, schoss es Rachel durch den Kopf, sie war sich ziemlich sicher, dass die Lehrerin so hieß. Verflixt, oder war ihr Name Megan gewesen?

Die Lehrerin stemmte die Hände in die Hüften und sah Rachel kopfschüttelnd an. »Wieso hast du nichts gesagt? Ich hätte dir beim Abwasch geholfen.«

»Mach dir keine Gedanken«, winkte Rachel ab. »Schließlich ist es mein Job. Ich werde dafür bezahlt.«

»Es ist schrecklich spät. Hattest du Zeit, dein Bett zu beziehen?«

»Ja, das habe ich nebenbei erledigt. Ist es okay, dass ich den Platz neben der Tür genommen habe? Ich dachte, so störe ich euch nicht allzu sehr, wenn ich früh rausmuss, um das Frühstück vorzubereiten.«

»Mach dir keinen Kopf. Yi und ich haben Ohropax und Schlafmasken dabei, für alle Fälle«, winkte Cynthia – Rachel war sich inzwischen ziemlich sicher, dass sie so hieß – ab. »Selbst wenn du im Pyjama aus dem Haus schleichst, hier ist alles ganz entspannt.« Sie zwinkerte Rachel zu.

»Möchtest du dich setzen?«, schlug Rachel aus einem Impuls heraus vor. Sie klopfte mit der flachen Hand auf die Bank.

»Ein anderes Mal gerne, aber gerade am Anfang des Workshops versuche ich, zeitig ins Bett zu kommen, was bei diesen hellen Nächten gar nicht so leicht ist. Man hat ständig das Gefühl, etwas zu versäumen, findest du nicht? Aber leider baut man dadurch schnell ein gewaltiges Schlafdefizit auf. Wir hatten im letzten Jahr eine Teilnehmerin, die vorzeitig abbrechen musste, weil sie sich übernommen hatte. Die Arme war mit den Nerven völlig runter.«

»Danke für den Tipp!« Rachel schwenkte den Rest Weißwein im Glas und beschloss, nicht mehr auszutrinken. »Ich komme mit dir, bevor mir morgen beim Brotbacken die Augen zufallen. Wie spät ist es überhaupt? Ich habe meine Uhr neben dem Spülbecken liegen lassen.«

Cynthia schob den Ärmel ihrer Jacke zurück. »Kurz vor eins.«

»Ach du Schande. Nichts wie ab ins Bett«, entfuhr es Rachel. Sie sprang auf und ging gemeinsam mit Cynthia die Straße hinunter zu ihrem Schlafraum. Mit Schaudern dachte Rachel daran, dass ihr Wecker sie in vier Stunden wieder aus dem Schlaf reißen würde. Sie würde lernen müssen, sich besser zu organisieren, wenn sie nicht wie ein Zombie durch die Gegend schleichen wollte.

* * *

Die Quittung kam am anderen Morgen. Wie erschlagen ließ Rachel nach dem Frühstück die verkrustete Pfanne zum Einweichen in das Spülwasser gleiten. Unglaublich, welche Mengen an gebratenem Speck, Rühreiern und Porridge eine Gruppe von zehn Leuten verdrücken konnte. Von dem Brot und den Scones, die sie in aller Herrgottsfrühe gebacken hatte, war kaum noch etwas übrig. Auf der Ablage türmte sich das schmutzige Geschirr. Es sah aus wie auf einem Schlachtfeld. Sie beschloss, den Abwasch auf später zu verschieben. Erst brauchte sie eine Dusche. Ihre Haare fühlten sich an, als hätte sie sie in Mehl und in Öl getaucht. Auf ihren Wangen klebte ein Fettfilm. In der Hektik hatte sie keine Zeit gehabt, mit den anderen zu frühstücken, sondern nur schnell einen Tee im Stehen hinuntergekippt. Sie runzelte die Stirn. Halb neun … seit dreieinhalb Stunden werkelte sie nun in der Küche. Sie brauchte dringend eine Pause. Pete würde Verständnis haben. Abgesehen davon war ohnehin keiner da, der sich an dem Chaos stören konnte. Die gesamte Gruppe war mit Skizzenblöcken und Werkzeug zu der Anhöhe hinter dem Dorf aufgebrochen, *An Lag Bho'n Tuath,* die Mulde im Norden genannt, um sich einen Eindruck davon zu verschaffen, wie die Trockensteinmauern und die Cleits den harschen Winter überstanden hatten. Ihr blieb reichlich Zeit.

Bis nach *An Lag Bho'n Tuath* hinauf und zurück war es ein gutes Stück Weg. Rachel wusste von Annie, dass dort oben in den Einfriedungen früher die Schafe zusammengetrieben worden waren. In den umliegenden Cleits hatte man die Vorräte für den Winter aufbewahrt. Rachel hatte sich bei Pete erkundigt, wie viele Cleits es insgesamt waren. Schätzungsweise um die tausend, lautete die Antwort. Wahllos über Hirta verstreut, als hätte ein Riese seinen Baukasten ausgekippt. Bei der Zahl war ihr flau im Magen geworden. In einem der Cleits lag Annies geheimnisvoller Schatz. Sie hatte Sam in die Hand versprechen müssen, ihn zu finden. Ziemlich leichtfertig von ihr, wie sie jetzt feststellte. Der einzige Anhaltspunkt, den sie hatte, war, dass das Cleit am Ende der Welt lag. Wenig hilfreich ... Auf der Insel sah es überall aus wie am Ende der Welt.

Ihre Gedanken kreisten noch immer um die Schatzsuche, als Rachel zum Schlafraum der Damen in Haus vier hinüberging. Drei Minuten später spazierte sie den gleichen Weg wieder zurück, an der Küche vorbei, den Beutel mit dem Waschzeug, ein Handtuch und frische Unterwäsche unter dem Arm.

Das Knattern eines Militärhubschraubers zerriss die Stille. Rachel hob den Blick. Mit Schrecken fiel ihr ein, dass Pete von einem weiteren Gast gesprochen hatte. Das musste er sein. Im ersten Moment überlegte sie, ob sie umdrehen und zurück in die Küche gehen sollte, um den Neuen zu begrüßen. Aber dann zuckte sie die Schultern und beschloss, dass das nicht ihre Aufgabe war. Pete war mit der Leitung des Workshops betraut. Sie war nur für die Küche zuständig. Es gab also keinen Grund. Sie wandte den Blick von dem Helikopter ab, der wie eine wütende

Hummel über ihr kreiste, und nahm sich vor, so lange heißes Wasser über ihren Körper laufen zu lassen, bis sämtliche Boiler auf der Insel Alarm schlugen.

Herrlich entspannt, mit wohlig gewärmter Haut und nach Lavendel und Zitrone duftend, trat sie eine halbe Stunde später aus den Waschräumen. Die Dusche war himmlisch gewesen. Das Wasser war in einem weichen, vollen Strahl aus dem Duschkopf geflossen. Mit so viel Komfort hatte sie nicht gerechnet. Da die Sonne schien, hatte sie darauf verzichtet, ihr Haar zu föhnen, und es mit dem Badetuch trocken gerubbelt. Leise vor sich hin summend, schritt sie den Weg zur Küche hinauf. Ihr Magen rumorte, sie war kurz vor dem Verhungern. Beim Gedanken an den Porridge, den sie sich in einem Topf auf dem Herd beiseitegestellt hatte, lief ihr das Wasser im Mund zusammen. Mit dem Wäschepaket unter dem Arm zog sie die schwergängige Tür zu Haus Nummer eins auf. Wie erstarrt hielt sie inne. Der Geruch von gebratenem Speck schlug ihr entgegen. Mit zusammengekniffenen Augen stand sie auf der Schwelle und funkelte wütend den Rücken des schlanken, außergewöhnlich großen Mannes an, der an ihrem Herd stand und mit einer Pfanne hantierte. Er trug einen dunkelblauen Kapuzenpullover und kakifarbene Cargohosen. Das rote Linoleum im Küchenbereich war mit einem unregelmäßigen Muster aus hellgrünen Flecken verziert. Schafsdung, stellte Rachel fest. Schlagartig verflüchtigte sich ihre gute Laune.

»Wer hat Ihnen die Erlaubnis gegeben, meine Küche zu betreten?«, fragte sie. Selbst in ihren Ohren klang ihre Stimme unangemessen scharf. Immerhin hatte sie es nicht mit einem Axtmörder oder einem wie auch immer gearteten Schwerverbrecher zu tun. Zumindest hoffte sie das.

Langsam drehte sich der Unbekannte zu ihr um. »Ich mir selbst, da niemand hier war, den ich fragen konnte.« Er zuckte die Schultern. »Ich bin mitten in der Nacht in London losgefahren und ziemlich hungrig.« Er lächelte ihr zu, als hätte er ihr damit eine hinreichende Erklärung für sein unverschämtes Verhalten gegeben. Rachel starrte ihm ungläubig ins Gesicht. Der Fremde in ihrer Küche besaß ein markant geschnittenes, schmales Profil mit freundlichen Augen, die mal eher blau, mal eher grün aussahen. Das entschlossen wirkende Kinn war von einem gepflegten Bartschatten umkränzt. Er legte den Kochlöffel beiseite, wischte sich die Hände an dem frischen Geschirrtuch ab, das sie für den Abwasch bereitgelegt hatte, und kam mit einem jungenhaften Grinsen auf sie zu. »Ich bin Ailic Burnett.« Er reichte ihr eine Hand und schüttelte sie, die freie Hand legte er auf ihren Oberarm. Zu wütend, um eine schlagfertige Antwort zu formulieren, trat Rachel einen Schritt zurück. Dieser Ailic schien zu den Leuten zu gehören, die andere gerne berührten. Rachel gehörte nicht dazu.

»Rachel Morrisson«, erklärte sie kurz angebunden, ohne sein Lächeln zu erwidern, und legte ihr Wäschebündel auf die Bank vor dem Fenster. In ihrem Bauch grummelte es. Vor Ärger, nicht vor Hunger, wie sie mit zusammengepresstem Kiefer feststellte.

»Nett, Sie kennenzulernen. Wahrscheinlich haben Sie schon von mir gehört. Ich bin hier, um Fotos für einen Jubiläumsband zu machen.«

Sie musste einigermaßen verdattert dreingeblickt haben, denn er fügte hinzu: »Vor fünfundsiebzig Jahren wurde St. Kilda evakuiert. Ich habe den Auftrag, einen Bildband zu erstellen. Die Insel gehört zum Weltkulturerbe.«

Sie verzog keine Miene. »Was Sie nicht sagen. Ich dachte schon, Sie wären hier, um die Gästesuiten und die Whirlpools zu fotografieren.« Inzwischen hatte sich das zornige Grummeln in ihrem Bauch in brodelnde Lava verwandelt. Was bildete sich dieser Mensch ein? Schlimm genug, dass er ungefragt die Küche benutzte, noch dazu schien dieser Ailic Burnett unter seiner charmanten Oberfläche ziemlich von sich eingenommen zu sein.

»Sehr komisch. Ich hoffe, Sie haben nichts dagegen, dass ich mich bediene.« Als wäre es die selbstverständlichste Sache der Welt, drehte er sich zum Herd. Er beugte sich vor und schnupperte genüsslich. »Ich liebe Porridge. Möchten Sie auch?«, fragte er, während er Speck und Rührei auf einen Teller schaufelte.

»Das wäre wirklich ausgesprochen nett von Ihnen«, erklärte Rachel zuckersüß. Sie schlüpfte aus ihren Schuhen und betrat auf Strümpfen den Küchenbereich. »Lassen Sie mich das nehmen«, sagte sie und riss ihm Teller und Besteck aus der Hand. Ohne weitere Erklärung drehte sie sich um, setzte sich an den Tisch und begann zu essen.

»Halt ...« Ailic stand vor Verblüffung der Mund offen. »Das können Sie nicht machen. Das ist mein Frühstück.«

»Ach, kann ich nicht?«, fragte sie zwischen zwei Bissen und wedelte mit der Gabel in der Luft herum. »Dann werde ich Ihnen jetzt erzählen, was *Sie* alles nicht können. Erstens, Sie können nicht ohne Erlaubnis meine Küche betreten, noch dazu mit schmutzigen Schuhen. Zweitens können Sie nicht einfach den Porridge verspeisen, den ich vom Frühstück für mich aufgehoben habe. Drittens können Sie nicht überall Dreck verteilen, denn ich habe keineswegs vor, Ihretwegen Sonderschichten einzulegen und den Boden zu wienern.«

Ailic Burnett hatte ihr schweigend zugehört. Er lehnte sich rückwärts gegen die Arbeitsinsel in der Mitte der Küche, die langen Beine von sich gestreckt. Dabei verschränkte er aufreizend gelassen die Arme vor der Brust und sah sie aus unergründlichen Augen an. Als sie geendet hatte, hob er die Hand und rieb sich über die Bartstoppeln. »Hören Sie zu«, erklärte er.

»Es tut mir wirklich leid. Ich hatte keine Ahnung. Was kann ich tun, damit Sie nicht mehr wütend auf mich sind?«

Sie legte Messer und Gabel sorgfältig am Rand des Tellers ab, strich sich das feuchte Haar zurück und stand auf. Mit hoch erhobenem Kopf ging sie zu der Ecke hinter der Tür und holte einen Eimer und einen Wischmopp hervor. »Hier«, sie reichte ihm den Schrubber. »Putzmittel finden Sie unter der Spüle, Sie kennen sich ja inzwischen aus. Wenn alles tipptopp ist, würde ich mich durchaus bereit erklären, Ihnen Frühstück zu machen.« Sie schickte einen finsteren Blick hinterher und setzte sich wieder an ihren Tisch, bevor die Rühreier kalt wurden. Es bereitete ihr ein diebisches Vergnügen zuzusehen, wie Ailic Burnett ihren Anweisungen nachkam und mit bewundernswertem Gleichmut den Schafsdung von ihrem Boden schrubbte.

Das ist nicht dein Ernst?«, sagte Yi erneut, obwohl sie sich die Geschichte nun schon zum zweiten Mal erzählen ließ. Sie schüttelte ihr rabenschwarzes Haar und blickte Rachel an, als hätte sie es mit einer Verrückten zu tun. »Du hast Ailic Burnett gezwungen, den *Küchenboden* zu wischen?« Sie zog das Wort in die Länge und betonte es übertrieben.

Cynthia, die Dritte im Bunde an diesem Nachmittag, blies Kringel in ihren Tee. »Lass sie in Ruhe, Yi, du siehst doch, dass es Rachel unangenehm ist.«

Rachel zuckte die Schultern. Um ehrlich zu sein, war es ihr inzwischen tatsächlich peinlich. Sie hatte überreagiert, doch das wollte sie vor Yi nicht zugeben. »Warum sollte er nicht die Küche schrubben? Immerhin hat er sie ja auch dreckig gemacht.«

Sie stellte ihre Tasse neben sich auf der Bank ab, überkreuzte Beine und Arme und vermied es, in Yis Richtung zu blicken, in der Hoffnung, ihren nervigen Fragen zu entgehen. Interessiert ließ sie den Blick über die Bucht schweifen. Den ganzen Tag über hatte die Sonne geschienen. Seit dem späten Vormittag hatte ein Ausflugsboot nach dem anderen in Village Bay festgemacht. Horden von Touristen waren durch das Dorf spaziert. Dabei hatten sie Hektik und Aufregung verbreitet, was auf dieser abseits vom Trubel der Welt gelegenen Insel eine bemerkenswerte Leistung war. Gut die Hälfte von ihnen hatte unumwunden zugegeben, nur hier zu sein, um das Wort St. Kilda auf ihrer *Bucket List* erfolgreich abhaken zu können. Rachel hatte sich daraufhin insgeheim geschworen, sich eher den Arm abzuhacken, als eine dieser Listen anzulegen. Einige der Damen hatten sich lautstark beschwert, weil sie sich auf den unbefestigten Wegen die Pumps ruinierten. Sieben Besucher hatten Rachel bedrängt, ihr auf der Bank vor dem Haus Tee und Scones zu servieren. Als ihnen Rachel mit wahrer Engelsgeduld erklärt hatte, dass dies kein öffentliches Café sei, waren sie sauer geworden. Am Schluss war sogar der Warden genervt von den Touristen gewesen, weil sie trotz Verbot die Jungschafe hatten streicheln wollen und die Tiere dabei über die ganze Insel gescheucht hatten. Dann, gegen drei Uhr, war das Wetter umgeschlagen. Eine Stunde früher als geplant hatten die Schiffshörner zum Aufbruch geblasen. Keiner der Skipper hatte riskieren wollen, mit einer Ladung missgelaunter Touristen über Nacht auf St. Kilda festzusitzen. Seitdem war Ruhe eingekehrt. Rachel war regelrecht erleichtert gewesen, Hirta für sich zu haben. Sie fragte sich, ob Annie damals ähnlich empfunden haben mochte, wenn die viktorianischen Ausflugsdampfer abgelegt hatten.

Yi, die gegenüber von Rachel auf einer Bank vor der Trockensteinmauer saß, räusperte sich. Ihr Blick war immer noch tadelnd. Sie schien Rachels Schweigen als Schuldeingeständnis zu deuten. »Wirklich, Rachel, ich glaube, an deiner Stelle würde ich mir für die nächsten vier Wochen ein Loch suchen, in dem ich mich verstecken kann.« Verzweifelt rang Yi die Hände. »Meine Güte, ich meine, er ist schließlich nicht *irgendwer*, sondern Ailic Burnett.«

»Ja und?« Rachel zuckte die Schultern. »Habe ich etwas verpasst? Ist dieser Ailic Burnett vielleicht Premierminister geworden, ohne dass mir jemand davon erzählt hat? Jedenfalls kann ich mich nicht erinnern, sein Gesicht auf einer Marke der Royal Mail gesehen zu haben.«

Cynthia, von der Rachel mittlerweile wusste, dass sie sehr schüchtern war, hielt sich die Hand vor den Mund und kicherte, dabei warf sie Rachel belustigte Blicke zu. Aber Yis Augen in dem ebenmäßigen Gesicht schienen vor Unverständnis noch schmaler zu werden. »Zu deiner Information: Ailic Burnett ist der unangefochtene Gott der Landschaftsfotografie. Er hat für *National Geographic* gearbeitet und so ziemlich alle Preise eingeheimst, die es in der Branche zu gewinnen gibt.« Sie schob die Ärmel ihres schwarzen Sweatshirts zurück, als wäre ihr plötzlich viel zu heiß, und blickte vorsichtig über ihre Schulter.

Rachel folgte ihrem Blick. Am Ende der Main Street, auf Höhe des drittletzten Hauses, stand der besagte Gott der Fotografie. Seine hochgewachsene Gestalt zeichnete sich klar vor dem grauen Dunst ab. Er stand da und blickte zum Ruaival hinüber, dem rötlich schillernden Berg, der die Bucht nach Westen hin abschloss und einst mit Dùn verbunden gewesen war. Das wuchtige Stativ mit der Kamera hatte er lässig über die Schulter geworfen und hielt es mit einer Hand fest. Die andere Hand hatte er in der Tasche seiner Cargohose vergraben. Er wirkte in sich versunken, als wäre er auf der Suche nach einem bestimmten Motiv. Rachel folgte seinem Blick. Sie war neugierig geworden, was es in dem tristen Grau zu sehen gab.

Von den Hängen der Berge, die die Bucht umschlossen, fielen die Nebel einem gewaltigen Wasserfall gleich hinab ins Tal. Dùn, auf der gegenüberliegenden Seite der Bucht, glich in dem wabernden Dunst mehr denn je einem schlafenden Drachen, der Rauch aus den Nüstern blies. War es das, was Ailic Burnetts fotografisches Auge gefangen nahm? Rachel hätte zu gerne gewusst, was in seinem Kopf vorging. Soeben wuchtete er das Stativ von der Schulter und machte sich an den Einstellungen zu schaffen. So unsympathisch ihr Ailic Burnett vom ersten Moment an gewesen war, so faszinierend fand sie es, ihn bei der Arbeit zu beobachten. Sie war noch nie einem Landschaftsfotografen begegnet, aber beim Arzt oder Friseur blätterte sie begeistert in der *National Geographic.* In Bildern exotischer Länder konnte sie sich vollkommen verlieren. Sie zwang sich, den Blick von Ailic Burnett zu nehmen, und wandte sich an Yi. »Ich wusste nicht, dass du dich für Fotografie interessierst. Ich dachte, du bist Vogelkundlerin aus Leidenschaft.«

»Das eine schließt das andere nicht aus«, meinte Yi und zwinkerte ihr zu, der breite, gekonnt geschwungene Kajalstrich verlieh ihrem Aussehen etwas Geishahaftes. »Liest du denn keine Klatschblätter?«

»Nein.« Rachel beugte sich zur Seite und griff nach ihrem mittlerweile kalt gewordenen Tee. »Warum sollte ich?«

Yi spielte an ihrem Armband aus schwarzem Obsidian. »Weil du dann wüsstest, dass Ailic einer der Lieblinge des Londoner Jetsets ist. Alle Zeitungen haben von seinem Unfall vor einem Jahr berichtet. Sogar bei uns zu Hause in Peking.« Sie schüttelte ihr Haar. »Dass ausgerechnet er mit dem Hubschrauber gekommen ist, ist kaum zu glauben. Aber andererseits passt es zu ihm. Wenn man in den Krisengebieten der Welt zu Hause ist, muss man hart im Nehmen sein.«

»Ich dachte, er kommt aus London?«, warf Cynthia ein.

»Er hat ein Haus in einem der noblen Vororte«, klärte Yi sie auf. »Aber meistens ist er unterwegs. Ich habe vor Kurzem ein Interview mit ihm im Fernsehen gesehen. Es ging um das Phänomen der Extrempendler. Ailic ist einer.«

»Extrempendler?« Über Cynthias Kopf schwebte ein Fragezeichen. »Helft mir auf die Sprünge. Ich habe keine Ahnung, was das ist.«

»Das sind Menschen, die frühmorgens aus dem Haus gehen, mit einem Düsenjet in die Arbeit fliegen und abends auf dem gleichen Weg nach Hause kommen«, berichtete Yi. »Ailic Burnett fliegt im Schnitt fünf Mal in der Woche von London nach Berlin, um dort zu fotografieren.«

»Das verstehe ich nicht«, gab Cynthia freimütig zu. »Weshalb sollte man so etwas tun? Ich meine, denk doch nur an die Zeit, die dabei verloren geht.«

»Ja und? Er ist ein kreativer Mensch und braucht seine Ungebundenheit. Das ist doch logisch«, erklärte Yi wie aus der Pistole geschossen. Dabei machte sie eine wichtige Miene, als bestünde ihr gesamter Bekanntenkreis aus kreativen, unabhängigen Köpfen.

Rachel, die absolut nichts Logisches an Yis Erklärung finden konnte, beugte sich zu Cynthia hinüber und flüsterte ihr hinter vorgehaltener Hand zu: »Man könnte es auch so ausdrücken: Ailic Burnett ist ein Unruhegeist. Um mit meiner Granny zu sprechen, er hat Hummeln im Hintern.«

»Ein Adrenalinjunkie.« Cynthia nickte bedeutungsschwer.

Yi, die Rachels und Cynthias Bemerkungen gehört hatte, beugte sich vor und gab erst Rachel und dann Cynthia einen spielerischen Klaps auf das Knie. »Dumme Hühner. Hört auf zu lästern, sonst erzähle ich euch nicht, was ich noch über ihn weiß.«

Rachel, die mittlerweile einem hysterischen Lachanfall nahe war, bemühte sich nach Kräften, wieder ernst zu werden. Sie wusste selbst nicht, warum sie plötzlich in einer so albernen Stimmung war. Wahrscheinlich war sie übermüdet. Bei dem Trubel heute auf der Insel hatte sie es nicht eine Minute geschafft, sich auszuruhen. Ständig hatte irgendwer etwas von ihr gewollt. Mittlerweile arbeitete sie seit zwölf Stunden und konnte sich kaum noch auf den Beinen halten. »Tut mir leid, Yi«, sagte sie und wischte sich eine Lachträne von der Wange. »Ich wollte nicht unhöflich sein. Bitte erzähl.«

»Also schön.« Yi lehnte sich zurück und stützte sich rücklings auf der Bank ab. »Es war im letzten Herbst. Ailic und sein bester Kumpel, ein Reporter – mir fällt leider der Name nicht ein –, waren auf einer Bohrinsel vor Grönland, um eine Reportage über das Leben der Arbeiter dort zu machen. Oder jedenfalls hatten sie vor, das zu tun. Daraus wurde aber nichts, denn der Hubschrauber geriet kurz vor der Landung in eine Schlechtwetterfront, und die Rotorblätter froren ein. Der Heli stürzte wie ein Stein ins Meer.« Yi machte eine entsprechende Handbewegung und pfiff durch die Lippen. »Zum Glück ereignete sich der Absturz in unmittelbarer Nähe der Bohrinsel. Ailic ist es zu verdanken, dass der Pilot gerettet wurde. Für seinen Kumpel, den Reporter, ging es allerdings schlecht aus. Er ist ertrunken.«

Rachel starrte Yi an. »Wie schauderhaft.« Sie strich sich das Haar aus der Stirn und blickte zu Ailic hinüber, der mittlerweile mit dem Stativ weiter die Straße hinuntergewandert war. Sie fragte sich, was einen Menschen, der einen Helikopterabsturz überlebt hatte, dazu bewegen konnte, wieder so ein Ding zu besteigen. Sicher würde sie an Ailics Stelle schon Panik bekommen, wenn sie einen Hubschrauber über sich knattern hörte.

»Ich glaube, es hat ihn mehr mitgenommen, als er sich anmerken lässt«, meinte Yi. »Seitdem lebt er zurückgezogen, obwohl er zuvor ein echter Partygänger war. Die Boulevardpresse war voll mit Bildern von ihm, und immer hatte er eines dieser langbeinigen Models an seiner Seite. Ihr wisst schon«, sie stellte die Füße auf und blickte bedauernd auf ihre stämmigen Oberschenkel. »Diese Mädels mit Beinen, die bis in den Himmel ragen. Seit dem Unfall habe ich kein einziges Bild mehr von ihm gesehen.«

»Models?« Verwundert beugte Rachel sich vor und kippte ihren kalten Tee auf den Rasen. »Ich dachte, er sei Landschafts- und nicht Modefotograf?«

»Schon, aber du weißt ja, wie das in der Londoner Szene ist.«

Daraufhin wusste Rachel nichts zu antworten. Sie hatte nie Gelegenheit gehabt, sich mit der Szene in der City zu beschäftigen. Im Gegensatz zu Yi, die aus einer wohlhabenden chinesischen Familie stammte, hatte sie bis vor Kurzem alle Hände voll zu tun gehabt, im Swinging London zu überleben, ohne ein Fall für die Sozialhilfe zu werden.

Zum Glück schien Cynthia ähnlich unbedarft zu sein, was das Thema betraf. Fröstelnd zog sie sich die Ärmel ihrer Strickjacke bis über die Knöchel ihrer Finger. Mit großen Augen wandte sie sich an Yi und sprach aus, was Rachel im Kopf herumspukte: »Würdest du mich bitte aufklären? Ich komme aus einem winzigen Dorf in der Nähe von Inverness und habe wirklich keinen Schimmer, wie es in der Szene zugeht.«

Yi seufzte. »Nun, jeder kennt jeden. Ailics Bekanntenkreis ist voll von Fotografen, die für renommierte Modezeitschriften schießen. Logischerweise befinden sich scharenweise Topmodels in ihrem Gefolge.«

Also hatte ihr Eindruck sie nicht getäuscht. Rachel hob eine Augenbraue. Dieser Ailic saß auf einem ziemlich hohen Ross. Sie wippte mit der Fußspitze. »Wie schön für Ailic«, meinte sie. Zu ihrem Leidwesen konnte sie nicht verhindern, sarkastisch zu werden. »Es wird wohl nicht leicht für ihn, vier Wochen lang ohne Fanclub auszukommen.«

»Wie gesagt, er scheint sich nicht mehr für ausschweifende Partynächte zu interessieren«, erwiderte Yi. »Trotzdem frage ich mich, wie er die Ruhe hier aushalten will. Muss eine ziemliche Herausforderung für ihn sein.«

»Oder für uns«, erklärte Rachel leichthin und erhob sich. Sie strich sich die Strickjacke glatt. »Also schön. Ich gehe jetzt zu ihm hinüber und frage ihn, wie er sich die vier Wochen Einsamkeit so vorstellt.«

»Bist du verrückt?«, quietschte Yi. »Das kannst du doch nicht machen.«

»Das war ein Scherz!« Rachel legte ihr beruhigend die Hand auf die Schulter. »Ich habe nicht vor, mich schon wieder mit Ailic Burnett anzulegen. Im Gegenteil.«

»Was willst du dann von ihm?«, fragte Yi.

Rachel spürte, wie das flaue Gefühl von vorhin sich wieder in ihrem Magen breitmachte. Sie räusperte sich und warf einen langen Blick zu Ailic hinüber. »Ich werde die Friedenspfeife mit ihm rauchen.«

»Ernsthaft?«

»Ja.« Sie biss sich auf die Unterlippe. »Du weißt doch, was Pete gesagt hat. Wir sind ein Team und müssen miteinander auskommen. Also werde ich versuchen, die positiven Seiten an Ailic Burnett zu entdecken. Wir hatten einen schlechten Start. Ich werde ihm vorschlagen, noch einmal neu zu beginnen«, erklärte Rachel. Dann nahm sie ihren Mut zusammen und marschierte los.

Kapitel 12

Sie entdeckte Ailic inmitten der steinernen Überreste von Haus Nummer elf. Vor dem Haus duckten sich zwei Jungschafe an den Stein, das eine hellbraun, das andere dunkel. Sie blickten Rachel aus ihren hypnotisch gelben, mit einer balkenförmigen Pupille durchzogenen Augen hinterher, ließen sich aber nicht aus der Ruhe bringen. Rachel unterdrückte den Impuls, mit der Hand über das Fell zu tasten, und streckte den Kopf zu der Öffnung hinein, die einst die Tür gewesen war. »Jemand zu Hause? Störe ich?«

»Nein. Überhaupt nicht.« Ailic blickte von seiner Kamera auf. Er schob sich die Schirmmütze in den Nacken und lächelte ihr zu. »Kommen Sie herein.«

Verwundert sah Rachel sich um. Bislang war sie zu beschäftigt gewesen, um sich die Ruinen aus der Nähe anzusehen. Etwas war merkwürdig: Alle Häuser auf Hirta waren gleich groß und besaßen den gleichen Grundriss. An der Vorderfront befanden sich eine Tür und zwei Fenster, die auf die Bucht führten. Die Seitenwände beherbergten jeweils eine tief ins Mauerwerk eingelassene Feuerstelle, darüber ragte auf jeder Seite ein Kamin in den Himmel. Aber im Vergleich zu den renovierten Häusern wirkten die verfallenen Häuser ohne ihre Dächer winzig.

»Na los, kommen Sie!« Er winkte ihr zu. »Es riecht nach Schafsmist, aber man gewöhnt sich daran.«

Sie folgte seiner Aufforderung. Der Boden des Hauses bestand aus gestampfter Erde, die mit Büscheln von Brennnesseln und Sauerampfer überwuchert war. Ihre Finger glitten über die Wände aus grob behauenem Fels. Eine Aufwallung von Melancholie überfiel sie. Erneut stiegen Bilder aus Annies Erzählungen in ihr auf. Einst war hier Mary McViccar zu Hause gewesen. Rachel schmiegte die Wange an die leere Fensterhöhle und schloss die Augen. Fast meinte sie, das Knistern vom Torf im Kamin zu hören und Marys Stimme, die gerade ihre Familie zum Abendessen rief …

Als sie spürte, wie Ailic neben sie trat, schlug sie die Lider auf. Er deutete aus dem Fenster nach Dùn hinüber, dem Drachenschwanz. »Das nenne ich ein Zimmer mit Aussicht«, meinte er.

»Allerdings«, sagte Rachel. Sie konnte sich nicht erklären, warum, aber es fühlte sich seltsam intim an, mit Ailic Burnett in dem alten Haus zu stehen und auf die Bucht zu blicken. Sie räusperte sich. »Meine Großmutter hat in Haus Nummer vierzehn gelebt.«

»Tatsächlich? Dann sind Sie eine waschechte Nachfahrin der Bewohner von St. Kilda?«

»Ja, das bin ich«, meinte sie verlegen. »Ich bin zum ersten Mal auf der Insel. Allerdings hätte ich nicht damit gerechnet, dass mir all das hier dermaßen unter die Haut geht.«

»Es geht mir ähnlich, obwohl ich keinerlei Verbindungen zu Hirta habe. Wenn ich am Fenster stehe und auf das verfallene Dorf blicke, kommt es mir vor, als wäre ich hundert Jahre in der Geschichte zurückgereist.« Er hob die Hand, legte sie gegen den Fenstersturz und lehnte die Stirn dagegen. »Fast meint man, die Stimmen der ehemaligen Bewohner auf der Straße wispern zu hören.«

»Das stimmt, vor allem, wenn die Touristen weg sind. Vielleicht klingt es arrogant, aber ich bin froh, dass wir die Insel wieder für uns haben.«

Er schien zu verstehen, was sie meinte, und schmunzelte. »Merkwürdig, wie schnell man ein Revierverhalten entwickelt. Ich stelle mir schon die ganze Zeit vor, der Besitzer dieses Hauses zu sein.«

Belustigt betrachtete Rachel ihn. »Ich sehe es buchstäblich vor mir. Sie würden kein Basecap tragen, sondern eine karierte Tam O'Shanter. Dann Vollbart und eine abgewetzte Wolljacke. Wahrscheinlich würden Sie genau hier stehen und alles mit Pfeifenrauch einqualmen, während ich in der Küche schufte, um das Essen auf den Tisch zu bringen.«

»Oder ich würde auf dem Stuhl vor dem Kamin sitzen.« Er machte einen Schritt auf die ehemalige Feuerstelle zu. »Ich würde in der Bibel lesen, während Sie ein Auge darauf haben, dass unsere fünf Kinder sich vor dem Essen ordentlich die Hände waschen und nicht zu viel Blödsinn anstellen.«

Rachel hob eine Augenbraue. »Das glaube ich eher nicht. Vermutlich hätten Sie mich nach draußen in den Stall geschickt, um die Kuh zu füttern, und sich in der Zwischenzeit über die gebratenen Vögel und den Gerstenkuchen hergemacht.«

Er bedachte sie mit einem langen Blick. »Immer noch sauer wegen der Küche?«

Sie nahm ihren Mut zusammen. »Eigentlich bin ich gekommen, um mich bei Ihnen zu entschuldigen. Sie müssen mich für ziemlich herrisch halten, was ich im Grunde nicht bin. Zumindest nicht immer. Aber als ich vorhin den Schafsmist auf dem Küchenboden gesehen habe, bin ich ausgerastet.« Sie zuckte die Schultern. »Es tut mir leid.«

Mit einer Entschuldigung schien er nicht gerechnet zu haben. Nervös betrachtete Rachel sein Gesicht. Es war offen und freundlich, um seine Augenpartie zog sich ein feines Netz aus Lachfältchen. Seine Augen, von denen Rachel immer noch nicht wusste, ob sie blau oder grün waren, blickten verstörend intensiv auf sie hernieder. Ihr Herz machte ein paar rasche Schläge. Sie mochte es nicht zugeben, aber Ailic Burnett besaß Charme. »Schon gut«, meinte er schließlich. »Was spaziere ich ungefragt in Ihre Küche?«

»Wie wäre es, wir vergessen das Ganze und fangen noch einmal von vorne an?« Entschlossen streckte sie ihm die Hand entgegen. »Hallo, mein Name ist Rachel Morrisson, und ich bin während des Workshops für die Verpflegung verantwortlich.«

»Ich bin Ailic Burnett und fotografiere für einen Bildband.« Sein Händedruck war kurz und kräftig. »Was halten Sie davon, wenn wir uns duzen, wie alle anderen auch?«

»Gerne«, erwiderte Rachel. Es entstand eine Pause. Sie war unsicher, wie es nun weitergehen sollte. Im Umgang mit Männern wie Ailic Burnett hatte sie wenig Übung. Unschlüssig rieb sie sich das Ohrläppchen. »Okay, dann mache ich mich am besten wieder an die Arbeit. Abendessen um sieben.«

»Alles klar«, gab Ailic zurück und nickte. »Wo steckt eigentlich der Rest der Gruppe? Ich habe dich mit Cynthia und Yi vor der Küche sitzen sehen, aber die anderen sind spurlos verschwunden.«

Rachel warf Ailic einen langen Blick zu. Wie hatte er es nur geschafft, sich in der Kürze so viele Namen zu merken? Sie zuckte die Schultern. »Pete hat der Gruppe freigegeben. Er meinte, es reicht für heute. Die Jungs haben sich schlafen gelegt. Bill und Greg wollten sich das Schulhaus von innen ansehen.«

»Verstehe.« Geistesabwesend nickte Ailic. Er bückte sich und starrte zum Fenster hinaus. »Sieh mal, da.« Er deutete auf einen weißen Fleck auf dem Grasland vor der Bucht. Der Fleck bewegte sich.

»Was ist das?« Rachel kniff die Augen zusammen, konnte aber durch das Nebelgrau nicht richtig erkennen, was es war. Sanft legte Ailic seine Hand auf ihre Schulter und führte sie zu dem anderen Fenster hinüber, an dem das Stativ mit der Kamera stand. Die Berührung löste ein Prickeln in Rachel aus. Irritiert blickte sie zu ihm auf. Hatte er es auch bemerkt?

Er nahm ein paar Einstellungen an der Kamera vor und trat beiseite. »Hier. Jetzt siehst du ihn besser.«

Rachel bückte sich und blickte durch das Teleobjektiv. »Ein Schwan?« Überrascht sah sie zu Ailic auf.

Er nickte. »Ein einzelner Singschwan. Sehr ungewöhnlich. Ich werde Yi fragen, ob sie aus den Eintragungen im Vogelregister weiß, seit wann er hier ist.«

Nochmals blickte Rachel durch die Linse. »Armer Kerl. Er macht einen verlorenen Eindruck. Hast du eine Idee, wie er hierhergekommen ist?«

»Er muss gestrandet sein. Vielleicht hatte er einen Unfall und hat sein Orientierungsvermögen verloren.«

»Aber wo ist sein Partner? Ich dachte, Schwäne sind ein Leben lang treu?«

»Vermutlich hat er sein Weibchen verloren.«

»Also ist unser Singschwan ein *Er?* Woher weißt du das?«

»Weibchen sind kleiner. Außerdem sind die Schnäbel unterschiedlich gefärbt.«

»Da seid ihr ja«, unterbrach Pete ihr Gespräch. Rachel zuckte zusammen. Sie hatte sein Kommen nicht bemerkt. Er trat durch die verfallene Tür und kratzte sich über das kurz geschorene, silbrige Haar. »Habt ihr eine Idee, wo Chloé steckt?« Seine braunen Augen blickten ernst. Rachel vermutete, dass Pete nicht erst seit fünf Minuten nach Chloé suchte.

Sie schüttelte den Kopf. »Nein, tut mir leid. Ich war mit Cynthia und Yi zusammen. Wir haben auf der Bank Tee getrunken und geplaudert. Wenn Chloé im Dorf unterwegs wäre, hätten wir sie sehen müssen.«

Frustriert seufzte Pete. »Das dachte ich mir.«

»Soll ich in Haus vier nachsehen?«, bot Rachel sich an. »Vielleicht schläft sie?«

»Da ist sie nicht. Yi war schon dort«, erwiderte Pete. Er zog ein Taschentuch hervor und tupfte sich trotz der Kühle des Nachmittags den Schweiß von der Stirn. »Verflixt. Vermutlich ist sie auf eigene Faust losgezogen, um Fotos zu machen. Auf dem Brett in der Küche hat sie jedenfalls nicht notiert, wohin sie gegangen ist.«

»Fotos?«, wunderte sich Ailic.

Pete nickte. »Ja, sie ist begeisterte Hobbyfotografin. Anscheinend besitzt sie Talent. Sie hat einige Amateurwettbewerbe in Belgien gewonnen. Ich vermute, das ist der eigentliche Grund, weshalb sie an dem Workshop teilnimmt. Sie möchte die Morgen- und Abendstunden nutzen, um zu fotografieren.«

»Verständlich«, nickte Ailic und klappte das Stativ zusammen.

»Dennoch muss sie sich an die Regeln halten. Ich hoffe, ihr ist nichts zugestoßen. Die Sicht ist miserabel, und sie kennt sich auf Hirta nicht aus.« Die Muskeln an Petes Kiefer verspannten sich. »Also schön. Teilen wir uns auf und suchen. Ich schlage vor, Yi und Cynthia gehen zum Ruaival. Die Männer und ich übernehmen das Gebiet an der Militärstraße.«

Rachel spürte, wie ihr Herz bis zum Hals klopfte. Die Vorstellung, dass Chloé im Nebel am Rand der Klippen entlangirrte, war schauderhaft. Sie machte einen Schritt auf Pete zu. »Was ist mit uns? Wo sollen wir suchen?«

»Ihr könnt die Anhöhe hinter dem Dorf übernehmen.« Er blickte zwischen Ailic und Rachel hin und her. »An Lag liegt in gerader Linie oberhalb der Main Street. Wenn ihr euch in Fallrichtung bewegt, könnt ihr euch nicht verlaufen.«

»Wir kommen zurecht.« Rachel nickte. Sie warf einen Blick zu Ailic hinüber. Er schwieg. Sein Gesicht hatte einen leeren Ausdruck angenommen.

»Ailic?«, fragte Pete vorsichtig.

Dieser nahm seine Kappe ab, strich sich durch das kurze braune Haar und setzte sie wieder auf. »Geht klar«, meinte er knapp. Dabei vermied er es, Pete anzusehen.

»Wunderbar«, sagte Pete. »Nehmt Signalpfeifen mit und gebt Bescheid, wenn ihr Chloé findet.«

»Machen wir«, versprach Rachel und blickte Pete hinterher, der bereits zum Haus hinauseilte. »Bist du so weit?«, meinte sie zögernd in Ailics Richtung.

Ailic wirkte angespannt. Rachel warf ihm einen prüfenden Blick zu. Aus irgendeinem Grund hatte sich die Stimmung zwischen ihnen verändert.

Schließlich gab Ailic sich einen Ruck. Seine Mundwinkel verzogen sich zu einem Lächeln, das nicht bis an seine Augen reichte. »Also los«, sagte er. »Bringen wir es hinter uns.«

Kurz darauf stand Rachel in Regenkleidung neben Ailic vor Haus Nummer eins, mit einer Thermoskanne Tee, einer Signalpfeife und einer Notfall-Thermodecke bewaffnet. Bange ließ sie den Blick über die verhangene Landschaft schweifen. Das Wetter hatte sich in den letzten Minuten deutlich verschlechtert. Die feuchte, salzige Luft legte sich wie ein Schleier um ihr Haar. Hirta zeigte sich von seiner trostlosen Seite. Der Nebel, der schwer wie fallendes Wasser von den Bergen herab ins Tal floss, behinderte die Sicht. Die mystische, prähistorische Landschaft hatte sich verwandelt. Mit einem Mal wirkte sie bedrohlich. Der Drache erwachte zum Leben. Zornig spie er Rauch aus den Nüstern, um jeden zu vertreiben, der es wagte, seine Einsamkeit zu stören. Rachel zögerte. Wohl war ihr nicht zumute bei dem Gedanken, in dieser Waschküche nach Chloé suchen zu müssen, aber immerhin war sie nicht alleine. Wenn die Gerüchte stimmten, war Ailic ein zäher Naturbursche. Wer sich in abgelegenen Gegenden wie der Antarktis oder in der chinesischen Wüste aufhielt, würde auch diese vergleichsweise wenig gefährliche Situation beherrschen. Rachel maß den hochgewachsenen Mann neben sich mit einem langen Blick. Sicher hatte Ailic Schlimmeres erlebt als ein bisschen Seenebel. Außerdem machte seine Ausrüstung einen professionellen Eindruck: schwarze Thermojacke, Wollmütze und halbhohe Wanderstiefel mit dickem, rutschfestem Profil. Das Einbeinstativ benutzte er als Wanderstock. Besorgt fragte sie sich, ob ihre Regenhose wirklich eine kluge Wahl war. Wenn sie stürzte, würde sie auf der beschichteten Außenseite den Hang hinuntersausen wie ein Gummigeschoss und gegen den nächsten Fels prallen. Sie verdrängte die wenig ermutigende Vorstellung und wandte sich an Ailic. »Bist du so weit?«

»Kann losgehen.« Er machte einen Schritt auf sie zu. »Lass mich deinen Rucksack nehmen.«

»Schon okay.« Sie winkte ab. »Er ist nicht schwer.« Sie deutete auf den Graspfad, der neben der alten Schiffsglocke den Hügel hinaufführte und sich nach wenigen Metern im Nebel verlor. »Pete meinte, wenn wir von hier aus losgehen, kommen wir direkt zu dem Tor in der Steinmauer. Und von dort geht es geradeaus den Hang hinauf, bis An Lag.«

»Also schön. Gehst du voran?«

Andersherum wäre es ihr lieber gewesen, aber sie zuckte die Schultern und meinte: »Lass uns nebeneinander gehen.«

Schweigend marschierten sie los. Bereits nach wenigen Metern geriet Rachel außer Puste. Ihre Motivation sank in den Keller. So würde sie das nie schaffen. Sie beschloss, ein Gespräch zu beginnen, um sich von dem steil ansteigenden Hügel abzulenken. »Hast du schon eine Idee, welche Motive in den Bildband sollen?«

»Es gibt einige Stellen, die interessant sein könnten«, erklärte er. An seinen gleichmäßigen Atemzügen erkannte Rachel, dass ihn das Marschieren weit weniger anstrengte als sie selbst. »Außerdem hat mich der NTS gebeten, eine Reihe historischer Aufnahmen digital zu bearbeiten. Für den Jubiläumsband wurden uns private Aufnahmen zur Verfügung gestellt.«

»Dann ist sicher auch meine Großmutter auf einem der Fotos!«

»Wer weiß? Ich zeig dir gerne die Bilder. Vielleicht erkennst du ja das eine oder andere Detail aus den Geschichten deiner Großmutter. Das würde helfen, die passenden Bildunterschriften zu finden.«

»Versuchen kann ich es.« Rachel umrundete einen der scharfkantigen Felsbrocken, die sich schemenhaft aus dem Grau erhoben. »Aber eigentlich müsstest du dich mit meiner Granny unterhalten. Sie könnte dir viel mehr erzählen.«

»Sie lebt noch?« Ailics Stimme klang überrascht.

»Ja, sie ist dreiundachtzig und betreibt einen Tearoom auf Harris.«

»Du willst also bei dem Workshop ein Stück deiner Familiengeschichte aufarbeiten?«, mutmaßte Ailic.

»Nein. Ehrlich gesagt bin ich aus Zufall hier. Petes Köchin wurde krank, und ich suchte einen Job.«

»Dann lebst du auf Harris?«

»Erst seit Kurzem. Ich bin in Glasgow geboren und aufgewachsen. Dann habe ich in London gewohnt, aber jetzt war es Zeit für eine Veränderung.«

Ailic warf ihr einen interessierten Blick zu. »Klingt, als steckte ein Mann dahinter.«

Rachel spürte einen Stich in ihrer Brust. Dieser Ailic Burnett besaß eine Ausstrahlung, die es einem leicht machte, sich zu öffnen. Einen Moment lang war sie versucht, dem Fremden neben ihr, den sie nach dem Workshop nie wiedersehen würde, ihr Herz auszuschütten und ihm zu erzählen, was hinter ihrem Umzug steckte. Als in diesem Moment dicht neben ihrem Kopf ein Eissturmtaucher aufflog, zuckte sie erschrocken zusammen. Sie verwarf den Gedanken so rasch, wie er gekommen war. Der Moment war vorbei. »Richtig vermutet. Er heißt Sam«, hörte sie sich sagen. Gleich darauf hätte sie sich in den Hintern treten können. Wozu spielte sie Verstecken? Es gab keinen Grund, vor

Ailic so zu tun, als wäre sie liiert. Sie spürte seinen Blick auf sich ruhen.

»Was ist mit dir?«, fragte sie, aber bevor er antworten konnte, glitt ihr Fuß aus. Sofort war Ailic neben ihr und umfing mit sicherem Griff ihre Taille. Bei der Berührung durchlief es sie wie bei einem elektrischen Schlag. Irritiert blickte sie zu ihm auf.

»Alles in Ordnung?« Ailic trat einen Schritt zurück.

»Ja, danke. Ich war nur unachtsam.«

Er warf ihr einen Blick aus seinen unergründlichen Augen zu. Rachel vermutete inzwischen, dass sie sowohl grün als auch blau waren, eine Mischung, mit der er erfolgreich als Hypnotiseur hätte arbeiten können. »Um auf deine Frage zurückzukommen: Ich lebe alleine. In London, übrigens.«

»Das weiß ich«, entschlüpfte es ihr. Sie hob entschuldigend die Hände. »Das mit London, meine ich, nicht, dass du Single bist. Um ehrlich zu sein, wir haben vorhin über dich gesprochen. Yi kennt dich aus Zeitungsberichten. Du bist sehr erfolgreich.«

Er winkte ab, gelangweilt, wie es schien. »Das war einmal. Inzwischen hat sich viel verändert. Ich arbeite nicht mehr für *National Geographic*.« Er unterbrach sich und verstummte für einen Augenblick. »Momentan fotografiere ich für eine Agentur in Berlin. Industrieanlagen hauptsächlich. Dazu pendle ich täglich zwischen London und Berlin. Da bleibt das Privatleben auf der Strecke. Zum Glück ich bin nicht der Typ für Heirat und Familie.« Er blieb stehen und schob sich die Wollmütze in den Nacken. »Wo soll das Tor sein, von dem Pete sprach?«

Der rasche Themenwechsel verursachte ein leichtes Schlingern in Rachels Magen. Verlegen ließ sie den Blick die Mauer entlanggleiten, die sich vor ihnen im Dunst erhob. War sie Ailic zu nahe getreten? Sie war so außer Übung, was Unterhaltungen mit attraktiven Männern betraf, dass ihre Fähigkeit dafür eingerostet war. Sie beschloss, ab jetzt den Mund zu halten, bevor sie in das nächste Fettnäpfchen trat. »Da drüben.« Sie deutete auf eine Öffnung.

Den restlichen Anstieg über unwegsames, steiles Terrain bewältigten sie schweigend. Irgendwie hatte es sich ergeben, dass Rachel doch vorwegging. Ailic folgte ihr auf dem Fuß. Er schien blind darauf zu vertrauen, dass sie in dem Torfmoor den Weg um die knöcheltiefen, morastigen Löcher fand, die in dem Meer aus Brauntönen kaum auszumachen waren. Schließlich wurde der Boden eben. Die steinernen Einfriedungen von An Lag lösten sich aus dem Nebel.

»Da sind wir.« Rachel blieb stehen und wischte sich den Schweiß von der Stirn. Vor Anstrengung war ihr warm geworden. »Hier oben wurden die Schafe zusammengetrieben. Darum die Steinwälle und Cleits. Die Steinhütten wurden immer dort errichtet, wo man Lagerraum brauchte. Hier oben hob man wahrscheinlich Schaffleisch, Wolle und Torf auf«, vermutete sie. Als ihr Blick über die zahllosen Hütten glitt, seufzte sie ernüchtert. Hätte sie Sam bloß diese idiotische Schatzsuche ausgeredet! Wie um alles in der Welt sollte sie unter den Cleits ausgerechnet dasjenige mit Annies Schatz darin finden? Was Sam wohl gerade machte? Ob er sie vermisste? Sie schüttelte den Gedanken an Sam und an ihr Versprechen ab und beschloss, sich auf die Suche nach Chloé zu konzentrieren. Stirnrunzelnd wandte sie sich Ailic zu. »Teilen wir uns auf? Ich suche rechts und du gehst nach links?«

»Guter Plan.« Ailic rollte die Schultern und ließ den ausgestreckten Arm auf seinem improvisierten Wanderstab ruhen. »Wird nur leider nicht funktionieren. Es sei denn, du möchtest auch noch nach mir suchen.«

»Wie meinst du das?« Irritiert blickte sie in Ailics unergründliche Augen. Da war es wieder, das Schlingern in ihrem Magen.

Für einen Moment schwieg Ailic. »Ich kann mich nicht orientieren«, meinte er schließlich.

»Ja, der Nebel ist scheußlich. Aber wenn wir in der Nähe der Einfriedungen bleiben, sollte es gehen.«

»Es liegt nicht am Nebel.« Ailics Blick glitt über die Steinmauern von An Lag. »Ich habe meinen Orientierungssinn verloren.«

»Du hast was?« Vor Verwunderung wurden Rachels Augen rund. So, wie Ailic das sagte, klang es beiläufig, als hätte er seinen Autoschlüssel in einen Gully versenkt. Das konnte doch unmöglich wahr sein. Man verlor doch nicht einfach ein Sinnempfinden.

»Ich hatte einen Unfall«, erklärte Ailic achselzuckend, und Rachel spürte, wie ihr die Gänsehaut über den Rücken kroch. Was Yi über den Absturz bei der Bohrinsel erzählt hatte, hatte so schauderhaft geklungen, dass sie die Bilder, die sich hatten aufdrängen wollen, gleich wieder aus ihrem Kopf verbannt hatte. »Ein Absturz mit dem Hubschrauber. Dabei wurde mein rechter Schläfenlappen geschädigt. Das ist der Teil des Gehirns, der unter anderem für das topografische Gedächtnis zuständig ist. Topagnosie nennen die Ärzte das. Es bedeutet, dass ich unfähig bin, Örtlichkeiten wiederzuerkennen.«

Sie ertappte sich dabei, wie sie ihn mit offenem Mund anstarrte.

»Deshalb arbeite ich nicht mehr als Landschaftsfotograf.« Er lächelte, aber es wirkte bitter. »Ich habe auf Industriegebäude umgesattelt.«

»Aber … Wie kommst du zurecht?«

»Mit der Zeit entwickelt man Methoden. Feste Gewohnheiten, gleiche Wege, all so was. In Berlin habe ich immer einen Assistenten dabei, der mich begleitet. Alleine würde ich mich auf dem Weg von der Kantine zur Toilette verirren.«

Rachel schwieg. Sie wusste nicht, was sie dazu sagen sollte.

»Schau mich nicht so mitleidig an«, sagte er. »Es könnte schlimmer sein. Und das verlassene Dorf ist so übersichtlich, dass nicht einmal ich es schaffe, mich zu verlaufen. Hier oben ist es allerdings anders.«

Sie war erschüttert, versuchte aber, es sich nicht anmerken zu lassen. Allmählich ahnte sie, weshalb Ailic auf Petes Bitte so verhalten reagiert hatte. Es hatte nicht daran gelegen, dass er keine Lust hatte, mit Rachel unterwegs zu sein, wie sie ursprünglich vermutet hatte. Der Grund war, dass er sich nicht zu seiner körperlichen Einschränkung bekennen wollte. Nachdenklich nagte sie an ihrer Unterlippe. Genau genommen waren sie sich in diesem Punkt ähnlich. Sie selbst sprach auch nicht gern darüber, dass sie sich seit Joshs Tod wie ein halber Mensch fühlte.

»Lass uns zusammen gehen«, sagte Ailic.

Rachel schloss daraus, dass er nicht länger über den Unfall reden wollte, und nickte. »Okay. Wo sollen wir beginnen?«

Etwa eine halbe Stunde später hatten sie die Anlage einmal umrundet, ohne eine Spur von Chloé zu entdecken.

»Was meinst du?« Rachel warf Ailic einen kurzen Blick zu. »Sollen wir in den Cleits nachsehen?«, fragte sie, um sicherzugehen. Im Grunde erübrigte sich die Frage. Nachdem sie beide die ganze Zeit über laut Chloés Namen gerufen hatten, war nicht anzunehmen, dass Chloé in einer der Hütten saß und »Mäuschen, piep einmal« mit ihnen spielte.

Ailic schien der gleichen Ansicht zu sein. »Das können wir genauso gut lassen«, erwiderte er. Er stützte sich auf sein Stativ. Sein Blick wanderte den Hang hinauf. Ein fahles, verwaschenes Glimmern fiel durch die Wolkenschleier. »Es klart auf. Lass uns hier warten, bis sich der Nebel verzieht. Vielleicht taucht Chloé von alleine auf.«

»Gute Idee«, nickte Rachel.

»Da!«, rief sie ein paar Minuten später. Der Dunst hatte sich auf das Meer hinaus geflüchtet. Blendend helles Licht brach durch die Wolken. Unregelmäßige Flecke aus Licht und Schatten huschten über die grünen Hügel. Sie deutete auf einen kleinen Punkt, der sich im Zickzack die steile Anhöhe herabbewegte. »Das muss sie sein. Sie trägt einen hellblauen Anorak.«

»Du liebe Güte, diese Frau hat Nerven«, sagte Ailic und ließ die Hand auf Rachels Schulter ruhen. Rachel spürte, wie sich etwas in ihr verschob. Eine winzige Veränderung, kaum spürbar, aber dennoch gewaltig. Es war, als ginge ein hauchfeiner Riss durch den Kokon, in den sie sich nach Joshs Tod eingesponnen hatte.

»Wir sollten ihr entgegengehen, falls sie Hilfe braucht«, meinte Ailic.

»Von mir aus.«

Also gingen sie los, Ailic vorneweg. Rachel war überrascht, dass er das Kommando übernahm, aber um ehrlich zu sein, war sie auch nicht mehr sonderlich motiviert weiterzumarschieren. Sie hatte die Nase gründlich voll davon, Chloé quer über die Insel hinterherzurennen. Wenn es nach ihr gegangen wäre, hätten sie genauso gut umkehren und Chloé den restlichen Berg alleine hinunterspazieren lassen können. Schließlich war sie ihn ja auch alleine hochgeklettert, und verletzt schien sie nicht zu sein. Grummelnd stapfte sie hinter Ailic her den Hang hinauf.

»Alles in Ordnung mit dir, Chloé?«, meinte Ailic, als sie sie erreicht hatten, und legte fürsorglich den Arm um Chloés Schulter.

»Mon Dieu, es war fürchterlich«, stieß Chloé hervor, ihre Unterlippe zitterte. »Ich war oben auf dem Gap, um die Sturmtaucher zu fotografieren. Aber dann ist wie aus dem Nichts Nebel aufgezogen. Also habe ich mich in eine Mulde geduckt und gewartet, bis es vorbei war.«

»Das war vernünftig. Du hättest dich in Gefahr gebracht, wenn du versucht hättest, im Nebel zurückzufinden«, lobte Ailic sie. Zu Rachels Ärger ließ er dabei außer Acht, dass das einzig *Vernünftige* gewesen wäre, auf der Schiefertafel in der Küche zu notieren, wohin man ging. So wie Pete es ihnen eingeschärft hatte. »Möchtest du einen Schluck heißen Tee?«, bot Ailic Chloé an.

Sie blinzelte ihn unter ihren weißblonden Ponyfransen hervor an. »Das wäre fantastisch«, schnurrte sie in ihrem weichen belgischen Akzent.

Kurz darauf machten sie sich an den Abstieg. Ailic und Chloé gingen voraus und unterhielten sich. Rachel, der Chloés unablässiges Geplapper auf die Nerven ging, folgte in einigem Abstand. Missmutig stellte sie fest, dass Chloé kein Problem damit hatte, ihre Fotoausrüstung von Ailic zurück zum Dorf schleppen zu lassen. Rachel schüttelte den Kopf. Der Rucksack sah aus, als hätte er ein ziemliches Gewicht. Wenn Chloé es geschafft hatte, ihn den Berg hinaufzuschleppen, war sie um einiges kräftiger, als ihre schmale Figur vermuten ließ.

»Du musst mir unbedingt ein paar Tipps geben«, hörte Rachel Chloé gurren. »Es ist ja so aufregend, einen so berühmten Fotografen kennenzulernen.«

»Kein Problem«, gab Ailic zurück. »Ich zeige dir gerne ein paar Tricks. Was möchtest du denn hauptsächlich fotografieren?«

»Sonnenuntergänge und Seevögel.«

»Für Seevögel brauchst du ein gutes Teleobjektiv. Wenn du möchtest, kann ich dir meines leihen.«

»Wirklich? Das wäre großartig. Meinst du, du könntest mir auch zeigen …«

Rachel verdrehte die Augen und ließ sich zurückfallen. Chloés Gesäusel war unerträglich. Aber bitte, wenn es Chloé glücklich machte, Ailic in Beschlag zu nehmen … Im Grunde konnte es Rachel herzlich gleich sein. Sie blieb stehen und ließ den Blick über die Einfriedungen von An Lag schweifen.

»Was ist los mit dir, Rachel? Kommst du?«, rief Ailic ihr zu.

Sie schüttelte den Kopf. »Geht ihr schon vor«, rief sie zurück. »Ich möchte mich noch umsehen.«

»In Ordnung.«

Im gemütlichen Wandertempo entfernten sich die beiden Gestalten. Zum Schluss waren ihre Stimmen nur ein fernes Murmeln, das der Wind übertönte.

Erleichtert atmete Rachel auf. Sie war alleine. Langsam schritt sie auf eine der Einfriedungen zu und lehnte den Oberkörper gegen die alte Steinmauer. Plötzlich spürte sie eine Traurigkeit in sich aufsteigen, von der sie nicht wusste, woher sie rührte. Ihr Blick glitt die Anhöhe von An Lag hinunter. Das verlassene Dorf war in einen sanften Schimmer goldenen Lichts getaucht. Aus dem Kamin von Haus Nummer eins, dem Küchenhaus, stieg Rauch in den Himmel und erfüllte die Luft mit dem Geruch eines heimeligen Torffeuers. Die Sonne schickte breit gefächerte Strahlen über den gezackten Drachenschwanz von Dùn und ließ das Wasser in der Bucht glänzen wie Seide. Rachels Herz wurde weit. Der Nachmittag trug eine Ruhe in sich, die ihre Seele bis zum letzten Winkel erfüllte. Die Landschaft war nicht lieblich, aber in ihrer Einzigartigkeit so großartig und majestätisch, dass Rachel davon schwindelte. Sie konnte sich nicht erinnern, je etwas ähnlich Friedvolles gesehen zu haben. Allmählich begann sie zu erahnen, wie schwer es den sechsunddreißig Bewohnern gefallen sein musste, das Leben auf Hirta aufzugeben, für ein vages Versprechen der Regierung, in ein gelobtes Land zu ziehen. Ob Annie und die anderen geahnt hatten, was sie erwartete, als sie am Morgen des 29. August 1930 einen letzten Blick auf ihre Häuser geworfen und das Boot bestiegen hatten, das sie für immer weggebracht hatte? Einige von ihnen waren, so hatte es Annie ihr erzählt, nach der Evakuierung an gebrochenem Herzen gestorben. Rachel spürte, wie ihr die Tränen in die Augen traten, als sie auf eine Welt blickte, wie Annie sie gekannt hatte. Eine Welt, die für immer verloren war. Der Kloß in ihrer Kehle brannte. Bislang hatte sie nicht viel darauf gegeben, aber jetzt spürte sie es mit aller Deutlichkeit. St. Kilda lag in ihren Genen.

* * *

Rachel gönnte sich zwanzig Minuten Auszeit, bevor sie sich zurück ins Dorf zu den anderen gesellte. Das Abendessen – Reispfanne mit Huhn – war vorbereitet, sie musste es nur aufwärmen. Doch zuvor musste sie dringend zur Toilette. Und einen Spiegel brauchte sie auch. Sicher waren ihre Haare vom Wind so zerzaust, dass sie aussah wie eine aufgeplusterte Henne. Sie betrat den Waschblock. In dem kleinen, weiß getünchten Raum brannte Licht. Der Duft eines markanten Männerduschgels erfüllte die Luft. Rachel hörte, wie in einer der Duschkabinen das Wasser abgedreht wurde.

Nachdenklich betrachtete Rachel die Anordnung der Kabinen: Die beiden Duschen lagen in der Mitte, jeweils rechts und links davon eine Toilette. Ein bisschen *zu* intim für ihren Geschmack, aber sie musste mit den Gegebenheiten vorliebnehmen. Nach reiflichem Überlegen wählte sie die rechte Toilette. Damit lag die freie Duschkabine wie ein Bollwerk zwischen ihr und dem Benutzer der linken Dusche. Sie hörte, wie er sich abrubbelte und dabei vor sich hin pfiff.

Als sie kurz darauf aus der Toilette trat, stand Ailic in frischen Cargohosen und mit freiem Oberkörper vor den Waschbecken an der gegenüberliegenden Seite des Raums. Er hatte sich das

Kinn mit Rasierschaum eingeseift und zwinkerte ihr im Spiegel zu. Rachel warf einen raschen Blick auf Ailics muskulösen, durchtrainierten Rücken, dann trat sie an das Becken, um sich die Hände zu waschen. Es war verwirrend, neben diesem halb nackten, attraktiven Mann zu stehen, der so angenehm nach Irish Moos duftete und an dessen Schultern Wassertropfen glitzerten. Rachel ertappte sich bei dem Verlangen, den Arm zu heben und seine nasse Haut zu berühren. Sie gab sich einen Ruck und vertiefte sich darin, ihre Hände so gründlich einzuseifen, als wollte sie eine komplizierte Herztransplantation durchführen.

»Alles in Ordnung mit dir?«, erkundigte sich Ailic.

Sie hob das Gesicht. Ihre Blicke begegneten sich im Spiegel.

»Sicher.«

»Du warst so still vorhin.«

»Ich hatte Kopfweh.«

»Verstehe. Bist du deshalb auf An Lag geblieben?« Ailic setzte den Rasierer an und zog einen Strich von der Wange hinunter zum Kinn.

»Ich wollte die Aussicht genießen«, erklärte sie und ließ damit den eigentlichen Grund, Chloés nerviges Getue, unberührt.

»Das ist alles?« Er hörte auf, sein Kinn mit dem Rasierer zu bearbeiten. Einen ganzen Moment länger als nötig hielt er sie mit seinem Blick fest. Rachel spürte, wie ihr Herz ein paar aufgeregte Schläge machte. So verrückt es klang, aber da war etwas zwischen ihnen. Eindeutig.

»Das ist alles«, erklärte sie bestimmt. Sie zwang sich, in aller Ruhe ihre Hände abzutrocknen. Erst dann eilte sie Richtung Küchenhaus davon, auf der Flucht vor Ailic und den Gefühlen, die er in ihr wachrief.

Kapitel 14

Es war erstaunlich, wie schnell die Zwänge der Zivilisation von ihnen abfielen. Trotz aller Unterschiede ging die Gruppe ohne Hemmungen miteinander um. Die Eigenheiten der Einzelnen traten in den Vordergrund, was gelegentlich zu Spannungen führte. Aber es kam nie zu einem Streit. Ailic ließ eine neue Seite an sich sehen, die düster war und Rachel bewies, dass ihn seine Krankheit mehr in Mitleidenschaft zog, als er zugab. Sie rechnete es ihm hoch an, dass er in solchen Momenten für sich blieb, um die anderen nicht mit seiner Laune zu belasten. Zum Glück war seine schlechte Stimmung nie von Dauer.

Im gleichen Maß, wie die Vertrautheit stieg, verstärkte sich das Revierverhalten, wie Ailic es bezeichnet hatte: Gemeinsam hielten sie innerlich die Luft an, wenn die Skipper in Village Bay festmachten und die Tagesausflügler die Insel erstürmten. Gemeinsam atmeten sie auf, wenn die Boote am Nachmittag ablegten. Dann gehörte die Insel wieder ihnen. Am liebsten mochte Rachel die Tage, an denen der Seegang zu hoch war oder der Wind aus Südost verhinderte, dass Boote in Village Bay festmachten. Heute war so ein Tag. Wolkenfetzen fegten über den Himmel und streiften die Spitzen der Hänge. Bizarre Figuren aus Licht und Schatten huschten in raschem Wechsel über die mit grauem Geröll durchzogenen Hügel. Im Dorf selbst war alles still. Die Arbeiten am alten Federlager und an den Drainagen waren so gut vorwärtsgegangen, dass Pete dem Team am Nachmittag freigegeben hatte.

Rachel saß auf der Bank vor Haus Nummer eins und beobachtete, wie Yi – mit einem kurzärmligen T-Shirt und Shorts bekleidet, wie immer in Schwarz – barfuß auf dem Rasen hinter einem der Küchenstühle stand und Cynthias Schultern massierte. Cynthia, die schlimme Rückenschmerzen hatte, es aber nicht zugeben wollte, saß mit BH und einem dünnen Unterhemd angetan auf einem Hocker und balancierte einen Teller mit Apple Crumble auf dem Schoß. Inzwischen dachte sich keiner mehr etwas dabei, Cynthia in Unterwäsche herumsitzen zu sehen. Die Mädels verzichteten auf Make-up, außer Chloé, die jeden Morgen den Spiegel in den Waschräumen in Beschlag nahm und in allen Lebenslagen wie aus dem Ei gepellt wirkte. Den Männern wuchsen Stoppelbärte. Niemand nahm Anstoß daran, wenn sie beim gelegentlichen Rasieren die eine oder andere Stelle am Kinn übersahen, was vor allem Greg regelmäßig passierte.

»Allen Ernstes, ich frage mich, was ich falsch mache«, sagte Yi und unterzog Cynthias Schultern einer intensiven Knetkur.

»Warum? Abgesehen davon, dass du anscheinend gerade versuchst, meine Muskeln in Hackfleisch zu verwandeln, kann ich nichts Verkehrtes an dir entdecken.« Cynthia schob sich grinsend eine Gabel Apple Crumble in den Mund.

»Und warum plage ich mich dann jeden Tag damit, mein Arbeitsgerät zu säubern, während Chloé immer einen der Jungs dazu bringt, das für sie zu erledigen?« Yi stierte mit zusammengekniffenen Augen zu Haus Nummer fünf hinüber, wo Bill damit beschäftigt war, den Schmutz von Chloés Spaten zu kratzen.

»Sie arbeitet bei der Europäischen Kommission in Brüssel«, meinte Rachel und biss krachend in einen Apfel. »Da lernt man so etwas. Nennt sich Diplomatie.«

»Haha«, giftete Yi. »Seit wann bekommen die Damen am Empfang Kurse in Verhandlungsführung?«

»Das hat Chloé nicht nötig«, grinste Cynthia. »Sie verfügt über ein angeborenes Talent, die Männer um den Finger zu wickeln. Schaut mal da …«, sie deutete über den Rasen, wo Robin, ein junger Musiker aus Bristol, gerade damit beschäftigt war, Chloés Wanderschuhe im Bach zu reinigen.

»Ich glaube es nicht«, sagte Rachel, deren Blick Cynthias gefolgt war. »Wie um alles in der Welt macht sie das?«

Yi bückte sich und goss etwas Massageöl in ihre Hände. »Wo steckt unsere Chloé eigentlich? Nimmt sie ein Schönheitsbad im Meer?«

»Nein.« Cynthia hob die Hand über die Augen und blickte zu der kleinen Kirche hinüber, die sich jenseits der Wiese neben dem weiß getünchten Pfarrhaus befand. »Sie lässt sich von Ailic beibringen, wie man fotografiert.«

»Was?« Yi fuhr so abrupt herum, dass ihr Fuß die Flasche mit dem Massageöl umstieß. »Ich denke, sie ist so eine tolle Fotografin? Immerhin erzählt sie von nichts anderem als den Preisen, die sie gewonnen hat, und von den zwei Millionen Fotos in ihrem Archiv. Da sollte man doch meinen, sie beherrscht ihre Kamera.«

»Es gibt immer Gebiete, auf denen man dazulernen kann«, gab Cynthia zurück und lächelte so breit, dass sich Rachel vor Lachen über die Mehrdeutigkeit des Satzes beinahe an ihrem Apfel verschluckt hätte. Doch trotz aller zur Schau getragenen Heiterkeit verspürte sie einen Stich in ihrem Herzen. Zu ihrem Entsetzen fühlte es sich an wie Eifersucht.

»Jedenfalls scheint Ailics Bedarf an Chloé für heute gedeckt zu sein.« Yi wandte sich wieder Cynthia zu und walkte hingebungsvoll deren Schultern. Sie nickte in Richtung Kirche. »Er kommt direkt auf uns zu.«

Rachel blickte auf. Sie spürte ein Flattern in ihrem Magen, als sie sah, wie sich Ailic auf sie zubewegte. Er hatte die Hände tief in die Taschen seiner Cargohosen vergraben, seine Schritte waren ausladend wie immer. »Hallo, die Damen.« Er ließ sich auf die Bank neben Rachel fallen und schob sich das Basecap in den Nacken. »Ich stelle fest, dass wir das Territorium auch heute wieder erfolgreich gegen Eindringlinge aus dem Rest der Welt verteidigt haben.«

»Ich weiß, wir sind völlig unmöglich.« Cynthia hob grinsend eine Hand und winkte ab. »Aber alleine ist es so unglaublich entspannt.«

»Stimmt«, nickte Yi. »Wir können so, wie wir sind, hier sitzen, ohne zu befürchten, dass ein Fremder den Hügel hinunterspaziert kommt. Und wenn wir nachts zu den Toiletten müssen, können wir seelenruhig im Schlafanzug aus der Tür gehen, ohne dass uns ein verrückter Kapuzenmörder hinter dem nächsten Gebüsch auflauert.«

»Wäre auch ziemlich schwierig, weil es hier weit und breit kein Gebüsch gibt«, stellte Ailic nüchtern fest.

»Männer!« Yi verdrehte die dunklen Mandelaugen. »Keinen Sinn für Romantik.«

»Es ist also romantisch, nachts im Schlafanzug zur Toilette zu gehen?«, neckte Ailic sie.

»Nein, aber es ist ein unglaubliches Gefühl von Freiheit und …« Yi unterbrach sich, als sie das breite Grinsen auf Ailics Gesicht bemerkte. Sie nahm die Flasche mit dem Massageöl und tat so, als wollte sie damit nach Ailic werfen. »Du bist unmöglich. Warum lasse ich mich ständig von dir verschaukeln?«

»Keine Ahnung«, gab Ailic grinsend zurück. »Aber solange du mich mit der Flasche bedrohst, möchte ich die Diskussion nicht vertiefen.« Er wandte sich an Rachel. »Ich hätte Lust auf einen Spaziergang hinüber zum Lover's Stone. Was ist, kommst du mit?«

»Warum nicht.« Rachel zuckte die Schultern und tat, als wäre es ihr gleich, dass sie die Auserwählte war. In Wirklichkeit aber tanzte ein Schwarm Zitronenfalter Tango in ihrem Magen. Wie kam es, dass Ailic gerade sie gefragt hatte? Dann fiel ihr ein, wie er ihr vor ein paar Tagen unter vier Augen erzählt hatte, keinen Orientierungssinn zu besitzen. Sie zog die Stirn in Falten. Sie war ziemlich sicher, dass Ailic mit niemand anderem darüber geredet hatte. Ernüchtert legte sie den Apfelgriebs in ihre leere Teetasse und schickte die Zitronenfalter zurück in den Winterschlaf. Der Lover's Stone, eine beeindruckende, weit über einen Abgrund ragende Felsplatte, lag etwas abseits der Militärstraße, in der Nähe von Claigeann Mòr, dem großen Totenkopffels. Rachel hatte die Landkarte an der holzgetäfelten Wand im Aufenthaltsraum so gründlich studiert, dass sie sie in- und auswendig kannte. Der Lover's Stone lag hinter der Bergkuppe in den Klippen. Schwer zu finden, wenn man keinen Orientierungssinn besaß. Sie gab sich einen Ruck. »Wie ist es mit euch beiden? Wollt ihr mitkommen?«

»Nein danke«, erwiderten Yi und Cynthia wie aus einem Mund.

»Ich bin vollkommen zufrieden damit, hier in der Sonne zu sitzen und alle fünf gerade sein zu lassen«, fügte Yi hinzu und ließ sich demonstrativ auf die Bank gegenüber von Rachel fallen.

»Ihr wisst, wo wir sind, falls Pete fragt.«

»Klar.«

»Also schön.« Ailic gab Rachel einen leichten Klaps auf den Oberschenkel. »Ich hole meine Kamera, und dann kann's losgehen.«

* * *

Kurz darauf marschierten sie schweigend nebeneinander um die letzte Kurve der steilen, im Zickzack zur Radarstation hinaufführenden Militärstraße. Den Versuch, sich zu unterhalten, hatten sie längst aufgegeben. Der Anstieg verlangte ihnen das Letzte ab. Keuchend blieb Rachel stehen und stützte die Hände in ihre Taille. Eine Weile stand sie so da, während sie darauf wartete, dass ihr Atem sich beruhigte. »Ich glaube, ab hier müssen wir querfeldein«, brachte sie schließlich japsend hervor.

»Okay.« Ailic nahm die Schirmmütze vom Kopf und wischte sich mit dem Unterarm den Schweiß von der Stirn. »Du bist der Boss. Ich folge dir.«

Sie warf ihm einen raschen Seitenblick zu. »Die anderen wissen nichts von … deinem Problem?«

»Dass mein Gehirn nicht richtig funktioniert, meinst du?« Er nahm den Fotorucksack, den er während der kleinen Pause abgesetzt hatte, und schulterte ihn erneut. »Nein. Ich rede nicht gerne darüber.«

»Verstehe.« Sie band sich den Fleecepullover von den Hüften und schlüpfte hinein. Hier oben wehte ein empfindlich kalter Wind.

»Danke übrigens, dass du mitgekommen bist. Alleine hätte ich es nie gefunden.«

»Kein Problem. Ich hatte ohnehin vor, zum Lover's Stone zu gehen.«

»Wegen der alten Geschichten?«, mutmaßte Ailic. Offensichtlich hatte er sich mit den Gebräuchen auf Hirta beschäftigt. Der Fels hatte einst einem Ritual gedient. Junge Männer hatten hierbei vor der Ehe ihr Talent als Vogelfänger unter Beweis stellen müssen. Das klang verrückt, hatte aber dem Überleben gedient. Um auf Kilda eine Familie zu ernähren, musste man sich sicher und furchtlos in den Klippen bewegen können.

»Nicht nur.« Rachel zögerte einen Moment, entschied sich dann aber, Ailic von der Schatzsuche zu erzählen, obwohl sie sich reichlich albern vorkam. Aber spielte das wirklich eine Rolle, nachdem Ailic ihr weit persönlichere Dinge über sich anvertraut hatte? Sie schob sich eine Strähne ihres wehenden Haares aus der Stirn und bog in das offene Hochmoor ab.

»Ich habe Sam versprochen, nach dem Schatz meiner Granny zu suchen.« Sie zuckte die Schultern.

»Sam ist dein Sohn, nicht wahr?«

»Ja. Josh, sein Vater, ist vor sechs Jahren gestorben.«

»Das tut mir leid«, hörte sie Ailic neben sich sagen. Sie hielt den Blick auf den unwegsamen Untergrund gerichtet und vermied es, ihn anzusehen. »Muss schwer sein, alleine klarzukommen. Greifen dir deine Eltern unter die Arme?«

»Granny tut, was sie kann. Mehr Familie habe ich nicht«, erklärte Rachel. »Meine Eltern sind beide tot, und mein Bruder ist bei einem Flugzeugabsturz ums Leben gekommen.«

»Das ist bitter.«

Rachel zögerte mit der Antwort. »Man gewöhnt sich an alles«, sagte sie schließlich.

»Wenn es dich tröstet, meine Kindheit war alles andere als berauschend. Im Grunde war es ein einziger Albtraum«, meinte Ailic. Rachel wunderte sich, wie gelassen er das sagte. »Meine Eltern ließen sich scheiden, als ich acht war. Sie haben sich gehasst. Mein Vater hat mir nach der Trennung zum neunten Geburtstag eine Fußballausrüstung geschenkt, mit allem Drum und Dran …« Er unterbrach sich, blieb stehen und nahm den Kameragurt von der Schulter. Rachel sah ihm schweigend zu. Sie war gespannt zu hören, wie die Geschichte weiterging, wollte ihn aber nicht drängen. Ailic befestigte die Kamera mit dem Schnellverschluss an dem Stativ, nahm ein paar Einstellungen vor und richtete den Blick durch das Objektiv. »Meine Mutter rastete vollkommen aus. Am nächsten Tag zwang sie mich, alles in den Altkleidercontainer zu werfen. Seitdem habe ich nie wieder Fußball gespielt.«

Rachel schluckte trocken. »Wow … das ist hart.«

»Ja«, nickte Ailic, ohne das Auge von der Linse zu lösen. »Ein halbes Jahr später starb mein Vater bei einem Autounfall.«

»Ach du Schande …«, entfuhr es Rachel.

»Aber mittlerweile haben wir ein ganz gutes Verhältnis zueinander.« Ailic drehte sich um, ein Grinsen im Gesicht.

Rachel verstand gar nichts mehr. »Ihr habt was?«, fragte sie und ertappte sich dabei, Ailic anzustarren, als hätte er ihr gerade erklärt, er arbeite nebenbei als Medium und sei ziemlich erfolgreich mit dem Ouija Board.

»Mein Dad ist nicht tot.« Ailic befestigte den Linsendeckel an der Kamera. Die Sonne fiel schräg auf sein Profil, sodass sie seinen Gesichtsausdruck nicht erkennen konnte. »Das haben meine Schwester und ich Jahre später herausgefunden. Meine Mutter hat das behauptet, um den Kontakt zu Dad zu unterbinden. Sie ist ständig mit uns umgezogen, damit er uns nicht findet. In einem Schuljahr habe ich den fragwürdigen Rekord aufgestellt, drei Mal in eine neue Klasse zu kommen.«

Rachel spürte, wie sich ihr Magen zusammenzog. Es tat ihr leid, dass Ailic so eine schreckliche Kindheit verbracht hatte. Sie runzelte die Stirn und versuchte sich vorzustellen, wie es sein musste, den Freundeskreis zu wechseln, so wie andere Kinder Briefmarken tauschten. Nicht annähernd konnte sie ein Gefühl für den Horror entwickeln, der Ailics Kindheit überschattet hatte. Aber es sagte einiges über ihn aus. Kein Wunder, dass Ailic nichts von der Ehe hielt und feste Bindungen mied wie der Teufel das Weihwasser. Und vielleicht erklärte es auch, weshalb der weltgewandte und charmante Ailic manchmal mürrisch und wortkarg war und sich selbst kaum ertrug. In solchen Augenblicken streifte er mit dem Stativ zwischen den Ruinen umher wie ein Tiger, den man in einen Käfig gesperrt hatte. Oder er saß stundenlang schweigend vor dem großen Bildschirm, den er auf dem Tisch des Aufenthaltsraums aufgebaut hatte, und bearbeitete historische Aufnahmen.

Ein Klappern riss sie aus ihren Gedanken. Ailic schulterte das Stativ und legte ihr die Hand auf die Schulter zum Zeichen, dass es von ihm aus weitergehen konnte. »Wir haben alle unsere Verletzungen«, meinte er beiläufig. »Was ist das für ein Schatz, von dem du sprachst?«

Rachel erklärte es ihm.

Als sie geendet hatte, glitt ein Leuchten über Ailics Gesicht. »Klingt nach Abenteuer. Wir müssen das Cleit unbedingt finden. Ich helfe dir.«

Rachel warf ihm einen amüsierten Blick zu. In seinem Überschwang wirkte Ailic wie ein kleiner Junge, der unter einem Dielenbrett eine Schatzkarte gefunden hatte.

»Gibt es irgendwelche Anhaltspunkte?« Ailic sah sich nach allen Richtungen um, als wollte er gleich loslegen. »Dort drüben ist ein Cleit.« Er deutete auf einen Steinhaufen vor den Klippen. »Sollen wir nachsehen?«

»Können wir«, meinte Rachel lahm. »Allerdings glaube ich nicht, dass es das richtige ist.«

»Weshalb?«

»Annie meinte, ihr Freund Finlay hätte den Schatz in dem Cleit am Ende der Welt versteckt.« Sie deutete auf eine Ansammlung weiterer Steinhütten am Horizont. »Das hier kann es also nicht sein.«

»Das ist alles? Keine Hinweise, wo das Ende der Welt liegt?«

»Nein.« Frustriert stieß Rachel die Luft aus. Diese ganze Aktion war dermaßen aussichtslos, dass es lächerlich war, es überhaupt zu versuchen. »Annie kann sich sehr gut an ihr Leben auf

Kilda erinnern, aber ausgerechnet da scheint sie eine Lücke zu haben.«

»Verdrängung«, meinte Ailic schulterzuckend. »Die Evakuierung war bestimmt ein Schock. Vielleicht wollte sie die Erinnerung daran vergessen.«

Rachel warf ihm einen prüfenden Blick zu. Sie versuchte, in seinem Gesicht zu lesen, ob er aus Erfahrung sprach. »Jedenfalls muss das Cleit in den Klippen liegen«, meinte sie schließlich, obwohl sie eigentlich etwas anderes hätte sagen wollen. Aber vermutlich war es besser so. Ailic hatte auf diesem Spaziergang schon erstaunlich viel von sich preisgegeben. Sie hob die Hand und deutete auf eine markante Felsformation. »Das muss es sein. Der Lover's Stone.«

»Wow«, meinte Ailic, als sie wenig später vor der Felsplatte standen, die in einem Dreißig-Grad-Winkel vor ihnen über dem Abgrund schwebte. »Es sieht noch spektakulärer aus als auf den Bildern.« Er legte den Rucksack und das Stativ in das Gras und hängte sich die Kamera um den Hals. »Warte hier. Ich bin gleich wieder da.«

Rachel spürte ein unbehagliches Gefühl in der Magengegend. Ailic wollte nicht tatsächlich auf diesen Felsvorsprung klettern? Ihre Kehle wurde trocken. »Wo willst du hin?«

»Auf den Fels, was sonst?«

»Du willst über dem Abgrund fotografieren?« Rachels Herz klopfte zum Zerspringen. Unwillkürlich musste sie an den Morgen denken, als ihr Vater wie immer seine Aktentasche genommen hatte und ins Auto gestiegen war. Eine halbe Stunde später war er tot gewesen. Sie dachte an ihren Bruder, der über dem australischen Busch abgestürzt war. Ihr Herz krampfte sich zusammen. Das Unheil war nie mehr als einen Wimpernschlag entfernt.

»Genau das werde ich«, sagte Ailic und zog sich auf den untersten Absatz des Felsens.

»Es ist zu gefährlich. Komm runter.«

»Es kann nichts passieren.« Ailic wirkte unbeeindruckt. »Solange ich nicht ganz vorne stehe, ist es sicher. Und bis an die brüchige Kante würde ich nie gehen.«

Das beruhigte Rachel nicht im Mindesten. Sie verschränkte die Arme vor der Brust und stierte ihn mit zusammengekniffenen Augen an.

»Komm schon.« Herausfordernd grinste Ailic sie an und zuckte die Schultern. Rachel wusste, dass er keine Sekunde daran dachte umzukehren. »Ich habe nicht vor, auf einem Bein zu balancieren und um deine Hand anzuhalten.«

»Sehr witzig«, knurrte Rachel und zog eine so bitterböse Miene, dass Ailic alleine von diesem Anblick hätte tot umfallen können. »Mach, was du willst. Ich werde nicht dabei zusehen.« Demonstrativ setzte sie sich in das Gras und blickte in die entgegengesetzte Richtung.

»Wie du meinst«, hörte sie Ailic sagen. »Aber es ist wirklich harmlos. Ich zeige dir später die Fotos.«

Das Kreischen der Seevögel dröhnte unerträglich laut in Rachels Ohren. Sie schloss die Augen. Im Geiste hörte sie Annies Stimme, die von den verhängnisvollen Ereignissen am Lover's Stone berichtete, als Annie ein kleines Mädchen gewesen war.

Kapitel 15

St. Kilda, Juni 1929

»Überleg es dir noch einmal, Mary Ann, bevor er da hinaufklettert!« Donald Morris' Stimme wurde vom Kreischen der Eissturmvögel übertönt. Dennoch nahm die kleine Annie einen unangenehmen Unterton wahr, der ihr ins Gedächtnis rief, weshalb sie Donald nicht leiden mochte. Mit überkreuzten Beinen saß sie im Gras und starrte zu dem Felsüberhang, der sich wie der ausgestreckte Zeigefinger einer Faust schräg in den Himmel erhob. Dort oben, auf dem *Bearradh na h-Eige,* der Klippe in der Schlucht – von den Tagesausflüglern Lover's Stone genannt –, stand Neil Fleet und machte sich bereit, vor aller Augen die Prüfung abzulegen, die es ihm erlauben würde, Mary Ann Maclean zu heiraten.

Mary Ann, die zukünftige Braut, stand am unteren Ende des Plateaus, dort, wo der Fels die saftigen grünen Grasmatten berührte. Der rot karierte Schal über ihrem schwarzen, streng in der Mitte gescheitelten Haar flatterte im Wind, ihre Augen blitzten. Sie legte die Hände trichterförmig über den Mund und schrie gegen den Wind an: »Gib dir keine Mühe, Donald, du bist mir zu alt.«

»Mag sein, dafür aber reich an Erfahrungen.« Donald sog an seiner Zigarette, die rot glühend unterhalb des sauber gestutzten Schnurrbartes an seinen Lippen hing. Annie wunderte sich, wie er sprechen konnte, ohne dass ihm das Ding aus dem Mund fiel. »Das soll dein Schaden nicht sein, wenn du verstehst, was ich meine, meine Hübsche.«

Breites Gelächter aus der Gruppe der umstehenden Männer. Die alte Ruth McViccar, von allen die Königin von St. Kilda genannt, saß zusammen mit den Frauen des Dorfes etwas abseits auf dem kurzen, scharfkantigen Gras. Sie war die *Cailleach*, die weise Frau der Insel. Die *Cailleach* legte das Strickzeug in ihren Schoß. Ihre wachen Augen in dem runzligen, wettergegerbten Gesicht mit der langen, geraden Nase und den hohen Wangenknochen verengten sich. »Donald Morris, Gott strafe dein lasterhaftes Maul.« Sie wackelte mit dem Zeigefinger. »Wenn du nichts weiter als dumme Reden aus der neuen Welt mitbringst, bereue ich es nicht, dass ich nie einen Fuß von der Insel gesetzt habe.« Ihr Blick flog zu Mary Ann hinüber, deren Gesicht sich durch das Gelächter der Männer auffällig gerötet hatte. »Und du, mein Kind, tätest gut daran, es ebenso zu halten. Man sieht ja, wohin das führt mit der schönen neuen Welt.«

»Wohin denn?« Donald verschränkte herausfordernd die Arme über dem weißen Hemd, um den Hals hatte er ein merkwürdiges, schmales Stück Stoff gebunden. Annie hatte ein ähnliches Kleidungsstück schon bei den Tagesausflüglern gesehen, die im Sommer wie ein aufgeregter Schwarm Papageientaucher über die Insel einfielen. Daher wusste sie, dass man es Schlips nannte. Allerdings hatte sie nie begriffen, wozu es diente, denn als Schal wärmte es nicht ausreichend, so viel stand fest.

»Du brauchst dir nur das Zeug anzusehen, das an der Wäscheleine des Pfarrhauses flattert«, erwiderte der alte Christian McLeod und warf dem Missionar, Andrew Cameron, einen stechenden Blick zu, als hätte er den Mann Gottes gerade eines Lasters überführt. »Hosen für das Bett, denkt euch nur! Wie soll man sich da am Körper der Frau wärmen, die Gott einem geschenkt hat?«

Ruth grummelte zustimmend, dann nahm sie ihr Strickzeug wieder auf. Mahnend blickte sie in die Runde. »Und der Herr sprach: Es ist ein Geschrei zu Sodom und Gomorrha, das ist groß, und ihre Sünden sind sehr schwer.«

Annie blickte mit offenem Mund zu ihr hinüber. Sie selbst war im letzten Jahr in die Schule gekommen. Das Lesen war noch mühselig. Natürlich konnte sie schon einige Bibelstellen zitieren, sie war ja kein Baby mehr. Trotzdem war es ihr unbegreiflich, dass jemand die gälische Bibel nicht nur von der ersten bis zur letzten Seite gelesen hatte, sondern von vorne bis hinten auswendig aufsagen konnte.

»Du kannst von Glück reden, Donald, dass du zurück auf der Insel bist.« Christian nahm die Pfeife aus dem Mund und spuckte aus. »Keine stinkenden Automobile oder Straßenbahnwagen, die dich über den Haufen fahren.«

»Aber auf Süßigkeiten und Kekse möchtest du nicht verzichten, was?«, gab Donald zurück. »Die stammen übrigens auch aus der schönen neuen Welt.«

Christian schwieg und paffte an seiner Pfeife. Er war manchmal ein wenig schwerhörig. Vielleicht hatte er nicht mitbekommen, was Donald gesagt hatte.

»Gestern erst habe ich dich auf der Bank sitzen sehen, mit einer Dose Karamellbonbons. Hast dir das Zeug von den Fingern geschleckt und begeistert unter deinem Bart hervorgegrinst. Ich hab dich dabei beobachtet. Scheint dir geschmeckt zu haben, die schöne neue Welt.«

Annie wackelte mit den nackten Zehen. Es gefiel ihr nicht, wie Donald mit Christian sprach. Hatte Donald vergessen, dass Christian einer der beiden *Bodachs* war, einer der weisen Männer, welche die Gemeinde am Sabbath im Gebet anführten? So durfte man mit einem *Bodach* nicht reden. Und was war Schlimmes dabei, von den Tagesausflüglern Geschenke anzunehmen? Sie selbst liebte Süßigkeiten über alles. Dafür saß sie gerne eine Weile still und blickte ernst in die Kamera, wenn es ein Fotograf von ihr verlangte.

Christian verhakte die Daumen unter seiner abgewetzten braunen Wollweste und paffte an seiner Pfeife.

»Aber über die schöne neue Welt schimpfen. Immer das Gleiche mit euch Leuten von St. Kilda.« Donald hob den Kopf und blickte in den wolkenlosen Himmel.

Verwundert sah Annie zu ihm auf. Wieso tat er, als käme er nicht von St. Kilda? Nur weil er vor vielen Jahren nach Glasgow gegangen war, um mit dem Tweed, den sie im Winter webten, *Geschäfte zu machen*, wie ihre Mutter das nannte.

Donalds glatt rasiertes Gesicht unter dem großkrempigen Hut, wie sie sonst nur Reverend Anderson und Mr Cameron, der Missionar und Lehrer, trugen, verzog sich. »Ihr tätet gut daran, euch dem Fortschritt zu öffnen, statt euer Wissen aus der Bibel zu beziehen und alles Neue als Sünde zu verdammen. Ich bin mir sicher, Mary Ann wüsste die Annehmlichkeiten des modernen Lebens zu schätzen.«

»Pah … Annehmlichkeiten«, schnaubte die alte Ruth. Kopfschüttelnd klapperte sie mit den Nadeln. »Die Insel verlassen … So ein Gedanke ist mir in der Tat noch nie gekommen. Ich könnte mir keinen Ort vorstellen, den ich unserer schönen Insel vorziehen würde.«

»Das meine ich aber auch«, mischte sich Mary Ann wieder in das Gespräch, als wäre ihr soeben bewusst geworden, dass sie sich hier versammelt hatten, damit Neil seine Fähigkeiten als Versorger unter Beweis stellte und sie heiraten konnten. Natürlich erst, nachdem die Verlobung an drei aufeinanderfolgenden Sabbath-Tagen in der Kirche verkündet worden war. Es war

Mitte des Sommers, das Fest der Hohen Kommunion stand an. Wie jedes Jahr war Reverend Anderson für ein paar Wochen auf die Insel gekommen. Wenn der zukünftige Bräutigam nicht endlich die Prüfung ablegte, würde Mary Ann mit der Heirat bis nächstes Jahr warten müssen. Eine Ewigkeit. Also wandte sich Mary Ann Neil zu, der noch immer am äußersten Rand der Felsplatte stand. »Ich kann es nicht erwarten, deine Frau zu werden, Neil Fleet. Pfeif auf Glasgow und die fabelhafte moderne Welt, wo das Wasser aus Leitungen und das Licht aus einem Schalter an der Wand kommen. Wozu brauche ich das, wenn direkt vor meinem Haus ein Bach fließt? Und was deine Erfahrungen angeht«, sie drehte sich um und nahm Donald ins Visier. »Vergiss nicht, dass der Reverend hier unten steht und zuhört. Ich würde an deiner Stelle den Mund nicht so voll nehmen.«

Nun war es an Donald, ein rotes Gesicht zu bekommen, wie Annie grinsend feststellte. Sie konnte Donald nicht leiden. Er hatte etwas an sich, das sie nicht einordnen konnte, aber es machte sie nervös, so wie die Spannung, die einem Sturm voranging, bevor die Gischtschleier der Bucht bis zu den Häusern hinaufpeitschten. Neil dagegen konnte sie gut leiden. Er war immer freundlich zu ihr. Sie mochte es, wie wuschelig sich sein dunkles Haar anfühlte, wenn er sie auf seine Schultern nahm und für sie Pferdchen spielte.

»Los, Junge, worauf wartest du? Oder soll ich dir mit meinen siebenundsechzig Jahren vormachen, wie das geht?« Christian strich sich mit der knotigen Hand über den vom Pfeifentabak gefärbten Bart, der wie kratzige Wolle sein Gesicht umrankte. Annie hielt die Nase in den Wind und schnupperte den vertrauten Geruch, der von seiner Tonpfeife ausging. Sie hatte sich noch nie darüber Gedanken gemacht, aber jetzt war sie im Stillen dankbar dafür, dass die Männer im Dorf nicht wie Donald

Zigaretten rauchten. Wenn der kalte, beißende Geruch, der Donalds Kleidern anhaftete, zu der modernen Welt gehörte, von der andauernd gesprochen wurde, wollte sie auch für immer hierbleiben. Wie ihr Freund Finlay, die alte Ruth, Mary Ann und die anderen.

»Von mir aus kann's losgehen«, grinste Neil. Annie hielt die Luft an. Es hatte lange keine Hochzeit mehr auf Hirta gegeben, aber sie wusste von den Schilderungen der Erwachsenen, dass das, was Neil vorhatte, waghalsig war. Sie selbst hatte schon an Christians Hand oben am Lover's Stone gestanden und in den gurgelnden Schlund des Atlantiks geblickt. Sie konnte nicht genau sagen, wie tief es von hier aus bis zum Meeresspiegel war. Aber es war eine gewaltige Höhe. So gewaltig, dass von Neil nicht viel übrig bliebe, sollte er das Gleichgewicht verlieren und über die Klippen gehen. Für einen Moment schloss Annie die Augen und wünschte flehentlich, Mary Ann hätte sich für Donald und für Glasgow entschieden. Dann müsste der arme Neil jetzt nicht da oben stehen und um sein Leben zittern. Vorsichtig blinzelte sie durch die halb geschlossenen Lider. Eigentlich wollte sie gar nicht hinsehen, aber ihr Blick war wie festgefroren. So wie damals, als sie den ersten Leichnam in ihrem Leben gesehen hatte, den alten Andrew Fleet, den sie tot in seinem Bett gefunden hatten.

Neil tat einen Schritt auf den Rand der Felsplatte zu. Augenblicklich verstummte das Geplauder der Frauen. Dafür reckte der Missionar die Arme zum Himmel und flehte mit Inbrunst, der Allmächtige möge Neil Fleet behüten. Mary Ann schlug sich die Hand vor den Mund, als wollte sie sich daran hindern, laut aufzuschreien. Neil stellte die linke Ferse auf dem äußersten Rand der Felsplatte ab, sodass die Fußsohle frei über dem Abgrund schwebte. Dann hielt er die Arme zur Seite und hob das rechte Bein, wie ein Papageientaucher, der sich gerade von den Klippen stürzte.

Einer der Hunde bellte, als eine plötzliche Windbö unter Donalds Hut fuhr und ihn über die Klippen blies. Neil verharrte regungslos.

Annie zog die Knie an den Körper und legte das Kinn darauf. Sie betete zu Gott, er möge den Wind anhalten. Sie sah, wie Neils Körper schwankte. Doch dann legte sich der Wind, so schnell, wie er aufgekommen war. Die Luft stand still. Mit einer geschmeidigen Bewegung stellte Neil den rechten Fuß auf den in die Luft ragenden Zehen des linken ab und beugte sich vorwärts, auf den Abgrund zu. Seine Arme senkten sich. Aus der Entfernung sah Annie, wie er die Hände zu Fäusten schloss und sie übereinander auf die Zehen des rechten Fußes stellte. In dieser Position verharrte er. Mit pochendem Herzen versuchte Annie, kraft ihrer Gedanken Mary Ann zu beschwören, es genug sein zu lassen. Ihr Blick flog zwischen Neil dort oben auf dem Fels und seiner Braut hin und her, die mit erhobenem Kopf, die Hände in die Hüften gestemmt, zu Neil hinaufblickte. Die Sekunden dehnten sich zur Ewigkeit. Annie konnte die Spannung in Neils Körper förmlich spüren.

Endlich sprach Mary Ann die erlösenden Worte: »Komm runter, Neil Fleet.«

Unter dem Gejohle der Anwesenden richtete Neil sich auf. Dann drehte er sich um und spazierte mühelos und frei, mit stolz erhobenem Kinn vom Fels herunter. Er war ein Mann geworden.

Christian klopfte ihm als Erster auf die Schulter. »Wie, das war's schon?«, fragte er und paffte blauen Dunst in den Himmel. »Zu meiner Zeit hat der Bräutigam viel länger dort oben ausgehalten.« Aber Neil schien sich nicht an dem Spott zu stören und drückte lächelnd seiner Braut einen Kuss auf die Wange.

Annie wandte den Kopf und sah, wie Calum Maclean, Mary Anns Vater, und John Fleet, Neils Vater, aufeinander zugingen und sich die Hände schüttelten. »Also können die Einladungen für die Verlobung ausgesprochen werden«, meinte Calum gut gelaunt. Annie wusste, dass damit das Fest gemeint war, das eine Woche vor der Trauung im Haus der Eltern der Braut stattfand. Ihre Mutter hatte berichtet, dass eine Verlobung sich in den alten Zeiten über mehrere Tage hatte hinziehen können. Es wurde verhandelt und geschachert, bis man geregelt hatte, wie hoch die Mitgift wäre und wo das junge Paar wohnen sollte. Heute war das einfacher. Es war mehr wie ein Fest, und man feierte fröhlich. Dazu wurde das Wohnzimmer im Haus der Braut leer geräumt und Tische von den Nachbarn geliehen. Alle wurden eingeladen, auch Schwester Alden und Missionar Cameron mit Frau und Kindern. Da die Häuser klein waren, musste in drei oder vier Schichten gefeiert werden. Es würde Lamm, Bannockbrot, Scones, Käse und Tee geben. Und Geschichten aus den alten Zeiten. Nach dem Hochzeitsfest, das einige Tage nach der Verlobung stattfand, folgte ein Gottesdienst in der Kirche. Annie fand es merkwürdig, dass es auf dem Festland angeblich andersherum gehandhabt wurde: erst die Trauung, dann das Fest. Was für eine verkehrte Welt. Sie rieb über den Mückenstich an ihrem Oberschenkel, den sie sich vor lauter Aufregung blutig gekratzt hatte. Ein Schatten schob sich zwischen sie und die Sonne.

»Ich wette, ich könnte mindestens so lange wie Neil dort oben stehen«, sagte Finlay McDonald und ließ sich neben ihr ins Gras plumpsen. Finlay wohnte in Haus Nummer sechzehn, zwei Häuser weiter als Annie, und war ihr bester Freund. Er stellte die Knie auf und rupfte mit den nackten Zehen etwas von den Dotterblumen ab, deren Blüten wie kleine Sonnen zwischen dem Süßgras hervorleuchteten.

»Angeber!« Annie zuckte die Schultern. Finlay war ein geschickter Kletterer, aber das war nichts Besonderes. Jedes Kind lernte klettern, sobald es laufen konnte. Zuerst unten, im *Clachan*, dem steinernen Dorf, wo sich entlang der Main Street, der lang gezogenen einzigen Straße der Insel, sechzehn Häuser aneinanderreihten. Bereits mit vier hatte Annie gelernt, auf die Dächer der alten Blackhouses und auf die Hausgiebel zu klettern. Später, als ihre Zehen kräftig genug dazu waren, stieg sie hinter Finlay her auf den Ruaival, den Roten Berg, dessen seichte Abhänge Hirta von Dùn trennten, der schwarzen Festung, die Village Bay vorgelagert war. Dort brachen sich die gewaltigen Wellen in den Klippen.

»Lass uns nach Hause gehen. Ich habe Hunger.« Sie sprang auf und rannte den Erwachsenen hinterher, deren Silhouetten sich auf dem ausgetretenen Graspfad schemenhaft vor der hereinbrechenden Dämmerung abhoben. Der Gesang der Frauen hallte über die Hänge. Annie liebte die hohen Laute, welche die Stimmen der Vögel nachahmten.

Hion dail-a horo hì
Hó hion dail-a là
Hion dail-a horo hì
Hu ru u-ru-i

»Eines Tages werde ich auf dem Lover's Stone stehen«, hörte sie Finlay sagen. »Wirst du mich dann heiraten?«

Dunkle Wolkenschatten huschten über den Hang, den sie den blanken Hügel nannten und an dem entlang der Weg ins Tal führte. Annie richtete besorgt den Blick auf den Himmel. »Komm weiter. Es fängt an zu regnen.«

Aber Finlay war auf einen schmalen Felsgrat etwas abseits der Klippen gestiegen und breitete, so wie Neil Fleet zuvor, die Arme aus. »Siehst du, Annie, genauso werde ich es machen. Und dann ...« Finlay hob den Fuß. Als hätte der Himmel nur auf diesen einen verletzlichen Moment gewartet, fegte eine Windbö von Westen heran. Sie fuhr direkt in Finlays Rücken und riss ihn von den Füßen. Annie hörte ihren eigenen Schrei, ein merkwürdig spitzer Laut, der die Luft zerriss, während sich in Finlays Gesicht ein überraschter, fast verträumter Ausdruck breitmachte.

Einen Wimpernschlag später stürzte er in die Felsen.

Du kannst die Augen aufmachen«, hörte Rachel Ailics Stimme. Er ließ sich neben sie in das Gras fallen. »Da bin ich wieder.«

Rachel blinzelte in die schräg fallenden Strahlen der Nachmittagssonne. Ihre Gefühle waren noch so intensiv mit den Erlebnissen in Annies Kindheit beschäftigt, Realität und Erzählung so dicht miteinander verwoben, dass sie Mühe hatte, in die Gegenwart zurückzufinden.

Ailic musterte sie prüfend. »Was ist los mit dir?«

»Nichts. Alles bestens«, behauptete sie und bemühte sich nach Kräften, ihre Emotionen hinter einem Lächeln zu verbergen. Doch Ailic schien zu durchschauen, dass etwas nicht stimmte.

»Sei ehrlich.« Er nahm die Mütze ab und strich sich durch das verschwitzte Haar.

Sie senkte den Kopf und schwieg.

»Ist es, weil du kein Risiko magst, selbst wenn im Grunde überhaupt nichts passieren kann?«

Sie nickte.

»Verdammt.« Er schlug sich gegen die Stirn, aus Ärger über sich selbst, wie es schien. »Die Unfälle in deiner Familie. Wie dumm von mir. Warum war mir das nicht gleich bewusst? Es tut mir leid. Wirklich. Ich wollte an nichts rühren.«

»Schon okay. Ich weiß, dass ich überreagiere, aber ich kann nichts dagegen machen.« Bekümmert starrte sie vor sich hin. Sam hatte oft darunter zu leiden, dass sie ihn wie eine Henne begluckte. Bei dem Gedanken daran, wie übertrieben besorgt sie um ihn war, befiel sie das schlechte Gewissen. Womöglich war es nicht verkehrt, dass er ein paar Wochen bei Annie verbrachte. Im Gegensatz zu ihr hatte Granny keine Angst, wenn Sam sein körperliches Geschick auslotete. So wie es Jungs in seinem Alter eben taten.

»Du musst mich für völlig überdreht halten.«

Er zögerte, bevor er antwortete. Sein Blick war intensiv. »Nein. Im Gegenteil. Ich halte dich für eine sehr bemerkenswerte Frau.«

Rachel spürte die Spannung zwischen ihnen. Seit Joshs Tod hatte sie sich nie wieder in einer ähnlichen Situation befunden. Nie wieder eine derartige Sehnsucht in sich aufwallen gefühlt. Scharf sog sie die Luft ein. Warum jetzt? Ailic war der Falsche für sie. Sie durfte nicht zulassen, Gefühle für einen Mann zu entwickeln, der ihr klar zu verstehen gegeben hatte, dass er kein Interesse an einer festen Bindung hatte. Es war vollkommen unmöglich. Sie musste erneut an Sam denken. Auch ihm zuliebe hatte sie bisher keinen Mann in ihr Leben gelassen. Das Letzte, was sie brauchte, war eine flüchtige Affäre.

Ailic sah zum Himmel auf. »Es sieht nach Regen aus. Sollen wir zurückgehen?«

»Verflixt!« Rachel blickte auf ihre Uhr. »Pete bringt mich um, wenn das Essen zu spät auf den Tisch kommt.«

»Beeilen wir uns«, schlug Ailic vor. »Und was die Schatzsuche betrifft, was hältst du von folgender Idee: Wir nehmen uns eine Karte und zeichnen alle Orte ein, die infrage kommen. Danach ...«

Schweigend ging Rachel neben Ailic her, während er weiter Pläne schmiedete. Unwillkürlich musste sie schmunzeln. In seinem Eifer erinnerte er sie an Sam. Genau wie ihr Sohn besaß Ailic die Fähigkeit zu träumen. Ein Teil von ihr bewunderte ihn dafür. Sie selbst war zu pragmatisch, um auf Hoffnungen zu setzen, die sich nicht erfüllten. Sie versuchte sich vorzustellen, wie Ailics Leben vor dem Unfall ausgesehen haben mochte. Nachdenklich betrachtete sie ihn von der Seite. Ailic Burnett war ein Abenteurer. Ein Mensch, der seine Freiheit brauchte. Doch durch den Unfall hatte sich alles für ihn verändert. Sein Leben steckte in einem Korsett, das die Krankheit ihm aufgezwungen hatte. Sie konnte nachvollziehen, wie er sich fühlen musste. Sie selbst war vom Schicksal ebenfalls in ein Korsett gezwängt worden.

Nach dem Tod von Rachels Vater war das Geld immer knapp gewesen. Es hatte mehr Macht über die Familie gehabt als alles andere. Rachel hatte es gehasst, ständig über Geld nachdenken zu müssen. Es war nötig, aber Glück ließ sich nicht davon kaufen, das hatte sie bereits als Kind verstanden. Zeit zu leben und möglichst viel dieser Zeit mit Josh zu verbringen, war ihr im Vergleich viel kostbarer erschienen. Daher war es besonders bitter, dass sich seit Joshs Tod wieder alles nur ums Geld drehte. Geld bestimmte darüber, wo Sam und sie wohnten, welche Schule er besuchte, wie viel Zeit sie für ihn hatte und vieles mehr. Wieso war ausgerechnet das eingetreten, was sie hatte vermeiden wollen? Sie blieb einen Moment stehen und stemmte die Hände in die Taille. Vom schnellen Gehen hatte sie Seitenstechen. Nachdenklich musterte sie Ailic, der ein paar Meter vor ihr auf sie wartete.

So unterschiedlich die Korsetts waren, in denen sie beide steckten, eines hatten sie gemeinsam: Es gab keine Möglichkeit, sich ihrer zu entledigen.

* * *

»Wow, das sind ja tolle Aufnahmen«, sagte Yi. Rachel sah von ihrem Strickzeug auf. Die hübsche Chinesin saß neben Ailic auf der Bank im Aufenthaltsraum, den Blick auf den großen Monitor gerichtet. Das Abendessen war beendet. Während Rachel abgespült und die Küche aufgeräumt hatte, hatte Ailic auf Chloés Drängen hin Fotos gezeigt, die er von den Teilnehmern im Lauf der letzten Tage geschossen hatte. Inzwischen waren sie bei Bildern von Wildvögeln angelangt, für die sich nur noch Yi interessierte. Chloé und Cynthia hatten sich nach draußen verzogen. Pete hatte sich auf den Weg zum Warden gemacht, um den Wetterbericht für die kommenden Tage einzuholen. Greg saß neben Rachel am Tisch, in ein Buch über Pumpsysteme vertieft, das er sich von Pete geliehen hatte.

»Dieses Foto von dem Singschwan ist grandios. Wie hast du das hinbekommen? Die Schwingen sehen aus wie mit Tusche gezeichnet«, schwärmte Yi. Vor Begeisterung lehnte sie sich gegen Ailics Schulter. »Du hast ein unglaubliches Talent.«

Ailic zuckte die Schultern. »Früher hatte ich ein ganz gutes Auge. Aber das hier ist keine Kunst. Jeder halbwegs gute Fotograf kriegt das hin.«

»Wirklich? Glaubst du, ich könnte lernen, wie man Vögel gut aufs Bild bekommt?«

»Sicher. Mit ein paar Grundlagen schafft das jeder.«

Yi warf sich das glatte Haar über die Schulter. Ihr Blick wurde nachdenklich. »Was meinst du damit, dass du früher mal gut warst? Wieso jetzt nicht mehr? Hat es mit dem Hubschrauberabsturz zu tun?«

Stille breitete sich aus. Rachel ließ ihr Strickzeug sinken. Yi besaß eine sehr direkte Art, das hatte Rachel bereits am ersten Tag des Workshops festgestellt. Aber dass Yi sich traute, Ailic auf den Unfall anzusprechen, war schlichtweg unglaublich. Rachel hielt die Luft an und versuchte in Ailics Gesicht zu lesen, was in ihm vorging.

»Richtig vermutet«, erklärte Ailic, den Blick auf den Bildschirm geheftet. Er machte ein paar Mausklicks und veränderte die Helligkeit des Hintergrunds, sodass das Licht stärker durch das Weiß der Flügel hindurchzufließen schien. »Talent macht vielleicht zwanzig Prozent aus, aber die sind nun mal entscheidend für den Erfolg.«

»Und diese zwanzig Prozent hast du bei dem Unfall verloren?« Ungläubig schüttelte Yi den Kopf. »Und die Medizin kann nichts dagegen machen?«

»Es besteht eine gewisse Chance, dass es sich mit der Zeit bessert.« Ailic klickte auf das Farbschema am Rand des Bildschirms und veränderte die Blautöne. »Allerdings nur, wenn ich die Füße ruhig halte und Stress vermeide.«

Yi hob die Hände und rang sie verständnislos in der Luft. »Aber wieso tust du das dann nicht?«

»Wer sagt, dass ich das nicht tue?« Scheinbar amüsiert hob Ailic eine Augenbraue.

»Allen Ernstes!« Yis Porzellanwangen glühten. Sie steigerte sich regelrecht in das Thema hinein. »Glaubst du wirklich, dass Extrempendeln zwischen London und Berlin Stress abbaut?«

Zu gerne hätte Rachel gehört, was Ailic darauf zu sagen hatte, aber in diesem Moment kam Pete zur Tür herein und winkte mit einem Umschlag.

»Post für dich, Rachel, ist das nicht toll?« Seine kräftige Stimme machte es unmöglich zu verstehen, was Ailic gerade zu Yi sagte. »Der Militärhubschrauber hatte das hier für dich dabei.« Er legte den Brief vor Rachel auf den Tisch. »Sieht aus, als wäre es von deinem Sohn.«

Rachel wurde warm ums Herz, als sie Sams wild auf und ab tanzende Buchstaben auf dem Kuvert erblickte. Zu ungeduldig, um den Brief ordentlich zu öffnen, riss sie ihn mit dem Zeigefinger auf. Er enthielt eine Zeichnung, die Sam mit Buntstiften gemacht hatte. Sie zeigte eine Insel mit einem Haus darauf. Daneben stand eine Frau, die lange braune Haare hatte und offensichtlich Rachel darstellen sollte. Sie hatte einen Topf und einen Kochlöffel in der Hand. Darüber stand mit leuchtend lila Schrift: *Ich liebe dich, Mum, komm bald zurück, dein Sam.*

»Ich wusste nicht, dass du einen Sohn hast«, hörte sie Greg neben sich sagen. Er klappte das Buch zu und lächelte schüchtern.

»Er heißt Sam«, gab Rachel zögernd zurück. Eigentlich war Greg ganz nett. Nachdem er in den ersten Tagen schrecklich zurückhaltend gewesen war, ging er allmählich etwas mehr aus sich heraus. Dabei suchte er auffällig oft Rachels Nähe. Vorhin, beim Essen, hatte er sich auch zu ihr gesetzt.

»Na, dann lasse ich euch mal in Ruhe weiterquasseln«, erklärte Pete und zwinkerte Rachel zu, was wohl bedeuten sollte *Nutz deine Chance, Mädel, Greg ist ein feiner Kerl und noch dazu Single.* Er klopfte Greg aufmunternd auf die Schulter. »Rachel hat lange in London gelebt, wusstest du das, Greg? Und Greg hat bei der Feuerwehr auf dem Flughafen London Heathrow gearbeitet, Rachel. Ihr zwei habt sicher eine Menge Gemeinsamkeiten.«

Danke, Pete, sehr hilfreich, dachte Rachel und warf ihm einen zornigen Blick hinterher. Das hatte ihr gerade noch gefehlt. Pete schien beseelt von dem Gedanken, aus Greg und ihr das nächste glückliche St.-Kilda-Pärchen zu machen.

»Kinder sind klasse«, sagte Greg neben ihr. »Später möchte ich unbedingt welche. Eine ganze Horde.«

Ailic hob den Kopf und zwinkerte Greg über den Bildschirm hinweg zu. »Du wärst ein klasse Dad, Greg, da bin ich mir sicher.«

»Wirklich?« Ein Leuchten glitt über Gregs gutmütiges Gesicht mit den Segelohren.

»Klar, warum nicht? Schau mal hier, Yi.« Ailic hob die Hand und zeigte auf den Bildschirm. »Das hier nennt sich Histogramm. Wenn du verstehst, wie es funktioniert, bist du mit der Belichtung auf der sicheren Seite. Ich erkläre dir, worauf es ankommt …«

Stirnrunzelnd verfolgte Rachel, wie Ailic und Yi die Köpfe zusammensteckten und über Histogramme und Singschwäne diskutieren. Yi hatte sich mit einigen Mitgliedern des MOD unterhalten und herausgefunden, dass der Schwan im März dieses Jahres auf Hirta gestrandet war. Man vermutete, dass er einen Schlag auf den Schädel erlitten und sein Orientierungsvermögen verloren hatte. Wie passend, dachte Rachel zynisch. Damit waren Ailic und der Schwan schon zu zweit. Der Schwan schien sich ebenso verloren auf der Insel zu fühlen wie Ailic. Sie hatte den Vogel mit hängenden Flügeln zwischen den zerfallenen Häusern umhergehen sehen. Ailic wirkte ähnlich geknickt, wenn er mit seiner Kamera durch das verlassene Dorf streifte, den Blick auf einen imaginären Ort in der Ferne gerichtet.

Nachdenklich betrachtete sie Ailics markantes Profil. Yi und er waren in ihre eigene Welt vertieft. Ihre Schultern berührten sich. Seltsamerweise machte ihr der Anblick etwas aus, obwohl sie dagegen ankämpfte. Sie versuchte sich einzureden, dass Ailic sich weniger angeregt mit Yi unterhielt, als er es mit ihr tat, aber es stimmte nicht. Es war ein Fehler zu glauben, dass etwas Besonderes zwischen Ailic und ihr war.

Ailic genoss weibliche Gesellschaft. Ob es Yi war, Chloé oder sie selbst, spielte eine untergeordnete Rolle. Ihr Magen zog sich zu einer festen Kugel zusammen. Wie hatte sie nur so dumm sein können? Plötzlich konnte sie die Luft im Haus nicht mehr ertragen. Mit der Ausrede, zeitig aus den Federn zu müssen, verabschiedete sie sich von der Gruppe.

Eine Stunde später wälzte sie sich unruhig in ihrem Bett hin und her. Sie schwitzte, ihre Finger krallten sich in das Kopfkissen, während sie im Traum zu Annies Geschichte zurückkehrte.

Kapitel 17

St. Kilda, Juni 1929

Seitdem die Männer mit dem verletzten Finlay in das Dorf zurückgekehrt waren, hing gespenstischer Nebel über Village Bay, der jedes Licht verschluckte. Umso grässlicher hatten Finlays Schreie geklungen, als Schwester Alden versucht hatte, das scheußliche Stück Knochen, das aus dem Fleisch seines Oberschenkels ragte, wieder dorthin verschwinden zu lassen, wo es hingehörte. Nun schlief alles im Dorf. Auch Flora, Annies zwei Jahre jüngere Schwester, atmete ruhig und gleichmäßig neben ihr in dem Metallbett im Wohnzimmer. Ein unheimlicher, lang gezogener Laut vor dem Fenster hatte Annie aus ihrem Traum hochschrecken lassen. Es war der Ruf der Schnepfe. Auf ihrem Rücken reisten die Geister der Verstorbenen. Der Laut ging den Klagen der Toten voraus, deren Stimmen zwischen den Überresten der alten Blackhouses die Straße hinauf und hinab hallten. Mit pochendem Herzen lag Annie wach und lauschte ihrem Gemurmel.

Hirta, Hirta, riefen die Stimmen. Verzweifelte, jammernde Rufe, mit denen sie ihr Erbe als wahre Besitzer der Insel einklagten.

Hirta … Hirta …

Die Stimme von Donald, ihrem Vater, der bei einem Bootsunfall vor Dùn ertrunken war.

Hirta … Hirta …

Die Stimme von Ewan, Finlays Vater, der auf Boreray gestorben war. An Blinddarmdurchbruch, als die Männer sich um die Schafe dort gekümmert hatten. Er war als kräftiger Mann gegangen und als Toter zurückgekehrt.

Hirta … Hirta …

Die Stimmen derer, die nach dem Großen Krieg von der Influenza dahingerafft worden waren.

Hirta … Hirta …

Die Stimmen der namenlosen Babys, die kurz nach der Geburt so schlimme Krämpfe erlitten hatten, dass sie ihre Kiefer nicht mehr hatten öffnen können und gestorben waren. So viele waren es gewesen, dass das Holz nicht für die winzigen Särge gereicht hatte. Und so hatte man ihre Leiber in weiße Leichentücher gehüllt und in die schmutzige Erde gelegt. Kleine gefallene Engel.

Hirta … Hirta …

Hörst du uns, Finlay McDonald? Wir sind gekommen, um dich zu holen.

Annie fuhr im Bett hoch und presste die Hände gegen die Ohren, um die Stimmen zum Schweigen zu bringen. Lauter als das Hämmern ihres Pulses hallten sie durch den Nebel.

Hirta … Hirta …

Wie gut, dass Finlay nicht hier im *Clachan* war. Schwester Alden hatte ihn mit zu sich hinuntergenommen, in das Haus des Verwalters. Es lag neben dem Pfarrhaus. Dorthin würden die Geister sich nicht wagen. Finlay war in Sicherheit.

Hirta … Hirta …

Annie starrte in den flackernden Schein des Torffeuers. Stimmte es, was die *Cailleach* erzählte, in den langen Winternächten, in denen die Frauen hier im Wohnzimmer um den Kamin saßen und Garn sponnen? Lag ein Fluch über der Insel, der vor hundert Jahren begonnen hatte, als die Männer den letzten lebenden Riesenalk auf Stac an Armin, dem Brandungsfels des Kriegers, gefangen hatten? Drei Tage darauf war das Wetter umgeschlagen. Ein schrecklicher Sturm hatte die Insel bedroht. Da erst hatten die Männer erkannt, dass der Alk eine Hexe war, und ihn getötet. Annie fröstelte unter ihrer Wolldecke. In der Sonntagspredigt hatte der Missionar mit zornesrotem Gesicht verkündet, dass sie alle in die Hölle kämen, wenn sie nicht von den alten Geschichten abließen. Aberglaube war das Wort, das er dafür benutzte.

Der Reverend konnte die Stimmen der Toten nicht hören. Er war ein Fremder. Sie sprachen nicht zu ihm. Wie sollte er verstehen, dass die Geschichten wahr waren? Es war, wie die *Cailleach* sagte: Ein Fluch lag über ihnen. Er entzog der Insel die Lebenskraft, indem er die Bewohner um das kostbarste Gut beraubte, das sie besaßen: das Blut der Jugend.

Hirta … Hirta …

Früher waren sie viele Familien gewesen. Dann waren schlimme Winter gekommen, mit Krankheiten und Hunger. Sechsunddreißig Bewohner hatten die Insel verlassen, um nach Australien zu segeln. In den alten Zeiten war das gewesen, lange her. Ein schwerer Schlag für die Verbliebenen, wie die Erwachsenen erzählten. Doch auch davon hatte sich die Insel wieder erholt. Später, im Großen Krieg, war eine Zeit gekommen, in der es ihnen gut gegangen war. Soldaten waren nach Hirta gekommen. Sie hatten die Inselbewohner für ihre Dienste bezahlt. Mit dem Geld hatten die Bewohner St. Kildas Mehl und andere Dinge vom Festland kaufen können. Danach sei alles anders gewesen. Begehrlichkeit habe auf Hirta Einzug gehalten und die Seelen der Menschen auf St. Kilda vergiftet. *Begehrlichkeit …* Annie sprach das Wort leise vor sich hin. Sie wusste nicht, was es bedeutete, aber es rollte so schön auf der Zunge und fühlte sich so wichtig an, dass ihr Magen kribbelte.

Hirta … Hirta …

Zornig fuhren die Stimmen den Kamin hinunter. Der glimmende Torf loderte auf. Annies Blick fiel auf die Maus, die in einer Ecke neben dem Fass mit gesalzenem Eissturmvogelfleisch saß und sich putzte. Daneben lag der Flügel eines Basstölpels, den ihre Mutter benutzte, um den Bogen zu fegen. Das flackernde Licht des Feuers ließ Schatten über die Wände tanzen. Annie spähte zu der zitternden Mauseschnauze hinüber. Sie wünschte sich mit der ganzen Kraft ihres Herzens, dass es einen Zauber gäbe, mit dem sie Donald Morris in ein winziges Mäuschen verwandeln könnte, bevor er noch mehr Familien von Hirta weglockte. Aber so einen Zauber kannte sie nicht, und sie traute sich nicht, die *Cailleach* zu fragen. Also tat sie das, was alle auf St. Kilda taten, jeden Morgen, bevor sie das Haus verließen, und am Abend, bevor sie schlafen gingen: Sie erhob sich aus ihrem Bett, ließ sich auf Knien auf den Boden fallen, senkte den Kopf und betete. Dafür, dass der Nebel sich am Morgen lichten möge. Dass ein Trawler oder ein Ausflugsdampfer in Village Bay anlegen möge, der Donald Morris von der Insel brächte. Und Finlay mit ihm. Schwester Alden sagte, dass er auf dem schnellsten Weg nach Glasgow ins Krankenhaus geschafft werden müsse. Und dann betete sie dafür, dass Finlay noch lange, lange leben würde, bevor ihn die Geister der Toten in ihr Schattenreich lockten, hoch oben auf den steilen Geröllhalden des Oiseval.

* * *

Zwei Tage vergingen, dann wurden Annies Gebete erhört. Am dritten Tag lichtete sich der Nebel. Der Seegang wurde ruhiger. Ein milder Nordwestwind brachte die Trawler in das geschützte Halbrund von Village Bay zurück.

Annie stand auf der Trockensteinmauer des Walls, der das Vieh daran hinderte, ins *Clachan* zu laufen und die Gerste zu fressen. Dort unten brachten die Männer Finlay auf einer Trage vom Haus des Verwalters hinunter an den Pier. Sie raffte ihren Rock und rannte, so schnell sie ihre Beine trugen, hinunter zur Anlegestelle. Mit zitternden Knien blieb sie neben der Menschentraube stehen. Die Aufregung schlug so hohe Wellen wie die anbrandende Flut vor Dùn. Annie hatte Angst, von der Wucht ihrer Gefühle von den Füßen gerissen zu werden. Alles in ihr war in Aufruhr. Sie spürte Dankbarkeit, dass Finlay endlich ins Krankenhaus gebracht werden konnte. Aber auch Angst, weil er so teilnahmslos alles über sich ergehen ließ, und Schmerz, weil sie ohne ihn zurückbleiben würde.

Die Männer schickten sich gerade an, Finlays Trage in das schaukelnde Ruderboot hinabzulassen. Kommandos schrillten durch die Luft und übertönten das Kreischen der Seevögel. Die Hunde bellten wild durcheinander. Finlays Mutter, in ihren besten Sonntagsstaat gehüllt, verabschiedete sich unter Tränen von ihren anderen drei Kindern. Die Männer und Frauen des Dorfes standen dicht gedrängt zusammen. Die meisten der Frauen weinten. Eine kalte Hand umklammerte Annies Herz. Und auf einmal verstand sie, dass es falsch war. Schrecklich falsch. Finlay durfte nicht gehen. Die Geschichten der *Cailleach* hallten in ihrem Kopf wider. So viele Namen von Menschen, die gegangen und nie wiedergekehrt waren.

Hirta … Hirta …

Und jetzt war Finlay dabei zu gehen. Annie zwängte sich zwischen den Beinen der Erwachsenen hindurch und blieb vor der Trage stehen. Ein erschreckend bleicher Finlay sah mit verschwommenem Blick zu ihr auf. Er streckte die Hand nach ihr aus. Annie ergriff sie. Sie fühlte sich kalt an, kalt und zittrig.

Annie schluckte. Sie wollte ihm sagen, dass er hierbleiben solle. Dass er sie nicht verlassen dürfe. Aber als sie sprechen wollte, war ihre Zunge wie gelähmt. Schmale, lange Finger schoben sich auf ihre Schulter.

»Komm weg da, Kind, du stehst nur im Weg.« Schwester Alden sah mit braunen Augen, die Annie immer an einen traurig blickenden Hund erinnerten, auf sie herunter. »Die Ärzte im Krankenhaus werden sich um ihn kümmern.«

Um Schwester Aldens Hand abzuschütteln, ruckte Annie mit den Schultern, aber die Schwester verstärkte den Druck und versuchte mit der freien Hand, Annies Finger zu öffnen, die sich immer noch um Finlays Hand krampften. Annies Magen tat weh, als sie in Finlays Gesicht starrte. Seine Lider flatterten, er schien Mühe zu haben, den Blick ruhig zu halten. Trotzdem schien es, als wollte er ihr etwas sagen. Sie beugte sich tiefer und hielt das Ohr dicht an seinen braunen Schopf. So konnte er die Tränen nicht sehen, die über ihre Wangen liefen, obwohl sie so sehr versuchte, tapfer zu sein.

»Ich bin bald zurück.« Finlays Stimme klang anders als sonst. So, als spräche er von weit, weit weg zu ihr. »Und dann bleiben wir für immer zusammen.«

Sie unterdrückte ein Schluchzen. Dann hob sie den Kopf und sah ihm in die Augen. »Versprochen?«

»*Aye.*« Ihr bester Freund machte einen tiefen Atemzug und schloss die Augen.

Schwester Alden zog sie mit Gewalt von der Trage weg. »Lass es gut sein, Kind. Siehst du nicht, dass du ihn erschöpfst?«

In Annies Ohren rauschte es. Durch den Tränenschleier sah sie, wie ihre Mutter den Arm hob und sie herbeiwinkte. Auf einmal ertrug sie es nicht mehr mitanzusehen, wie Finlay weggebracht wurde. So schnell ihre Beine sie trugen, rannte sie los. Schluchzend versenkte sie den Kopf in den dunklen Rockschößen, die so vertraut nach Wollfett und dem Öl rochen, das zum Brennen der Lampen verwendet wurde und aus dem Magen der Basstölpel stammte.

Bald darauf ertönte die Schiffsglocke. Der Trawler hatte Finlay und die anderen Passagiere aufgenommen und war bereit zum Ablegen. Annies Hand tastete in ihrer Rocktasche nach dem Vogel, den Finlay ihr geschnitzt hatte. Ohne einen Blick auf das auslaufende Schiff zu werfen, rannte sie los, auf das *Clachan* zu und von da aus weiter. Über den Wall, an den Steinresten von Callum Mòrs Haus vorbei, auf die Anhöhe zu, das Loch im Norden genannt, welche die Ahnen in den grauen Nebeln der Vorzeit bewohnt hatten.

Hier, in dem grünen Bergkessel auf halber Höhe zwischen dem Dorf und dem Gap, hatten sie gesiedelt, wusste die *Cailleach* zu erzählen. Die Mauern der Häuser waren längst zerfallen, die Steine zu Einfriedungen verbaut, in denen man die Schafe zusammentrieb. Von den Häusern selbst war nichts mehr zu sehen. Die Seelen der Ahnen jedoch hatten die Anhöhe nicht verlassen. Das Echo ihrer Stimmen hallte von den Steinen wider und pflanzte sich fort in den Wasserläufen, dem Wogen der Gräser, dem Rauschen des Windes. Endlos und endlos und endlos.

Im Windschutz der Mauern setzte sich Annie ins Gras. Sie kniff die Augen zusammen und blickte in das Halbrund von Village Bay hinunter. Der schmale Strand leuchtete silbern wie eine Sichel in der Sonne. Über den gezackten Rücken von Dùn wälzten Wolkenschleier heran. Weit draußen vor der Bucht umkreisten Basstölpel den Trawler, als wollten sie Finlay zum Abschied noch einmal winken. Dann umrundete der Kutter den Oiseval und glitt außer Sicht. Annie spürte einen Stich in ihrem Herzen. Finlay war weg.

Kapitel 18

Keuchend richtete Rachel sich auf. Ihr Blick glitt zum Fenster, durch welches das fahle Licht des Mondes fiel. Fast glaubte sie, eine menschliche Gestalt vorbeieilen zu sehen, aber dann wurde ihr bewusst, dass es ein Schatten sein musste, der ihr aus dem Traum gefolgt war. Sie räusperte sich. Ihre Kehle war ausgedorrt. Im Dunkeln streckte sie sich nach der Wasserflasche auf ihrem Nachtkästchen, dann fiel ihr ein, dass sie sie in der Küche hatte stehen lassen. Leise, um die anderen nicht zu wecken, schwang sie die Füße aus dem Bett und schlüpfte in ihren Jogginganzug. Die Stimmen, die sie im Schlaf gehört hatte, schienen aus jedem Winkel des Raumes zu kriechen. Botschafter aus einer anderen Zeit. Der Druck auf ihrer Brust war so schwer, dass sie kaum Luft holen konnte. Mit zitternden Händen wischte sie sich den Schweiß von der Stirn. Die Bilder vor ihrem geistigen Auge waren so real gewesen, dass es keinen Zweifel mehr gab.

Sie musste Annies Schatz finden.

Es ging um mehr als um eine alte Blechdose und einen geschnitzten Vogel. Es ging um ein Versprechen. Einen Eid, den Finlay und Annie sich geschworen hatten. Ein Bann, der nie gelöst worden war. Annie würde ihren Frieden erst dann finden, wenn sich der Kreis schloss.

Leise zog Rachel die Tür hinter sich zu und trat hinaus in die Nacht. Die Luft roch nach Seetang und Wiesenkräutern. Sie schritt die Straße hinunter. Es war hell genug, um die Steine und Unebenheiten auf dem Weg ohne Taschenlampe auszumachen. Sie erschrak zu Tode, als sie den Blick hob und auf der Bank vor Haus Nummer eins einen Schatten erblickte. Einen Wimpernschlag lang glaubte sie, Finlays Geist zu erblicken, der aus ihrem Traum gestiegen war und dort vor dem Haus auf sie wartete. Dann aber, als ihre Augen das Zwielicht der Juninacht immer besser durchdrangen, stellte sie fest, dass die langen Beine vor der Bank keinem Geist gehörten.

Sie gehörten Ailic Burnett.

Erleichtert ließ sie die Luft aus ihren Lungen entweichen und ging zu ihm hinüber.

»Anscheinend bin ich nicht der Einzige, der nicht schlafen kann«, begrüßte er sie. Er klopfte auf die Bank neben sich. »Komm, setz dich.«

Rachel folgte seiner Aufforderung, dankbar für die willkommene Gelegenheit. Sie musste Ailic unbedingt erzählen, von welch enormer Bedeutung es war, dass sie die Dose fanden.

»Ich habe mir gerade ein Glas Rotwein eingeschenkt. Möchtest du auch eins?« Er zwinkerte ihr zu. »Ich könnte meine Beziehungen zur Köchin spielen lassen. Sie ist ganz okay, abgesehen davon, dass sie sich in einen feuerspeienden Vulkan verwandelt, wenn man mit Schuhen über ihren sauberen Boden trampelt.«

»Nur auf deine Verantwortung«, witzelte Rachel zurück. »Vor wütenden Köchinnen sollte man sich in Acht nehmen.«

Ailic verschwand im Haus und tauchte mit einem zweiten Glas in der Hand wieder auf. »Es ist halb zwei Uhr morgens. Weshalb schläfst du nicht? Schnarchen die Mädels zu laut?«

»Nein. Ich habe schlecht geträumt. Und als ich aufwachte, hatte ich Durst.« Sie ließ sich das Glas reichen und prostete ihm zu. »Und du? Was machst du hier draußen? Soweit ich weiß, gibt es getrennte Zimmer in Haus Nummer sechs. So laut kann Pete doch gar nicht schnarchen, dass es durch die Wände dringt?«

Ailic zog sich die Kapuze seines grauen Sweatshirts über den Kopf und lehnte den Rücken gegen die Wand. »Nein. Pete schnarcht nicht, er schlafwandelt. Fast jede Nacht macht er irgendwelche wilden Sachen.«

»Klingt nervtötend.«

»Wie man's nimmt. Mitunter ist es ganz amüsant.« Er zuckte die Schultern. »Gestern stand er plötzlich mit dem Handy vor meinem Bett. Im Dunkeln, natürlich. Er hat sich auf meine Bettkante gesetzt, dann musste ich das Wahnsinnslicht auf dem Bild seines Handys bewundern. Er meinte, so ein tolles Foto sei ihm noch nie gelungen, besonders weil es eine Gegenlichtaufnahme sei.«

»Ich wusste gar nicht, dass Pete fotografiert.« Sie nippte an ihrem Glas. Anscheinend sorgte die Anwesenheit eines so berühmten Fotografen dafür, dass bei allen im Team der Ehrgeiz ausbrach, ein sensationelles Bild zu schießen. »Und? War das Foto wirklich so gut?«

Ein silbriger Streifen Mondlicht beschien Ailics Profil, seine Mundwinkel zuckten. »Schwer zu sagen, wenn das Handy ausgeschaltet ist.«

»Du Armer, das klingt wirklich anstrengend«, erwiderte Rachel. Sie verschluckte sich vor Lachen beinahe an ihrem Rotwein. Für Ailic, dessen Schlaf durch Pete gestört wurde, musste das Ganze weit weniger komisch sein. »Warum ziehst du nicht zu den Männern in Haus Nummer fünf um?«

»Weil es nichts helfen würde. Außerdem würde ich die anderen nur stören.«

»Wieso?«

»Es liegt nicht nur an Pete«, sagte Ailic. Er lehnte sich nach vorne und ließ die Ellbogen auf den Knien ruhen. »Ich schlafe selten mehr als zwei Stunden am Stück.«

Rachel starrte auf die Wellen, die mit gleichförmigem Rauschen auf die Felsen der Bucht aufliefen. Hatte Ailic nicht erzählt, er müsse zur Ruhe kommen und Stress vermeiden, damit sich sein Zustand bessere?

Eine ganze Weile saßen sie schweigend nebeneinander. Ailic hielt den Blick auf die Bucht gerichtet. Es sah nicht so aus, als hätte er vor, das Thema zu vertiefen.

»Tja«, meinte Rachel schließlich. »Prima, dass ich dich hier treffe. Ich wollte ohnehin mit dir über die Schatzsuche reden. Inzwischen ist mir einiges klarer geworden. Es ist enorm wichtig für Annie, dass wir die Dose finden.«

Ailic richtete sich auf und fuhr sich mit der Hand über das kurze dunkle Haar. »Gut, dass du es ansprichst. Ich habe es mir auch noch einmal durch den Kopf gehen lassen …«

»Und? Hast du eine Idee, wo wir anfangen?«

»Nein. Ich wollte dir nur sagen, dass ich dir nicht helfen kann. Du musst jemand anderes fragen.«

»Wie bitte?«

»Es ist, wie ich gesagt habe. Bitte zähle nicht auf mich.«

»Aber … warum?« Rachel verstand die Welt nicht mehr. Sie starrte auf Ailics Profil, aber der Mond hatte sich hinter einer Wolke versteckt, sodass sie seinen Gesichtsausdruck nicht erkennen konnte.

»Wieso fragst du nicht Greg?«, schlug Ailic mit ruhiger Stimme vor. »Er ist ein netter Kerl. Er mag dich.«

Stille.

Greg ist der Falsche dafür, dachte Rachel, sprach es aber nicht aus.

»Es tut mir leid, Rachel.« Den Blick auf die Bucht gerichtet, erhob sich Ailic. Er schob die Hände in die Taschen seiner Hose. »Ich habe beim besten Willen keine Zeit. Die digitale Bearbeitung der historischen Aufnahmen ist aufwendiger, als ich gedacht habe. Ich muss sehen, dass ich vorwärtskomme.«

Rachel spürte einen Stich in der Brust. Pete hatte erst am Nachmittag, als Ailic damit beschäftigt gewesen war, Chloé Tipps für ihre Landschaftsfotografie zu geben, gemeint, dass Ailic ein wahres Genie sei. Er habe nie geglaubt, dass Ailic so schnell vorwärtskomme. Wieso behauptete Ailic das Gegenteil? Das passte doch hinten und vorne nicht zusammen. Sie presste die Lippen aufeinander und wünschte sich, ein Stück von Yis Geradlinigkeit zu besitzen. Yi hätte keine Sekunde gezögert, Ailic das Messer auf die Brust zu setzen und nachzuhaken, was wirklich los war. Aber sie war nicht Yi.

Also meinte sie nur: »Schade. Zusammen hätten wir den Schatz bestimmt gefunden.«

Ailic trat neben sie und legte eine Hand auf ihre Schulter. »Ich bin sicher, du schaffst es auch ohne mich.« Dann beugte er sich zu ihr hinunter und küsste sie sanft auf die Wange. »Zeit für mich, ins Bett zu gehen. Schlaf gut.«

Bevor Rachel etwas erwidern konnte, verschwand er zwischen den verlassenen Häusern.

Kapitel 19

Drei Tage waren vergangen, seitdem Ailic sein Versprechen, Rachel bei der Suche zu helfen, zurückgenommen hatte. Rachel konnte noch immer nicht begreifen, wie es zu diesem Sinneswandel hatte kommen können. Anscheinend verbrachte Ailic seine Zeit lieber damit, Yi und Chloé beizubringen, wie sie gute Fotos machten, als mit ihr über die Insel zu streifen. Das war die einzige Erklärung, die ihr einfiel. Direkt darauf ansprechen wollte sie ihn nicht. Es wäre zu beschämend. Ailic sollte nicht denken, dass sie hinter ihm her war. Davon abgesehen hatte sie beobachtet, wie Yi Ailic aus ihren schräg stehenden Mandelaugen heraus anhimmelte. Und gestern Abend hatte Yi Rachel ganz offen gestanden, eine Schwäche für Ailic entwickelt zu haben. Rachel hatte es achselzuckend zur Kenntnis genommen. Mochten sich Yi und Chloé gerne um Ailic streiten, sie hatte beileibe nicht vor, sich an diesem Wettkampf zu beteiligen. Es kostete sie schon genug Mühe, sich Greg vom Leib zu halten, der anscheinend für sich beschlossen hatte, dass er und Rachel wunderbar zusammenpassten.

Rachel fand das nicht. Gregs endlose Geschichten waren ermüdend. Selten hatte sie einen Mann getroffen, der mit Vorliebe Witze erzählte und es dabei schaffte, jede Pointe zu ruinieren. Seufzend legte sie das Geschirrtuch beiseite und griff nach ihrer frisch aufgebrühten Tasse Tee. Es ging auf halb elf zu, die Vorbereitungen zum Mittagessen waren erledigt – es würde Brot und Scones geben, die sie heute Morgen frisch gebacken hatte, dazu kaltes Hühnchen –, und draußen herrschte strahlender Sonnenschein. Sie beschloss, sich mit ihrem Tee zu Yi auf die Bank vor der Küche zu setzen. Dick hatte heute als erster Skipper vor einer halben Stunde in Village Bay festgemacht, noch war es ruhig. Später, wenn die Besucher wieder zuhauf durch das Dorf streifen würden, würde sie sich in Haus Nummer vier verbarrikadieren und versuchen, sich etwas auszuruhen. Durch die hellen Nächte und das frühe Aufstehen bekam sie kaum mehr als fünf Stunden Schlaf. Inzwischen steckte ihr die Müdigkeit ganz schön in den Knochen.

Sie hatte es sich gerade neben Yi auf der Bank gemütlich gemacht, als sie Pete den Weg vom Pfarrhaus heraufkommen sah. Schnaufend ließ er sich neben sie auf die Bank fallen und wischte sich mit einem Taschentuch über die schweißglänzende Stirn. »Die Sonne sticht ganz schön. Ich vermute, zum Nachmittag bekommen wir ein Gewitter.«

»Sagt das der Wetterbericht?«, fragte Rachel.

»Das sagt mein Rücken.« Pete steckte das Taschentuch wieder ein. »Der Wetterbericht meldet Regen für die Äußeren Hebriden. Für uns hier trifft die Vorhersage nur bedingt zu. Es gibt kein Wetter für St. Kilda. Die Insel macht sich ihr eigenes Klima.«

»Möchtest du eine Tasse Tee und einen Scone?«, bot Rachel an. »Sie kommen frisch aus dem Ofen.«

»Gut gemeint, aber ich muss weiter. Greg hatte eine Idee für die Drainage, das wollte ich mir einmal ansehen.«

»Ich trinke noch meinen Tee und gehe dann zu Cynthia hinüber.« Yi schob ihre Sonnenbrille zurück. »Wir wollen heute das Haus des Verwalters zu Ende streichen.«

»Prima!« Freundschaftlich klopfte Pete Yi auf die Schulter und erhob sich. »Ach ja, eine Bitte habe ich noch.«

»Sehr gerne. Worum geht es?«

Pete drehte sich um und sah zu den Tagesausflüglern hinüber, die unten am Pfarrhaus gerade den üblichen Vortrag des Warden über sich ergehen ließen. Nachdenklich kratzte er sich den Nacken. »Ich habe gerade ein nettes Gespräch mit einem von Dicks Gästen geführt. Fantastischer Knabe. Achtzig Jahre alt. Kommt aus der Gegend von Argyll. Sein Wunsch war es immer gewesen, St. Kilda zu sehen. Jetzt haben seine Kinder zusammengelegt und ihm einen Tagestrip geschenkt. Verständlicherweise hat ihn die Überfahrt ein wenig mitgenommen.«

»Du möchtest, dass ich ihm einen Tee anbiete?«, mutmaßte Rachel.

»Das wäre toll.« Ein Lächeln glitt über Petes gutmütiges Gesicht. »Und vielleicht hättest du auch etwas zu essen für ihn? Ich weiß, ich weiß …« Er hob abwehrend die Hände, als er Rachels Blick bemerkte. »Wir sind kein Café. Aber in diesem Fall würde ich gerne eine Ausnahme machen.«

»Von meiner Seite aus ist das kein Problem.« Sie hob die Hand über die Augen und versuchte auf die Entfernung hin zu erkennen, wer von den Menschen da unten der Jubilar sein könnte.

Anscheinend erriet Pete ihre Gedanken, denn er deutete vage in eine Richtung. »Vorne rechts, der Herr mit dem Stock und der blauen Schirmmütze.«

Jetzt sah Rachel ihn auch. »Eigentlich wollte ich mich hinlegen, aber wenn das so ist, warte ich, bis er hier ist.« Ihrer Einschätzung nach dürfte das noch mindestens eine Viertelstunde dauern.

»Prima!« Pete nickte ihr zu und ging Richtung Bach davon. Weiter oben an der Main Street ging die Tür von Haus Nummer sechs auf, und Ailic trat heraus. Mit ausladenden Schritten kam er auf sie zu und ließ sich auf die Bank gegenüber von Yi und Rachel fallen. Seine Augen blickten wach und klar, sein Gesichtsausdruck wirkte gelöst.

»Was ist denn mit dir los?«, fragte Yi und zog skeptisch eine Augenbraue in die Höhe.

»Wieso?« Ailic nahm die Schirmmütze vom Kopf und strubbelte durch sein Haar. Er streckte die Beine weit von sich und lehnte sich gegen die Trockensteinmauer. »Was soll sein?«

Ein ironisches Lächeln glitt über Yis breitwangiges Gesicht. »Du siehst so normal aus. Fast glücklich.«

Daraufhin warf Ailic ihr einen belustigten Blick von der Seite zu. »Ach? Wie sehe ich denn sonst aus?«

»Wie mein einsamer Singschwan.« Yi hob die Hand vor den Mund und kicherte. »Oder wie ein tragischer Held. Wenn ich dich auf den Horizont starren sehe, muss ich immer an Tom Hanks in *Cast Away* denken.«

»Guter Film.« Ailic grinste zurück. »Ich mag den Schauspieler. Aber nein, zu deiner Beruhigung, alles in Ordnung mit mir. Ich habe zum ersten Mal seit Wochen sechs Stunden am Stück geschlafen.«

Rachel blickte von ihrem Tee auf. Nach dem, was Ailic ihr über seine Schlafprobleme berichtet hatte, war das erstaunlich. Ob die Ruhe auf Hirta ihn endlich einen Gang runterschalten ließ?

»Was ist mit deinem Singschwan?«, wandte Ailic sich an Yi. »Ich habe ihn vorhin an der alten Dorfmauer herumlaufen sehen. Sieht aus, als hätte er sich mit einem Jungschaf angefreundet.«

»Oh nein!« Yi verzog mitleidig das Gesicht. »Der Ärmste. Das klingt nach einer Verzweiflungstat.«

»Wenn du möchtest, kann ich später mein Teleobjektiv holen und wir machen ein paar Aufnahmen«, schlug Ailic vor.

Nachdem Yi gegangen war, verschwand Ailic in der Küche. Kurz darauf setzte er sich mit einer Tasse Kaffee neben sie. Er schlug die Beine übereinander und deutete auf eine Gruppe, die sich gerade von den Waschräumen aus näherte. »Da kommen die ersten Besucher.«

Rachel erhob sich. »Es ist ein älterer Herr dabei, der seinen achtzigsten Geburtstag feiert. Pete hat mich gebeten, ihn zu bewirten.« Sie wartete, bis der Jubilar am Haus angekommen war, und streckte ihm freundlich lächelnd die Hand entgegen. »Herzlich willkommen auf Hirta. Möchten Sie vielleicht eine Tasse Tee mit uns trinken?«

Der Senior zog umständlich seine Schirmmütze vom Kopf und wischte sich mit dem Handrücken über die mit Altersflecken getupfte Stirn. Trotz des hohen Alters bot er eine beeindruckende Erscheinung. Er trug eine braune Lederjacke, ein blau kariertes Hemd und einen roten Wollpullover zu seinen Jeans. Seine Wangen glühten. Anscheinend machten ihm die Anstrengung und die Sonne zu schaffen. »Gerne. Sehr freundlich von Ihnen.«

»Setzen Sie sich doch«, meinte Rachel. »Hätten Sie auch Appetit auf einen Scone?«

»Das wäre großartig, meine Liebe«, erwiderte der ältere Herr und wirkte auf einmal sehr erleichtert.

Drei weitere Männer, die offensichtlich zu ihm gehörten und um einiges jünger schienen, kamen auf sie zu. »Na, Jim, hast du schon Anschluss gefunden?«, meinte einer von ihnen grinsend.

Verflixt, dachte Rachel, während sie jedem einzelnen von ihnen die Hand schüttelte. Ob Pete es ihr übel nahm, wenn sie den anderen ebenfalls Tee und Scones anbot? Immerhin konnte sie ja schlecht nur Jim etwas zu essen bringen. Sie warf einen raschen Blick in die Runde. »Also Tee und Scones für alle?«

»Für mich einen Kaffee, wenn es geht.«

»Für mich auch, mit viel Milch und Zucker.«

»Würde es Ihnen etwas ausmachen, mir Marmelade zu den Scones zu bringen?«

»Und ein Käsesandwich wäre toll.«

»Für mich eines mit Tomaten, bitte.«

Rachel pustete sich das Haar aus der Stirn, während eine Welle der Verzweiflung in ihr aufstieg. Ach du Schande, worauf hatte sie sich da eingelassen? Die vier schienen allen Ernstes zu glauben, dass sie sich in einem öffentlichen Pub befanden. Ihr Blick glitt zu Jim hinüber, der bemitleidenswert erschöpft wirkte. Sie durfte ihn jetzt nicht enttäuschen, indem sie einen Rückzieher machte, beschloss Rachel und versuchte sich verzweifelt daran zu erinnern, wer was bestellt hatte. Vielleicht wäre es besser, wenn sie Stift und Zettel holte und alles notierte?

Gerade, als sie ins Haus eilen wollte, hob Jim die Hand. »Einen Augenblick.« Er kramte in der Tasche seiner Lederjacke und zog eine Orange hervor. »Dürfte ich Sie vielleicht noch um einen Teller und ein Messer bitten? Sonst tropfe ich hier alles voll. Orangen sind eine wirklich fabelhafte Vitaminversorgung, aber die Verpackung, die sich der liebe Gott dafür ausgedacht hat, ist umständlich zu öffnen.«

»Selbstverständlich«, sagte Rachel und starrte gedankenverloren auf die Orange. Ein flaues Gefühl machte sich in ihrer Magengegend bereit. Der Anblick der Orange erinnerte sie an etwas. Aber woran?

»Hier, meine Liebe, ich habe noch eine zweite Orange dabei.« Jim griff zwinkernd in die andere Tasche und reichte sie ihr. »Die ist für Sie, weil Sie sich so viel Mühe mit uns machen. Lassen Sie es sich schmecken. Vitamin C ist wichtig. Auch für junge Menschen.«

»Danke«, sagte Rachel durch das Kribbeln hindurch, das sich unerklärlicherweise in ihr ausbreitete. Sie nahm die Orange, die Jim ihr entgegenhielt. »Ich bin gleich zurück.«

Sie ging in die Küche, schlüpfte in ihre Clogs und legte die Orange auf der Arbeitsfläche ab. Ihre Finger brannten, als hätten sie Feuer berührt. Dann trat sie zum Spülbecken, ließ kaltes Wasser über ihre Hände laufen und schloss die Augen. Sie spürte den Schlag ihres Herzens wie wild in ihrer Brust hämmern, während die Bilder aus Annies Vergangenheit in ihr aufstiegen.

Kapitel 20

St. Kilda, Dezember 1929

Es war die Woche vor Weihnachten. Seit Tagen tobte der Sturm. Er kam aus Südost und peitschte meterhohe Wellen in den offenen Schlund von Village Bay. Wie hintereinander aufgefächerte Schleier wehte die Gischt über die Felder bis hinauf ins *Clachan*. Die Fensterrahmen waren dick mit Salz verkrustet. Schwere Wolkenberge drückten über die Hänge bis hinunter ins Tal. Der Wind heulte um die Mauern der Kirche und fuhr in den Kamin des angrenzenden Schulzimmers, sodass man meinte, Satan selbst würde versuchen, die Gebete der Gemeinde zu stören. Es ging auf den Abend zu. Draußen war es längst dunkel. Annie saß in der Kirchenbank zwischen Marion und Flora, ihren Schwestern, und beobachtete, wie der Regen waagrecht gegen das hohe Fenster peitschte. Zum zweiten Mal am heutigen Sabbath hatte das Läuten der Schiffsglocke sie zum Gottesdienst gerufen. Vom Ende der sichelförmigen Main Street bis zur Kirche war es ein Stück Weg, an den anderen Häusern und den alten Blackhouses vorbei, in denen jetzt Vorräte gelagert wurden und das Vieh wohnte. Über den Steg am Bach, der über die Ufer getreten war und rauschend von An Lag herunterströmte. Dann über die Wiese, auf der sie im Sommer Fußball spielten, den Hang hinunter zu dem schützenden Wall, der die Kirche umgab. Annie war herzlich froh, dass sie nicht in den alten Zeiten lebte. Ihre Großmutter hatte berichtet, dass der damalige Reverend am Sabbath drei Gottesdienste abgehalten hatte. Oft hatte die Gemeinde sechs Stunden und mehr auf den harten Kirchenbänken gesessen. Annie kamen schon die Gottesdienste am Morgen und am Abend endlos vor. Sie war froh, dass wenigstens die Sonntagsschule bei diesem Wetter ausfiel.

Ihr Blick fiel auf Mr Cameron, den schmächtigen Mann mit Schnurrbart und wachem Blick, der gerade die Predigt las. Annie fand es merkwürdig, mit welcher Inbrunst der Missionar, der zugleich auch ihr Lehrer war, predigte. In den Schulstunden war er freundlich und sprach mit sanfter Stimme. Sobald er jedoch die dunklen, hölzernen Stufen zur Kanzel hinaufstieg, schien er wie verwandelt. Er erinnerte Annie an einen Kapitän, der bei schwerer See seine Mannschaft mit glühenden Worten zum Durchhalten anfeuerte. Vor Mr Cameron, in der ersten Bank, saßen die Dorfältesten, darunter der alte Christian McLeod. Annie reckte neugierig den Hals, um zu sehen, was der *Bodach* gerade machte. Christian war der Einzige im Dorf, der eine silberne Taschenuhr besaß, und er war mächtig stolz darauf. Für Mr Cameron jedoch war die Uhr Anlass zu ständigem Ärgernis, denn Christian liebte es, sie mitten in der Predigt aus seiner Weste hervorzuholen und den Mechanismus ausgerechnet dann zu betätigen, wenn Mr Cameron nach einem besonders salbungsvollen Satz eine Pause machte. Obwohl das Scharren nicht übermäßig laut war, drang es ähnlich nervtötend ans Ohr wie das Quietschen von Kreide auf einer Schiefertafel. Annie konnte verstehen, weshalb Christian das tat. Was nützte es, etwas so Schönes zu besitzen, wenn man es nicht vor den Augen der anderen benutzen durfte? Auch heute brauchte sie nicht lange zu warten. Der Dorfälteste kratzte sich den Bart und zog betont auffällig die Uhr aus der Tasche. Mr Cameron zuckte zusammen, als hätte ihm jemand in den Magen geboxt, fuhr aber ungerührt mit der Predigt fort. Annie wusste, dass Mr Cameron angedroht hatte, das Chronometer zu zerschlagen, falls Christian nicht damit aufhörte. Aber heute konnte Mr Cameron nicht viel dagegen haben, denn der Sturm war viel zu laut, als dass man das Geräusch gehört hätte.

Eingekeilt zwischen ihren Schwestern, zog sich Annie das Tuch fester um ihre Schultern. Es war eisig wie in einem Grab in dem unbeheizten Raum. Im Schulzimmer nebenan gab es einen Kamin, jedoch reichte die Wärme vom Vortag nicht aus, um die Kälte und Feuchtigkeit aus den Mauern zu vertreiben. Zu Beginn des Gottesdienstes war es so kalt gewesen, dass der Atem des Missionars Wölkchen gebildet hatte, wenn er sprach. Wie die Schafe saßen sie dicht an dicht gedrängt und spendeten sich gegenseitig Wärme. Es roch nach feuchter Wolle und menschlichen Ausdünstungen. Neben den Bänken rußten die Sturmlampen mit heruntergedrehtem Docht vor sich hin. Auf dem Rückweg würden sie wieder zuverlässig leuchten.

Annies Gedanken schweiften ab. Sie mochte den Anblick der Lichter, wenn sie auf dem Weg zur Kirche und zurück durch die Dunkelheit schwebten. Als hätte man Sterne eingefangen und sie in ein Glas gesperrt. Noch lieber aber hatte sie die hellen Juninächte, in denen man kein Licht brauchte. Sie kniff die Augen zusammen und wünschte sich mit aller Macht den Sommer zurück, als die Sonne von einem strahlend blauen Himmel geschienen hatte. Alle waren fröhlich und guter Dinge gewesen. Mary Ann und Neil Fleet hatten geheiratet. Die Verlobungsfeier war wunderbar gewesen. Es hatte riesige Portionen Lamm, Gerstenmehlkuchen, Käse und sogar Kekse gegeben. Dazu hatte man gesungen und getanzt. Auch Finlay und seine Mutter waren rechtzeitig zum Fest vom Festland zurückgekehrt. Finlays Bein war wieder gesund. Er konnte zwar nicht mehr in die Klippen klettern, aber er war dankbar, dass er das Bein behalten durfte, und fand sich damit ab. Außer einem leichten Hinken erinnerte nichts mehr an den Unfall. Alles war gut. Doch dann, kurz bevor die Ernte eingebracht werden sollte, schlug das Wetter um. Es stürmte ohne Unterlass. Für vier lange Wochen ließ sich die Sonne nicht blicken. Heu und Gerste verdarben auf den Feldern. Und niemand hatte geahnt, wie schlimm der Winter erst werden würde. Annie hörte, wie Flora neben ihr in der Bank mit den Zähnen klapperte. Der Atem ihrer kleinen Schwester ging rasselnd, als befänden sich Kieselsteine in ihrer Brust. Die Ärmste. Seit dem ersten Kirchgang heute Morgen konnte sie einfach nicht aufhören zu frieren. Annie senkte den Blick und betrachtete Floras nackte, blau gefrorene Füße. Eine ganze Reihe Kinder musste diesen Winter ohne Schuhe auskommen. Annie hatte Glück, dass ihr die Schuhe vom letzten Winter noch passten.

Die Predigt endete. Die Gemeinde erhob sich und sang die Hymne *O for a Closer Walk with God.* Mr Cameron erteilte den Segen und entließ sie in den Abend. Wie immer blieben die Männer sitzen und warteten, bis die Frauen die Kirche verlassen hatten. Annies Reihe – ihre Großmutter, Mutter und Schwestern – erhob sich, und sie gingen auf den Ausgang zu. Flora, hinter Annie, gab ein leises Hauchen von sich. Es klang, als wollte sie eine Kerzenflamme auspusten. Dann tat es einen dumpfen Schlag. Annie fuhr herum.

Flora lag rücklinks auf den Holzdielen. Ihre Augen waren geschlossen, ihr Gesicht hatte eine merkwürdig helle Farbe. Fast wie das Weiß der getünchten Wände. Ihre Hände waren ebenso bleich. Sie sah aus wie eine der Porzellanpuppen, die im Pfarrhaus bei Mrs Cameron auf dem Kamin standen. Nur Floras Füße unter dem bis zu den Knien hochgerutschten braunen Wollrock leuchteten blau, wie mit Tinte bemalt.

* * *

Der Sturm legte sich über Nacht, allerdings nur draußen, vor dem Haus. Annie kam es vor, als wäre er dafür in den Körper ihrer Schwester gefahren. Dort wütete er mit ungebremster Kraft weiter.

Nach dem Zusammenbruch in der Kirche war Flora nach Hause ins Wohnzimmer gebracht worden. Annie war in das große Bett im Schlafzimmer umgezogen, während ihre Mutter Christeen die Nacht mit Flora in der Stube verbrachte. Dort brannte der Torf im Kamin Tag und Nacht. Im Schlafzimmer hingegen war es feucht und kalt. Spät am gestrigen Abend war Schwester Alden da gewesen und hatte Flora ein Pulver gegen das Fieber verabreicht. Mum hatte Floras Beine und Unterarme mit feuchten Tüchern umwickelt, die sie regelmäßig in kaltem Wasser auswusch und wechselte.

Heute Morgen war das Wohnzimmer so voll, dass kaum noch eine Maus hineinpasste. Die Frauen aus dem Dorf waren gekommen, um nach Flora zu sehen und um Christeen zur Seite zu stehen. Und jetzt mussten sie auch noch Platz für Schwester Alden schaffen, die beim ersten Licht des Tages vom Haus des Verwalters heraufgeeilt war, um sich um ihre sechsjährige Patientin zu kümmern.

Annie drückte sich in die Ecke neben das Fass mit den gepökelten Eissturmvögeln und verfolgte, wie Schwester Alden sich über Flora beugte, ihren Puls fühlte und Fieber maß.

»Hat sie gegessen oder getrunken?«, wandte sich Schwester Alden an Christeen.

Diese schüttelte stumm den Kopf.

Schwester Alden zog ein Hörrohr aus ihrer Tasche und schob das Unterhemd über Floras Brust zur Seite. Sie lauschte mit angespanntem Gesicht, dann packte sie das Gerät in ihre Tasche zurück und setzte einen Blick auf, der Annie durch und durch ging.

»Das gefällt mir gar nicht«, sagte sie leise, aber Annie, die wusste, dass die Worte nicht für sie bestimmt waren, hatte gute Ohren. »Wir müssen das Fieber senken. Am liebsten wäre mir, ein Arzt würde nach ihr sehen. Aber um diese Jahreszeit …« Sie ließ den Satz in der Luft hängen.

Annie sah zu ihrer Mutter hinüber. Ihr Gesicht war blass, unter ihren Augen lagen Schatten. Obwohl sie eine große, kräftige Frau war, schien es Annie, als wäre sie bei Schwester Aldens Worten um Zentimeter geschrumpft.

»Sie müssen zusehen, dass sie etwas zu sich nimmt«, mahnte Schwester Alden.

Christeen nickte und wirkte dabei, als wäre sie ein kleines Mädchen, das von der Schwester getadelt wurde. Annie fand das ungerecht. Ihre Mutter hatte sich die ganze Nacht bemüht, Flora einen Löffel Tee einzuflößen, aber Flora hatte die Lippen so fest zusammengekniffen, dass es unmöglich gewesen war. Und wenn es Mum dennoch gelungen war, schien Flora nichts bei sich behalten zu können. Es war nicht Mums Schuld. Schwester Alden brauchte gar nicht mit ihr böse zu sein.

»Ich komme heute Abend wieder.« Die Schwester erhob sich von dem Metallbett und presste die Tasche gegen ihre Brust. Sie straffte die Schultern und warf einen Blick in die Runde vor dem Kamin. »Meine Damen, wir müssen uns dringend unterhalten.«

»Wie Sie meinen, meine Liebe«, nickte die alte Ruth. Sie beugte sich vor und stocherte mit dem Eisen in dem Torffeuer herum. »Worum soll es gehen?«

Schwester Alden reckte das Kinn und schloss den obersten Knopf ihres Mantels. Sie richtete einen prüfenden Blick auf Annie und auf Marion, dann murmelte sie, an die Runde vor dem Feuer gewandt: »Es geht um die Zustände hier. So kann es nicht weitergehen. Ich mache mir Sorgen. Der Winter hat eben erst angefangen, und wir stecken in ernsten Schwierigkeiten. Der Vorrat an Torf ist kleiner, als er sein sollte. Mit Kartoffeln verhält es sich nicht viel besser. Und wie ich höre, geben die Kühe kaum Milch, weil sie so wenig Heu bekommen. Das heißt, dass wir demnächst auch auf Butter verzichten müssen.«

Die alte Ruth holte rasselnd Luft. Sie bückte sich, füllte den Kessel mit Wasser aus dem Eimer und hängte ihn an die eiserne Kette über dem Feuer. »*Aye*. Das Wetter hat uns übel mitgespielt. Ausgerechnet vor der Ernte. Schlimm ist das.«

»Es war nicht nur das Wetter.« Schwester Alden stellte die Tasche auf den Boden und setzte ihren Hut auf. »Wir wissen doch alle, was los ist. Die Dorfgemeinschaft ist klein und überaltert. Wir haben kaum noch junge Leute. Das Überleben der Gemeinde hängt an einem seidenen Faden. Wer soll die viele Arbeit erledigen, die getan werden muss, um zu überleben?«

»Es wird schon gehen …« Die alte Ruth ließ sich schwerfällig auf ihren Stuhl sinken. »Bis jetzt ist es ja auch gegangen. Die Fleetwood Trawler können uns sicher ein wenig aushelfen. Und wenn der Sommer kommt und die Tagesausflügler für die Klettervorführungen bezahlen, haben wir wieder Geld, um Essen zu kaufen.«

»Aber das ist ja das Problem«, ereiferte sich Schwester Alden, die Wangen unter ihrem schwarzen Hut leuchteten rot. »Durch die Touristen geht zu viel Arbeitszeit verloren. Wir haben diesen Winter pro Familie ein ganzes Fass Eissturmvögel weniger als sonst. Das ist bedenklich. Und warum? Weil wir uns bestaunen lassen wie die Tiere im Zoo. Davon abgesehen wäre auch ohne die Touristen die Arbeit kaum zu schaffen. Die jungen Leute sind fleißig, aber sie können sich nicht zweiteilen. Sobald der Frühling kommt, sind sie auf Boreray und sehen nach den Schafen. Damit fehlen sie ganze zehn Tage beim Getreideanbau. Dann muss der Torf gestochen und genügend Vögel müssen gefangen werden, um uns über den Winter zu bringen. Und das ist noch längst nicht alles.«

Annie wartete gespannt, dass die Schwester mit ihrer Aufzählung weitermachte, aber sie schien es dabei belassen zu wollen. »Wir führen die Diskussion ein andermal weiter, meine Damen.« Sie ging zu Floras Bett hinüber, hob die Hand und ließ sie auf Floras Stirn ruhen. Dann richtete sie sich auf und berührte Christeens Arm. »Sorgen Sie dafür, dass sie ausreichend Flüssigkeit bekommt, ja? Und falls es ihr schlechter gehen sollte, rufen Sie nach mir.«

Christeen lächelte und nickte. »Vielen Dank, Schwester Alden. Wir wissen sehr zu schätzen, was Sie für uns tun.«

»Das ist meine Aufgabe«, erwiderte Schwester Alden. Dann verabschiedete sie sich reihum mit Handschlag und verließ das Haus. Annie hockte in ihrer Ecke und malte mit dem Finger Kringel in die dünne Staubschicht, die alle Gegenstände im Haus überzog. Sie wusste, dass der Ruß vom Torffeuer herrührte, das Sommer wie Winter in der guten Stube brannte. Es lag nicht daran, dass ihre Mutter nachlässig mit dem Putzen war.

Sobald die Schwester gegangen war, kehrten die Frauen zu ihren Gebeten und leisen Unterhaltungen zurück. Der vertraute Klang gälischer Worte erfüllte den Raum. Annie fragte sich, ob Schwester Alden weniger streng geklungen hätte, wenn sie nicht Englisch, sondern Gälisch gesprochen hätte.

Sie erhob sich, setzte sich zu Flora auf die Bettkante und ließ die Füße baumeln. Der Kopf ihrer Schwester war ein wenig von den zusammengerollten Anziehsachen heruntergerutscht, die als Kopfkissen dienten. Das lange Haar umrahmte Floras Gesicht wie ein schwarzes Tuch. Annie hätte zu gerne Floras Hand genommen und sie gestreichelt, aber sie traute sich nicht, aus Angst, Flora zu wecken. Sie sah so friedlich aus, wenn sie schlief. Ob Floras Füße immer noch blau waren? Annie schob vorsichtig mit der Hand die Decke am Fußende beiseite. In diesem Augenblick rollte sich Flora herum. Hastig zog Annie die Hand zurück. Sie schaute, ob Flora aufgewacht war, aber nichts dergleichen war passiert. Lediglich das Gesicht hatte Flora zur Seite gedreht. Ihr Mund stand beim Atmen offen. Direkt vor Floras Gesicht hatte sich die Feder eines Papageientauchers aus der Füllung durch den Stoff gebohrt. Sie stand heraus wie eine schwarze Fahne, die von Floras Atem hin und her geweht wurde.

»Flora.« Mum trat neben das Bett, eine Schüssel mit Suppe in der Hand. Sie rüttelte sanft Floras Schulter. »Wach auf. Die Schwester sagt, du musst Flüssigkeit zu dir nehmen.«

Flora röchelte, dann schlug sie schwerfällig die Augen auf. Es sah aus, als wäre sie aus einer anderen Welt in das Wohnzimmer zurückgekehrt.

»Möchtest du etwas Suppe?« Die Mutter lächelte und hielt ihr einen Löffel voll hin. Aber Flora schüttelte den Kopf.

Annie sah, wie die *Cailleach* sich erhob und an Floras Bett trat. »Gibt es etwas anders, worauf du Appetit hast, Kind? Etwas Kühles vielleicht?«

Es schien, als müsste Flora überlegen. Sie leckte sich mit der Zunge über die ausgetrockneten Lippen, dann murmelte sie: »Eine Orange.«

»Soso, eine Orange«, sagte die alte Ruth, als wäre es das Selbstverständlichste auf der Welt, nach nebenan in die Kammer zu gehen und eine Orange aus einer der Kisten zu holen. Dann ließ sie sich wieder auf ihren Stuhl fallen.

Annie spürte einen Stich in ihrem Herzen. Flora tat ihr so leid. Es gab keine Orangen auf Hirta. Nirgendwo, nicht einmal im Pfarrhaus. Sie selbst hatte in ihrem ganzen Leben erst ein einziges Mal eine Orange gesehen. Die Männer von den Trawlern hatten vor langer Zeit welche dabeigehabt und an die Kinder im Dorf verschenkt. Annie hatte sich eine mit Flora und Marion geteilt.

Sie konnte sich noch gut an den süßen, klebrigen Saft erinnern. Ihre Augen flogen über die vor dem Kamin versammelte Runde. Die Spinnräder surrten, als wäre nichts geschehen. Annie spürte, wie sich ihr Magen zu einer kleinen, harten Kugel zusammenzog. Keine der Frauen machte Anstalten, aufzustehen und irgendetwas zu unternehmen. Annies Herz pochte so laut, dass sie meinte, man müsse es im Zimmer hören. Sie ging zu Marion hinüber und zog sie an der Hand. »Komm mit.«

Kopfschüttelnd sah Marion von der Bibel auf, die aufgeschlagen auf ihren Knien lag. »Wohin denn?«

»Wir müssen sehen, ob jemand noch eine Orange hat.« Annie zog fester an Marions Ärmel. Wieso stand ihre Schwester nicht endlich auf?

»Das können wir uns sparen. Es ist ewig her, dass wir die geschenkt bekommen haben. Das war im April.« Die ältere Schwester schob die Unterlippe vor und murmelte leise vor sich hin. Annie bewunderte Marion dafür, dass sie so gut rechnen konnte. Aber immerhin war sie schon vierzehn. Bald erwachsen. »Acht Monate. Ausgeschlossen. Du wirst nirgendwo eine finden.« Dann senkte ihre große Schwester den Kopf und vertiefte sich wieder in die Bibel.

Annie starrte vor sich hin. Das Rosenmuster auf der Wohnzimmertapete leuchtete ihr entgegen und erzählte von Sommer, von Blumen, von Licht und Wärme. »Dann geh ich alleine«, sagte sie, aber niemand nahm davon Notiz. Sie schlich in die Abstellkammer, die an die Stube angrenzte, nahm Jacke und Schal aus der Kleiderkiste und schlüpfte in ihre Schuhe. Auf leisen Sohlen schritt sie zurück in das Zimmer und von dort aus in den dunklen Flur. Eine müde Wintersonne erhob sich eine Handbreit über den Hügeln. Viel höher würde sie heute nicht mehr steigen, das wusste Annie, bevor sie etwas weiter östlich wieder hinter den Bergrücken verschwand.

Atemlos rannte Annie von Haus zu Haus und trug ihre Bitte vor, gefolgt von einer laut kläffenden Hundemeute. Es war, wie Marion gesagt hatte: Überall wurde ihr wortreich und mit viel Anteilnahme versichert, dass im ganzen Haus keine Orange zu finden sei. Mit guten Wünschen für ihre Suche und unter dem Versprechen, für Flora zu beten, wurde sie wieder verabschiedet. Als Letztes blieb nur noch Haus Nummer zwei, in dem der verwitwete Christian McLeod mit seinem Sohn Keath lebte. Annie hatte sich das Haus bis zum Schluss aufgehoben, da es ihr unwahrscheinlich erschien, dass sie ausgerechnet hier Glück haben würde.

Sie drückte die schwere Tür auf und trat in den winzigen dunklen Flur. Vor der hölzernen Wand standen, wie in jedem Haus, die Wassereimer. Rechts ging – ebenfalls wie in jedem Haus – eine Tür in das Schlafzimmer ab, die linke Tür führte ins Wohnzimmer. Als sie gedämpftes Murmeln vernahm, blieb sie regungslos stehen. Christian hatte Besuch. Sie konnte die Stimme des Missionars hören, der sich auf Gälisch mit dem Alten unterhielt. Sie holte tief Luft und betrat das Zimmer.

Christian stand vor dem Kamin, in der Hand seine silberne Uhr. Sein Gesicht war zu einer Grimasse verzerrt. Er wirkte wirklich böse. Annie erschrak. So kannte sie den Dorfältesten nicht. Sie überlegte, ob sie wieder gehen sollte, aber dann fiel ihr ein, wie wichtig es war, dass Flora ihre Orange bekam. Also blieb sie still neben der Tür stehen und wartete, bis jemand sie bemerkte. »Ich lass mir von einem Festlands-Missionar keine Vorschriften machen«, erklärte er wütend, an Mr Cameron gewandt.

»Es ist eine Sünde, den Gottesdienst zu stören«, wetterte Mr Cameron zurück. »Verstehen Sie das? Wenn Sie nicht damit aufhören, wird der Zorn Gottes Sie und die ganze Gemeinde treffen.«

Mit erhobenem Zeigefinger deutete Christian auf Mr Cameron. »Wagen Sie nicht, so in meinem Haus mit mir zu reden. Sonst kommt mein heiliger Zorn über Sie, und das ist genauso schlimm.«

Einen Moment wirkte Mr Cameron, als wüsste er nicht, was er darauf sagen sollte. Er trat von einem Fuß auf den anderen. »Nun, Christian, wenn Sie mir versprechen, zukünftig während der Messe nicht mehr mit dem Chronometer herumzuspielen, würde ich mich bereit erklären, Ihnen bei meiner nächsten Reise Kondensmilch und Brustkaramellen vom Festland mitzubringen.«

Es war deutlich zu sehen, wie Christian mit sich rang. Schließlich nickte er. »Na schön. Einverstanden. Ich hoffe, Sie sind zufrieden.« Etwas zögerlich schüttelte er Mr Camerons Hand.

Erst jetzt schien ihm aufzufallen, dass Annie in der Tür stand. Er zwinkerte ihr zu. »Hallo, Annie, kommst du mich besuchen? Tritt näher.«

Annie machte einen vorsichtigen Schritt auf Christian zu. Ihr Blick wanderte zur Kommode, auf der eine bunte Sammlung lebloser, ausgestopfter Vögel stand: Papageientaucher, Eissturmvögel, ein Sturmtaucher, Lummen, ein Tordalk, eine Große Schwarzrückenmöwe, ein winziger Zaunkönig und sogar ein Rabe. Annie wusste, dass die Tagesausflügler dem Dorfältesten Geld dafür bezahlten, dass er sich mit einem toten Papageientaucher auf den Knien vor seinem Haus ablichten ließ.

»Was hast du auf dem Herzen?« Christian nickte ihr aufmunternd zu.

Annie schluckte fest. Dann erzählte sie.

»Bootshusten.« Der Alte nickte wissend. Das war der Name für die Krankheit, die immer wieder im Dorf grassierte, seitdem so viele Besucher kamen. »Ich bin sicher, dass deine Schwester das hat. Schlimme Sache.« Er drehte sich zum Kamin und klopfte die Pfeife aus. »Aber eine Orange habe ich leider auch nicht.«

»Dasselbe gilt für mich, Kind«, sagte Mr Cameron.

Die Wände um Annie schienen auf sie zuzustürzen. Sie wollte nicht weinen, aber dann brachen die Tränen aus ihr heraus. »Flora braucht aber eine. Warum will mir denn keiner helfen?«, erklärte sie unter heftigem Schluchzen. Sie schlug die Hände vor das Gesicht. Es war alles so schrecklich.

»Nun hör auf zu weinen«, hörte sie Christians Stimme. »Wer sagt denn, dass dir keiner helfen will?«

Sie biss sich auf die Lippe und lugte vorsichtig hinter ihrer Hand hervor. Was meinte Christian damit? Besaß er etwa Hexenkräfte und konnte eine Orange herbeizaubern? Der weise Mann kam auf sie zu. Er beugte sich zu ihr herunter und legte ihr die Hand auf die Schulter. »Ich sag dir, was wir machen.« Er schob sie vor sich her zum Fenster. »Sieh mal da draußen. In der Bucht liegt einer der Fleetwood Trawler vor Anker. Der Sturm hält ihn fest.«

Annie, die seinem Blick gefolgt war, nickte.

»Ich werde mal zu denen rüberrudern. Wer weiß, vielleicht gibt's ja noch in irgendeiner Kiste ein paar Orangen.«

Annie hörte, wie Mr Cameron hinter ihr sich laut räusperte. »Ich glaube nicht, dass der Seegang ein derartiges Unterfangen zulässt.«

Obwohl Mr Cameron Ahnung von der Sache haben musste, weil er lange Jahre zur See gefahren war, winkte Christian ab. »Ach was. Ich hatte ohnehin vor, auf einen Plausch hinüberzuschauen. Mir ist der Tabak ausgegangen. Scheußliche Sache, Teeblätter zu rauchen.«

Annies Augen wurden rund. Die Geschichte war gelogen, das wusste sie genau. Finlay war bereits letzte Woche, als der Trawler angelegt hatte, mit ein paar Männern hinübergerudert, weil er um Tabak und andere Lebensmittel hatte bitten wollen.

»Also schön.« Aufmunternd klopfte Christian Annie auf die Schulter. »Du gehst jetzt zu Keath und den anderen. Sag ihnen, wir treffen uns am Pier. Jetzt gleich.«

Annies Blick flog zwischen Christian und Mr Cameron hin und her. Sie konnte dem Gesicht ihres Lehrers deutlich ansehen, dass er nicht einverstanden mit der Entscheidung war, aber wie meist hielt er sich aus den Angelegenheiten der Einheimischen heraus.

»Mach, was Christian dir sagt, Annie«, sagte er und blickte sie aus seinen sanften Augen an. »Danach kannst du bei Mrs Cameron unten im Pfarrhaus warten, bis die Männer zurück sind. Mal sehen, ob wir noch einen Keks für dich auftreiben können.«

* * *

Die Sonne war schon fast hinter dem Mullach Mòr, dem Großen Berg, verschwunden, als Ruderschläge über das Wasser hallten. Die Hundemeute lief kläffend an den Pier. Auch Annie rannte pfeilschnell die kurze Strecke vom Pfarrhaus zur Anlegestelle hinunter. Ihr Herz klopfte zum Zerbrechen. Sie lehnte sich über die Mauer, blickte zu den Männern hinunter und überkreuzte die Finger.

Der *Bodach* erhob sich und kletterte aus dem Boot. Während die anderen Männer damit beschäftigt waren, es an Land zu ziehen, kam er über die schräge, betonierte Fläche auf sie zu. Annie sah, dass sich an seiner Brust unter der dicken Wolljacke etwas ausbeulte, und hielt den Atem an. Christian blieb stehen, lächelte, dann zog er ein wollenes Tuch aus seiner Jacke hervor und überreichte es Annie. »Bitte sehr, junge Dame.«

Annie wagte kaum, das Paket aufzuwickeln. Es war größer und schwerer als eine Orange. Was, wenn Christian eine Packung Kekse mitgebracht hatte? Der Gedanke war zu schrecklich. Mit Fingern, die ihr kaum gehorchen wollten, löste sie den Knoten des Tuchs und blickte auf ein Glas Sirup, eine Dose Kekse und: eine Orange. Sie war so froh, dass sie vor Freude hätte schreien mögen. Sie hatten es tatsächlich geschafft, eine Orange für Flora aufzutreiben. Sie hob den Kopf und blickte in das bärtige Gesicht des Alten. Fast hätte sie vergessen, sich zu bedanken, so eilig hatte sie es, nach Hause zu kommen. Im letzten Augenblick machte sie kehrt. »Danke«, sagte sie mit gesenktem Kopf.

Christian nickte und verhakte die Daumen in seiner Weste. »Keine Ursache. Und nun lauf.«

Das tat sie. Wie der Wind sauste sie die Anhöhe hinauf, über die Wiese, den Bach und dann die Main Street entlang, bis zum vorvorletzten Haus, in dem sie wohnte. Inzwischen hatte die Dämmerung eingesetzt. Ein sanfter Schein fiel auf die nassen, mit Erde verschmierten Pflastersteine vor dem Haus. Annie trat in den dunklen Gang und zog die Schuhe aus. Im Wohnzimmer war es still.

Als sie eintrat, sah sie ihre Mutter neben Floras Bett sitzen. Sie hatte ihr den Rücken zugekehrt und schien ihr Kommen nicht bemerkt zu haben. Die Frauen aus dem Dorf waren gegangen, was Annie kaum wunderte, denn es war Essenszeit. Marion konnte sie nirgendwo entdecken. Nur die alte Ruth saß vor dem Spinnrad, die Hände untätig im Schoss gefaltet, und starrte in die Flammen.

Auf Zehenspitzen schlich Annie näher. Die Orange in ihrer Hand leuchtete im Schein des Torffeuers so hell wie eine glühende Sonne. Annie hielt inne. Nun verstand sie, weshalb die Orange so wichtig für Flora war. Die kleine Sonne in ihrer Hand besaß so viel Licht und Wärme, dass Flora sicher nie wieder blaue Füße bekäme und bald gesund würde. Leise ging sie auf das Bett zu und blieb am Fußende stehen. Ihre Mutter hielt noch immer Floras blasse Hand. Annies Blick fiel auf das Gesicht ihrer Schwester. Es wirkte ruhig, fast glücklich, Flora schien schon wieder zu schlafen. Annie lächelte. Vorsichtig, um Flora nicht zu erschrecken, setzte sie sich auf die Bettkante. Vorhin, beim Eintreten, hatte sie für einen winzigen Moment lang das Gefühl gehabt, etwas Wichtiges übersehen zu haben. Aber was nur? Nachdenklich ließ sie den Blick über ihre Schwester gleiten. Dann sah sie es. Eine eisige Hand krallte sich um ihr Herz.

Die Feder neben Floras Mund bewegte sich nicht mehr.

Annie spürte, wie ihre Lippen bebten.

In diesem Augenblick drehte sich ihre Mutter zu ihr um.

Langsam streckte Annie den Arm aus und hielt ihrer Mutter die Orange entgegen. Christeen schlug die Hand vor den Mund und schüttelte wortlos den Kopf. Über ihre Wangen liefen stumme Tränen.

Annie wandte den Blick ab und betrachtete die schlafende Flora. Ihr Haar war ordentlich in der Mitte gescheitelt und umrahmte zu beiden Seiten ihr Gesicht. Es glänzte so schwarz wie die Flügel des toten Raben auf Christians Kommode.

Und dann begriff Annie. Sie war zu spät gekommen. Flora würde keine Orangen mehr essen können. Nie, nie wieder.

Kapitel 21

Zu Annies Erstaunen ging die Sonne am nächsten Tag auf, wie immer. Der Morgen begann mit einem Gebet vor dem Familienaltar, wie immer. Ihre Mutter las aus der Bibel, wie immer. Eine Cousine kam und bereitete Tee und Porridge, während Marion den Tisch deckte. Annie konnte nicht begreifen, wieso die Welt in dem Augenblick, als Flora starb, nicht stehen geblieben war. Sie drehte sich weiter und weiter, während Flora mit geschlossenen Augen, gefalteten Händen und ihrer Porzellanhaut auf dem Bett im Schlafzimmer lag. Dorthin hatte man sie gestern Abend gebracht. Die Frauen des Dorfes saßen seitdem abwechselnd bei ihrer Mutter, um Totenwache zu halten. Das Surren der Spinnräder war verstummt. Alle Arbeit hatte bis zum Begräbnis zu ruhen. Die Schule fiel für drei Tage aus. Nach dem Frühstück war Mr Cameron gekommen und hatte ihnen Psalm 127 aufgetragen:

Umsonst ist es, dass ihr euch früh erhebt
Und spät euch hinsetzt, das Brot der Mühsal zu essen:
Ebenso viel gibt er seinem Geliebten im Schlafe.

Doch ein paar Männer gab es im *Clachan*, die auch während der Zeit der Totenwache das Brot der Mühsal aßen: Es waren Christian, Neil Fleet und sein Vater John, der Postmeister und der Leiter der *Mòd,* der Versammlung der Männer. Durch das geschlossene Fenster hindurch konnte Annie das Hämmern in der Sägegrube hinter dem Federlager hören, einem kleinen Haus neben dem Pfarrgebäude. Dort lagerten neben dem Tweed, den Fässern mit Eissturmvogelöl und den Federn für den Verwalter auch einige Bretter. Holz war rar auf der Insel. Es wurde vom Festland hergeschafft, damit man im Bedarfsfall einen Sarg schreinern konnte.

Diesmal würden die Männer nicht viel von dem Holz verbrauchen. Floras Körper unter dem Leintuch wirkte winzig.

»Setz dich an den Tisch und iss etwas.« Kirsty, Annies ältere Cousine, trat neben sie und legte ihr die Hand auf die Schulter.

»Nein danke, ich möchte nicht«, sagte Annie artig. Ihr Magen fühlte sich an, als hätte man Blei hineingegossen.

»Trink wenigstens einen Tee.« Kirsty ging zum Tisch hinüber und brachte ihr einen dampfenden Becher. »Hier.«

Annie senkte den Kopf und bedankte sich, wie es sich gehörte. Sie hielt den Becher in beiden Händen und blies in die Flüssigkeit. Kirstys Blick ruhte auf ihr, als würde sie erwarten, dass der Tee Annie dazu brächte, es sich anders zu überlegen. Aber nichts in der Welt hätte Annie dazu bewegen können. Sie würde nicht essen. Nie, nie wieder. Sie hörte, wie Kirsty seufzte. Dann drehte sie sich um, ging hinüber zur Anrichte und kam zu Annie zurück. In ihren Händen leuchtete die Orange. Sie nahm Annies Hände und legte die kleine Sonne mitten hinein. »Hier. Flora würde wollen, dass du sie bekommst. Du hast geschafft, was keiner für möglich gehalten hätte.«

Annie wusste nicht, wohin mit sich. Die Orange in ihren Händen brannte wie Feuer. Wenn Kirsty doch nur verstünde, dass sie überhaupt nichts geschafft hatte. Im Gegenteil. Wenn sie nicht so viel Zeit in den anderen Häusern vergeudet hätte und gleich zu Christian gelaufen wäre, wäre sie vielleicht rechtzeitig zurück gewesen. Rechtzeitig genug, um Flora die Orange zu geben. Dann würde Flora jetzt mit ihnen am Tisch sitzen und Tee trinken. Aber all das konnte sie Kirsty nicht sagen. Also ließ sie die Orange in ihre Schürzentasche gleiten. »Darf ich hinausgehen?« Sie blickte auf ihre Schuhspitzen, um nicht in Kirstys Gesicht sehen zu müssen.

»Geh nur.«

Annie nahm Schuhe und Schal und lief hinaus. Ein kühler Nebelschleier hing über Village Bay. Die schwarzen Felsen von Dùn waren im diesigen Licht der Wintersonne kaum zu erahnen. Der Drache schlief, den schweren Leib um die Bucht gerollt. Sein Atem war der Nebel, der über den Hängen des Ruaival schwebte. Annie rannte über den Hügel hinter dem Haus, auf das Tor im Hauptdeich zu. Von dort aus führte der Weg nach An Lag hinauf. In den Cleits unterhalb des Bergkessels hatten sie und Flora im letzten Sommer Verstecken gespielt. Sie ging auf eine Steinhütte oberhalb der Einfriedungen zu und öffnete die Tür. Ein scharfer Geruch schlug ihr entgegen. Im Dunkeln machte sie Säcke aus, die mit Federn vollgestopft waren. Als sich ihre Augen an das spärliche Licht gewöhnt hatten, das durch die Schlitze zwischen den Steinen fiel, schob sie einen der Säcke beiseite. Ihre Finger tasteten in den Ritzen, bis sie auf den Schatz stieß, den Flora und sie dort versteckt hatten. Sie zog die kleine Puppe heraus, die Flora für sie aus ein paar Zweigen geflochten hatte, und legte sie vor sich auf die festgestampfte Erde. In der Ritze daneben steckten die hübschen rosa Muscheln, die sie unten am Strand gesammelt und als Puppengeschirr benutzt hatten. Annie setzte die Puppe vor das Tellerchen und sang das Lied, das Flora so gerne gemocht hatte. Mrs Cameron hatte es den Kindern beigebracht:

If I were the Queen
What would I do
I'd sit on my throne

Eating crisps and ice cream
That's what I do
All the day long.

Annie verstummte.

Hirta … Hirta … raunte es aus den Spalten der Felsbrocken.

Annie blickte verwundert nach allen Seiten. Floras Geist war nicht unten im Haus bei ihrem leblosen Körper. Er war hier oben, in dem Cleit, wo sie gespielt hatten. Er wehte durch die Ritzen der Steine und ritt auf dem Rücken des Windes, zusammen mit der Melodie, die sie sang. Nachdenklich drehte Annie die Puppe in ihren Händen. Ob es stimmte? Saß die Königin wirklich auf ihrem Thron und aß den lieben langen Tag Eiscreme? Annie legte die Puppe zurück und zog die Orange aus ihrer Tasche. Eines wusste sie ganz sicher: Wenn sie die Königin wäre, würde sie nicht herumsitzen und Eis essen. Sie würde dafür sorgen, dass die Kinder hier auf der Insel nicht blaue Füße bekämen und daran starben.

* * *

Am Tag der Beerdigung war Floras Leichnam in ein weißes Leichentuch eingenäht worden. Ein Taschentuch bedeckte ihr Gesicht. Die Männer trugen den Sarg auf ihren Schultern hinauf ins Haus der Trauernden und legen Flora hinein. Kurz darauf füllte sich das Haus. Das ganze Dorf war zusammengekommen, und Mr Cameron las aus der Bibel, Johannes, Kapitel 14: »In meines Vaters Hause sind viele Wohnungen; hätte ich euch, wenn dem nicht so wäre, gesagt, dass ich hingehe, euch eine Stätte zu bereiten?«

Während der Gebete waren alle Blicke auf den Hausaltar auf der Kommode gerichtet. Und so bemerkte niemand, wie Annie vorsichtig die Orange aus der Schürze zog und in Höhe von Floras linkem Arm unter das Leichentuch schob.

Als Mr Cameron geendet hatte, nahmen einige der Männer Hammer und Nägel zur Hand. Mit jedem Sargnagel, den sie in den Deckel schlugen, trieben sie einen Nagel durch Annies Seele.

Schließlich war es vorbei. Neil Fleet baute die untere Hälfte des Fensters aus, dann wurde der Sarg hinaus und auf Stangen gehoben. Die Gemeinde reihte sich hinter den Totenträgern in den Leichenzug ein. Aus dem Haus, dann drei Mal dem Lauf der Sonne folgend um das Dorf.

Eine schmerzliche Stille lag über Hirta.

Nicht einmal die Hunde bellten, als sie Floras Sarg auf dem Friedhof der dunklen Erde anvertrauten und das Loch wieder zuschaufelten.

Am Tag darauf nahmen die Frauen und Männer ihre Arbeit wieder auf, und Mr Cameron setzte den Unterricht fort. Das Leben ging weiter.

Kapitel 22

Rachel starrte auf den fließenden Wasserhahn. Tränen liefen über ihre Wangen, und sie konnte nichts dagegen tun. Die Tür ging auf und schloss sich wieder. Ailic trat neben sie. Ohne ein Wort zu sagen, drehte er das Wasser ab. Dann legte er den Arm um sie. Wie selbstverständlich zog er sie an sich und hielt sie fest, bis die Traurigkeit mit einem langen, zittrigen Seufzen aus ihrer Brust strömte.

»Es … tut mir leid.« Rachel wischte sich mit dem Handrücken über die Augen. »Ich kümmere mich sofort um den Kaffee und die Sandwiches.«

Ailic bedachte sie mit einem Blick, der klarmachte, wie wenig er von der Idee hielt. »Setz dich hin. Ich übernehme das.«

»Aber …«

»Sag nichts …« Er zwinkerte ihr zu und deutete auf seine Socken. »Keine Schuhe in der Küche.«

Sie beschloss, ihn gewähren zu lassen, und schwieg. Während ihre Gedanken um Annies tote Schwester kreisten, beobachtete sie Ailic dabei, wie er Kaffee und Tee kochte, Brote schmierte, Marmelade und Scones herrichtete und dann alles auf einem Tablett ins Freie trug. Gelächter und gedämpfte Stimmen drangen durch die halb offene Tür zu ihr herein. Schließlich hörte sie, wie Jim und seine Freunde sich verabschiedeten.

Ailic trat in die Tür, das schmutzige Geschirr vor sich her balancierend. Er stellte es auf der chromglänzenden Arbeitsinsel ab. Dann setzte er sich neben sie auf die Bank und nahm ihre Hand. Ein dezenter, mittlerweile vertrauter Hauch von Irish Moos ging von ihm aus. »Sie sind weg. Ich habe ihnen erzählt, dass du dich in den Finger geschnitten hast und dir schlecht wurde, weil du kein Blut sehen kannst.«

Sie nickte und starrte auf die zerkratzte Tischplatte.

»Keine Sorge, Jim ist mit Pete zusammen ins Museum gegangen«, erklärte er, bevor sie Gelegenheit hatte zu fragen. »So schnell kommen sie nicht wieder. Jim wollte sich von Pete die Sammlung mit den historischen Aufnahmen zeigen lassen. Wie es aussieht, stammt ein alter Freund von ihm von Hirta. Übrigens ist das auch der Grund, warum Jim die Insel mit eigenen Augen sehen wollte. Er hat so viele Geschichten darüber gehört.«

Sie schluckte und blickte mit schlechtem Gewissen zu der Orange hinüber, die unberührt auf der Arbeitsfläche lag. Jim hatte es gut gemeint, aber sie würde sie unmöglich essen können.

»Solange Pete nicht auf die Idee kommt, Jim zum Abendessen einzuladen, bist du in Sicherheit«, sagte Ailic. Ein schwacher Versuch, sie aufzumuntern. Er drückte ihre Hand. »Alles wieder okay?«

»Ja«, sagte sie und zwang sich zu einem Lächeln. Wie sollte sie Ailic erklären, was gerade geschehen war?

»Orangenallergie?«, meinte Ailic.

»So etwas in der Art«, erwiderte Rachel und hoffte, dass Ailic es dabei bewenden ließ.

Er zuckte die Achseln. »Vitamine werden überbewertet. Was du brauchst, ist ein vernünftiger Schluck Tee.« Er stand auf, kochte Tee für sie und reichte ihr den dampfenden Becher. »Hier.« Er warf ihr einen langen Blick zu.

»Danke.« Rachel versuchte, ihre Stimme, die immer noch leicht zitterte, unter Kontrolle zu bringen. »Warum schaust du so?«

»Wenn ich du wäre, würde ich die Tasse mit hinunter an den Strand nehmen.« Er bückte sich und warf einen Blick durch das Fenster. »Es ist Ebbe. Du könntest am Strand spazieren gehen.«

»Vielleicht nachher«, meinte Rachel zögernd. »Erst erledige ich den Abwasch.«

»Das übernehme ich«, erklärte Ailic. Seine Miene machte deutlich, dass er nicht vorhatte, mit ihr zu diskutieren.

»Aber … was ist mit Yi?«

»Um Yi kümmere ich mich gleich. Ich bringe ihr das Teleobjektiv und zeige ihr, wo ich einen St.-Kilda-Zaunkönig und den Schwan gesehen habe, dann kann sie Jagd auf beide machen.«

Rachel sagte nichts und ließ zu, dass Ailic sie durch die Tür nach draußen schob.

Es war wunderschön in der Bucht. Ihr Körper schien jeden einzelnen Strahl Sonnenlicht in sich aufzusaugen. Sie streifte ihre Schuhe ab und genoss das Gefühl von Sand zwischen ihren Zehen. Die Wellen liefen in sanften Schwüngen auf den unberührten Strand auf. Das Wasser leuchtete türkis, glitzernde Lichtpunkte tanzten auf dem Meer. Neben den Ausflugsbooten waren drei Segelschiffe in der Bucht vor Anker gegangen. Ihre Masten schwankten gleichmäßig hin und her. Rachel tauchte vorsichtig eine Zehe ins Wasser und stellte fest, dass es wärmer war, als sie vermutet hatte. Sie rollte die Jeans bis zu den Knien hoch, ging ein paar Schritte hinein und schloss beide Hände fest um die Teetasse. In Gedanken versunken stand sie da, den Blick auf die schmale blaue Linie des Horizonts gerichtet, und versuchte sich vorzustellen, wie Annie sich nach Floras Tod gefühlt haben musste. Wie hatte sie mit ihrer Verzweiflung weitergelebt? Hatte sie sich gewünscht, fortzukommen von dieser vom Rest der Welt abgeschnittenen Insel? Oder hatte Floras Tod vielmehr dazu geführt, dass Annie sich verpflichtet gefühlt hatte, auf Hirta zu bleiben, in dem Haus, welches nur einen Steinwurf von dem Friedhof entfernt lag, auf dem Flora begraben war? Rachel nippte nachdenklich an ihrem Tee. Sie spürte Annies Schmerz in ihrem Herzen, als wäre es ihr eigener.

Der Wind fuhr Rachel durch das Haar und ließ den Saum ihres T-Shirts flattern. In den Klippen von Dùn flog ein Schwarm Basstölpel auf und zog kreischend Kreise über der Bucht. Rachel kämpfte gegen das Brennen in ihrer Brust an. Sie hatte Annies düstere Erzählungen verdrängt, genau wie Annie die Einzelheiten der Evakuierung verdrängt hatte. Manche Dinge waren zu schmerzvoll, wie Rachel nur zu gut wusste. An dem Tag, als Annie von Hirta weggegangen war, hatte sie ihre Heimat verloren und den Kontakt zu den Menschen, die ihr wichtig gewesen waren. Rachel hatte ihre Heimat verloren, als Josh gestorben war. Seitdem hatte sie das Gefühl, sich in ihrem eigenen Leben verlaufen zu haben. Ein Seufzer drang aus ihrer Kehle.

»Einen Penny für deine Gedanken«, hörte sie eine vertraute Stimme. Langsam drehte sie sich um und fing Ailics intensiven Blick auf. Er bückte sich, nahm einen Stein und ließ ihn über die Wellen hüpfen.

Sie runzelte die Stirn. »Es … ist St. Kilda. Irgendwie macht mir die Atmosphäre zu schaffen.«

Er erhob sich aus seiner kauernden Position. »Ich weiß, was du meinst. Es klingt albern, aber für mich ist diese Insel ein lebendiges Wesen.« Er unterbrach sich und rieb sich den Nacken. »Je länger ich hier bin, umso mehr fühle ich mich eins mit der Natur, mit den Bächen, den Schafen oder den Vögeln in den Klippen. Allmählich verstehe ich, dass die ehemaligen Bewohner nicht wegwollten. Wenn du der Insel vertraust, statt gegen sie zu kämpfen, ist sie der friedvollste Ort, an dem ich je gewesen bin. Und ich bin ein Stück herumgekommen in der Welt.« Er schüttelte den Kopf. »Erstaunlich, wie wenig man im Grunde braucht.«

Sie sah zu ihm auf. In seinen Augen lag ein verletzlicher Ausdruck, der sie tief im Inneren berührte. Es brauchte keine Worte, um zu spüren, dass zwischen Ailic und ihr etwas Besonderes war. Eine unsichtbare Verbindung. Ein gemeinsamer Puls, der im Herzen von St. Kilda, zwischen steilen Klippen und tosenden Winden, zu entspringen schien und im Gesang der Seevögel widerhallte. Erschrocken über ihre Gefühle, senkte sie den Blick.

Er trat neben sie, die Augen auf den Horizont gerichtet. Sie spürte, wie sich seine Finger um ihre schlossen.

Er atmete tief durch. »Was war vorhin los?«

Sie strich sich mit der freien Hand das Haar aus der Stirn. »Es war die Orange. Sie hat mich daran erinnert, wie Annies Schwester gestorben ist.« Sie biss sich auf die Lippe. »Sie war erst sechs Jahre alt.« Ohne den Blick von den schaukelnden Booten in der Bucht zu nehmen, berichtete sie ihm, was seinerzeit passiert war.

Sie beendete ihre Geschichte und wischte sich mit dem Ärmel über das Gesicht. »Dieses Gefühl, nirgendwo richtig zu Hause zu sein … Ich weiß nicht, woher es kommt, aber es fühlt sich an, als hätte ich mich verirrt.« Sie schüttelte traurig den Kopf. »Genau wie Yis Schwan.«

Ailic berührte sanft ihren Arm. »Vielleicht warst du nie näher an zu Hause als jetzt.«

»Vielleicht«, meinte sie vage.

»Du hast dich nicht verirrt. Du gehörst zu den Menschen, die viel über sich nachdenken, und das macht dich unglücklich.«

Unschlüssig blickte sie auf sein Profil, das sich scharf vom Licht der Sonne umgrenzt gegen den blauen Hintergrund abhob. Ailic war der widersprüchlichste Mensch, der ihr je begegnet war.

»Du solltest Annies Geschichte aufschreiben«, meinte Ailic unvermittelt.

»Wozu?« Rachel trank den letzten Schluck ihres mittlerweile kalten Tees. »Wer sollte sich dafür interessieren?«

»Tu es für Sam. Er wird eines Tages froh darüber sein.«

Sie legte den Kopf in den Nacken und blickte in den Himmel. »Vielleicht«, sagte sie nach einer Weile. »Vielleicht irgendwann.«

»Mach es hier«, schlug Ailic vor. »Die Geschichten geistern dir ohnehin durch den Kopf.«

Sie erwiderte nichts.

»Wenn du möchtest, kann ich dir ein Notizbuch geben. Ich habe eines dabei. Es ist noch unbenutzt.«

»Das wäre nett.«

»Was ist mit der Schatzsuche? Hast du schon angefangen?«

»Nein.« Ihre Kehle wurde eng, als sie daran dachte, wie bedeutsam es für Annie war, dass sich der Kreis zu Finlay schloss. Aber Ailics Abfuhr hatte sie entmutigt.

»Wolltest du nicht Greg fragen, ob er dir hilft?«

»Ich brauche niemanden. Ich komme zurecht«, erwiderte sie knapp und straffte die Schultern. War es das schlechte Gewissen, das aus Ailic sprach, oder war er wie Pete der Meinung, sie und Greg wären füreinander geschaffen?

»Dann ist es ja gut«, sagte er. Etwas an seinem Tonfall ließ sie aufhorchen. Sie versuchte, ihm ins Gesicht zu sehen, aber er hielt den Kopf gesenkt.

»Hier.« Er griff in die Bauchtasche seines Kapuzenshirts und zog etwas hervor. »Für dich. Wenn du möchtest.« Es war eine Karte der Insel. »Ich habe mir Gedanken gemacht, wo das Cleit liegen könnte.«

Sie hob fragend die Augenbrauen.

»Die Stellen sind mit roten Kreuzen markiert. Hier. Du kannst die Karte behalten.«

»Danke.«

Unentschlossen trat er von einem Bein auf das andere. »Okay, ich muss los. Ich habe Chloé versprochen, eine Porträtserie von ihr in der Kirche zu schießen.«

»Viel Erfolg.«

»Das Licht müsste jetzt ziemlich gut dort sein.« Er rieb sich den Nacken und grinste. »Wer weiß, wenn sie eines Tages keine Lust mehr hat, für die Europäische Kommission zu arbeiten, kann sie sich mit den Bildern ja bei der Schottischen Kirche bewerben.«

Als ob Chloé je auf die Idee kommen würde, sich Gott und der Kirche zu verschreiben, dachte Rachel. Sie konnte sie kaum etwas vorstellen, das weniger zu Chloé passte. Unwillkürlich musste sie grinsen. »Bis später. Und danke für die Karte.«

»Kein Problem.« Achselzuckend drehte er sich um und ging auf die Militärstraße zu, die vom Strand zum Dorf führte.

Kapitel 23

Cynthia!« Wenige Minuten nach dem Gespräch mit Ailic in der Bucht stand Rachel auf der Main Street und sah sich suchend um. Es verstand sich von selbst, dass sie das Dorf nicht verlassen konnte, ohne Bescheid zu sagen. Und Cynthia würde keine nervigen Fragen stellen. Wo steckte sie nur?

»Hier drüben!« Eine Gestalt in einer roten Regenjacke tauchte hinter einem der um das Dorf verstreut liegenden Cleits auf.

Mit raschen Schritten ging Rachel auf sie zu. Die zierlich gebaute Lehrerin hielt einen Spaten in der Hand. Sie war verschwitzt. Über ihre Wange zog sich ein Streifen Schmutz.

»Was um alles in der Welt tust du da?« Kopfschüttelnd blieb Rachel neben ihr stehen. »Wolltest du nicht mit Yi das Haus fertig streichen?«

»Damit sind wir fertig.«

»Verstehe. Aber trotzdem …« Mit gerunzelter Stirn blickte Rachel auf das eingestürzte Bachbett. »Wieso lässt du das nicht die Männer machen? Das ist doch viel zu schwer für dich.«

»Die haben alle Hände voll zu tun. Außerdem ist es ja nur dieses kleine Stück Böschung. Wenn ich es nicht freischaufle, fließt das Wasser beim nächsten Regenguss über die Wiese direkt auf das Museum zu.«

Cynthia war wirklich erstaunlich. Nach außen wirkte sie zerbrechlich, aber im Inneren schien sie über geheime Kräfte zu verfügen. Und über einen unerschütterlichen Glauben daran, dass alles gut würde.

»Ich bin auf dem Weg zum Gap«, erklärte Rachel und deutete den Hang hinauf. »Ich möchte mich ein wenig dort oben umschauen. Falls mich jemand sucht, du weißt Bescheid.«

»Trägst du es noch auf der Tafel ein?«

»Natürlich.« Rachel nickte. Seit der Sache mit Chloé verstand Pete keinen Spaß, wenn ein Mitglied des Teams ohne sein Wissen das Dorf verließ. »Ich bin gegen fünf zurück.«

»Okay. Wo stecken Ailic und Chloé?«

»Sie fotografieren in der Kirche.«

Bedeutungsvoll verdrehte Cynthia die Augen. »Mit anderen Worten: Chloé löchert Ailic mit tausend Fragen, die sie sich eigentlich selbst beantworten könnte.«

»Anscheinend machen sie Porträtaufnahmen. Chloé meinte, niemand könne ihre Persönlichkeit so gut mit der Kamera einfangen wie Ailic, oder so etwas in der Art ...«

»Ich kann nicht verstehen, weshalb ein ansonsten vernünftiger Mann wie Ailic Zeit mit einer Nervensäge wie Chloé verbringt.« Cynthia griff zu dem Spaten und beförderte mit Schwung eine Schaufel voll schwerer Erde zur Seite.

»Chloé himmelt Ailic an. Sie ist so etwas wie sein persönliches Groupie. Wenn sie in seiner Nähe ist, kann Ailic in Anerkennung praktisch baden«, erklärte Rachel gelassen und versuchte, sich nicht anmerken zu lassen, wie sehr es sie ärgerte, dass Ailic Chloés unverhohlene Bewunderung offensichtlich genoss.

»Bleib nicht zu lange weg!« Cynthia hob den Blick gen Himmel. »Pete meinte, das Wetter könnte umschlagen. Und pass auf die Raubmöwen auf. Yi sagt, sie sind gerade sehr angriffslustig wegen ihrer Küken.«

»Sie sind einfach nur gute Eltern«, sagte Rachel. »Keine Sorge, mir passiert nichts. Du bekommst pünktlich um sieben ein riesiges Stück Shepherd's Pie auf deinen Teller. Und einen Brownie zum Nachtisch.«

»Dann sehe ich besser zu, dass ich hier rechtzeitig fertig werde«, meinte Cynthia und stieg mit einem Stiefel in den gurgelnden Bach. »Bis später.«

Mit einer Fleecejacke und Wanderstiefeln an den Füßen ausgerüstet, durchschritt Rachel das Tor in der Mauer und machte sich an den Aufstieg. Nach wenigen Minuten hatte sie An Lag erreicht. Sie ließ den Blick über die Hänge des Oiseval zu ihrer Rechten und des Conachair zu ihrer Linken schweifen. In der Mitte, zwischen den beiden Bergen, lag die Kluft, The Gap genannt. Rachel wusste von historischen Aufnahmen, dass die Männer sich früher an Seilen von dort in die senkrecht ins Meer stürzenden Klippen hinuntergelassen hatten, um Eier aus den Nestern der Eissturmvögel zu holen. Später, in den Jahren vor der Evakuierung, hatten die Männer von Hirta sich ein wenig Geld mit Vorführungen für die Touristen verdient. Zu beobachten, wie sich die Vogelfänger nur durch ein Seil um die Hüfte gesichert in die Tiefe stürzten, hatte im viktorianischen Zeitalter zu den Hauptattraktionen für Schottlandreisende gezählt.

Sie blieb stehen und warf einen Blick auf die Karte, die Ailic ihr gegeben hatte. Es gab eine Reihe von Orten, die seiner Meinung nach infrage kamen. Eine der Markierungen befand sich auf dem Oiseval, vor der zum Meer hin steil abfallenden Felskante. Rachel schürzte die Lippen. Die Stelle dort mutete tatsächlich an wie das Ende der Welt. Allerdings hatte Pete ihnen strengstens untersagt, auf den Oiseval zu klettern. Die Geröllhalden waren instabil und somit gefährlich. Im letzten Sommer war ein Tagesausflügler dort gestürzt. Der MOD hatte einen Hubschrauber schicken müssen. Also entschied sich Rachel, vernünftig zu bleiben und ihr Glück auf dem Conachair, dem Brüllenden, zu versuchen. Sie musste schmunzeln über die bildhaften Namen, die ihre Vorfahren jedem Punkt auf der Insel gegeben hatten. Annie hatte ihr erzählt, dass der Conachair deswegen »der Brüllende« genannt wurde, weil die Fallwinde, die bei Schlechtwetter von seinen Hängen hinab auf das Dorf zurasten, sich anhörten, als würde der Berg vor Wut toben.

Mit finsterer Entschiedenheit faltete Rachel die Karte zusammen und steckte sie in ihre Tasche. Im Prinzip war es einfach. Sie musste von An Lag in gerader Linie hinauf zum Gap wandern. Von dort aus weiter bergan, entlang der zerklüfteten Küstenlinie, die etwa vierhundert Meter über dem donnernden Atlantik lag. Die Kuppe des Conachair zu verfehlen war unmöglich. Der Mast der Radarstation ragte wie ein Zeigefinger in den Himmel. Daneben verstreut lagen eine Reihe von Cleits, von Ailic auf dem Plan mit einem X markiert. Entschlossen spuckte Rachel in die Hände, wie sie es als Kind getan hatte, und marschierte los. Das federnde Heidekraut unter ihren Füßen machte ihr das Wandern leicht. An der Felskante des Gaps angekommen, blieb sie stehen.

Der Blick von hier oben war spektakulär. Flach wie Stahl lag der Atlantik zu ihren Füßen. Die Nachbarinsel Boreray, die Festung genannt, erhob sich wie von Geisterhand aus dem Meer, die Gipfel von hohen weißen Bannerwolken verhangen. Rechts davon, auf einer Seite geformt wie eine Bischofsmütze, auf der anderen wie eine Haifischflosse, mit weißem Guano überzogen, der Brandungspfeiler von Stac Lee, Heimat der größten Kolonie von Basstölpeln in ganz Großbritannien. Dahinter, kaum mehr als ein dunkler Schatten vor dem Horizont, Stac an Armin. Rachel blickte wie gebannt auf das aus den Wellen aufragende Gebirge, als erwartete sie, Boreray könnte plötzlich in einem Schleier aus Rauch und Nebel im Ozean verschwinden. Versunken, verloren, so wie das geheimnisvolle Atlantis einst vom Antlitz der Erde verschwunden war. Sie ließ sich auf die Knie sinken. Ihre Hände tasteten sich vorwärts auf die Grasbüschel am Rand der Klippe zu. Mit hämmerndem Herzen legte sie sich auf den Bauch und blickte senkrecht nach unten in die Tiefe.

Schäumend donnerten die Brecher gegen den zerklüfteten, dunklen Fels. Das Wasser leuchtete königsblau und türkis. Nebel aus Gischt spritzten auf, funkelnd in allen Farben des Regenbogens. Die Luft war wie elektrisch geladen. Unter ihr, in den Höhlen und Felsspalten, nisteten Tausende von Eissturmtauchern zwischen dem Sauerampfer und der Vogelmiere, ihr Kreischen eine Kakofonie schriller Schreie. Mit kräftigem Flügelschlag stießen sie sich von den Klippen ab, zogen ihre Kreise über dem offenen Meer und kehrten mit an ein Wunder grenzender Präzision an ihren angestammten Platz in den eng besetzten Felsnischen zurück. Rachel schloss die Augen, dann streckte sie die Arme zur Seite und hob den Oberkörper so weit wie möglich vom Boden ab. Im Geiste flog sie mit den Eissturmvögeln auf das offene Meer hinaus. Sie spürte den Wind in ihren Haaren, sah sich über den Gischtnebeln zwischen den Klippen dahingleiten, atmete kristallklare, salzige Luft. Sie legte den Kopf in den Nacken und existierte nur für diesen einen Moment, in dem sie sich so unendlich frei fühlte. Frei und unzerstörbar.

Ein Schatten schob sich vor die Sonne und verdunkelte das Feuerwerk aus Orange-, Rot- und Lilatönen, das sich vor der Leinwand ihrer geschlossenen Lider entfacht hatte. Sie öffnete die Augen und setzte sich auf die Knie. Von Westen her segelte eine dunkle Wolkenwand auf Boreray zu. Der Wind frischte auf.

Eilig sprang sie auf die Füße. Mit einem Schlag war die Temperatur in den Keller gestürzt, aber durch rasches Bergaufgehen würde ihr garantiert warm. Sie ließ den Rand der Klippen rechts von sich liegen und arbeitete sich im Zickzackkurs den Hang hinauf. Der Urzeitdrache war aus dem Schlaf erwacht. Er schien missgelaunt. So sanft die Insel eben noch gewesen war, so feindlich schien sie nun. Auf dem steilen Hang war der Untergrund feucht und rutschig, sodass ihre Füße immer wieder ausglitten. Scharfkantige Felsen ragten aus dem Gras. Besorgt betrachtete sie den Himmel. Immer schneller schob sich das Unwetter auf Hirta zu. Rachels Magen wurde flau. Unschlüssig warf sie einen Blick zurück. Unter ihr lag der schmale Klippenpfad. Der Wind wehte so heftig, dass das Gras platt zu Boden gedrückt wurde. Die Eissturmvögel hatten sich in die Felsnischen geflüchtet. Rachels Knie zitterten. Wenn sie jetzt umkehrte, riskierte sie, von einer Bö über die Klippen geweht zu werden. Landeinwärts über den Hang zurückzukehren, war ebenfalls keine Option, denn dann würde sie im offenen Gelände von Hagel und Blitzen erwischt. Unschlüssig betrachtete sie den vor ihr liegenden Gipfel. Die Cleits auf dem Conachair lagen einige Höhenmeter entfernt, und der Anstieg über das rutschige Gras machte ihr Angst. Dennoch schien es das einzig Sinnvolle.

Entschlossen lehnte sie den Oberkörper gegen den Wind, die Augen auf den Boden vor ihren Füßen geheftet. Die Erdspalten waren tückisch. Sie durfte nicht riskieren zu stürzen. So konzentriert starrte sie auf die Sauergrasbüschel zu ihren Füßen, dass sie den Schatten, der lautlos auf sie zugeschossen kam, viel zu spät bemerkte. Ein Skua, eine der Raubmöwen, vor denen Cynthia sie gewarnt hatte … schwisch-schwusch … Das Rauschen der Flügel klang unheimlich. Es war dicht neben ihrem Ohr. Instinktiv zog sie den Kopf ein, um nicht von den Schwingen getroffen zu werden, und verharrte regungslos. Als alles still war, hob sie vorsichtig den Blick. Der Schatten war verschwunden, aber dennoch musste sich das Vogeljunge in unmittelbarer Nähe befinden. Yi hatte berichtet, dass Raubmöwen – Bonxies, wie Yi sie nannte – Bodenbrüter waren. Sie hatten nur ein Junges pro Jahr, welches sie bis aufs Blut verteidigten. Dabei schossen sie wie Lenkraketen auf die höchste Stelle zu, die sie bei ihrem Feind ausmachen konnten. Rachel hätte sich vor Ärger in den Hintern treten können. Yi hatte ihnen eingeschärft, auf Wanderungen einen Stock mitzunehmen, den sie in die Luft halten konnten, um die Bonxies abzulenken. Verflixt, weshalb hatte sie nicht daran gedacht?

Etwas bewegte sich im Gras. Vor Schreck vergaß Rachel beinahe, Luft zu holen. Etwa drei Meter entfernt, halb vom Wollgras verborgen, hockte ein fedriges weißes Bündel – das Küken. Ihr Herz machte ein paar unregelmäßige Schläge. Jetzt blieb ihr nur ein Ausweg, nämlich einen Bogen um das Junge zu machen. Entschlossen wendete sie in Richtung Tal. Just in diesem Moment hörte sie das unheilvolles Schwisch-Schwusch erneut. Flügelrauschend schoss die Raubmöwe auf sie herab. Diesmal konnte sie sich nicht rechtzeitig ducken. Die Krallen des Skua erwischten sie am Haaransatz. Ein brennender Schmerz schoss durch ihre Stirn. Sie hob die Hand und tastete Blut. Das war der Moment, als der zweite Elternteil auf sie herabgestürzt kam.

Rachel stieß einen spitzen Schrei aus, als sie das Gleichgewicht verlor. Wie ein Stein fiel sie zu Boden, überschlug sich und rutschte ein schier endloses Stück den Hang hinunter, bis ihr Fall abrupt von einem Felsbrocken gestoppt wurde. Keuchend setzte sie sich auf und befühlte ihren Kopf. Ihr Herz raste wie verrückt, aber weh tat ihr nichts. Anscheinend hatte sie Glück gehabt, doch es brauchte eine ganze Weile, um den Schock zu verwinden. Mit zittrigen Händen klopfte sie sich den Schmutz von der Hose und erhob sich. Sofort wurde ihr schwindlig. Ihre Knie fühlten sich an wie aus Gummi. Der Berg um sie herum begann sich zu drehen. Sie wusste nicht, wo oben und unten war. Erschüttert ließ sie sich zurück ins Gras fallen, während heiße Tränen über ihre Wangen liefen. Noch nie in ihrem Leben hatte sie eine solche Ohnmacht über ihren Körper verspürt.

Sie barg den Kopf in ihren Händen und schluchzte hemmungslos. Schließlich, als sie schon jegliches Zeitgefühl verloren hatte, versiegten die Tränen. Blinzelnd blickte sie auf und erschrak erneut. Alles um sie herum war verändert. Die Sicht war verschwunden und mit ihr sämtliche Geräusche. Sie war gefangen in einer lautlosen Welt. Der Nebel war so dicht, dass sie buchstäblich keine Hand vor Augen sehen konnte. Rachel fröstelte. Die Luft war klamm wie in einer Waschküche, aber eisig kalt. Ohne Vorwarnung setzte der Regen ein. Der Berg begann zu brüllen und zu toben. Binnen Sekunden war Rachel bis auf die Knochen durchnässt. Sie schlotterte am ganzen Leib. Zusammengerollt wie ein Embryo lag sie in der Mulde vor dem Fels, der ihren Fall gebremst hatte. Sie wollte schreien, aber ihr Atem ging so flach, dass sie nur ein Röcheln zustande brachte. Sie dachte an die Rettungspfeife, die sich im Innenfutter ihrer Jacke befand. Sie wusste, dass sie den Reißverschluss öffnen und die Pfeife herausholen musste, damit die anderen sie hörten. Unter Aufbietung all ihrer Willenskraft versuchte sie, den Arm zu heben, aber es ging nicht. Wozu auch? Was spielte es für eine Rolle, ob sie es jetzt tat oder später? Bei dem Wind würde sie ohnehin keiner hören. Eine seltsame Gleichgültigkeit senkte sich über sie. Ihre Lider wurden schwer wie Blei. Immer wieder fielen ihr die Augen zu, sie war entsetzlich müde. Schließlich gab sie es auf, dagegen anzukämpfen. Was spielte es schon für eine Rolle, ob sie wach blieb oder ein bisschen döste? In Gedanken sah sie sich wieder mit den Vögeln über den Ozean gleiten. Alles war so friedvoll. Voll Sehnsucht nach diesem wunderbaren Ort schloss sie die Augen und ließ sich treiben.

Kapitel 24

Rachel erwachte von einem Geräusch. Es klang, als riefe jemand ihren Namen. Benommen blinzelte sie in das Grau. Die Umrisse einer Gestalt lösten sich aus dem Dunst. Die ausladenden Schritte erinnerten sie vage an jemanden, den sie kannte, aber ihr fiel nicht ein, wer es war. Außerdem war sie zu müde, um darüber nachzudenken. Sie schloss die Augen.

»Rachel, verdammt noch mal, schau mich an.«

Schläfrig blinzelte sie. Ein Mann kniete neben ihr und klopfte gegen ihre Wange, so fest, dass es wehtat. *Ailic,* ging es ihr durch den Kopf. Ailic war hier. Alles war gut. Sie ließ sich fallen.

»Rachel! Du darfst nicht schlafen, hörst du?« Er rüttelte an ihrer Schulter. Seine Stimme klang verärgert, als hätte sie etwas Dummes getan. Aber was? Sie hatte keine Ahnung. Warum ging er nicht einfach und ließ sie schlafen? Sie hatte keine Kraft, sich mit ihm auseinanderzusetzen. Dennoch musste sie ihm zu verstehen geben, dass er sie in Ruhe lassen sollte. Schwerfällig glitt ihre Zunge um das Wort in ihrem Kopf herum. Es klebte an ihren Lippen und wollte sich nicht lösen.

»…üde …«

Endlich war es heraus. Sie schloss die Augen. Ihr Bewusstsein löste sich von ihrem Körper, den sie immer weniger zu bewohnen schien. Sie trieb unter der Oberfläche eines schimmernden Sees. Mit jedem Schlag ihres Herzens sank sie tiefer. Und je tiefer sie sank, umso sanfter und zauberhafter wurde die Welt um sie herum. In einiger Entfernung nahm sie ein Leuchten wahr, das wie ein Spiralnebel rotierte. Sie war gebannt von der Schönheit des Lichts. Es zog sie in seine Richtung, nach Hause, zurück zum Ursprung. Alles schien einfach, alles ganz selbstverständlich. Ihre Seele sehnte sich danach zurückzukehren. Ein überwältigendes Glücksgefühl breitete sich in ihr aus. Nicht mehr lange, und sie wäre frei.

Ein brennender Schmerz zuckte über ihre Wange. Der Frieden um sie herum zersplitterte wie Glas. Rachel spürte, wie sie von einer Hand gepackt und vom Boden des Sees zurück an die Oberfläche geschleudert wurde. Ailics Stimme schnitt in ihr Bewusstsein. Ein Schreck durchfuhr sie. Sam. Sie musste zurück zu ihm. Er brauchte sie. Wie hatte sie das nur vergessen können? Sie gehörte nicht in die friedliche Welt unter der Oberfläche des Sees. Noch nicht. Ruckartig schlug sie die Augen auf und blickte in Ailics Gesicht.

»Ich weiß, dass du müde bist.« Seine Stimme klang drängend. »Aber hier kannst du nicht schlafen. Rachel, rede mit mir, hörst du?«

Wieso wollte er unbedingt, dass sie sich unterhielten? Ihre Kehle kratzte, ihr Gaumen war so geschwollen, dass sie die Zunge nicht bewegen konnte, und vor Kopfschmerzen war ihr schwindlig.

Er schob eine Hand unter ihren Rücken, sodass sie gezwungen wurde, aufrecht zu sitzen. »Bleib wach, verdammt«, herrschte er sie an.

Sie versuchte zu begreifen, was er von ihr wollte, aber sie kam einfach nicht darauf. Ihre Gedanken flossen zäh wie Honig.

»W'slos …?«, brachte sie hervor, dann ließ sie erschöpft das Kinn sinken. Wenn er sie nur nicht ständig schütteln würde, ausgerechnet dann, wenn sie so schön wegdöste. Allmählich ging er ihr damit gewaltig auf den Geist. Durch die Trägheit hindurch spürte sie Wut in sich aufsteigen. Wut auf Ailic und Wut darüber, dass er sie daran hinderte, in den Traum zurückzufinden und mit den Eissturmtauchern über die Klippen zu fliegen. Ailic verdarb alles.

»Sieh mich an.« Er drehte ihren Kopf, sodass sie gezwungen war, ihm in die Augen zu sehen.

Grün, mit einem Schimmer Blau, dachte sie. Oder blau mit grünen Sprenkeln. Egal, wen interessierte es?

»Steh auf«, blaffte Ailic sie an. »Es ist verboten, im Freien zu schlafen. Du kriegst mächtig Ärger mit dem Warden, wenn er dich erwischt.«

Ach, so war das … Weshalb hatte er das nicht gleich gesagt? Ehe sie wusste, wie ihr geschah, hob er sie hoch und warf sie sich über die Schulter, als wäre sie ein Baby. Es fühlte sich schön an, von ihm getragen zu werden. So warm und schaukelig. Sie ließ den Kopf gegen seinen Rücken sinken und nickte ein.

* * *

Helles Licht blendete sie und verursachte stechende Schmerzen in ihrem Kopf. Sie wollte die Hand heben, um ihre Augen abzuschirmen, aber es ging nicht. Der Arm ließ sich nicht bewegen. Ihre Beine und ihre Füße auch nicht. Panische Angst befiel sie. War sie gelähmt? Sam … Bei dem Gedanken an ihn bekam sie Herzrasen. Was würde aus ihm werden? Wer sollte sich um ihn kümmern? Wovon sollten sie leben, wenn sie im Rollstuhl säße? Es durfte einfach nicht sein … Mit äußerster Willenskraft versuchte sie, die Muskulatur der Oberschenkel anzuspannen. Es fühlte sich anders an als normal, aber es funktionierte. Gott sei Dank. Ihre Zehen allerdings waren noch immer taub. Vorsichtig drückte sie die Fußspitzen weg vom Körper und ließ die

Knöchel kreisen. Allmählich kehrte das Gefühl zurück. Ihre Füße begannen zu prickeln, als liefen Ameisen über ihre Haut, und dann so stark zu brennen, dass sie es kaum aushielt.

»Keine Angst«, hörte sie eine Stimme hinter sich sagen.

Erleichtert atmete sie auf. Sie war nicht alleine. Ailic war da. Alles war gut. In seiner Nähe war sie sicher, sein Körper verströmte Geborgenheit. Er hielt sie fest an sich gedrückt. An der Stelle, wo sich ihr Rücken und seine Brust berührten, hatte sich Schweiß gebildet. Mit blendender Klarheit kehrte das Gefühl für ihren eigenen Körper zurück. Plötzlich beschlich sie ein Verdacht. Reflexartig bewegte sie die Schultern und spürte, wie die Träger ihres BHs in das Fleisch schnitten. Wie es schien, hatte sie nur BH und Höschen an. Entsetzt hob sie den Kopf und bemerkte die silberne Folie, in die sie beide gehüllt waren. Wie Fische, die man zum Grillen eingewickelt hatte.

»Krieg jetzt keine falsche Vorstellung«, verteidigte Ailic sich, als er ihre Verwunderung bemerkte. »Es ist nicht meine Art, Frauen bis auf die Unterwäsche auszuziehen. Aber du warst bewusstlos. Und du musstest so schnell wie möglich aus den nassen Klamotten raus.«

Sie wollte antworten, brachte aber nur ein Krächzen zustande. Ihr Blick glitt über die vom Lichtkegel der Taschenlampe beleuchteten steinernen Wände, während sie versuchte, Ailics Worte in einen sinnvollen Zusammenhang zu bringen. Sie befanden sich in einem Cleit, wie Rachel bemerkte. Der Boden bestand aus gestampfter Erde. Durch die Ritzen in der sich bienenkorbförmig nach oben hin verjüngenden Decke schimmerte Licht. Es roch nach Schafskot und Moder.

»Du warst unterkühlt. Es hätte gefährlich werden können. Also habe ich uns in die Rettungsdecke gewickelt.«

»Unterkühlt …?« Sie runzelte die Stirn. Unterkühlt war ein anderes Wort für erfrieren. Und erfrieren ein anderes Wort für sterben. Ihr Herz machte ein paar hastige Schläge. Das ganze Ausmaß des Dramas holte sie mit einem Schlag ein. Auf ihrer Stirn brach Schweiß aus. Sie hätte sterben können, wenn Ailic sie nicht gefunden hätte. Dann wäre Sam ganz alleine auf der Welt gewesen. Der Gedanke war so entsetzlich, dass ihr schwarz vor Augen wurde.

»Jetzt ist alles gut. Die Gefahr ist vorbei«, beruhigte Ailic sie.

Sie nickte, obwohl sie Mühe hatte, ihm gedanklich zu folgen. Anscheinend hatte sie Glück gehabt. Sie war gestürzt, daran konnte sie sich erinnern, aber an mehr nicht. Sie leckte sich über die Lippen. Sie fühlten sich wund und rissig an. Das Drücken, das sie schon die ganze Zeit unter den Achseln spürte, wuchs zu einem unerträglichen Brennen heran. Sie rollte die Schultern, um sich Erleichterung zu verschaffen.

»Nicht bewegen«, mahnte Ailic, sein Atem strich warm über ihren Nacken. »Das sind Wärmekissen. Du wirst es noch ein wenig aushalten müssen.«

Ihr Blick tastete über die aus unregelmäßigen, grob behauenen Steinen geformten Wände. »Wieso sind wir hier drin?«

Ailic lockerte die Decke und stützte sich auf den Ellbogen, sodass sie sein Gesicht sehen konnte. Seine Züge wirkten schärfer als sonst, sein Teint grau, aber möglicherweise lag das an dem Licht der Taschenlampe. »Männlicher Steinzeitinstinkt. Ich habe dich in meine Höhle verschleppt. Oder genauer gesagt, in mein Cleit.« Er grinste zum Zeichen, dass er einen Scherz machte.

»Oh …«

»Leider in das falsche.«

»Wieso?« Sie verstand nicht, was er meinte.

»Der Schatz deiner Granny ist nicht hier. Als du bewusstlos warst, habe ich mit der Lampe die Wände abgeleuchtet.«

»Schade.« Sie versuchte ein Lächeln. »Du hättest ein anderes nehmen sollen.«

»Das habe ich versucht.« Er zuckte die Schultern. »Das erste, in das ich dich gebracht habe, hatte ein Loch im Dach, und im zweiten lag ein totes Schaf.«

»Reizend von dir«, meinte sie und versuchte zu zwinkern, aber die Wunde an ihrem Haaransatz schmerzte. Sie rieb sich die Stirn. »Autsch.«

»Lass sehen.« Er schob ihr Haar beiseite. »Sieht nicht aus, als müsste es genäht werden. Wir kümmern uns später darum. Ich habe Desinfektionsmittel und Pflaster in meinem Rucksack.«

»Okay.« Sie versuchte, sich zu entspannen. Ailic hatte die Situation im Griff. Plötzlich kam ihr ein Gedanke. »Woher wusstest du, wo ich bin? Und wie hast du es geschafft, alleine hier heraufzufinden?«

»Ich hatte Lust auf einen Spaziergang. Das war noch vor dem Unwetter. Auf der Tafel las ich, dass du zum Gap wolltest, also dachte ich, ich könnte ein paar Fotos von dir in den Klippen für den Bildband schießen. Und was deine zweite Frage betrifft …« Ailic verzog das Gesicht, der Muskel an seinem Kinn spannte sich an. »Ich weiß es selbst nicht so genau. Der erste Teil des Weges war leicht. Von der Küche aus gerade den Hang hinauf. Und danach … Als der Nebel aufzog, bin ich einfach meinem Instinkt gefolgt.«

Bei der Erinnerung an das Unwetter überfiel Rachel sofort das schlechte Gewissen. Sie hatte sich und die anderen leichtfertig in Gefahr gebracht. »Sucht Pete nach uns?«

»Das weiß ich nicht. Aber Sorgen machen sie sich sicher.«

»Es tut mir leid. Es ist alles meine Schuld.«

»Niemand kann etwas für den Wettereinbruch.«

»Wenn ich nicht so versessen darauf gewesen wäre, Annies Schatz zu finden, wäre nichts passiert.«

Einen unangenehm langen Moment sagte Ailic nichts.

»Die Schuld liegt bei mir«, sagte Ailic schließlich. »Ich habe dich bei der Suche im Stich gelassen.«

»Du warst beschäftigt.«

»Es … war eine Ausrede«, sagte er zögernd. Rachel spürte seine Anspannung. Er räusperte sich. »Es ist nur so … ach, verdammt …«

Er ließ den Satz unvollendet in der Luft hängen. Rachels Magen zog sich zusammen. Sie wusste, was Ailic sagen wollte. Er brauchte es nicht auszusprechen, es war offensichtlich. Er wollte lieber Zeit mit Chloé verbringen als mit ihr. Wenn sie gemeint hatte, eine Verbindung zwischen ihnen zu spüren, so hatte sie sich getäuscht. Sie drängte die Enttäuschung zurück und gab sich einen Ruck. Vermutlich war es besser so.

»Der Regen hört gleich auf.« Ailic deutete auf den fahlen Lichtschimmer draußen vor dem Eingang. »Deine Kleidung ist tropfnass. Du kannst sie unmöglich anziehen. Ich gehe zurück und hole trockene Sachen für dich.«

»Nein!«, erwiderte sie hastig. Der Gedanke, alleine in dem Cleit zurückzubleiben, war entsetzlich, obwohl nüchtern betrachtet nichts dabei war.

»Keine Panik«, erklärte Ailic, sein Blick ruhte auf ihr. »Ich beeile mich. Hier drinnen ist es geschützt. In einer Stunde bin ich zurück.«

»Auf keinen Fall. Ich bleibe nicht alleine hier.«

Ailic sagte nichts, aber seine Miene verriet, dass sich seine Gedanken überschlugen. Schließlich seufzte er. »Na schön. Du hast einen Schock erlitten. Vermutlich ist es besser, wenn du mit mir kommst. Ich gebe dir meinen Pullover und die Hose. Mir genügen Jacke und Regenhose.«

Sie versuchte zu protestieren, aber Ailic schnitt ihr das Wort ab. »Entweder das, oder ich gehe alleine«, erklärte er in einem

Ton, der keinen Widerspruch zuließ. »Ich habe Schnur dabei. Die kannst du für die Hose nehmen, damit sie nicht rutscht«, fügte er etwas milder hinzu.

»Meinetwegen.« Sie schlug die Folie zurück und setzte sich auf. Das Haar fiel auf ihre nackten Schultern. Auf einmal war es empfindlich kühl.

»Beeilen wir uns.« Ailic reichte ihr sein Sweatshirt. »Du darfst nicht wieder auskühlen.«

Schweigend starrte sie seinen nackten, gut gebauten Oberkörper an.

»Was ist?«, fragte er ungeduldig. »Hast du ein Problem damit, meine Sachen anzuziehen?«

»Nein«, sagte sie und spürte ein Flattern in ihrer Magengegend. Sie verstand selbst nicht, was mit ihr los war.

»Soll ich mich umdrehen?«

»Nicht nötig.« Fast alles, was es an ihrem Körper zu entdecken gab, hatte Ailic bereits gesehen. »Gib her.« Sie nahm sein Shirt und streifte es sich über. Dann schlüpfte sie in die Cargohose, die er als Kopfkissen für sie beide zusammengerollt hatte.

Ailic erhob sich und zwinkerte ihr zu. »Ich hoffe, du erträgst den Anblick meiner nackten, behaarten Beine.«

»Klingt herausfordernd.«

Schweigend griff er nach seiner Regenjacke, die er in der Nähe der Türöffnung aufgehängt hatte, sodass sie im Wind abtrocknen konnte. Rachel blickte auf seinen nur mit Boxershorts bekleideten Körper. Sie war froh, dass er die Hitze in ihrem Gesicht nicht sehen konnte. Obwohl im Grunde nichts dabei war, fühlte es sich verstörend intim an, seinen Pullover mit dem vertrauten Geruch auf ihrer bloßen Haut zu spüren. Sie versuchte, sich nichts dabei zu denken. Mit pochendem Herzen und einem Kribbeln im Bauch streifte sie seine Hosen über und krempelte die Beine hoch. Danach schlüpfte sie in ihre Wanderschuhe und band sie zu. Sie erhob sich und schielte zu Ailic hinüber.

Er schien weniger Probleme zu haben, mit der Situation zurechtzukommen. Mit geübtem Schwung schlug er die Decke aus und rollte sie zusammen. Dann nahm er eine Schnur aus seinem Rucksack und reichte sie ihr.

Sie schob das Sweatshirt hoch und schlang die Schnur als Gürtel um die Hose. »Wie sehe ich aus?«

»Hat was …« Grinsend strubbelte er sich durch das Haar. »Auf eine subtile Art sexy. Du solltest dir einen Freund suchen und seine Sachen tragen.«

Vergeblich bemühte sie sich um eine schlagfertige Antwort.

»Bist du so weit?« Ailic schulterte seinen Rucksack. Er bückte sich und schob seinen langen Körper durch die Türöffnung. Sie folgte ihm und versuchte, beim Abstieg dicht hinter ihm zu bleiben und seinen Fußspuren zu folgen. Nachdem sie schweigend einige Minuten hintereinander hergegangen waren, erblickten sie die anderen Mitglieder der Gruppe, die winkend und laut rufend vom Gap aus auf sie zukamen. Erneut regte sich Rachels schlechtes Gewissen. Ailic, dem ihr Zögern nicht entgangen war, legte ihr beruhigend eine Hand auf die Schulter.

Wenige Minuten später standen sie umringt von dem Team zusammen. Rachel war froh, dass Ailic das Reden übernahm. Sie fühlte sich sehr unwohl, weil Cynthia und Yi sie unablässig besorgt musterten, während die Männer Ailic mit Fragen bedrängten. Nur Chloé stand etwas abseits und sagte nichts.

»Was stehen wir hier herum«, meinte Pete schließlich. Er schien erleichtert, aber nicht verärgert. »Rachel, du gehst sofort unter die Dusche. Ich schicke dir Cynthia mit frischen Sachen zum Anziehen. Lass dir Zeit, aber pass auf, dass das Wasser nicht zu heiß wird. Das verträgt dein Körper noch nicht.«

Nachdenklich blickte Rachel in die Bucht hinunter. Die Main Street lag verlassen im Schein der Nachmittagssonne. Die Häuser warfen lange Schatten. Die Boote hatten längst abgelegt, eine sanfte Zufriedenheit umgab das Dorf. Eines der Schafe war auf das Dach des alten Blackhouse neben der Küche geklettert und rupfte gemächlich an den Grashalmen. Aus dem Kamin der Küche stieg Rauch und erinnerte Rachel daran, dass sie längst am Herd stehen und das Essen vorbereiten sollte. Mit entschlossener Miene wandte sie sich an Pete. »Ich verzichte auf die Dusche. Ich möchte nicht, dass meinetwegen alle mit leeren Mägen herumsitzen.«

»Das wird nicht passieren«, sagte Ailic ruhig. Sie wandte sich zu ihm um und sah in seine Augen. Für einen Moment meinte sie, darin einen Ausdruck zu lesen, den sie zuvor nicht wahrgenommen hatte, aber im nächsten Augenblick war er wieder verschwunden. Sicher hatte sie sich das Ganze nur eingebildet. Ailic legte ihr die Hand auf die Schulter. »Geh ruhig. Cynthia und ich kümmern uns heute um das Essen.«

In den Waschräumen roch es nach Orangenseife, Desinfektionsmittel und frisch gewaschenen Handtüchern. Durch das geöffnete Fenster drang Salzluft herein. Rachel setzte sich auf einen der Schemel vor den Duschkabinen und zog die Schuhe aus. Als sie sich aufrichtete und den Rücken streckte, fiel ihr Blick auf ihr Ebenbild im Spiegel über den Waschbecken. Schockiert über ihren Anblick hielt sie inne. Ihre Haut war bleich, unter ihren Augen lagen tiefe Schatten. Auf der Wunde an ihrer Stirn hatte sich eine Kruste gebildet, über ihre Wange zog sich ein dunkler Streifen von getrocknetem Blut. Ihr langes braunes Haar war verknotet. Jetzt verstand sie, weshalb Cynthia und Yi sie so besorgt gemustert hatten. Langsam ließ sie die Hände sinken. Ihre Finger zitterten. Nun, da die Gefahr vorbei war, kam der Schock. Sie war kurz davor, in Tränen auszubrechen. Bevor es dazu kam, betrat sie rasch den winzigen Raum vor der Dusche und verriegelte die Tür hinter sich. Sie zog sich aus und hängte Ailics Sachen sorgfältig an den Haken an der Tür. Nachdenklich strich sie über den Ärmel seines Pullovers. Am liebsten hätte sie ihre Wange in dem Stoff vergraben, der so tröstend nach Ailic roch. In diesem Moment hörte sie Schritte. Reflexartig löste Rachel die Hand vom Pullover.

»Rachel?« Es war Cynthia.

»Ich bin hier!« Sie schob den Riegel zurück und steckte den Kopf durch die Tür.

»Du meine Güte, Rachel, was machst du nur? Ich bin richtig erschrocken, als du so blass und zitternd vor uns standest.« Kopfschüttelnd reichte Cynthia ihr ein Bündel Kleider, Duschgel und ein Handtuch. »Was ist mit deinem Kopf passiert? Die Wunde muss versorgt werden. Vielleicht solltest du beim Militärarzt vorbeischauen?«

»Nein, so schlimm ist es nicht«, wehrte Rachel ab. Die Kleider wie einen Schutzschild gegen ihre Brust gepresst, warf sie Cynthia ein zerknirschtes Lächeln zu. »Es tut mir leid, wirklich. Ich wollte nicht, dass du dir um mich Sorgen machst.«

Cynthia zog eine Augenbraue hoch. Ihre Miene nahm einen merkwürdigen Ausdruck an. »Sag das besser mal Ailic. Er war derjenige, der sich verrückt gemacht hat, lange bevor das Unwetter aufkam.«

»Ailic?«, echote Rachel.

»Wer sonst? Du hättest sein Gesicht sehen sollen, als er hörte, dass du alleine in den Klippen unterwegs bist. Ich habe ihn noch nie derart aufgewühlt erlebt. Er meinte, alleine zum Gap zu gehen sei extrem leichtsinnig.«

Rachel stand mit offenem Mund da. Ailic hatte während des ganzen Dramas so beherrscht und kontrolliert gewirkt. Dass er ihretwegen außer sich gewesen war, hatte sie nicht vermutet.

»Du musst es doch gemerkt haben …« Cynthia runzelte die Stirn.

»Gemerkt? Was bitte schön?«

Einen Moment starrte Cynthia Rachel schweigend an. »Ailic liegt sehr viel an dir.«

»Du irrst. Es ging nicht um mich«, widersprach Rachel. »Ailic wollte auf den Gap, um Fotos zu machen.«

»Ach ja?« Cynthia stemmte bedeutungsvoll die Hände in die Hüften. »Wie soll das funktionieren, wenn er keine Kamera mitnimmt?«

Rachel wusste nicht gleich etwas zu erwidern. Nachdenklich hielt sie den Blick auf die Aufschrift von Cynthias Duschgel geheftet. *Zitrone mit Sesamöl. Frei von Mikroplastik.* Seltsam. Hatte Ailic ihr nicht erzählt, dass er ihr wegen Aufnahmen für den Bildband gefolgt war? Oder hatte sie das falsch verstanden? Irritiert sah sie zu Cynthia hinüber. »Ailic interessiert sich nicht für mich. Jedenfalls nicht auf *diese* besondere Art und Weise. Wir verstehen uns gut, das ist alles. Wie kommst du darauf, dass da mehr sein könnte?«

Cynthia verschränkte die Arme vor der Brust. Rachel bemerkte ein belustigtes Funkeln in ihren Augen, aber vielleicht kam das auch von der flackernden Neonröhre. Seufzend schüttelte Cynthia den Kopf. »Es ist die Art, wie er dich ansieht, wenn er glaubt, dass niemand es bemerkt.«

Das musste Rachel erst einmal sacken lassen. Noch immer wehrte sich ihr Verstand zu glauben, was Cynthia da sagte. Sie strich sich das zerzauste Haar zurück.

»Er mag dich wirklich, er will es sich bloß nicht eingestehen«, bekräftigte Cynthia achselzuckend. »Ich glaube, Ailic gehört zu den Menschen, die Angst vor Nähe haben. Deshalb verbringt er so viel Zeit mit Yi und Chloé.«

Eine verquere Logik, dachte Rachel, aber dann fielen ihr all die schlimmen Dinge wieder ein, die Ailic ihr über seine Kindheit erzählt hatte. Er verfügte – genau wie sie – über ausgezeichnete Selbstschutzmechanismen. Und genau deshalb konnte all das, was möglicherweise zwischen ihnen war oder auch nicht, nie funktionieren.

»Tja …«, meinte Cynthia in das Schweigen hinein. »Es geht mich nichts an, aber ihr beide solltet anfangen, ehrlich zueinander zu sein und zu euch selbst. Das war's. Mehr sage ich nicht. Und jetzt lasse ich dich alleine, damit du unter die Dusche kommst. Du hast Gänsehaut auf den Unterarmen.«

Rachel stand wie erstarrt da.

»Ich muss los!« Cynthia lächelte ihr zum Abschied zu. »Und mach dir keine Gedanken um das Abendessen. Ich kümmere mich um alles.«

Die Tür zu den Waschräumen fiel ins Schloss. Rachel war alleine. Die Stille des Nachmittags füllte den Raum, durchbrochen vom leisen Sirren der Neonröhre. Durch das geöffnete Fenster wehte ein kühler Luftzug und erinnerte Rachel daran, dass sie eigentlich schon längst unter dem warmen Wasserstrahl stehen sollte. Sie verriegelte die Duschkabine, streifte Ailics Hosen ab und hängte sie an den Haken zu seinem Pullover. Ein dezenter Hauch seines Aftershaves stieg ihr in die Nase. Sie zwang sich, die Gedanken an Ailic beiseitezuschieben, und stieg in die Duschwanne. Als sie den Duschhahn aufdrehte, floss herrlich warmes Wasser heraus. Sie spürte, wie sich die Anspannung in ihrem Körper löste. Ihre Gedanken wanderten zu Sam, der sehnsüchtig darauf wartete, dass sie gesund und munter nach Hause käme. Sam war es, der ihre gesamte Aufmerksamkeit brauchte. Entschlossen kämpfte sie ihre Gefühle für Ailic nieder. In ihrem Leben gab es keinen Platz für Romanzen.

Kapitel 25

Stunden nach dem Unfall steckte der Schock Rachel noch immer in den Knochen. Sie war früh zu Bett gegangen, doch mitten in der Nacht schreckte sie aus einem Albtraum hoch. Die Bilder waren so verstörend, dass sie keinen Schlaf mehr fand. Frustriert starrte sie in die Finsternis und lauschte den gleichmäßigen Atemgeräuschen ihrer Zimmerkameradinnen. Schließlich hatte sie es satt. Sie schlug die Decke zurück und wühlte im Dunkeln nach ihren Anziehsachen. Ihr Hals war trocken und kratzte, außerdem brauchte sie dringend eine Tablette gegen die Kopfschmerzen, die sie seit dem Sturz quälten. Leise trat sie aus dem Haus und zog die Tür hinter sich zu. Die Luft war mild, es roch nach Meer und Weite. Ihr Blick schweifte über die Mauern der Häuser, welche silbern in der mondhellen Nacht schimmerten. Wie ein Flüstern drang das Rauschen der Wellen aus der Bucht an ihr Ohr. Rachel hielt inne und lauschte. Die Stille war voller Geräusche. Auf der Wiese neben dem Pfarrhaus blökte ein Lamm. Das schnarrende Hu-Hu, mit dem die Schnepfen ihre Flügelspitzen aneinanderrieben, hallte gespenstisch über den alten Friedhof, untermalt von ihrem eigenartigen Ruf, der wie unterdrücktes Niesen klang. Sie zuckte zusammen, als vor ihren Füßen eine Maus über den Weg huschte. Obwohl sie nun schon fast zwei Wochen auf der Insel war, konnte sie sich nicht damit anfreunden, dass die Tierchen bei

Dämmerung aus den Ritzen zwischen den Steinen kamen. Offensichtlich kannten sie keine Scheu vor Menschen. Pete hatte ihr erklärt, dass es sich bei den Nagern um eine Unterspezies handelte, die nur auf St. Kilda zu finden war. Sie waren doppelt so groß wie gewöhnliche Feldmäuse und erinnerten mit ihren Knopfaugen an Hamster. Konzentriert hielt sie den Blick auf den ausgetretenen Weg gerichtet. Dass Ailic auf der Bank vor dem Haus saß, bemerkte sie sehr spät.

Ihr Herz machte ein paar rasche Schläge. Für einen flüchtigen Moment verspürte sie das Verlangen, ihm wieder so nahe zu sein wie in dem Cleit auf dem Conachair. Aber natürlich war das romantischer Unsinn. Dass sie in seinen Armen gelegen hatte, war ihrer Unterkühlung geschuldet gewesen. Leidenschaft oder Begehren waren dabei nicht im Spiel gewesen. Sie straffte die Schultern, besann sich darauf, dass sie eigentlich hier war, um etwas gegen das Kopfweh zu unternehmen, und ging mit festen Schritten auf Ailic zu.

»Klingt seltsam, nicht wahr?«, begrüßte er sie und nickte mit dem Kopf in die Richtung des Friedhofs. »Wusstest du, dass Schnepfen ihre Federn rotieren können? Dadurch erzeugen sie dieses unheimliche Geräusch.«

Sie schüttelte den Kopf. »Nein, das wusste ich nicht. Aber wenn man nicht schlafen kann, raubt es einem den letzten Nerv.«

»Findest du?« Ailic musterte sie nachdenklich.

»Ja. Allerdings.«

Er schnaubte. »Wenn Schnepfen dein Problem sind, kannst du von Glück reden.«

Rachel lächelte, als fände sie die Bemerkung witzig, aber in Wirklichkeit verunsicherte Ailics Verhalten sie. Er schien in einer merkwürdigen Stimmung zu sein. Vielleicht machten ihm die Mittsommernächte genauso zu schaffen wie ihr. Das unwirkliche Licht verwirrte die Sinne und machte dünnhäutig. Gerade als sie darüber nachdachte, was sie erwidern sollte, hob Ailic sein Glas und prostete ihr zu. »Willkommen im Klub der Schlaflosen.«

Rachel nickte. Die Atmosphäre zwischen ihnen war angespannt. Sie wusste nicht, ob sie sich zu ihm auf die Bank setzen oder in die Küche gehen sollte. Unschlüssig wanderte ihr Blick umher. Neben der niedrigen, grasbewachsenen Mauer, welche die Main Street zur Bucht hin abschloss, stand das Stativ mit Ailics Kamera. Auf der Canon war ein Teleobjektiv montiert, gut einen halben Meter lang, mit Tarnstoff überzogen und einem Haltegriff versehen. Aus Gesprächen wusste Rachel, dass es sich um ein Superobjektiv mit extremer Vergrößerung handelte. Es war sündhaft teuer und kostete mehr, als ihr nach Abzug der Miete in London pro Monat zum Leben geblieben war.

Als das Schweigen zwischen ihnen schon beinahe peinlich wurde, deutete Rachel auf die Kamera. »Nicht, dass ich etwas davon verstünde, aber reicht das Licht um diese Zeit, um Fotos zu machen?«

»Ich fotografiere nicht.« Ailic richtete sich auf. »Ich suche den Mann im Mond.«

»Und? Hast du ihn schon entdeckt?«

»Nein.« Er erhob sich und schlenderte auf die Kamera zu, die Hände tief in den Taschen versenkt. »Er versteckt sich vor mir.«

»Dann gibt es ihn auch nicht«, gab sie augenzwinkernd zurück, erleichtert, dass sie ein Thema gefunden hatten, über das sich diskutieren ließ.

»Oh doch.« Er wirkte so unbekümmert wie immer. Sie fragte sich, ob sie sich den finsteren Zug in seinem Gesicht nur eingebildet hatte. »Am liebsten hält er sich auf der dunklen Seite des Mondes auf.«

»Er ist eine Illusion.«

Er warf ihr einen langen Blick zu. Ein zynisches Lächeln spielte um seine Mundwinkel. »Das ganze Leben ist eine Illusion, Rachel. Warum sollte es mit dem Mann im Mond anders sein?«

Nachdenklich betrachtete sie ihn. Seine jähen Stimmungswechsel brachten sie aus dem Gleichgewicht. Ailic war in einer seltsamen Verfassung heute Abend. Außerdem hatte er getrunken. Sein Atem roch schwach nach Alkohol.

»Quantenphysik«, meinte er unvermittelt. »Die materielle Welt existiert nicht wirklich. Zumindest nicht so, wie wir uns das vorstellen. Alles nur Schwingung, die uns zusammenhält.« Er zuckte die Schultern. »Nicht auf meinem Mist gewachsen.«

»Verstehe«, behauptete sie, obwohl sie keine Ahnung hatte, wovon er sprach.

»Möchtest du mal sehen?«

Sie nickte und ging zu ihm hinüber.

»Wow«, entfuhr es ihr. Die Vergrößerung war so stark, dass ihr beinahe schwindlig wurde, als sie durch die Linse blickte. Die Unregelmäßigkeiten der Mondlandschaft traten wie mit einem scharfen Bleistift gezeichnet hervor. Sie fühlte sich wie Alice im Wunderland vor dem Kaninchenloch. Sie brauchte scheinbar nur einen Hüpfer in das Objektiv zu machen, und schon säße sie in einem der Krater. So wie Alice in dem runden Raum mit den verschlossenen Türen. Reflexartig verlagerte sie das Gewicht auf die Fersen, dankbar, festen Boden unter den Füßen zu haben.

Nach einer Weile riss sie sich los und blickte sich nach Ailic um. Er saß mit weit von sich gestreckten Beinen auf der Bank und musterte sie eingehend.

»Man kommt sich ziemlich unbedeutend vor, nicht wahr?«

Sie nickte. Wieder entstand eine unbehagliche Stille. Rachels Kopfhaut kribbelte. Sie war hin- und hergerissen zwischen dem Impuls, sich zu Ailic zu setzen, oder mit einem lockeren Spruch auf den Lippen an ihm vorbeizugehen, eine Kopfwehtablette einzuwerfen und sich ins Bett zu verabschieden. Schließlich war es Ailic, der ihr die Entscheidung abnahm. Er hielt ihr sein Glas entgegen. »Chianti. Aus dem Tetra Pak.« Er verzog angeekelt das Gesicht, als fände er die Idee, Wein aus Pappkartons zu trinken, absurd. »Wie auch immer. Zum Abschalten taugt das Zeug allemal. Möchtest du ein Glas?«

Unschlüssig stand sie da und beobachtete, wie die Nachtvögel sich von ihrem Platz in den Klippen aus in die Luft schwangen. Schattenhafte Wesen, die aus einer anderen Welt geschlichen kamen.

Ailic bemerkte ihre Unentschlossenheit nicht. Falls doch, setzte er sich absichtlich darüber hinweg. Schweigend ging er in die Küche und kehrte mit einem Glas Rotwein für sie zurück. »Hier. Ich hoffe, du machst dir keine allzu romantische Vorstellung von diesem Abend. Falls doch, muss ich dich enttäuschen.«

»Romantischer Abend?« Sie runzelte die Stirn. »Ich wollte mir eine Kopfwehtablette holen. Warum du allerdings hier sitzt und über Schlösser im Mond nachdenkst, weiß ich nicht.«

»Männer im Mond, nicht Schlösser«, korrigierte er sie. »Davon abgesehen bin ich gerade dabei, mein jämmerliches Leben zu bedauern. Du kannst mir gerne Gesellschaft leisten. Wer weiß, vielleicht wird es ja ganz amüsant.«

»Danke für den Wein.« Sie griff nach dem Glas und ließ sich in einigem Abstand zu ihm auf der Bank nieder. »Aber wenn du glaubst, dass ich dich in deinem Selbstmitleid unterstütze, liegst du falsch.«

»Schade«, konterte er, als wäre es ihm egal, doch in seinen Augen lag Traurigkeit. Rachel stutzte. Ailics Fassade hatte einen Riss bekommen, eine kaum spürbare Veränderung, die ihr ins Herz schnitt und sie nachdenklich machte. Sie betrachtete sein Profil, die hageren Wangen, das kantige, entschlossen wirkende Kinn und die im Widerspruch dazu sanft anmutenden Lippen.

Plötzlich erschienen ihr Ailics Getriebenheit und die krankhafte Angst, Bindungen einzugehen, in einem anderen Licht. Er war nicht von Natur aus Einzelgänger. Das Leben hatte ihn dazu gemacht. Die despotische Mutter. Der Schock, als Ailic erfahren hatte, dass sein Vater noch lebte und er einer Lüge aufgesessen war. Dann der Absturz mit dem Hubschrauber und die damit verbundenen Folgen. Ailic hatte genau wie sie eine Menge hinter sich. In ihre Gedanken verstrickt, drehte sie das Glas in ihrer Hand. Ein südlicher, blumiger Geruch stieg in ihre Nase und weckte in ihr die Sehnsucht nach fernen Ländern, heißen Sommernächten und dem Gesang von Zikaden. Eine Sehnsucht, die sich, wie sie wusste, nie erfüllen würde.

Unvermittelt lehnte er sich nach vorne. »Du musst mich für einen ausgemachten Idioten halten.«

»Warum sollte ich?« Sie sah verwundert auf.

Er rückte näher und strich leicht über die Stelle neben dem Pflaster auf ihrer Stirn. »Wenn ich du wäre, wäre ich ziemlich wütend auf mich.«

Seine Berührung löste ein Flattern in ihrer Magengrube aus. Einen Wimpernschlag lang war sie versucht, ihn mit Cynthias Version der Geschichte zu konfrontieren, aber sie wollte nicht den Eindruck entstehen lassen, dass sie hinter seinem Rücken über ihn redeten. Also zuckte sie die Achseln und tat, als hätte sie keine Ahnung, aus welchen Gründen er ihr hinauf zum Gap gefolgt war. »Ich wüsste nicht, warum. Du hast heute verdammt viel Mut bewiesen.«

Er lachte, kurz und bitter. »Du verstehst nichts. Überhaupt nichts.« Er drehte sich von ihr weg, als hielte er es für sinnlos, das Gespräch fortzusetzen.

Rachel spürte eine Hitzewelle in sich aufsteigen. Sie hatte Mühe, ruhig zu bleiben. Ihr Blick bohrte sich in seine Schulter. »Was verstehe ich nicht? Erkläre es mir.«

»Den Helden, den du in mir siehst, gibt es nicht. Das ist die Realität. Komm klar damit, Rachel. Ich muss es auch.«

»Realität? Du widersprichst dir. Vor fünf Minuten hast du noch behauptet, dass alles im Leben nur eine Illusion sei.« Sie schüttelte den Kopf. Allmählich hatte sie genug davon, dass er in Selbstmitleid badete und mit sarkastischen Bemerkungen um sich warf. »Alkohol tut dir nicht gut«, stellte sie fest. »Du solltest nicht trinken.«

Das Weinglas blieb auf halbem Weg zu Ailics Mund in der Luft stehen. Er wandte sich zu ihr um. In seinen Augen lag ein Flackern. »Ich habe noch lange nicht genug getrunken, um die ganze armselige Realität ertragen zu können. Du glaubst, ich hätte dir das Leben gerettet?« Er unterbrach sich und schnaubte. »Wenn ich dir bei der Suche nach dem Schatz geholfen hätte, wärst du erst gar nicht in Gefahr geraten.«

Rachel war wie vor den Kopf gestoßen. Sie erwiderte nichts. Alle rationalen Argumente waren ihr ausgegangen. Sie hatte keine Idee, wie sie ihn aus dieser merkwürdigen Stimmung herausholen sollte.

»Ich bin schuld an deinem Unfall. Genau wie an Daniels Tod.« Er erhob sich und ging zu der Trockensteinmauer hinüber. Den Fuß auf die Mauer gestützt, stand er da und blickte auf das sanft schimmernde Wasser der Bucht.

Eine Gänsehaut kroch über Rachels Rücken. Ihre Stimme, die normalerweise recht kräftig war, schwebte wie ein leiser Flügelschlag durch die Nacht. »Daniel? Wovon redest du?«

»Daniel war mein bester Kumpel. Wir haben alle Reisen zusammen gemacht. Bis zu dem Unglück …« Ailics Schultern sackten herab. Ebenso abrupt, wie er begonnen hatte, von Daniel zu reden, verstummte er. Seine Silhouette hob sich dunkel vor dem Zwielicht der Mittsommernacht ab.

Eine ganze Zeit lang war keiner von ihnen in der Lage, etwas zu sagen. Die Stille wuchs und füllte den Raum zwischen ihnen.

»Wenn ich nicht so feige gewesen wäre, wäre Daniel jetzt noch am Leben«, erklärte Ailic schließlich.

Rachel fröstelte. Sie konnte seine Verzweiflung förmlich spüren. Ihre Gedanken glitten zurück zu dem, was Yi über den Unfall erzählt hatte. Durch seinen unerschrockenen Einsatz hatte Ailic Schlagzeilen gemacht und das Leben des Piloten gerettet. Er hatte beispiellosen Mut bewiesen. Rational gesehen gab es nichts, das er sich vorwerfen musste, doch Ailic sah das anscheinend anders. Sie unterdrückte ein Stöhnen. Am liebsten hätte sie ihn an den Schultern gepackt und geschüttelt, aber dadurch würde auch nichts besser. Sie bückte sich, rupfte einen Grashalm aus und zerriss ihn in Stücke. »Yi hat mir erzählt, was damals passiert ist. Für mich hört es sich so an, als hättest du sehr entschlossen und selbstlos gehandelt. Sieh es doch einmal objektiv. Du bist in das Innere eines Hubschraubers getaucht, der dabei war, im Meer zu versinken! Wenn du nicht gewesen wärst, wäre der Pilot jetzt tot. Yi sagte, die Rettungskräfte hätten dich daran gehindert, ein zweites Mal zu tauchen. Sicher aus gutem Grund.«

»Du hast keine Ahnung, Rachel!« Ailic verzog die Lippen, als hätte er einen bitteren Geschmack im Mund.

Alles in Rachel begehrte auf. Außer sich vor Wut sprang sie auf die Füße. »Verdammt, Ailic. Hör auf, dir Vorwürfe zu machen. Ich bin mir sicher, Daniel hätte nicht gewollt, dass du dich so quälst.« Keuchend starrte sie ihn an. Ihr Herz klopfte so laut in ihren Ohren, dass es das Rauschen der Wellen übertönte.

Wie erstarrt stand Ailic da. Seine Hände zitterten. Die Sekunden dehnten sich endlos. Plötzlich brach es aus ihm heraus. »Wir sind in der Nähe der Bohrinsel abgestürzt. Wir hingen kopfüber im Wasser. Ich konnte den Sicherheitsgurt lösen, so wie wir es vorher trainiert hatten. Also schwamm ich an die

Oberfläche. Als ich Daniel und den Piloten nirgendwo entdecken konnte, wusste ich, dass etwas schiefgelaufen war. Es dauerte ewig, bis das Rettungsboot auftauchte. So lange konnte ich nicht warten. Also bin ich getaucht. Der Pilot und Daniel waren bewusstlos. Sie hingen in ihren Gurten. Ich weiß nicht, wie es kam, aber ich habe den Piloten zuerst losgemacht.« Ailic unterbrach sich. Ein schmerzverzerrter Ausdruck lag auf seinem Gesicht. »Warum habe ich mich nicht zuerst um Daniel gekümmert? Wir kannten uns, seit wir Kinder waren. Er war wie ein Bruder für mich …« Seine Stimme kippte. Er legte den Kopf in den Nacken und starrte in den fahlen Himmel, an dem nur vereinzelt Sterne zu entdecken waren. »Du weißt nicht, wovon du redest, Rachel. Ich habe Daniel im Stich gelassen. Wie soll ich mir das je verzeihen?«

»Aber die Rettungsmannschaft …«

Ungewohnt scharf schnitt er ihr das Wort ab. »Ich hätte nicht auf sie hören sollen. Sie meinten, es sei zu spät. Aber wer weiß das schon? Warum habe ich ihnen geglaubt?«

Es folgte ein erschütterndes Schweigen.

Rachel schloss die Augen. Es gab keine tröstenden Worte für das, was Ailic durchlitt, nur bedingungsloses Annehmen des Schmerzes. Dass der Tod nicht mit sich verhandeln ließ, hatte sie oft genug erlebt. Er war Meister des Spiels. Immer, wenn sie geglaubt hatte, in ihrem Leben laufe alles glatt, war der Tod dazwischengekommen.

Eine ganze Weile standen sie regungslos da. Schließlich löste sich Ailic aus seiner Erstarrung. Seine Stimme klang gepresst. »Du glaubst mich zu kennen, Rachel. Du meinst, du wärst mir nahe, weil wir ein paar Tage gemeinsam auf dieser beschissenen, von der Welt vergessenen Insel verbracht haben. Aber in der Abgeschiedenheit verschieben sich die Perspektiven. Das liegt in der Natur der Dinge.« Er drehte sich ihr zu und sah ihr finster ins Gesicht. »Du irrst. Du kennst mich nicht. Im Grunde hast du keine Ahnung, wer ich bin.«

Sie öffnete den Mund und schloss ihn wieder. Kopfschüttelnd wandte sie sich ab. Die Diskussion, die sie führten, war sinnlos. Es war besser zu gehen.

»Als ich sagte, ich hätte keine Zeit, dir bei der Suche nach Annies Schatz zu helfen, habe ich gelogen.«

Wie in Zeitlupe drehte sie sich um.

»In Wirklichkeit habe ich versucht, mich vor dir auf die dunkle Seite des Mondes zu flüchten.«

»Ich … verstehe nicht …«

Mit zwei, drei raschen Schritten war Ailic bei ihr. Bevor sie wusste, wie ihr geschah, nahm er sie am Ellbogen und zog sie mit sich zu dem Stativ. Ohne ein Wort zu sagen, schwenkte er das Display, sodass sie einen Blick darauf werfen konnte, und klickte durch eine Reihe von Aufnahmen. »Hier …«, sagte er, »… und hier und hier und hier …«

Rachels Herz hämmerte wie wild gegen ihre Rippen. Offensichtlich hatte er Aufnahmen von ihr gemacht, ohne dass sie es bemerkt hatte. Jedes der Bilder zeigte Rachels Gesicht in Nahaufnahme. Entgeistert starrte sie auf das Display. Ein Teil von ihr weigerte sich zu glauben, was sie da sah, ein anderer bestätigte ihr, was sie die ganze Zeit gefühlt hatte. Zwischen Ailic und ihr gab es eine Verbindung, die sie immer näher zueinander zog.

Wie durch einen Nebel drang Ailics Stimme an ihr Ohr. »Verstehst du jetzt?« Er entfernte sich einige Schritte, machte kehrt, blieb neben ihr stehen und rieb sich den Nacken. In seinen Augen lag ein seltsames Glühen. »Ich sehe dich überall, Rachel, und wenn ich dich nicht sehe, denke ich an dich. Am liebsten möchte ich ständig in deiner Nähe sein …«

»Aber …« Sie gab einen erstickten Laut von sich. »Warum?«

Mit einer entschiedenen Bewegung schnitt er ihr das Wort ab. Er fasste ihre Hände und verschränkte sie mit seinen. »Ich habe mich in dich verliebt.«

Ihr Herzschlag toste in ihren Ohren wie die Brandung, die sich in den Klippen brach. War es wirklich möglich? Sie hatte nicht geglaubt, nach Joshs Tod je wieder etwas für einen Mann empfinden zu können, und doch spürte sie in diesem Moment mit ungeahnter Deutlichkeit, wie tief ihre Gefühle für Ailic waren.

Er trat einen Schritt zurück und ließ ihre Hände los. Als er weitersprach, war es, als bohrte sich etwas Spitzes in ihre Brust »Es ist falsch. Ich sollte diese Gefühle nicht haben.«

Rachel schluckte. Sie konnte nicht begreifen, was gerade passierte. Ailic machte ihr eine Liebeserklärung und stieß sie in der nächsten Sekunde von sich weg?

»Ich denke, wir sind beide zu erwachsen, um uns in eine Beziehung ohne Zukunft zu stürzen.«

Sprachlos starrte sie ihn an. Sie konnte ihre Emotionen nur mühsam bändigen. Woher nahm Ailic das Recht, für sie beide zu entscheiden? Eine ganze Weile stand sie stumm da, unfähig, ihm in die Augen zu blicken. Schließlich fand sie ihre Stimme wieder. »Findest du nicht, dass wir das gemeinsam entscheiden sollten?«

»So einfach ist das nicht«, erwiderte er. »Diese emotionalen Dinge … Liebe, Romantik und so weiter.« Er schüttelte ohnmächtig den Kopf. »Ich bekomme das nicht hin. Es macht mir Angst.«

»Und ich dachte, du gehst mir aus dem Weg, weil dir etwas an Chloé liegt«, entfuhr es ihr. Sobald es ausgesprochen war, bereute sie, dass sie es gesagt hatte.

»Chloé?« Überrascht runzelte er die Stirn. Sein Blick schwankte zwischen Verblüffung und Entsetzen. »Wie kommst du denn darauf?«

Sie zuckte die Schultern.

»Chloé … ach du großer Gott!« Ailic lachte auf. »Chloé ist witzig, das ist alles. Ich empfinde nichts für sie.« Trotz des Alkohols, den er getrunken hatte, wirkte er bemerkenswert nüchtern. »Es ist ganz amüsant, Zeit mir ihr zu verbringen. Und im Gegensatz zu Yi hat sie es nicht auf eine feste Bindung abgesehen. Sie will einfach nur Spaß haben.«

Darauf wusste Rachel erst einmal nichts zu sagen. Mit gesenktem Blick stand sie da und versuchte, sich ihre Enttäuschung über die Abfuhr, die er ihr erteilt hatte, nicht anmerken zu lassen. Ein Rascheln im Gras dicht neben ihren Füßen ließ sie zusammenzucken. Mit leiser Stimme wandte sie sich an Ailic. »Wieso bist du dir so sicher, dass für mich nur eine feste Beziehung infrage kommt?«

Die Antwort kam ohne Zögern. »Weil du ein Mensch bist, der Verantwortung übernimmt. Und du hast Sam. Du würdest dich nie in einen Mann verlieben, der sich auf keine dauerhafte Beziehung einlassen kann.«

»Aber genau das habe ich getan.« Die Worte waren heraus, bevor sie es hatte verhindern können.

Die Muskeln an Ailics Kinn spannten sich an, er sagte nichts.

»Ich habe mich in dich verliebt«, sagte Rachel mit fester Stimme. »Niemand weiß, was die Zukunft bringt. Aber spielt das wirklich eine Rolle? Sollten wir nicht versuchen, jetzt und hier glücklich zu sein?«

Sie verstummte. In Gedanken bereitete sich darauf vor, den zweiten Korb an diesem Abend zu erhalten. Es musste unweigerlich so kommen. Ailic stand da und betrachtete sie mit einem seltsamen Blick. Schließlich beugte er sich zu ihr herunter. Seine Hände umfassten ihren Nacken, er legte seine Stirn gegen ihre. »Rachel«, seine Stimme klang heiser. »Bist du dir sicher, dass du das möchtest?«

Sie nickte, unfähig, ein Wort zu sagen. Wenn es noch letzte Zweifel gegeben hatte, so waren sie verschwunden. Sie wollte jeden einzelnen, kostbaren Moment mit Ailic erleben. Selbst wenn es nicht von Dauer war, war es doch so viel mehr, als sie sich erhofft hatte. Wenn es um Liebe ging, gab es keine Sicherheit, das hatte Joshs Tod sie gelehrt. Zeit war trügerisch. Es gab keine Bank, zu der man gehen und sich ein langes Leben erkaufen konnte. Alles, was blieb, war, das Leben in jedem Augenblick zu spüren.

»Das heißt ja?«, fragte er vorsichtig.

»Ja, das heißt es«, erklärte sie mit zitternder Stimme. »Vor uns liegen noch zwei Wochen. Lass sie uns so intensiv genießen, wie wir können.«

»Das werden wir.« Seine Stimme drang dunkel aus seiner Kehle. Er legte die Hände um ihr Gesicht und sah ihr in die Augen. »Ich verspreche es.« Dann zog er sie an sich. Seine Lippen senkten sich über ihren Mund und berührten sie in einem Kuss, der intensiver war als alles, was sie bisher gekannt hatte. Jede Nervenfaser in ihrem Körper reagierte mit Leidenschaft. Im Nachhinein hätte sie nicht sagen können, wie lange sie eng umschlungen dagestanden und sich geküsst hatten, aber es fühlte sich an wie eine Ewigkeit.

Schließlich löste sich Ailic von ihr. Seine Finger strichen sanft die Konturen ihrer Lippen nach. »Lass uns in mein Zimmer gehen. Ich möchte dich neben mir spüren.«

Rachel zögerte. Sie war sich nicht sicher, ob das eine gute Idee war. »Was ist, wenn Pete schlafwandelt?«

»Mach dir keine Gedanken.« Seine Hände glitten unter die Träger ihres BHs und schoben sie zur Seite. »Die Tür lässt sich von innen verriegeln.«

Kurz darauf fanden sie sich eng umschlungen auf Ailics Bett wieder. Sie liebten sich behutsam, dann mit immer größerer

Leidenschaft, bis das Verlangen gestillt war, das sie vom ersten Moment an füreinander empfunden hatten. Danach lagen sie noch lange in der Dunkelheit wach und unterhielten sich so leise, dass Pete davon nicht geweckt wurde. Schließlich schliefen sie entspannt nebeneinander ein. Rachels letzter Gedanke an diesem Tag war, dass sie sich so glücklich fühlte wie schon lange nicht mehr.

Kapitel 26

Wenn du weiter an der Karotte herumschälst, ist bald nichts mehr übrig«, erklärte Cynthia schmunzelnd und nahm Rachel das Messer aus der Hand.

Rachel gab sich einen Ruck und kehrte aus ihren Tagträumen zurück in die Realität. Seit dem Abend, an dem Ailic und sie sich zum ersten Mal geküsst hatten, waren fünf Tage vergangen. Jeder einzelne Moment mit ihm war so mit Sehnsucht und Zärtlichkeit erfüllt, wie sie es nie für möglich gehalten hatte. Natürlich hatte es sich nicht verhindern lassen, dass das Team Wind davon bekam, aber das störte weder sie noch Ailic. Es gab keinen Grund, ihre Gefühle vor den anderen zu verbergen.

»Lass uns nach draußen gehen und einen Tee trinken«, schlug Cynthia vor. »Das Wetter ist herrlich. Wir werden uns später vor Booten nicht retten können.«

Kurz darauf saß Rachel mit Cynthia auf der Bank vor der Küche und genoss den Sonnenschein.

»Was ist dein Plan für heute? Geht es wieder auf Schatzsuche?«, fragte Cynthia. Genau wie Yi war sie mittlerweile eingeweiht und beteiligte sich – zumindest gedanklich – eifrig daran, die Anzahl der infrage kommenden Cleits immer weiter einzuschränken. Der Rest der Gruppe wusste nichts von dem Unterfangen. Rachel wollte keinen Wirbel um eine alte Blechdose verursachen.

»Heute nicht«, antwortete Rachel. »Ailic ist mit Chloé zur Radarstation unterwegs, um Aufnahmen zu machen. Mir ist die Lust auf Alleingänge seit dem Vorfall am Gap gründlich vergangen.«

»Stört es dich nicht, dass sie mit Ailic unterwegs ist?«

»Nein, wieso? Ich bin eben erst mit der Arbeit fertig geworden und hätte ohnehin keine Zeit gehabt.«

Cynthia zwinkerte ihr zu. »Vernünftige Einstellung. Lass es langsam mit Ailic angehen. Euch bleibt auch nach St. Kilda jede Menge Zeit.«

»Sicher«, erwiderte Rachel und unterließ es, Cynthia darüber aufzuklären, dass dem nicht so sein würde. In etwas mehr als einer Woche wäre der Workshop beendet. Dann würde Rachel nach Harris zu Annie und Sam zurückkehren, während Ailics Leben in London weiterging. Rachel wollte im Augenblick weder daran denken noch mit Cynthia darüber diskutieren.

»Kommst du mit an den Strand?«, schlug Cynthia in das Schweigen hinein vor. »Nachdem es in den letzten Tagen so warm war, wollte ich in der Bucht schwimmen.«

»Klingt verlockend«, sagte Rachel. »Aber ich muss hierbleiben und auf Pete warten. Er hat mir versprochen, den Boiler zu reparieren.« Das war zwar nur die halbe Wahrheit, aber auch nicht ganz gelogen. In Wirklichkeit hoffte Rachel darauf, sich ein paar Minuten zu stehlen und an Annies Geschichte weiterzuschreiben. Vor einigen Tagen hatte sie mit den Aufzeichnungen begonnen. Das ledergebundene Notizbuch, das Ailic ihr geschenkt hatte, war bereits zur Hälfte gefüllt.

»Macht er immer noch so komische Geräusche?«, fragte Cynthia.

Rachel ging davon aus, dass damit der Boiler gemeint war, nicht Pete. Sie nickte. »Ja. Ich hoffe, dass Pete den Fehler findet, bevor das Ding auseinanderfliegt.«

»Das hoffe ich auch. Ohne einen Boiler in der Küche wird es umständlich.« Cynthia erhob sich. »Dann bis später.«

Rachel beobachtete, wie Cynthia zwischen den Ruinen verschwand. Sie trug die leeren Tassen zurück in die Küche, setzte sich mit Stift und Notizbuch bewaffnet an den Tisch im Aufenthaltsraum und vertiefte sich in Annies Vergangenheit.

Kapitel 27

St. Kilda, Februar 1930

Es schien, als würde der Himmel den Tod von Flora noch lange betrauern, denn es folgte ein außergewöhnlich strenger Winter mit Stürmen, die es den Fleetwood Trawlern unmöglich machten, in Village Bay anzulegen. Hirta war abgeschnitten vom Rest der Welt. Selbst die Vögel hatten sich auf das Meer hinaus geflüchtet, ihr Kreischen war verstummt. Dafür heulte der Wind von den Hängen des Conachair so ohrenbetäubend nach Village Bay hinunter, dass er das Blöken der Schafe und das Bellen der Hunde übertönte. Die Insel gehörte den Geistern, die über die verbliebenen siebenunddreißig Inselbewohner, Mr Camerons Familie und über Schwester Alden wachten.

In den Häusern waren die Webstühle vom Dachboden geholt worden. Ihr mechanisches Klappern erklang bis tief in die Nacht. Die Männer saßen in den Wohnstuben und fertigten Tweed, um damit die Pacht für den Verwalter zu bezahlen, während die Frauen Handschuhe und Socken strickten, die im Sommer an die Tagesausflügler verkauft werden sollten. In den Häusern vierzehn und sechzehn klapperte kein Webstuhl, da sowohl Annies als auch Finlays Mutter Witwen waren. Weben war Männerarbeit, genau wie Nähen. Um die Bezahlung der Pacht mussten sich die alleinstehenden Frauen dennoch nicht sorgen, denn die Männer des Dorfes webten den schuldigen Anteil für die

Witwen und die Alten mit. Man kümmerte sich umeinander. So hatten sie es schon immer gehalten. Annie hatte nie erlebt, dass einer der alten Leute im *Clachan* leer ausging, wenn die Männer mit Papageientauchern, Eissturmvögeln oder Basstölpeln beladen von den Klippen zurückkehrten oder wenn sie Lengfisch geangelt hatten.

Annies Blick fiel auf den Stab neben der Tür. Es waren schon viele Kerben hineingeschnitzt worden, eine für jeden Tag seit Hogmanay. Mehr, als sie hätte zählen können. Nicht mehr lange, und die Frauen würden beginnen, den Tweed zu walken. Walklieder würden erklingen, während der Stoff in die Luft geworfen und wieder aufgefangen wurde. Annie freute sich auf diese Zeit im Jahr, denn dann war der Frühling nicht mehr weit. Zuvor, in den kommenden Wochen, würden die Lämmchen geboren.

Die Zeit auf Hirta verlief in immer gleichen Zyklen. Jahr folgte auf Jahr. Für jede Tätigkeit gab es eine bestimmte Zeit. Auf Winter folgte Frühling, auf Kälte Wärme und auf den Hunger, der sich in ihrem Magen so festgesetzt hatte, dass sie ihn kaum noch spürte, würden Tage folgen, in denen sie sich satt aßen und es ihnen an nichts mangelte. Auch wenn der himmlische Vater ihnen Prüfungen auferlegte, meinte er es gut mit ihnen und sorgte für sie. Alles ging seinen gewohnten Gang.

Dann wurde Mary McViccar krank.

* * *

Es war Mittag. Mr Cameron gab den Kindern eine Stunde frei, damit sie nach Hause gehen und etwas Warmes essen konnten. Während Annie in der guten Stube auf ihre Suppe wartete, mühte sie sich mit den fünf Nadeln ihres Strickzeugs ab. Immer wieder entglitten ihr die Maschen. Ihr Blick flog zu Marion hinüber, die gerade die Spitze eines Strumpfs fertigte. Wie schaffte ihre Schwester es nur, so gleichmäßige Reihen zu stricken? Und so schnell? Wenn sie selbst gerade bei der Ferse war, hatte Marion schon ein ganzes Paar fertig. Sie hörte, wie im Flur Stiefel abgetreten wurden, die Wohnzimmertür ging auf. Schwester Alden trat ein, gefolgt von Christeens zotteligen Hunden und einem Schwall eisiger Luft.

»Oh nein, ihr Köter«, schimpfte Schwester Alden. »Ihr gehört nicht ins Haus. Hallo, Christeen.« Sie ging auf Annies Mutter zu und schüttelte ihre Hand. Währenddessen streckten sich die beiden Hunde trotz Schwester Aldens Protest vor dem knisternden Feuer aus. Ihr Fell dampfte vor Feuchtigkeit. »Ich mache gerade meine Runde und wollte sehen, wie es Ihnen geht. Sind alle im Haus gesund?«

»Alles bestens, Schwester Alden«, sagte Christeen. »Setzen Sie sich. Das Mittagessen ist gleich fertig. Wollen Sie mit uns essen?«

»Nein danke, ich bin nicht hungrig.«

»Dann wenigstens eine Kleinigkeit.« Christeen eilte zur Anrichte. Annie folgte ihr mit dem Blick. Manchmal kam es ihr vor, als wäre ihre Mutter nur auf der Welt, um andere Menschen glücklich zu machen. Bewundernd sah Annie zu, wie Christeen ein Stück Gerstenkuchen für Schwester Alden hervorholte, obwohl die Speisekammer nicht viel hergab. Annie nahm sich vor, einmal so zu werden wie ihre Mum.

»Möchten Sie einen Tee?«, fragte Christeen.

»Nein danke, meine Liebe. Er kommt mir bereits zu den Ohren raus. Sie sind die achte Familie, die ich an diesem Morgen besuche.« Die Schwester setzte den Hut ab und lächelte. »Aber ein Glas Wasser nehme ich gerne.«

Christeens Blick fiel auf Annie. Ohne dass ihre Mutter ein Wort verlieren musste, ging Annie hinaus in den Flur, füllte

Wasser aus einem der Eimer in den Becher und kehrte damit in die Stube zurück. Die Schwester verneigte sich vor ihr, wie es auf St. Kilda Brauch war, wenn einem jemand etwas zu trinken brachte. »Danke, Annie. Du siehst mager aus. Geht es dir gut?«

»Ja, Schwester Alden.«

»Hast du dir das Karamellbonbon schmecken lassen?«

»Ja, danke.« Annie spürte, wie sie rot wurde. Es war eine Sünde zu lügen, aber Schwester Alden sollte nicht erfahren, dass sie das Bonbon mit nach Hause genommen und ihrer Mutter gegeben hatte, damit sie es für Porridge verwendete oder in winzige Stücke zerteilt in den Tee gab. Alle Kinder auf St. Kilda hielten es so mit den Süßigkeiten, die Schwester Alden hier und da an sie verteilte.

»Es geht ihr ganz ordentlich«, sagte Mum und half Annie über ihre Peinlichkeit hinweg. »Es stimmt, sie ist ein wenig dünn, aber das liegt daran, dass wir seit Wochen ohne Butter und Milch auskommen müssen. Ich gebe ihr *Gibean* in den Porridge, aber sie mag ihn nicht, obwohl er nahrhaft ist.«

Schwester Alden nickte. Sie war schon lange auf der Insel, den dritten Winter, wenn Annie richtig gezählt hatte, und wusste, woraus *Gibean* bestand: Es war Fett, das sie aus gekochtem Eissturmvogel gewannen, gemischt mit Guga-Öl, dem Öl aus den Mägen der jungen Basstölpel. Schwester Alden blickte zu Annie hinüber, deren Wangen jetzt erst recht glühten, und zwinkerte ihr zu.

»Ich kann dich verstehen, Annie. Mir schmeckt *Gibean* auch nicht sonderlich, obwohl mir jeder hier versichert, dass das Gebräu sämtliche Krankheiten vertreibt. Komm her und lass dich ansehen.«

Zögernd trat Annie näher. Schwester Alden stellte ihre Tasche auf den Tisch und nahm einen Holzspatel heraus. Dann zog sie die Öllampe heran, die mit räuchernder Flamme brannte, und forderte Annie auf, den Mund zu öffnen. Geduldig streckte Annie die Zunge aus dem Mund und ließ sich in den Hals blicken. »Keine Anzeichen einer Erkältung.« Schwester Alden wandte sich zu Christeen. »Wie sieht es bei Ihnen und Marion aus? Irgendwelche Beschwerden?«

Mum lächelte das traurige Lächeln, das sich seit Floras Tod in ihrem Gesicht festgesetzt hatte. Annie wusste, dass Mum es sich nicht anmerken ließ, aber es ging ihr nicht gut. Sie hatte gehört, wie ihre Großmutter und die alte Ruth sich darüber unterhalten hatten, dass beinahe jeder, der von Hirta weggegangen war, an gebrochenem Herzen verstorben war. Annie war gewaltig erschrocken. Zuvor hatte sie noch nie davon gehört, dass Herzen brechen konnten. Doch anscheinend war das so. Sie stellte es sich entsetzlich vor. Ihr eigenes Herz tat ein paar rasche Schläge, sie starrte auf Schwester Aldens Tasche, in der das Hörrohr steckte. Merkte die Schwester nicht, dass ihre Mutter auch untersucht werden musste? Wenn Christeens Herz nach Floras Tod gebrochen war, würde man es sicher hören können. Und dann könnte Mum zusammen mit Mary McViccar aufs Festland ins Krankenhaus gebracht werden. Am liebsten hätte sie etwas gesagt, aber sie traute sich nicht. Wie würde Mum darauf reagieren, vor der Schwester bloßgestellt zu werden?

»Marion und mir geht es ebenfalls gut«, erklärte Christeen.

Schwester Alden klappte die Tasche zu und stellte sie unter den Tisch. Die Untersuchung war beendet.

»Wie geht es Mary?«, erkundigte sich Christeen nach ihrer Schwägerin.

»Immer noch schlecht.« Schwester Alden seufzte und maß Christeen mit einem langen Blick. »Ich fürchte, es ist der Blinddarm, wie damals bei Finlays Vater.« Annie bemerkte, wie ihre

Mutter zusammenzuckte, aber Schwester Alden fuhr fort: »Es ist zwei Wochen her, dass der Kapitän des Trawlers eine Nachricht nach Edinburgh gefunkt hat. Ich verstehe nicht, weshalb es diesmal so lange dauert, bis sie einen Arzt schicken.«

»Die arme Mary.« Mum nippte an ihrem Tee. »Ich gehe später zu ihr und bringe ihr die Decke, die ich für das Baby gestrickt habe. Vielleicht muntert sie das etwas auf.«

»Vielleicht«, meinte Schwester Alden, aber für Annie wirkte es nicht so, als würde die Schwester daran glauben. »Dabei fällt mir ein, Sie kommen doch heute Nachmittag zu unserem Treffen?«

Christeen nickte. Annie spürte einen Stich in ihrer Brust. Seit Floras Tod ging das nun schon so: Die Frauen trafen sich regelmäßig in Schwester Aldens Wohnung, bei Tee und Scones. Niemand wusste so recht, wozu. Immer wenn Marion oder sie Mum darauf ansprachen, meinte Christeen nur, sie würden sich bloß über dieses und jenes unterhalten. Zu gerne hätte Annie gewusst, was dieses und jenes war. Die Männer schienen ebenfalls nicht zu wissen, worum es ging, aber das war nichts Ungewöhnliches. Schließlich hatten sie ja ihre eigenen Treffen, *Mòd* genannt, bei denen die Arbeit untereinander verteilt wurde. Doch im Gegensatz zu den Frauen machten sie kein großes Geheimnis darum, was da besprochen wurde.

»Ich schreibe gerade einen Bericht für das Gesundheitsministerium und schicke ihn mit dem Boot ab, das Mary McViccar mitnimmt«, erklärte Schwester Alden und zog ein zerfleddertes Notizbuch hervor. »Dazu würde ich gerne wissen, wie viele Vorräte Sie noch haben, meine Liebe, wenn das möglich ist?«

»Aber sicher.« Verlegen lächelte Christeen und erhob sich. Sie ging zu dem Fass mit den gepökelten Eissturmvögeln und blickte hinein. »Ein halbes Fass Vögel ist noch da. Das ist weniger als sonst, aber die Männer haben im letzten Sommer auch nur die halbe Ernte einbringen können. Gugas haben wir in diesem Jahr gar nicht, weil die Männer nicht nach Stac an Armin und Stac Lee hinübergefahren sind. Gesalzenes Lamm gibt es reichlich, dann zwei Käselaibe, Hafermehl und Tee. Auf dem Dachboden stehen noch je ein Sack Mehl und Haferflocken. Marion war gestern oben, um nachzusehen.«

Schwester Alden nickte und notierte etwas in ihrem Buch. »Gut. Was sonst?«

»Sonst nichts, abgesehen von dem Heu, zwei Fässern mit eingelegten Eiern und ein paar Kohlköpfen in dem Haus draußen«, sagte Christeen. Annie fand die Bezeichnung »Haus draußen« lustig. Damit waren die alten Blackhouses gemeint, in denen zu Zeiten von Christeens Großeltern die Inselbewohner zusammen mit dem Vieh gelebt hatten. Jetzt wohnten nur noch die Kühe während des Winters im »Haus draußen«. Christeen zuckte die Schultern. »Ich könnte Marion hinausschicken, wenn Sie es genau wissen wollen.«

»Nicht nötig. Paraffinöl und Torf?«

»Noch ausreichend Torf, aber nur Vogelöl für die Lampen.«

»Das ist nicht üppig.« Schwester Alden legte den Stift beiseite. »In den anderen Häusern ist es ähnlich. Am schlimmsten trifft es die Macleans, die haben fast nichts mehr. Malcolm Maclean sagte, ihm habe im Herbst das Geld gefehlt, um genügend einzukaufen.« Schwester Alden biss sich auf die Lippen, als wäre ihr bewusst geworden, dass sie mehr verraten hatte, als angebracht war. Sie wandte sich wieder ihrer Liste zu. »Nun gut. Milch, Zucker, Sirup und Kartoffeln sind überall auf der Insel verbraucht. Von Butter oder Margarine ganz zu schweigen. Was haben Sie da auf dem Herd?«

»Suppe aus gekochtem Eissturmvogel mit etwas Haferflocken.«

Annie verzog das Gesicht. Sie mochte die dünne Suppe mit dem zähen Fleisch darin nicht. Als noch genügend Mehl für Brot und Scones da gewesen war, hatte sie oft heimlich ihren Teller den Hunden zum Fressen hingestellt, wenn Christeen das Zimmer verlassen hatte. Aber das ging jetzt nicht mehr. Sie beschloss, nur die Haferflocken herauszufischen und einen Schluck von der Brühe zu trinken.

Bedächtig legte Christeen den Handschuh, an dem sie strickte, vor sich auf den Tisch und strich mit den Fingern über die Reihen, als wollte sie überprüfen, wie weit sie war. Annie spürte ein Gefühl von ihr ausgehen, das sie selbst gut kannte. Es war Verlegenheit. Christeen räusperte sich. »Wir danken dem Herrn, dass er Sie zu uns geschickt hat, Schwester Alden. Dieser Brief, den Sie da schreiben ... Was steht drin?«

»Nichts, was die Gefühle der Inselbewohner in irgendeiner Weise verletzen würde.« Schwester Alden sah Mum so gerade ins Gesicht, dass diese die Augen niederschlug. »Ich schreibe, dass alle sehr tapfer sind und sich nicht über die Lebensmittelknappheit beklagen, aber dass sie es leid sind, auf Briefe von Freunden auf dem Festland zu warten. Das ist doch in Ihrem Sinne, Christeen, nicht wahr?«

Mum nickte. In diesem Winter machte die Einsamkeit ihrer Mutter schwer zu schaffen, das wusste Annie. In den Jahren davor war das nicht so gewesen. Da hatten die Trawler auch im Winter in Village Bay angelegt, mit Säcken voll Post und Zeitungen, welche Nachrichten aus der Welt nach St. Kilda gebracht hatten. Christian McLeod hatte sein Wohnzimmer mit Illustrierten tapeziert, weil er nichts anderes besaß. Er sagte, dass er gerne vor dem Kamin sitze und die bunte Tapete betrachte. Für ihn sei es genauso gut wie die bewegten Bilder, die Fiona aus Haus Nummer zehn bei ihrem Besuch auf dem Festland gesehen habe und Cinema nenne.

Schwester Alden befeuchtete den Finger und blätterte durch die dicht beschriebenen Seiten ihres Notizbuchs. »Ich werde berichten, dass wichtige Lebensmittel fehlen und es bald keinen Tee mehr gibt.« Sie presste die Lippen zusammen. Auf ihrer Stirn erschien eine Falte. »Zu dumm, dass ich Mr Cameron nicht dazu bringen konnte, auf mich zu hören. Ich hatte ihm gesagt, er solle sich mehr Vorräte zulegen, aber er war sicher, dass die Trawler auch im Winter verkehren würden. Die Nüsse und Äpfel, die Mrs Cameron für Halloween und Weihnachten bestellt hat, sind nie angekommen.«

»In den anderen Wintern kamen die Trawler immer«, nahm Christeen den Missionar in Schutz. Sie zuckte die Achseln und zupfte an dem Handschuh herum. »Niemand konnte wissen, dass die Stürme in diesem Jahr so schlimm werden würden. Die Leute von Fleetwood helfen uns, wo sie können.«

Schwester Alden seufzte. »Ohne Nachschub wird es den Leuten im Pfarrhaus bald schlecht gehen. Ich bin froh, dass ich selbst genügend eingekauft habe. So kann ich zumindest hier und da ein wenig aushelfen. Wenn wir es gut einteilen, reichen die Süßigkeiten für die Kinder bestimmt bis zum Mai, nicht wahr, Annie?«

Annie nickte. Sie hatte einen Blick in die Vorratskammer von Schwester Alden werfen können, die voll wundersamer Dinge war. Wozu sie dienten, hatte Annie keinen blassen Schimmer. Aber die Druckbuchstaben auf den Säcken und Dosen hatte sie entziffern können. *Bohnen, Reis, Makkaroni …*

»Dennoch muss ich das Ministerium informieren, dass wir auf eine gefährliche Situation zusteuern«, fuhr Schwester Alden fort. Sie erhob sich und griff nach ihrem Hut. »Nun, dann sehen wir uns, wenn die Kinder im Unterricht sind? Ich habe gebacken. Es gibt Tee und Scones. Auf Wiedersehen.«

Ihre Mutter begleitete die Schwester zur Tür. Dann ging sie zum Kamin und rührte in dem Kessel mit der Suppe, der an der schweren Eisenkette über dem Feuer vor sich hin brodelte. Annie nahm ihr Strickzeug auf und versuchte, sich auf die Maschen zu konzentrieren. Aber alles, woran sie denken konnte, war das Treffen der Frauen im Haus des Verwalters. Was konnte es mitten im Winter so Wichtiges zu besprechen geben?

* * *

Es war Sonntag, drei Tage nach dem geheimnisvollen Treffen. Gerade als Annie sich mit Marion und ihrer Mutter für den Gottesdienst fertig machte, erklang das Pfeifen eines Trawlers in der Bucht. Er brachte Vorräte und einen Arzt nach St. Kilda. Bald standen alle Inselbewohner unten am Pier und beobachteten, wie Mary McViccar zusammen mit ihrem Ehemann John zu dem Trawler gerudert wurde. In Johns Tasche befand sich der Brief, den Schwester Alden an das Ministerium geschrieben hatte. Annie beugte sich zu ihrem kleinen Cousin Donnie hinunter, der an der Hand der alten Ruth, ihrer beider Granny, neben ihr stand. Er tat Annie leid. Donnie war eben erst in die Schule gekommen. Er besaß ein fröhliches Lachen, mit dem er alle aufmuntern konnte, wenn Mr Cameron mit ihnen schimpfte, aber heute lachte er nicht. Annie bemerkte, wie seine Lippen bebten, als das Boot ablegte.

»Mach dir keine Sorgen, Donnie«, rief Mary McViccar auf Gälisch mit ihrer sanften Stimme, die im Sommer weit über den Deich hallte, wenn sie Donnie zum Abendessen ins Haus rief. Sie nahm den Schal, den sie um den Kopf trug, und winkte Donnie zu.

»Hier«, Annie zog ebenfalls den Schal von ihren Schultern und gab ihn Donnie, damit er seiner Mutter zurückwinken konnte, bis sie an Bord der Norna war. Als die Norna den Oiseval umrundete und außer Sicht glitt, reichte ihr Donnie mit verheulten Augen den Schal zurück.

»Deine Mum ist bald zurück«, tröstete Annie ihren Cousin. »Danach dauert es nicht mehr lange, bis das Baby kommt. Du freust dich doch?«

Donnie nickte.

Kapitel 28

St. Kilda, April 1930

In den vergangenen Wochen hatte sich die Lage auf Hirta dramatisch zugespitzt. Die Kinder der Macleans waren dünn wie Streichhölzer. Annie ging es ebenfalls nicht gut. Nachts konnte sie vor Hunger nicht schlafen. Das Feuer brannte nur noch in der Küche. Die Schule fiel aus, weil nicht geheizt werden konnte. Sonst brachten die Kinder immer reihum Torfstücke von zu Hause mit, aber nun konnte keine Familie mehr Brennstoff entbehren. In die Kirche gingen sie trotz allem, auch wenn es darin inzwischen so kalt war, dass einem der Atem gefror. Schwester Alden lief mit einem traurigen Hundeblick durch das *Clachan* und entschuldigte sich auf Schritt und Tritt dafür, die Situation unterschätzt zu haben. Soweit Annie verstanden hatte, hatte sie sich mit ihrer Liste vertan und es waren weniger Lebensmittel vorhanden, als sie aufgeschrieben hatte. Annie tat Schwester Alden leid. Sie war immer so freundlich zu den Kindern, und die Süßigkeiten hatten dank ihrer Einteilung bis Ende März gereicht. Es war nicht Schwester Aldens Fehler, dass sie sich verrechnet hatte. Annie wusste, wie schwer es war, die Sache mit den Zahlen richtig hinzubekommen. Vielleicht wäre es besser gewesen, wenn Mr Cameron gezählt hätte.

Anfang April, als alle mit ihren Kräften am Ende waren, kam der Frühling. Und mit ihm kehrten die ersten Seevögel nach St. Kilda zurück. Die Basstölpel waren vor der Eiablage schön fett und füllten die hungrigen Mägen der Inselbewohner. Annie lauschte mit glühenden Ohren den Berichten der Männer, die nun, so oft es das Wetter erlaubte, nachts mit den Booten nach Stac an Armin und Stac Lee hinüberfuhren. Es klang nach einem großen Abenteuer. Im Schutz der Dunkelheit legten sie an den steil in den Nachthimmel ragenden Felswänden an und kletterten mit nackten Füßen bis zu den Nistplätzen der Basstölpel hinauf. Es galt, den Wachposten der Kolonie zu erwischen und ihn geräuschlos zu töten, bevor er mit seinem Ka-Ka-Ka-Ka die anderen Vögel warnen konnte und durch den auffliegenden Schwarm loses Geröll die Männer in den Felsen traf und diese zu Tode stürzten.

Wenn alles gut ging, kehrten die Männer im Morgengrauen mit reicher Beute zurück. Währenddessen waren die Frauen mit dem Walken beschäftigt, allerdings hatten die Männer es nur geschafft, Stoff für den Eigenbedarf zu weben, weil sie nur so wenige waren. Obwohl die Anzahl der Stoffballen klein war, standen die Frauen noch weit vor Anbruch der Dämmerung auf und begannen mit dem *Shiort thu,* dem Bearbeiten des Tweeds. Mit *Shiort thu,* rüber zu dir, endete der Refrain des Liedes, das sie während des Walkens sangen. Bei jedem *Shiort thu* wurde der Stoff mit einer Drehung in die Luft gewirbelt und aufgefangen. Sobald es hell wurde, legten die Frauen den Stoff beiseite. Mit hohen Körben auf den Rücken liefen sie hinunter an den Pier, um die Männer zu begrüßen und die Ernte an toten Vögeln hinauf ins *Clachan* zu tragen. Danach gingen sie an den Bach, um den Tweed zu waschen und mit Knüppeln die Seife aus dem Stoff zu schlagen.

In anderen Nächten wiederum gingen die Männer nach Carn Mòr, dem großen Steinhaufen hinter dem Lover's Stone, und fingen Atlantiksturmtaucher. Ihr Fleisch schmeckte nach Fisch und Salz und war fester als das der Basstölpel. Die grau-weißen Vögel mit den langen, spitzen Schnäbeln flogen erst im Schutz der Nacht zu ihren Nestern in den unterirdischen Felshöhlen. Geisterhafte Schatten mit rauschenden Flügeln, deren unheimlicher Ruf sich mit den Klagen der in den Felsen gefangenen toten Seelen vermischte und über die geschwungenen Hänge bis hinunter ins *Clachan* wehte. Manchmal meinte Annie, durch die heiseren Schreie hindurch Floras Stimme zu hören, die nach ihr rief. Im Dunkeln lief sie dann aus dem Haus, um nach den Lichtern der Sturmlampen Ausschau zu halten, die sich in einer langen Reihe von der Anhöhe hinunter auf die Main Street zubewegten. Immer hoffte sie, Flora am Ende der Gruppe zu erblickten. Einmal meinte sie, das Gesicht ihrer Schwester über den flackernden Lichtern schweben zu sehen. Mit ihrem Porzellanpuppengesicht und großen dunklen Augen starrte sie aus einem Nebelschleier auf Annie herab. Annie war froh, dass sie die Orange zu Flora in den Sarg gelegt und nicht selbst gegessen hatte.

Tagsüber schien es, als hätte ein Schneesturm das *Clachan* erfasst. Die Frauen saßen vor den Häusern und waren mit dem Rupfen der toten Vögel beschäftigt. Ein wildes Federgestöber wirbelte durch die Luft und bedeckte die Haare der Frauen, ihre Kleider, die Ritzen der »Häuser draußen« und der Cleits. Wenn Annie die Straße entlangrannte, schienen ihr die Federn in Mund und Nase zu kleben.

Die Männer waren damit beschäftigt, die Felder zu düngen. Sie luden den Mist aus den »Häusern draußen« in Körbe. Die Frauen trugen diese dann auf ihren Rücken hinunter zu den Feldern, welche sich wie schmale Handtücher zwischen Village Bay und dem *Clachan* aneinanderreihten. Die Tore am Hauptdeich wurden wieder eingehängt und das Vieh nach draußen in die Hügel verbannt.

Finlay spielte in diesen Tagen nur wenig mit Annie. Seitdem klar war, dass er nicht mehr wie sein älterer Bruder Iain in die

Klippen würde klettern können, verbrachte er viel Zeit damit, seinen Hund darauf abzurichten, Papageientaucher aus den Höhlen zu scheuchen. Obwohl ihm die Arbeit mit dem Hund Freude bereitete, schien er oft missmutig. Offenbar vermisste er die Jagd. Annie hingegen erlebte eine aufregende Zeit in den Hängen von Dùn. Vor ein paar Tagen waren die ersten der tollpatschigen Vögel gelandet. Da jede helfende Hand gebraucht wurde, durften die Kinder mit den Männern zusammen durch die Bucht hinüberfahren. Dort wurden ihnen Seile um den Bauch gebunden. Von den Männern gesichert, wurden sie in die Klippen hinuntergelassen, um die Papageientaucher in ihren unterirdischen Gängen aufzustöbern und zu fangen. Annie war bald recht geschickt darin, obwohl sie oft kräftige Schnabelhiebe in die Finger abbekam. Dafür schmeckte das gebratene Fleisch wunderbar.

Von Tag zu Tag besserte sich das Wetter. Die Wellen in Village Bay liefen ruhig auf den Strand auf. So oft es ging, kümmerte sich Annie um den kleinen Donnie. Er weinte oft nach seiner Mutter, die immer noch nicht aus dem Krankenhaus zurückgekehrt war. Annie versuchte, ihn mit allen möglichen Spielen von seinem Kummer abzulenken, und nahm ihn mit hinunter ans Meer, wenn sie nach Seegras und Knorpeltang suchte, die sie nun statt des Torfs zum Heizen verwendeten.

Dann, in der Nacht zum Dienstag, den 15. April, kam die lang ersehnte Hilfe. Ein schrilles Pfeifen riss Annie und alle anderen im *Clachan* aus dem Schlaf. Annie sprang aus dem Bett und rannte zum Fenster. In den Häusern entlang der sichelförmigen Main Street flammten Lichter auf. In Windeseile schlüpfte Annie in ihre Kleider und rannte zusammen mit Christeen und Marion an den Pier hinunter. Im flackernden Schein der Sturmlampen ließen die Männer die Boote zu Wasser und ruderten in die Bucht hinaus. Der Fleetwood Trawler brachte die dringend benötigten

Lebensmittel: Kartoffeln, Zwiebeln, Kohl, Butter, Mehl, Speck, Tee, Weinsteinpulver, Zucker und vieles mehr, zusammen mit acht Säcken Post. Kapitän Quirk versprach, nach seiner Rückkehr aufs Festland über die schlimmen Zustände auf Hirta zu berichten, was allen eine gute Idee schien. In John Fleets Postamt, einem winzigen Wellblechschuppen neben Haus Nummer fünf, ging es drunter und drüber. Jeder versuchte, in dem Gerangel seine Briefe und Päckchen zu finden. Noch in der Nacht duftete es in jedem Haus köstlich. In den Wohnzimmern saßen die Familien zusammen, lasen ihre Briefe und öffneten ihre Pakete. Eines der Päckchen hatte Christeens Cousine vom Festland geschickt. Obwohl es an Christeen adressiert war, durfte Annie es öffnen. Es war fest verknotet. Ungeduldig nestelte Annie an der Schnur, bis sie sie endlich aufbekam. Die Tante hatte Schnürstiefel geschickt, ein Paar für jedes der drei Mädchen. Beim Anblick des hübsch glänzenden Paares, das für Flora bestimmt war, schlug Christeen die Hände vors Gesicht und brach in Tränen aus. Annie wickelte Floras Paar rasch wieder in das braune Papier. Am anderen Morgen brachte sie das Päckchen auf Christeens Geheiß zu den Macleans ins Haus Nummer eins hinüber. Sicher fand sich unter den neun Kindern eines, dem die Stiefel passten.

Zwei Tage nachdem der Trawler wieder abgelegt hatte, wurde Mr Cameron krank. Die Schule fiel aus. Die Sonne strahlte von einem wolkenlosen Himmel, der Wind hatte sich gelegt. Annie lehnte an der niedrigen Trockensteinmauer und knabberte an einer der Zuckerstangen, die Schwester Alden heute Morgen an die Kinder verteilt hatte. Sie war rot und duftete köstlich. Trotzdem zwang sich Annie, nur hin und wieder an dem klebrigen oberen Ende zu lutschen. Sie wollte sich den Genuss so lange wie möglich aufheben. Der kleine Donnie turnte hinter ihr herum und rupfte Gänsefingerkraut und Ampfer aus, die in dicken Büscheln zwischen den Steinen wuchsen. Gegenüber von Annie saß John Fleet, der Postmeister und Leiter der Versammlung der Männer, mit nackten Füßen auf der Bank vor seinem Haus. Er beugte sich vor, rollte die Hosenbeine bis über die Knie und ließ den Blick in die Runde schweifen. »Also schön, wenn alle da sind, kann die *Mòd* beginnen.«

Annie leckte mit der Zunge den Zucker von ihren Lippen. Natürlich wusste sie, warum die Männer zusammengekommen waren. Bevor sie in die Schule gekommen war, hatte sie regelmäßig auf der Straße gespielt und dabei den Männern gelauscht, die sich lautstark miteinander vor Haus Nummer fünf und sechs unterhalten hatten. Meist ging es darum, welche Arbeiten zu erledigen waren, oder es wurde ausgelost, welche Familie welches Feld innerhalb des Hauptdeichs bekam oder welchen Bereich in den Klippen für den Vogelfang. So eine Versammlung konnte lange dauern. Die Tagesausflügler benutzten einen merkwürdigen Ausdruck dafür. Annie runzelte die Stirn und überlegte. Wenn sie sich nicht irrte, nannten sie es »das Parlament von St. Kilda«. Im Vergleich zu *Mòd* ein wirklich schwieriges Wort, obwohl Annie Englisch schon recht gut beherrschte. Warum klang in der Sprache der *Sassenachs* alles so ernst und kompliziert? Sie hob den Kopf und sah zu Christian hinüber, der gerade Anstalten machte zu sprechen.

»Der Hafer müsste ausgesät werden«, meinte Christian. Er schob seine Tam O'Shanter, die flache Mütze mit dem roten Bommel obendrauf, in den Nacken und blies Pfeifenkringel in den Himmel. »Der Tag wäre wunderbar dafür.«

»*Aye.*« John nickte bedächtig. »Ich für meinen Teil fände es allerdings besser, wenn wir uns heute die Kartoffeln vornehmen würden. Je früher wir sie in die Erde bringen, umso besser. Dann fällt die Ernte auch nicht so mager aus wie im letzten Herbst.«

Gespannt blickte Annie zwischen Christian und John, dem Postmeister, hin und her. Das Wort des Dorfältesten hatte Gewicht. Viele hörten auf das, was er sagte. John Fleet jedoch hatte den Beinamen König der Insel, weil er vom Verwalter dafür bezahlt wurde, für Ordnung zu sorgen. Annie war gespannt, was John nun tun würde.

Malcolm Maclean, der an der Wand des alten Blackhouse neben Haus Nummer fünf lehnte, verschränkte die Arme vor der Brust. »Ich für meinen Teil werde nichts anpflanzen, weder Kartoffeln noch Hafer. Ich habe meiner Frau und den Kindern versprochen, dass wir im Sommer von hier weggehen.«

»Das kannst du nicht machen!«, fuhr Lachlan Morrisson, der andere Dorfälteste, dazwischen, seine Augen funkelten wild. »Wenn eure Familie auch noch geht, dann war es das. Wie sollen die Witwen, die Alten und die Kranken durch den nächsten Winter kommen? Wir können auf keine weitere Hand verzichten, ohne dass alle darunter leiden.«

»Aber genau darum geht es doch.« Malcolm schob sich das lockige, wehende Haar aus der Stirn. »Es hat keinen Sinn mehr. Hört auf, euch etwas vorzumachen. Schwester Alden hat recht: Wir stehen keinen weiteren Winter durch.«

»Unsinn.« Christian spie Tabak auf die Straße. »Ich wusste, dass nichts Vernünftiges dabei herauskommt, wenn die Weiber den ganzen Winter über zu Schwester Alden ins Haus des Verwalters rennen und sich mit Scones und Tee füttern lassen.« Sein Gesicht verzog sich zu einer so wütenden Grimasse, dass Annie ganz flau im Magen wurde. »Die Schwester hat den Frauen einen Floh ins Ohr gesetzt und damit Begierde in eure Seelen gepflanzt. Lasterhaft, äußerst lasterhaft.«

»Ach hör doch auf, Christian«, fuhr ihn Malcolm ungewohnt schroff an. »Es ist keine Sünde, wenn ich mir wünsche, dass meine Kinder eine Chance auf ein anständiges Leben bekommen. Was haben sie denn hier noch für Aussichten?«

»Pah, Aussichten.« Christian zog ein Gesicht, als hätte er verdorbenen Fisch gegessen. Er lehnte sich zurück, den Blick nach

Dùn hinüber gerichtet, und verschränkte die Hände vor der Brust. »Mir reicht die Aussicht, die ich von hier aus habe. Wüsste keine bessere.«

Gelächter machte sich unter den Männern breit. Annie grinste gutmütig mit, obwohl sie den Scherz nicht verstand.

Der Einzige, der nicht lachte, war Malcolm. Er schien den Witz auch nicht verstanden zu haben und reckte das Kinn. »Bei allem Respekt, alter Mann, aber du weißt nicht, wovon du sprichst. Du hast keine Vorstellung, was meine Frau und ich mitgemacht haben. Tag für Tag haben wir die Kinder hungern sehen. Ein Wunder, dass alle überlebt haben.«

»Dann solltest du dem Herrn, der uns so wunderbar erhält, danken und dich an deine Arbeit machen, anstatt zu reden«, erklärte Christian und zwinkerte Annie zu.

»Du wüsstest doch gar nicht, wie du den Umzug aufs Festland bezahlen solltest. Und ob du Arbeit findest, ist auch nicht sicher«, nahm John das Gespräch wieder an sich.

»Was haltet ihr davon, wenn wir den Tag nutzen, um die Boote zu teeren und zu reparieren?«, schlug Neil, Johns Sohn, der Bräutigam des letzten Sommers, vor.

»Das hat ja nun wirklich Zeit«, erwiderte Christian in aller Seelenruhe. Einige der Männer nickten zustimmend.

Nur der alte Lachlan nickte nicht. Annie beobachtete, wie er den Kopf drehte und Neil mit einem bitterbösen Blick bedachte. »Hört, hört.« Er hob seinen Stock und deutete auf Neil. »Noch kein Jahr verheiratet und schon unter dem Pantoffel.«

»Lass Neil in Ruhe«, ergriff John für seinen Sohn Partei. »Der Junge weiß, was er sagt. Der hat keine Flausen im Kopf wie du, Malcolm.«

»Ach wirklich?« Lachlan kniff beide Augen zusammen, sein Gesicht schien nur noch aus Falten und einem wolligen Bart zu bestehen. »Brauchst dich nicht für deinen Sohn ins Zeug legen, John. Der hat nämlich auch vor zu gehen.«

»Das glaube ich kaum.« John warf seinem Sohn einen so durchdringenden Blick zu, dass Annie ganz flau wurde. Gespannt, was Neil antworten würde, blickte sie zu ihm hinüber. Neil starrte auf seine nackten Zehen und schwieg.

Der alte Christian sog an seiner Pfeife. »So wahr mir Gott helfe, ich verstehe nicht, was mit euch jungen Leuten los ist. Ihr meint, das Paradies zu finden, wenn ihr von hier weggeht. In Wahrheit ist's aber gerade andersherum. Ihr vertreibt euch selbst aus dem Paradies und uns alte Leute mit dazu. Sehr ihr denn nicht, wie gut wir es haben? Das hier ist Gottes eigenes Land. Ihr werdet erst merken, was ihr verloren habt, wenn es zu spät ist.«

Ein Raunen ging durch die Männer. Auf einmal schienen alle gleichzeitig zu reden. »Ruhe jetzt«, gebot John mit kräftiger Stimme. »Solange keine Einigkeit darüber besteht, wer in diesem Jahr sein Feld bestellt oder nicht, macht das alles keinen Sinn. Wir sollten das tun, was Neil vorgeschlagen hat, und die Boote teeren. Das Wetter heute ist gut dafür. Was haltet ihr davon?«

Allgemeines Gemurmel in der Runde. Die meisten der Männer nickten.

»Also schön«, erklärte der Versammlungsleiter. »Dann ist es beschlossene Sache.« Annie bemerkte, wie sein Blick die Straße hinunterglitt. Schwester Alden näherte sich vom Haus des Verwalters her. Sie schritt direkt auf die Männer zu. Vor John Fleet blieb sie stehen.

»Guten Tag, meine Herren«, sagte sie ernst.

Mützen wurden gezogen, die Männer grüßten zurück.

»Ich möchte Ihre Versammlung keinesfalls stören«, erklärte Schwester Alden. Sie verschränkte die Finger ineinander und räusperte sich, als wollte sie noch mehr sagen. Entsetzt starrte Annie die Schwester an. Frauen hatten kein Mitspracherecht bei der Versammlung der Männer. Hatte das denn niemand der Schwester gesagt? Fieberhaft überlegt sie, was sie tun sollte, um weitere Peinlichkeiten zu verhindern. Vielleicht ließ sich die Schwester ja verleiten, mit ihr ins Haus des Verwalters hinunterzugehen, wenn sie sie um eine neue Zuckerstange bat? Aber noch bevor Annie das tun konnte, sprach die Schwester weiter. »Meine Herren, schön, Sie alle hier gemeinsam anzutreffen.« Sie unterbrach sich und ließ den Blick in die Runde schweifen. »Ich möchte Sie gerne an einem der nächsten Tage zu mir ins Wohnzimmer einladen. Es wird Kuchen, Tee und Scones geben.«

»Na ja, Schwester«, erwiderte der alte Christian und kratzte sich den Bart. Er schien sich als Erster von dem Schock erholt zu haben, dass eine Frau in der Versammlung sprach. »Bei allem Respekt, das ist ja sehr freundlich von Ihnen. Nur wozu soll das gut sein?«

»Nun«, Schwester Alden hüstelte erneut und knetete ihre Hände, die inzwischen schon ganz rot waren. »Wie Sie wissen, habe ich mich den Winter über regelmäßig mit den Frauen des Dorfes getroffen. Daher weiß ich, wie ernst die Lage ist. Ich würde gerne gemeinsam mit Ihnen eine Lösung finden, wie es weitergehen soll.«

»Wie gesagt, sehr freundlich von Ihnen, Schwester«, wiederholte Christian und spuckte braunen Pfeifentabak auf die lehmige Straße. »Wir sind Ihnen dankbar für das, was Sie hier für uns tun. Aber die Entscheidungen treffen wir Männer immer noch alleine.«

Alle in der Runde nickten zustimmend.

Schwester Aldens Gesicht wurde spitz. »Es tut mir leid, Ihnen widersprechen zu müssen, aber diesmal wird das kaum möglich sein. Diesmal geht es um zu viel.«

»Und um was soll es denn gehen?« Der Versammlungsleiter erhob sich und schob die Hände in die Taschen seiner Hose. Er blickte Schwester Alden gerade ins Gesicht.

»Es geht um die Evakuierung.«

Annie rollte die Augen. Wieder eines dieser Worte, die sie nicht verstand. Allmählich hatte sie genug davon, herumzusitzen und den Männern beim Reden zuzuhören. Sie ergriff Donnies klebrige Hand. »Komm mit«, sagte sie auf Gälisch. »Wir suchen Muscheln für dich am Strand.«

Kapitel 29

Annie wusste nicht, wie es Schwester Alden angestellt hatte, aber tatsächlich trafen sich alle Bewohner von Hirta, einschließlich der Kinder, in Schwester Aldens guter Stube zum Tee. Annie saß vor den Füßen ihrer Mutter auf dem Boden und sah sich um. Das Zimmer platzte aus allen Nähten. Dicht gedrängt saßen die Besucher in der Runde und redeten durcheinander. Der Tisch war an die Seite gerückt worden und bog sich unter den vollen Tellern. Annie wusste, dass die Schwester schon Tage im Voraus gebacken hatte: Scones, Kuchen und Plätzchen. Über dem Haus des Verwalters hatte ein köstlicher Duft gehangen, der Annie das Wasser im Munde hatte zusammenlaufen lassen. Sie freute sich besonders auf die Plätzchen und den Kuchen, denn Backwaren waren auf Hirta rar. Außer im Haus des Verwalters und im Pfarrhaus gab es nirgendwo einen Ofen.

Annie, Finlay, der kleine Donnie und die anderen Kinder schlugen sich die Bäuche voll, bis sie zu platzen schienen.

Mr Camerons sanfte, klare Stimme durchbrach ihre Gedanken. »Nun, wenn die Kinder satt sind, können sie gerne nach draußen gehen und spielen, denke ich.« Er nickte seiner Frau zu. Mrs Cameron erhob sich und brachte die Kinder zur Tür.

Als der Nachmittag in einen milden Abend überging, saßen die Erwachsenen noch immer zusammen und redeten. Ihre

Stimmen drangen durch die Dämmerung. Annie und Finlay saßen auf den Stufen am Vorbau des weiß getünchten Gebäudes und vertrieben sich die Zeit, indem sie ausprobierten, wer von ihnen am weitesten spucken konnte. Schließlich erklärte Finlay, dass er keine Lust mehr hatte. Er trat an das geöffnete Fenster und stellte sich auf die Zehenspitzen.

»Pass auf«, raunte Annie ihm zu. »Wenn sie uns sehen, gibt es Ärger. Mrs Cameron hat gesagt, wir sollen nicht stören.«

»Ach was.« Finlay machte eine Bewegung mit der Hand, als wollte er eine Fliege verscheuchen. »Ich störe nicht, ich gucke nur.«

»Aber trotzdem …« Annie biss sich auf die Lippe.

»Sei nicht immer so ängstlich.«

»Bin ich nicht. Aber wenn Granny McViccar dich sieht …«

»Psst«, unterbrach Finlay sie. Er wippte aufgeregt auf den Zehenspitzen.

»Was ist los? Schimpft Mr Cameron wieder mit Christian wegen der Uhr?«

»Unsinn«, zischte Finlay zurück. Ohne den Blick von dem Geschehen im Haus abzuwenden, winkte er sie herbei.

Jetzt hatte Annie doch die Neugier gepackt. Sie rannte ans Fenster und machte einen langen Hals. Leider hatte sie verpasst, worum es gerade ging. Aber anscheinend hatte jemand eine Frage gestellt, die Schwester Alden nun beantwortete. »Kapitän Quirk hat es nur gut gemeint, als er mit den Reportern über unsere Lage gesprochen hat. Er konnte nicht absehen, dass so viel Wirbel aufkommen und die Reederei daraufhin den Trawlern untersagen würde, Village Bay weiterhin anzulaufen.«

»Was für ein Unglück«, sagte Lachlan.

Schwester Alden nickte. »Wie es aussieht, hält es die Reederei für Zeitverschwendung, wenn die Trawler von ihren Kursen abweichen. Außerdem ist es den Inhabern wohl sauer aufgestoßen, dass die Mannschaft einen Teil des Fangs den Bewohnern von Hirta zur Verfügung gestellt hat.«

»So diene euer Überfluss ihrem Mangel, auf dass auch ihr Überfluss hernach diene eurem Mangel und geschehe, dass gleich ist«, zitierte Christian und hob mahnend den Zeigefinger. »So steht es geschrieben. Die Herren auf dem Festland täten gut daran, sich an das Wort Gottes zu halten.«

»Ich fürchte, die geschäftlichen Interessen stehen im Vordergrund«, seufzte Schwester Alden. »Wenn wir nicht dafür bezahlen, dürfen die Kapitäne nicht mehr von den Routen abweichen.«

»Geld, Geld, Geld«, murrte Christian. »Denen geht es immer nur ums Geld. Eine Schande ist das.«

»Wir werden nichts daran ändern können. Aber dadurch wird alles nur noch schwieriger«, sagte Schwester Alden. »Den letzten Winter haben wir knapp überlebt. Vor allem die Älteren unter Ihnen haben gelitten, wie ich leider erst zu spät bemerkt habe. Warum haben Sie vor mir verschwiegen, wie schlecht es Ihnen in Wahrheit ging?«

Annie sah, wie die beiden *Bodachs*, Christian und Lachlan, beschämt den Kopf senkten.

»Warum sind Sie nicht früher zu mir gekommen? Als Sie merkten, dass die Vorräte zur Neige gingen? Ich habe die Lage im Dorf vollkommen unterschätzt.« Schwester Alden unterbrach sich. Sie hob das Kinn und blickte in die Runde. »Wir müssen handeln.«

»Meine Entscheidung ist gefallen«, hörte Annie Malcolm Maclean sagen. Er saß mit dem Rücken zu ihr. »Ich verlasse die Insel. Noch einen Winter stehen wir nicht durch.«

Wieder redeten alle gleichzeitig. Schließlich hob Lachlan die Hand und bat sich Ruhe aus. »Nun, Schwester Alden, Sie haben uns zu sich eingeladen, damit wir darüber reden, wie es weitergeht. Was raten Sie uns?«

Alle Augen wandten sich Schwester Alden zu. Sie saß etwas seitlich, sodass Annie ihr Gesicht nur schemenhaft erkennen konnte, aber als die Schwester sprach, zitterte ihre Stimme: »Wenn Sie mich fragen, haben Sie keine andere Wahl, als die Insel zu verlassen.« Sie holte seufzend Luft. »Ich weiß, es klingt bitter, aber noch bitterer wäre es, im kommenden Winter zu verhungern. Wenn wir es rechtzeitig in Angriff nehmen, könnte ich noch in diesem Sommer eine Evakuierung veranlassen. Die Regierung würde dafür sorgen, dass Sie alle ein neues Zuhause und Arbeit finden.«

Annie zog die Stirn in Falten. Da war es wieder, dieses englische Wort, das schon bei der *Mòd* gefallen war. Vielleicht dachten auch die Erwachsenen darüber nach, was es bedeuten mochte, denn niemand sagte etwas.

Schließlich erhob Lachlan sich und kam auf die Schwester zu. Das Licht der Nachmittagssonne fiel durch das Fenster, genau auf sein Gesicht. Annie riss vor Verwunderung die Augen auf, als sie sah, wie dem alten Lachlan die Tränen über die Wangen liefen. Er legte den Arm um die Schwester und zog sie an sich. »Ich glaube, Sie schätzen die Lage richtig ein. Wir haben die jungen Leute gehen lassen, und nun ist es zu spät. Es bricht mir das Herz, aber unsere Zeit auf Hirta ist abgelaufen. Wir sind zu wenige, um ausreichend Vorräte für den Winter anzulegen. Auf der anderen Seite haben wir kein Geld, um Essen zu kaufen. Selbst wenn wir den ganzen Tweed, den wir herstellen können, an die Besucher verkaufen würden, würde es nicht reichen.« Er wischte sich mit dem ausgefransten Ärmel seines Wollpullovers die Tränen vom Gesicht. »Wenn Sie nicht gewesen wären, hätte es bereits im letzten Winter eine Katastrophe gegeben.«

»Das heißt, Sie denken ernsthaft über eine Evakuierung nach?«, fragte die Schwester.

Wieder ging es hoch her. Annie schnappte nur einzelne Sätze auf: »Ja, aber wie sollen wir das bezahlen?« –»Was wird aus unseren Tieren?« –»Wo sollen wir unterkommen?«

Nun wischte sich auch Schwester Alden die Tränen aus den Augen. »Wie gesagt, es wäre machbar. Doch die Entscheidung liegt ausschließlich bei Ihnen. Bitte sprechen Sie daheim alles in Ruhe durch.«

Damit schien das Teekränzchen beendet. Annie ließ sich auf die Sohlen ihrer Füße fallen. Sie hatte nicht alles begriffen, was da drinnen vor sich gegangen war, aber sie hatte wohl verstanden, dass Schwester Alden eine kluge Frau war. Sie benutzte nicht nur schwierige Wörter, sie wusste auch, dass die Inselbewohner bei ihren Entscheidungen keine Einmischung duldeten.

St. Kilda, Juni 1930

Ein merkwürdiger Sommer war das, dachte Annie. Alles war anders als sonst. Normalerweise waren die Männer um diese Zeit beschäftigt, auf den Hügeln Torf zu stechen. Stattdessen saßen alle vor John Fleets Haus herum, in endlose Gespräche vertieft. Annie machte sich Sorgen. Wie sollten sie denn über den Winter kommen, wenn kein Torf gestochen wurde? Genauso war es mit dem Hafer und der Gerste. Einzig John Fleet bearbeitete sein Land, alle anderen Felder lagen brach. Vielleicht würden sie ja ab jetzt ihr Essen vom Festland bekommen? Merkwürdig war das, wirklich merkwürdig. Irgendetwas stimmte nicht.

Eines der klebrigen Bonbons kauend, welche die Tagesausflügler an die Kinder verteilt hatten, hockte Annie auf der Mauer und sah den Fremden hinterher, die zwischen den Häusern an der Main Street umherstreiften. Einige Frauen hatten die Spinnräder auf die Straße gestellt und ließen sich beim Arbeiten fotografieren. Andere boten ausgeblasene Vogeleier und gestrickte Socken zum Verkauf an. Im Postamt neben Haus Nummer fünf war Neil Fleet damit beschäftigt, die Briefe zu verteilen. Ein ganzer Sack voll war heute mit dem Boot gekommen. Auch Donnies Vater schien Post zu haben. Annie sah, wie er mit einem Brief in der Hand auf Granny zuging, die vor ihrem Haus saß und spann. Donnies Vater sagte etwas, daraufhin schlug sich die alte Ruth die Hand vor den Mund. In der nächsten Sekunde flüchtete sie sich in ihr Haus. Donnies Vater folgte ihr und zog die Tür hinter sich zu. Nichts Gutes ahnend sprang Annie auf, nahm Donnies Hand und ging mit ihm in Grannys Haus.

Das braun gebrannte, wettergegerbte Gesicht der *Cailleach* war nass vor Tränen. Donnies Vater saß auf einem Stuhl vor dem Feuer, den Kopf in den Händen vergraben. Sein Oberkörper wurde von Krämpfen geschüttelt. Annie spürte einen Stich in ihrer Brust. Niemand brauchte etwas zu sagen. Sowohl Donnie als auch sie wussten sofort, was los war. Ein Zittern lief durch Donnies Körper, dann warf er sich in Grannys Rockschoß und heulte drauflos.

* * *

Der Tod von Mary McViccar setzte der Gemeinde schwer zu. Eine Stille senkte sich über das *Clachan*, wie Annie sie noch nie gekannt hatte. Es war, als wäre mitten im Sommer ein Blizzard gekommen und hätte alles Leben eingefroren. Annie fühlte sich, als steckten sie alle in der Schneekugel, die auf Christeens Kamin stand. Jemand hatte sie ihr vom Festland mitgebracht. In der Kugel waren winzige Figuren. Wenn man sie schüttelte, wirbelten Flocken durch das Glas und bedeckten alles, aber die Figuren selbst bewegten sich nie, egal wie fest man schüttelte. So war es jetzt auf Hirta. Nichts regte sich mehr. Den Erwachsenen schien es egal, dass die Arbeit liegen blieb. Alle sprachen nur noch davon, dass eine junge Frau hatte sterben müssen, weil die Hilfe vom Festland zu spät gekommen war. Annie hatte ihre Mutter gefragt, was denn mit Mary passiert sei. Diese hatte etwas von Blinddarm und Tuberkulose gemurmelt und davon, dass alles keinen Sinn mehr hätte. Annie hatte sich nicht getraut zu fragen, was sie damit meinte.

Dass Marys Totenfeier die letzte auf Hirta gewesen sein sollte, wurde Annie erst Jahre später bewusst. Da es keinen Sarg gab, legte Donnies Vater John einen großen runden Stein für Mary auf dem Friedhof ab. Er war weiß und leuchtete aus dem satten grünen Gras und den gelb blühenden Iris hervor. Annie kletterte auf die runde Friedhofsmauer und betrachtete den Stein von oben. Sie fand, dass Donnies Vater eine andere Farbe als Weiß hätte nehmen sollen. Es lag wohl daran, dass er sich vorher nicht mit Finlay unterhalten hatte. Donnies Vater konnte ja nicht wissen, dass im Krankenhaus alles weiß war, überlegte Annie. Finlay hatte ihr, als er mit dem geschienten Bein aus Glasgow zurückgekommen war, erzählt, dass ihn das viele Weiß ganz verrückt gemacht hatte. Er hatte behauptet, dass einfach alles im Krankenhaus weiß sei: die Wände, die Fensterrahmen, die Böden, die Bettwäsche, die Kleidung der Schwestern, die Teller und Tassen, ja, sogar das Hemd, das man ihm angezogen hatte, und die Socken. Annie hatte Mühe, sich das vorzustellen, aber Finlay musste es schließlich wissen. Nun, jedenfalls war der weiße Stein eine schlechte Wahl, fand Annie. Sie sprang von der Mauer, ging auf den Stein zu und berührte die glatte, kühle Oberfläche. Sicher war Mary McViccars Geist furchtbar unglücklich, für immer in dieser schrecklichen weißen Welt gefangen zu sein. Bestimmt sehnte er sich nach den Farben von Hirta: nach dem leuchtenden Rot, mit dem die Sonne über dem Meer aufging, nach dem türkisfarbenen, glitzernden Wasser der

Bucht und nach dem Grün der sanften Hügel. Doch weder Marys Geist noch ihr Leichnam würden nach St. Kilda zurückkehren.

Kurz nach dem Begräbnis fand ein weiteres Treffen in Schwester Aldens Stube statt. Anders als beim ersten Mal verlief die Zusammenkunft sehr ruhig. Schwester Alden und Mr Cameron führten das Wort, die Inselbewohner selbst waren ungewöhnlich schweigsam. Die Begriffe *Petiton* und *Evakuierung* erklangen so oft, dass sie endlos durch Annies Gehirn hallten. Schließlich setzte Mr Cameron sich an den großen Tisch und schrieb einen Brief für die Erwachsenen. Annie fand das ungerecht, weil sie selbst sich so sehr mit den Buchstaben mühen musste. Die Erwachsenen hatten nur ihren Namen daruntermalen müssen, das war alles. Was in dem Schreiben stand, wusste Annie nicht, allerdings hatte sie mitbekommen, wie die Schwester und Mr Cameron sich eigentümliche Blicke zuwarfen, während die Erwachsenen unterschrieben. So leise, sodass nur Annie, die in der Nähe stand, es zufällig hörte, sagte die Schwester zu Mr Cameron: »Tun wir das Richtige?«

Kapitel 30

Kommst du vorwärts?« Ailic nahm die Schirmmütze vom Kopf und setzte sich zu Rachel an den Tisch im Aufenthaltsraum. Er zog sie an sich und gab ihr einen Kuss auf den Mund.

»Ich denke schon«, gab Rachel etwas kurzatmig zurück, als Ailic sie aus seiner Umarmung entließ. »Aber es nimmt mich ziemlich mit.«

»Du brauchst eine Pause.« Er erhob sich. »Ich mache uns Kaffee. Hast du einen deiner wunderbaren Scones für mich?«

»Für mich bitte auch einen.« Pete betrat mit einem Werkzeugkoffer bewaffnet die Küche.

»Wie gut, dass du da bist«, freute sich Rachel. »Ich musste einen Eimer unter den Boiler stellen, weil er jetzt auch noch leckt. Setz dich. Ich bringe dir einen Teller. Möchtest du Kaffee oder Tee?«

»Tee bitte.« Pete ließ sich auf die Bank fallen und trommelte gut gelaunt mit den Fingern über die Tischplatte. Er blickte zwischen Ailic und Rachel hin und her. Seine Augen strahlten warmherzig, wahrscheinlich schwebte ihm schon eine Traumhochzeit vor. »Was habt ihr zwei denn heute noch im Sinn?«

Ailic streckte den Rücken und ließ die Hände an dem oberen Sims der Mauerkante ruhen, die die Küche vom Aufenthaltsraum trennte. Er grinste. »Wir suchen nach dem Cleit am Ende der Welt.«

»Da braucht ihr nicht lange zu suchen.« Pete zuckte die Achseln und nahm den Scone von dem Teller, den Rachel ihm hingestellt hatte. Genussvoll biss er hinein. »Ich kann euch sagen, wo das liegt.«

* * *

Wolken, pludrig wie Zuckerwatte, bedeckten einen aquamarinblauen Himmel. Die Luft war klar, der Blick in die Ferne so endlos, dass man meinte, die Krümmung der Erde zu erahnen. Der Nordatlantik war flach wie Stahl und schimmerte in einem fast schwarzen Dunkelblau. Davor fielen die Felsen des Aird-Uachdarachd terrassenförmig zum Meer hin ab. In den leuchtend grünen, mit Sauerampfer und Vogelmiere bewachsenen Hängen nisteten Eissturmvögel. Wie auf Kommando erhoben sie sich von den Vorsprüngen in den Felsen und zogen zu Hunderten ihre Kreise, bevor sie wie von Geisterhand wieder in ihren Nistplätzen verschwanden.

»Das muss es sein.« Rachel deutete auf eine bienenkorbförmige Steinhütte, welche auf einem Plateau circa fünfzig Meter unter ihnen lag. Das mit Gras bewachsene Cleit fügte sich perfekt in die Landschaft. Wenn man nicht wusste, dass es sich dort befand, übersah man es. »Wir waren die ganze Zeit so nah dran.«

»Das Cleit am Ende der Welt. Passende Bezeichnung. Zu dumm, dass wir Pete nicht gleich danach gefragt haben.«

Rachel blickte grimmig in den Abgrund. Sie konnte noch immer nicht fassen, dass die Lösung so naheliegend war. Von Pete hatten sie erfahren, dass *Cleit am Ende der Welt* der Name war, den die ehemaligen Bewohner von St. Kilda der Steinhütte in den Felsen des Aird-Uachdarachd gegeben hatten. Das Militär, das nach der Evakuierung auf die Insel gekommen war, hatte lange nichts von dieser Bezeichnung gewusst. Erst vor einigen

Jahren, als ein Nachkomme von John Fleet an einem NTS-Workshop teilgenommen hatte, hatte man sich wieder an diesen Begriff erinnert. Pete hatte zusammen mit Johns Fleets Urenkel die genaue Lage des Cleits in einer Karte markiert.

»Ziemlich unpraktischer Platz für eine Hütte. Ich frage mich, wozu das Cleit benutzt wurde …« Ailic nahm die Tasche mit der Fotoausrüstung von der Schulter und legte sie zu dem Einbeinstativ neben sich ins Gras. Die Sonne, die eben noch so kräftig geschienen hatte, versteckte sich hinter grauen Wolken. Ein scharfer Nordwestwind fuhr ihnen in die Kniekehlen.

»Vermutlich, um das Fleisch der Eissturmvögel zu trocknen. Oder die Federn über den Winter durchlüften zu lassen«, mutmaßte Rachel.

»Mag sein. Solange ich nicht wieder über ein verrottendes Schaf stolpere, ist mir alles recht. Ich gehe jetzt da hinunter.«

Rachels Magen zog sich zusammen. Die Anhöhe, auf der das Cleit am Ende der Welt lag, fiel zu beiden Seiten steil ins Meer ab. In den Höhlen und Tunneln unterhalb der Felsen brachen sich schäumend die Wellen. Sie lehnte den Oberköper nach vorne und schielte in den Höllenschlund. »Lass es besser sein. Es ist zu gefährlich.«

»Das hast du auf dem Lover's Stone auch behauptet«, erwiderte Ailic. Er schien entschlossen, ihre Bedenken buchstäblich in den Wind zu schlagen. »Es ist nichts weiter als ein kleiner Spaziergang in den Klippen. Wir dürfen deine Granny nicht enttäuschen. Sie hat ihr ganzes Leben darauf gehofft, dass Finlay zu ihr zurückkehrt. Also soll sie zumindest den Schatz zurückbekommen.«

»Auf die Gefahr hin, Annie zu enttäuschen: Das ist das Risiko nicht wert.«

»Wenn es Finlay als zehnjähriger Junge geschafft hat, dort hinunterzusteigen, bekomme ich es mit meinen langen Beinen erst recht hin.«

»Du kannst dich nicht mit Finlay vergleichen. Die Bewohner von St. Kilda waren von klein auf daran gewöhnt, sich Hals über Kopf in die Klippen zu stürzen.«

»Mag sein, aber ich bin schon mit ganz anderen Situationen fertiggeworden.«

»Das war vor dem Unfall«, murmelte Rachel so leise, dass Ailic es nicht hörte. Sosehr sie es begrüßte, dass er zu seinem alten Selbstbewusstsein zurückfand, so unpassend erschien ihr der Zeitpunkt.

»Vertrau mir. Ich weiß, was ich tue.« Entschlossen zog er die dicke Regenjacke aus und reichte sie Rachel. »Hier. Halt das mal. Ich werde jetzt dem Schicksal ins Auge blicken und Annies Heiligen Gral bergen.«

»Haha. Wirklich komisch.«

»Bin gleich zurück.« Er machte einen Schritt auf den Klippenrand zu. In der nächsten Sekunde war er nicht mehr zu sehen. Seine hochgewachsene Gestalt wurde verschluckt von dem senkrecht in die Tiefe abfallenden Abgrund. Rachel kribbelte es im Magen. Mit zitternden Knien ließ sie sich ins Gras fallen. Die Minuten dehnten sich endlos. Schließlich erspähte sie Ailics Kopf tief unter sich auf dem grasbewachsenen Felsplateau unweit des Cleits. Angespannt beobachtete sie, wie Ailic den Arm hob und ihr zuwinkte. Bevor Rachel den Gruß erwidern konnte, war er im Eingang der Hütte verschwunden. Kurz darauf tauchte er wieder auf und schwenkte triumphierend einen Gegenstand durch die Luft. Rachel wurde heiß und kalt zugleich. Ungläubig schüttelte sie den Kopf. Obwohl es anfangs unmöglich erschienen war, hatten sie es geschafft. Fünfundsiebzig Jahre nach der Evakuierung schloss sich für Annie der Kreis. Die Suche hatte ein Ende.

Das Wollgras neben Rachel zitterte, als ein scharfer Wind über die Klippen fegte. Erschrocken beobachtete sie, wie er unter

Ailics Sweatshirt fuhr und wild an seinen Haaren zerrte. Sie legte die Hände vor den Mund und rief Ailic zu, er solle sich besser auf den Rückweg machen, aber er schüttelte den Kopf und schien sie nicht zu verstehen. Gleich darauf wandte er ihr den Rücken zu und schritt auf den Rand des Plateaus zu. Rachel stockte der Atem, als sie beobachtete, wie Ailic über scharfkantiges, nacktes Gestein kletterte, bis er den Überhang unterhalb des Cleits erreicht hatte. Tief unter ihm brodelte der Atlantik. Er legte den Kopf in den Nacken, riss den Arm hoch und schleuderte die geballte Faust gen Himmel, als hätte er gerade ein Monster besiegt, das tief in den Felsen hauste. Ein lang gezogener Triumphschrei hallte weit über die Klippen. Wie gebannt hielt sie den Blick auf ihn gerichtet. Die Luft um Ailic herum schien vor Energie zu vibrieren. Er war wieder bei sich selbst angekommen und bei dem, wofür er brannte. In diesem einen, von Adrenalin und Leidenschaft berauschten Moment gewährte er ihr einen Blick in seine Seele.

Benommen beobachtete sie die Gestalt zwischen den Felsen. Der alte Ailic war zurück. Und dieser Ailic brauchte den Rausch aus Gefahr, Abenteuer und Freiheit wie die Luft zum Atmen. Und sie? Was brauchte sie, um glücklich zu sein?

Die Antwort war ganz eindeutig: Sam.

Und Ailic, aber das war unmöglich …

Unbewusst hatte sich in den vergangenen Tagen eine leise Hoffnung in ihr breitgemacht. Es war entgegen aller Vernunft, aber dennoch hatte sie sich zu fragen begonnen, ob es eine Zukunft für sie beide geben könnte. Hieß es nicht immer, dass Liebe alles möglich mache? Und wenn Liebe der Schlüssel war, warum sollten Ailic und sie dann nicht in der Lage sein, ihre Ängste über Bord zu werfen und einen Weg zu finden, ihre Beziehung weiterzuführen? Sie hätte nicht geglaubt, dass ihr das Leben eine zweite Chance bieten würde. Sollte sie nach Joshs Tod nicht versuchen, das Glück mit beiden Händen festzuhalten, anstatt es wie Sand durch ihre Finger rinnen zu lassen? Derart waren ihre Gedanken bis vorhin gewesen.

Doch nachdem sie Ailics Wagemut in den Klippen gesehen hatte, waren ihre Hoffnungen der Realität gewichen. Mit überdeutlicher Klarheit war ihr bewusst geworden, dass sie sich selbst etwas vormachte. Frustriert barg sie den Kopf in den Händen und schloss die Augen. Auch wenn Ailic bereit wäre, sich auf eine Beziehung mit ihr einzulassen, sie war es nicht. Nach den Schicksalsschlägen in der Vergangenheit würde sie es nicht ertragen, ständig in der Angst zu leben, dass ein Polizist an ihre Tür klopfen und ihr mitteilen könnte, dass der Mann, den sie liebte, auf einer seiner waghalsigen Expeditionen zu Tode gekommen war.

»Du kannst die Augen wieder aufmachen«, hörte sie unvermittelt Ailics Stimme neben sich.

Mit einem Satz sprang sie auf die Füße und schlang die Arme um seinen Hals.

»Ich habe dir doch gesagt, mir passiert nichts.« Er küsste sie innig auf den Mund.

»Gott sei Dank.« Vielleicht lachte sie ein wenig zu laut, aber sie versuchte, tapfer zu sein und den Gedanken beiseitezuschieben, dass der vertraute Geruch seines Körpers bald nur noch in ihrer Erinnerung existieren und mit jedem Tag mehr verblassen würde.

Mit einem breiten Grinsen griff er in die Tasche seiner Cargohose und zog eine ehemals goldene, jetzt rostige Blechdose hervor. »Hier. Bitte schön.«

Mrs Brixton's Homemade Butter Scotch Candy. Die geschwungenen Buchstaben waren verblasst, aber immer noch lesbar. Behutsam öffnete Rachel den Deckel. In der Dose lag ein etwa hühnereigroßer, grob geschnitzter Vogel. An der Form des

Schnabels und der angewinkelten Flügelhaltung erkannte Rachel, dass es einen Eissturmvogel darstellen sollte. Die Holzfigur war erstaunlich gut erhalten. Der stetige Luftzug im Cleit hatte sie vor Fäulnis bewahrt. So anrührend war der Vogel in seiner Schlichtheit, dass Rachel Tränen in die Augen traten. Beinahe ehrfürchtig nahm sie die Figur heraus und drehte sie in den Händen.

»Wow«, entfuhr es Ailic. Er legte die Arme um sie und zog sie an seine Brust. »Ich wäre gerne dabei, wenn deine Granny das sieht«, flüsterte er über ihren Kopf hinweg.

Rachel nickte und presste die Lippen aufeinander. Sie spürte den Drang, ihn zu fragen, ob er nicht mitkommen wolle. Aber dadurch würde alles nur noch komplizierter. Sam würde Fragen stellen. Und auch für sie würde es mit jedem Tag schwerer, Ailic gehen zu lassen. Also atmete sie tief durch und wartete ab, bis der Impuls im Ozean der Zeit versank.

Der Wind frischte auf und blies ihr mitten ins Gesicht. Sie legte den Vogel in die Dose zurück und steckte diese in ihre Jacke.

»Rachel … Ich muss dir etwas sagen …« Ailics Stimme klang erregt.

Eine ungute Vorahnung stieg in ihr auf. Unter ihrer gefütterten Regenjacke fröstelte es sie.

»Auf diesem Felsvorsprung zu stehen … es war unglaublich. Ein Gefühl, wie ich es schon lange nicht mehr hatte …«

Ihre Kehle wurde eng. Genau das hatte sie befürchtet. Ailic stand zwar neben ihr, aber in Gedanken hatte er bereits begonnen, sich von ihr zu entfernen.

»… durch den Unfall habe ich mich viel zu lange davon abhalten lassen, die Dinge zu tun, die ich eigentlich tun will. Das ist mir dort unten, als ich am Ende der Welt stand und über den Atlantik blickte, bewusst geworden.«

Rachels Herz klopfte zum Zerspringen. Sie war unfähig, etwas zu sagen.

Währenddessen fuhr Ailic fort. »Ich weiß, dass ich es schaffen kann, trotz meines Handicaps. Denk nur an die Menschen, die mit Behinderung Unglaubliches geleistet haben: Helen Keller, Stephen Hawking, die Teilnehmer der Paralymics … Sie alle beweisen, dass es geht, wenn man wirklich will.«

Sie gab sich einen Ruck. »Verstehe ich dich richtig? Du willst wieder für *National Geographic* arbeiten?«

»Ja, das möchte ich.« Seine grünblauen Augen leuchteten.

Weil sie seine Euphorie nicht zerstören wollte, nickte sie nur stumm, den Kopf an seine Brust geschmiegt. In diesem Augenblick, hier oben auf dem Fels, verstand sie, wie Annie sich gefühlt haben musste, als sie und Finlay den Eid geleistet hatten. Wie ihre Großmutter vor fünfundsiebzig Jahren wünschte Rachel, die Zeit anhalten zu können und für immer mit Ailic hier auf der Insel zu bleiben, während die restliche Welt sich ohne sie weiterdrehte.

»Sollen wir zurückgehen?«, fragte Ailic. Er hob den Blick in den Himmel. »Es sieht nach Regen aus. Ich möchte nicht riskieren, noch einmal im Nebel festzusitzen.«

Er nahm ihre Hand. Schweigend arbeiteten sie sich nebeneinander im Zickzack den Hang hinunter. Als sie An Lag erreichten, brach die Sonne durch die Wolken und ließ breit gefächerte Strahlen über die mit Cleits und Felsbrocken übersäten Hügel gleiten. Ailic blieb stehen, nahm die Mütze vom Kopf und öffnete den Verschluss seiner Windjacke. Rachel hingegen hielt ihren Reißverschluss bis unters Kinn geschlossen. Die Wärme des Vormittags konnte die Kälte nicht vertreiben, die sich in der letzten halben Stunde in ihren Knochen ausgebreitet hatte.

Im Dorf angekommen, trennten sich ihre Wege. Ailic ging in die Küche, um Teewasser für sie beide aufzusetzen, während

Rachel die Wanderschuhe gegen bequeme Clogs tauschen und Annies Dose zwischen ihren Sachen verstauen wollte.

»Dann bis gleich.« Ein wenig widerstrebend löste Ailic ihre Finger voneinander.

»Ich beeile mich«, versprach Rachel und ging mit raschen Schritten auf den Damenschlafraum in Haus Nummer vier zu.

Als sie die Tür aufmachte, stand Cynthia mit dem Rücken zu ihr vor den Spinden und kramte nach ihrem Waschzeug. Langsam wandte sie sich zu ihr um. »Rachel, da bist du ja.« Sie machte einen Schritt auf Rachel zu und legte ihr sanft die Hand auf den Unterarm. »Der MOD hat vor etwa einer Stunde eine Nachricht für dich empfangen. Hier …« Sie reichte Rachel ein gefaltetes Papier.

Mit pochendem Herzen nahm Rachel den Computerausdruck an sich. Ihre Augen flogen über die Zeilen. Obwohl die Nachricht nur wenige Worte umfasste, hatte sie Mühe, den Inhalt zu verarbeiten. Sie hob das Gesicht und wandte sich mit bebender Stimme an Cynthia. »Liegt Dicks Boot noch in der Bucht?«

Cynthias Augen wurden rund. »Ja, er läuft in ungefähr einer Dreiviertelstunde aus. Was ist los? Du siehst aus, als hättest du eine schlimme Nachricht erhalten.«

»Sam«, erwiderte Rachel. »Er braucht mich. Ich muss so schnell wie möglich zurück.«

Pete bekräftigte Rachel in ihrem Entschluss, gleich am Nachmittag mit dem Boot nach Harris zurückzukehren. Yi und Cynthia übernahmen entgegen Rachels schwachem Protest das Kommando in der Küche. Gemeinsam durchstöberten sie die Schränke und diskutierten, was sie kochen wollten. Selbst Chloé wurde von ihnen genötigt, sich an der Planung zu beteiligen. Rachel fragte sich, weshalb, denn der Essensplan für die kommenden Tage hing neben dem Kühlschrank aus. Schließlich kam sie zu dem Schluss, dass Yi und Cynthia ihr wohl auf ihre eigene Art die Möglichkeit verschaffen wollten, sich in Ruhe von Ailic zu verabschieden.

Genau wie Rachel war er besorgt gewesen, als sie ihm vorgelesen hatte, was Sam geschrieben hatte: *Mummy, bitte komm nach Hause. Ganz schnell. Ich brauch dich. Mit Granny stimmt etwas nicht …* Obwohl er ebenfalls der Ansicht war, dass Rachel sofort zurückkehren musste, schien er mit dem überhasteten Abschied zu kämpfen. In den letzten Minuten, während Rachel gepackt hatte, war er immer schweigsamer geworden. Zum Schluss war er ganz verstummt. Nun stand er am Fußende ihres Bettes, die Schulter gegen einen der Spinde gelehnt, und beobachtete mit düsterer Miene, wie Rachel auf dem abgezogenen Bett hockte und sich damit abmühte, den zusammengerollten Schlafsack in die Hülle zu stopfen.

»Lass mich das machen, so funktioniert das nicht«, sagte er schließlich. Er setzte sich zu ihr und nahm ihre Hände. In seinen Augen lag ein Flackern. »Ich dachte, wir hätten mehr Zeit miteinander …« Er schüttelte den Kopf. »Ich werde dich schrecklich vermissen.«

Rachel wandte sich ab. Sie blickte zum Fenster. Silberne Staubpartikel schwebten in der Luft. Sie schluckte. Erneut kämpfte sie das Verlangen nieder, Ailic nach Harris einzuladen. Doch genau wie heute Nachmittag kam sie zu dem Schluss, dass es den Abschied nicht verhindern, sondern nur hinauszögern würde. Am Ende würden sie sich beide umso mehr quälen. Also ließ sie es auch diesmal bleiben. Sie löste ihre Hände und zupfte an dem Bändel des Schlafsacks herum. »Ich werde dich auch vermissen.«

»Ich war nicht darauf vorbereitet, mich schon jetzt von dir zu trennen.« Mit einem langen Atemzug stieß Ailic die Luft aus. »Ich wünschte, wir hätten noch mehr Zeit miteinander …« Er hob die Hände, hielt aber auf halber Höhe wieder inne. Seine Schultern sackten herab.

Rachels Herzschlag verlangsamte sich. Sie presste die Lippen aufeinander. »Aber das haben wir nicht, oder …?«, fragte sie unschlüssig.

Er schwieg, sodass sich eine Antwort erübrigte.

»Also schön …« Rachel nahm einen Zipfel des Schlafsacks und stopfte ihn in die Hülle. Der rutschige Stoff entglitt ihr immer wieder. Sie hatte Mühe, ihre Finger zu beherrschen. »Ich nehme an, du wirst in London erwartet?«

Schweigen.

Er fuhr sich mit der Hand in den Nacken. »Ein Freund von mir startet in ein paar Wochen zur Ostafrika-Safari-Rallye.«

»Ostafrika-Rallye …?«, wiederholte sie gedehnt. Ailics Herz entglitt ihr wie der rutschige Stoff.

»Ein Rennen über mehrere Tage. Nonstop von Daressalam in Tansania über Kenia nach Kampala in Uganda«, erklärte er. »Er fährt, ich fotografiere.«

Sie zuckte die Achseln. Als ob das irgendeinen Sinn für sie ergäbe! Sie konnte nicht nachvollziehen, wie man sich freiwillig solchen Strapazen aussetzen wollte. Ganz zu schweigen von den Gefahren, die ein Rennen mitten durch den Busch mit sich brachte. Ebenso gut hätte Ailic sich in einem Fass die Viktoriafälle hinabstürzen können. Wahrscheinlich stand das ohnehin als Nächstes auf seinem Programm, dachte sie bitter.

»… ich hatte erst abgesagt …«

»Aber jetzt hast du festgestellt, dass du doch teilnehmen möchtest.«

»Ja.« Seine Hände tasteten unruhig auf der Hülle des Schlafsacks herum. »So ist es.«

Erneut herrschte Schweigen, während die Zeit unerbittlich verstrich. Schließlich gab Rachel sich einen Ruck. »Ich muss los. Dicks Boot legt gleich ab.«

»Ich würde dich gerne wiedersehen.« Seine Stimme klang dumpf. »Lass uns in Kontakt bleiben.«

Rachel starrte vor sich hin. Die unvermeidliche Floskel, die an dieser Stelle hatte fallen müssen, dachte sie im Stillen. Sie erhob sich und klemmte den Schlafsack unter ihren Arm. »Nein. Keine Briefe und keine Anrufe. Es wäre zu frustrierend. Zuerst brennen wir jeden Tag darauf, voneinander zu hören, und dann, im Laufe der Zeit, stellen wir fest, dass wir uns immer weniger zu sagen haben.«

»So muss es nicht sein.«

»Aber so würde es sein. Besser, wir beenden es hier. Ohne Erwartungen an die Zukunft, aber dankbar für das, was wir hatten«, sagte sie, ihre Brust wurde eng. »Es war eine Illusion … aber eine wunderschöne.«

Impulsiv machte er einen Schritt auf sie zu. Der Schlafsack entglitt ihr, er zog sie an sich und küsste sie so intensiv, dass ihr vor Verlangen schwindlig wurde. Schließlich zog er ihren Kopf an seine Brust und hielt sie fest mit seinen Armen umschlungen. »Pass auf dich auf, versprichst du mir das?«, murmelte er dicht neben ihrem Ohr.

»Natürlich«, presste sie hervor.

Er hob ihr Kinn an, sodass sie sich in die Augen sahen. »Du weißt ja, was man sagt …«

Sie schüttelte den Kopf.

»Am Ende wird alles gut.«

Rachel wurde es schwer ums Herz. Sie dachte darüber nach, ob das wirklich zutraf. »Sicher …«, meinte sie schließlich. »Auf die eine oder andere Art …«

Dann drehte sie sich um, straffte die Schultern und verließ das Haus, bevor er bemerken konnte, wie ihr die Tränen in die Augen traten.

Kurz darauf stand Rachel unten am Pier und ließ sich von Nola dabei helfen, die Schwimmweste anzulegen. Die Männer aus der Gruppe hatten sich oben am Haus von ihr verabschiedet, aber Pete, Cynthia, Yi und Chloé waren mit hinunter an den Anleger gekommen. Und Ailic natürlich …

Rachel fühlte sich wie in Trance. Benommen verteilte sie reihum Abschiedsküsschen. Sie folgte Dick die rutschigen Stufen hinunter und war froh, als er ihren Ellbogen fasste und sie hielt, während ihre Füße sich vorsichtig über den Rand des schaukelnden Dingis tasteten. Sie setzte sich so, dass sie den Pier beim Ablegen im Auge hatte, und wartete, bis die restlichen Passagiere eingestiegen waren. Dick ließ den Motor an. Langsam tuckerte das Dingi in die Bucht hinaus, wo die Infinity vor Anker lag. Rachel ging an Bord. Sie stand an der Freifläche im Heck und ließ den Blick noch einmal über die grünen Hügel schweifen, an deren schützende Schulter sich das Dorf schmiegte. Ihre Augen wanderten die Main Street entlang über die Häuser und das verlassene Dorf, welches ihr in den letzten Tagen mehr Heimat geworden war, als sie sich je hätte vorstellen können.

Schließlich waren sie so weit. Die Infinity legte ab. Rachel schützte die Augen mit der Hand vor der einfallenden Sonne, die Silhouetten der Menschen am Pier zeichneten sich scharf gegen den grauen Beton ab. Yi und Cynthia hatten die Hände in die Luft gehoben und schienen gar nicht aufhören können zu winken. Ailic stand etwas abseits der Gruppe, den Rücken gegen die Kaimauer gelehnt. Er hielt den Kopf seitlich gedreht und unterhielt sich mit der Frau zu seiner Linken. Chloé, wie an dem weißblonden Haarschopf zu erkennen war. Rachel spürte einen Stich in ihrer Brust. Ailics Worte gingen ihr durch den Kopf.

Am Ende wird alles gut …

Vielleicht war für Ailic bereits alles gut, überlegte sie. Vielleicht hatte er schon Ablenkung gefunden. Mit aller Willenskraft, die sie aufbringen konnte, zwang sie sich, nicht weiter darüber nachzudenken.

»Hattest du eine schöne Zeit auf St. Kilda?«, hörte sie Nola neben sich fragen.

Rachel blinzelte das Salzwasser weg, das der Fahrtwind ihr in die Augen getrieben hatte. Ein Schwarm von Basstölpeln umkreiste das Boot. Mit eng an den Leib gepressten Flügeln stürzten sie wie Pfeile auf die Wellen zu und durchschlugen mit ihren spitzen Schnäbeln die Wasseroberfläche. Ein Abschiedsgeleit, welches das Boot bis aufs offene Meer umschwärmte, bevor das Kreischen im Wind verhallte. Die Infinity verließ die Bucht und umrundete den Oiseval. Das Dorf und die Häuser glitten außer Sicht. Rachels Herz wurde schwer, sie hätte heulen können. Mühsam riss sie sich zusammen und wandte sich zu Nola. »Es war die allerbeste Zeit meines Lebens.«

»Habe ich es dir nicht gesagt?« Nola zuckte die Schultern. »Die Insel macht etwas mit dir.«

Rachels Kehle brannte wie Feuer, sie konnte nichts darauf erwidern. Eine Weile standen sie schweigend nebeneinander, bis Nola schließlich meinte, sie müsse sich nach den anderen Gästen umsehen, die sich mittlerweile in die Kabine geflüchtet hatten. Rachel blickte ihr nach, wie sie durch die Tür verschwand. Obwohl es empfindlich kühl geworden war, sträubte sich alles in Rachel dagegen, sich nach drinnen zu setzen. Einzelne Gesprächsfetzen drangen an ihr Ohr. Sie hatte keine Lust, sich an der Unterhaltung zu beteiligen, die sich bereits wieder dem Alltag mit seinen Problemen zugewandt hatte. St. Kilda schien ebenso rasch aus dem Bewusstsein der Besucher zu verschwinden, wie sich die Infinity von der Insel wegbewegte. Schließlich senkte sich ein Schleier aus Seenebel über die Schultern der sanft geschwungenen Hügel. Und dann war die Insel verschwunden.

Es war vorbei.

Sie kehrten in die Zivilisation zurück.

Mit klammen Fingern tastete sie in der Tasche ihrer Jacke nach Ailics Notizbuch. Das Leder schmiegte sich weich in ihre Hand. Sie ließ sich auf die Bank fallen und schlug die Seiten auf, um das Ende von Annies Geschichte niederzuschreiben.

Kapitel 32

St. Kilda, 28. August 1930

Seit zwei Tagen hingen zähe Wolkenschleier über der Bucht. Die Hänge des Conachair und des Oiseval waren in Nebel gehüllt. Annie saß auf dem Friedhof, den Rücken an die kreisförmige Trockensteinmauer gelehnt, und unterhielt sich mit Flora. Seitdem Mr Cameron die Schule vor ein paar Wochen geschlossen hatte, hatte sie reichlich Zeit. Christeen und sogar Marion waren dieser Tage meist ungeduldig und gereizt, wenn Annie etwas von ihnen wollte. Flora aber war immer freundlich und freute sich über Besuch. Annie saß oft bei Flora im Windschatten der Mauer, die Arme um die Knie geschlungen, und berichtete in aller Ausführlichkeit, was gerade im Dorf passierte. Dann hörte Flora in Ruhe zu und fragte nur hin und wieder nach, wenn sie etwas nicht genau verstanden hatte. Momentan hatte Annie eine Menge zu erzählen. Der Ausflug, den die Erwachsenen planten, hielt alle in Atem.

Am Sabbath hatte noch alles seinen gewohnten Gang genommen. Mr Cameron hatte die Abendmesse gelesen, dann waren alle in ihre Häuser zurückgekehrt. Es gab gebratene Papageientaucher und Brot. Christeen las eine Stelle aus der Bibel und schickte die Kinder wie gewohnt zu Bett.

Am Montagmorgen in aller Herrgottsfrühe hatten die Frauen angefangen zu waschen. An den Leinen vor den Häusern flatterten Bettlaken, Kopftücher und die hübsch gemusterten

Sonntagskleider, die sie gestern noch getragen hatten. Die Männer waren beschäftigt, die Schafe zusammenzutreiben, was um diese Jahreszeit ungewöhnlich war. Neben dem Pier waren Gatter errichtet worden. Dann waren mit der SS Dunara Schäfer vom Festland gekommen, um beim Zusammentrieb zu helfen. Die Schafe sollten mit dem Schiff wegbracht und verkauft werden, um mit dem Erlös die Kosten der Evakuierung zu decken. Das hatte die Regierung so bestimmt. Annie vermutete, dass dieser Ausflug, den die Erwachsenen da planten, wohl sehr teuer war. Teurer, als alle gedacht hatten. Der alte Lachlan war mächtig wütend geworden, als er gehört hatte, dass er – anders als die Schäfer – für den Zusammentrieb nicht bezahlt würde. Er hatte sich sogar so sehr aufgeregt, dass er am nächsten Tag krank im Bett gelegen hatte. Anscheinend war es etwas Ansteckendes, denn von da an wollten auch die anderen Männer nicht mehr mithelfen. Doch nachdem Mr Cameron mit dem Mann von der Regierung geredet hatte, stand Lachlan doch wieder auf und half. Dafür war Finlay den ganzen Tag mit hängendem Kopf durchs *Clachan* geschlichen. Er war zu jung, um bei dem Zusammentrieb zu helfen, und ärgerte sich fürchterlich darüber, denn der Mann von der Regierung zahlte – nachdem er mit Mr Cameron gesprochen hatte – jedem, der half, ein Pfund. Finlay hätte auch gerne ein Pfund verdient.

Am Mittwochmorgen kam ein Wettereinbruch. Mitten im August wurde es so wolkig und trüb, dass sich die SS Dunara ihren Weg nach Village Bay wie durch eine dampfende Waschküche hindurch erkämpfen musste. Das Pfeifen der Sirenen hatte gespenstisch durch den Nebel gehallt. Daraufhin hatten die Männer des *Clachan* sofort die Boote zu Wasser gelassen und damit begonnen, die Schafe zu verladen und zur SS Dunara hinüberzurudern. Obwohl sie bis tief in die Nacht hinein arbeiteten, wurden sie nicht fertig, was wohl daran lag, dass in jedes

Boot nur ungefähr ein Dutzend Schafe passten und es wirklich unheimlich viele Schafe waren.

»Das muss ein ganz schönes Gedränge gewesen sein«, meinte Flora und kicherte.

»Stimmt«, sagte Annie und nickte eifrig. Sie berichtete Flora davon, wie unten am Pier alles voller Kisten und Kästen gewesen war, dazwischen die vielen Schafe. Mum hatte mit der Sturmlampe in der Hand dagestanden und aufgepasst, dass von ihren Sachen nichts ins Wasser fiel. Christian hatte behauptet, es sei bereits drei Uhr morgens gewesen, als sie endlich fertig waren. Anschließend hatten sie in den Häusern noch die Bibeln hervorgeholt und eine kurze Andacht gehalten. Obwohl sie kaum geschlafen hatten, hatte das Pfeifen der Schiffssirene die Inselbewohner beim ersten Morgengrauen wieder aus den Betten geholt.

Annie rupfte einen Grashalm aus und rollte ihn zwischen den Händen. Sie erzählte Flora von heute Morgen und bemühte sich, alles schön bunt auszuschmücken und nichts auszulassen, damit ihre Schwester sich alles gut vorstellen konnte. Nach den Schafen waren die Kälbchen in Boote geladen und zur SS Dunara gerudert worden. Kurz darauf waren die Kühe an einem Strick ins Wasser geführt worden. Flora hätte sicher große Augen gemacht, wenn sie gesehen hätte, wie die Tiere neben den Booten her quer durch die Bucht geschwommen und dann mit Tauen an Bord des Schiffes gehievt worden waren. Flora fand auch, dass das mit dem Schwimmen eine seltsame Sache war. Niemand auf Hirta konnte schwimmen. Mr Cameron behauptete, dass man es lernen könne. Annie konnte nicht begreifen, wie die Kühe schwimmen gelernt hatten, wo sie doch nie ans Meer hinuntergingen.

Vom Strand drang das aufgeregte Bellen der Hunde zum Friedhof herauf. Annie hielt sich die Ohren zu und versuchte, nicht daran zu denken, was gerade am Pier vor sich ging. Dicke Tränen liefen über ihre Wangen, während das Bellen der Hunde immer weniger wurde. Schließlich hörte es auf. Annie zitterte am ganzen Körper. Sie hatte sich geweigert, mit an den Pier zu kommen und sich von Bob, Faithful und all den anderen zu verabschieden. Dieser dumme Ausflug gefiel ihr immer wenig. Er löste ein Gefühl tief in ihrem Magen aus, das Annie erst ein einziges Mal in ihrem Leben gespürt hatte, und zwar als Finlay ins Krankenhaus nach Glasgow gebracht worden war. Flora meinte, dass es ein Wort für dieses seltsame Flattern im Bauch gebe. Es hieß Angst. Die Angst hatte sich schleichend auf Hirta eingenistet. Sie war zusammen mit den Booten und den Tagesausflüglern vom Festland her nach St. Kilda gekommen. Nun waren die Besucher weg. Die Angst allerdings hatten sie vergessen mitzunehmen. Und so war sie geblieben und verfolgte Annie bis auf den Friedhof hinauf.

Sie hörte das Tor zum Eingang quietschen, welches die Schafe daran hinderte, über die Gräber zu trampeln. Mit einem leisen Windhauch verschwand Flora. Annie hob den Kopf. Finlay kam auf sie zugeschlendert, die Hände tief in den Hosen vergraben. Seine Augen waren rot. Er hatte geweint.

»Ist es vorbei?«, fragte Annie, ihre Stimme bebte.

»Ja«, erwiderte Finlay. Er zupfte gelb blühende Iris ab, die in dichten Büscheln auf dem Friedhof wuchs, und legte sie auf den weißen Stein, der das Grab von Mary McViccar kennzeichnete. Er drehte sich zu Annie um. »Deine Mutter sucht dich. Du sollst ihr beim Packen helfen.«

»Ich komm nicht mit auf den Ausflug.« Sie schob die Unterlippe vor. Den Gedanken hatte Flora ihr eingeflüstert. »Ich hab mir's anders überlegt.«

»Das kannst du nicht machen«, sagte Finlay. Er kratzte sich den Hinterkopf. »Du kannst nicht alleine hierbleiben.«

»Warum nicht?« Annie zuckte die Schultern.

»Weil niemand da ist, der sich um dich kümmert.«

»Muss auch nicht sein. Ich weiß, wie man den Torf nachlegt.«

»Wieso willst du es nicht endlich kapieren?« Finlay rang die Hände in die Luft und stöhnte, so wie Annie es oft bei Mr Cameron gesehen hatte, wenn er die Geduld verlor. »Wer soll dir denn etwas zu essen machen, wenn alle weg sind?«

Annie funkelte Finlay mit wütenden Augen an und schwieg. Dummer, dummer Finlay. Er hielt sie wirklich für ein Baby. Dabei hatte Annie an alles gedacht. Sie hatte heimlich Brot und Scones vom Tisch in ihre Schürze wandern lassen. Das Brot lag in ein Tuch geschlagen oben in einem der Cleits in der Nähe des Gaps versteckt. Sie beschloss, Finlay nichts davon zu erzählen. Er würde sich doch nur wieder über sie lustig machen.

»Außerdem weißt du doch, was der Mann von der Regierung gesagt hat. Alle müssen mitkommen.«

Noch immer starrte Annie auf den Grashalm in ihren Händen.

»Sei nicht albern.« Finlay ging vor ihr in die Hocke. »Die alte Ruth wird furchtbar wütend, wenn du nicht mitkommst. Möchtest du, dass sie mit dir schimpft? So wie mit Donnie?«

Nun bekam Annie tatsächlich Bauchgrummeln. Granny konnte schrecklich wütend werden. Das hatte Annie gar nicht bedacht. Was sollte sie denn nur tun? Dabei hatte sie Flora fest versprochen, bei ihr zu bleiben. Sie konnte Flora nicht einfach alleine lassen. Alleine mit sich und dem Echo tausend körperloser Stimmen, deren Raunen sich lauter als die Brandung in den Klippen brach.

Finlay erhob sich. Er streckte seine Hand nach ihr aus und zog sie auf die Beine. »Jetzt komm. Es wird schon alles gut.«

»Na schön«, sagte Annie. Sie klopfte sich den Schmutz von der Schürze und folgte Finlay zu dem Tor, welches nun nicht mehr geschlossen werden musste. Bevor sie den Friedhof verließ, drehte sie sich noch einmal um und blickte zu Floras Grab hinüber.

Keine Angst, flüsterte sie ihr im Stillen zu, *ich komme morgen wieder.*

Morgen, das hatte Annie sich vorgenommen, würde sie gleich nach dem Gebet hinauf zum Gap laufen. Dort würde sie sitzen und zusehen, wie die anderen zur Harebell hinausruderten und auf ihren Ausflug gingen. In dem ganzen Tumult und Gedränge würde sicher niemandem auffallen, dass sie nicht dabei war. Das war die Idee, die ihr vorhin gekommen war. Wenn sie keiner vermisste, konnte auch keiner böse auf sie sein und sie schimpfen. Wenn die Erwachsenen von ihrem Ausflug zurückkämen, hätten alle so gute Laune, dass keiner mehr daran denken würde, sie zu bestrafen. Solange Finlay sie nicht verriet, konnte doch noch alles gut werden. Sie warf Finlay einen Blick von der Seite zu. Annie hob das Gesicht zum Himmel und bat Gott darum, morgen so ein Durcheinander entstehen zu lassen, dass niemand ihr Fehlen bemerkte.

* * *

Es hatte nicht funktioniert. Finlay hatte alles verdorben. Anfangs war Annie wütend auf ihn gewesen, weil er ihr Versteck hoch oben auf dem Gap entdeckt hatte. Der Eid, den sie geleistet hatten, hatte sie schließlich damit versöhnt, dass sie nun wohl oder übel doch mit auf den Ausflug kommen musste. Wenig später war es dann so weit. Die Schiffssirene pfiff. Annie konnte kaum still stehen. Die allgemeine Aufregung hatte auch sie erfasst. Gemeinsam mit den anderen war sie vor wenigen Minuten an Bord der HMS Harebell gegangen. Der Kapitän hatte einen dicken Backenbart und war sehr freundlich. Er hatte alle mit Handschlag begrüßt, sogar die Kinder. Kichernd rannte Annie mit Finlay auf dem Deck umher und spielte Fangen. Doch dann, als der Anker gelichtet wurde und das Schiff zu stampfen und zu poltern begann, blieb ihr das Lachen im Hals stecken. Das Brummen der Maschinen drang bis in ihren Bauch. Sie hatte so etwas noch nie erlebt. Es klang, als wäre ein gefährliches Tier aus dem Schlaf erwacht. So schnell sie konnte, lief sie zu ihrer Mutter und drückte das Gesicht in die flatternden Rockschöße. Nach einer Weile, als sie bemerkte, dass nichts Schlimmes passierte, hob sie den Blick und sah quer über die Bucht. Die Häuser entlang der Main Street wurden kleiner und kleiner, bis sie aussahen wie Spielzeugklötzchen. Ihre Mutter hatte den roten Schal abgenommen und winkte damit, den Blick wie gefesselt auf die leere Dorfstraße gerichtet. Einige Frauen schluchzten.

Annie fragte sich, warum. Sie dachte an das Schälchen mit Weizenkörnern, das die Mutter vor der Abfahrt auf den Küchentisch gestellt hatte, daneben die Bibel, aufgeschlagen bei *Exodus*. Mit ihrer schönen, singenden Stimme hatte sie daraus den Vers gelesen über das Land, in dem Milch und Honig flossen. Dorthin waren sie nun unterwegs. Vor der Abfahrt hatten sich alle darauf gefreut. Doch nun flossen Tränen. Annies Blick glitt über Village Bay. Sie suchte nach einer Erklärung für die Traurigkeit um sie herum, aber sosehr sie sich bemühte, sie konnte nichts Ungewöhnliches entdecken. Inzwischen waren Wolken aufgezogen. Ihre Schatten zogen im raschen Wechsel über die Hänge und das Dorf hinweg. Das Gekreische der Seevögel erfüllte die Luft. In der Bucht rollten die Brecher heran. Alles war wie immer, abgesehen davon, dass die Hunde nicht am Anleger standen und bellten. Und dass weniger Schafe in den Hügeln grasten. Auch heute stiegen aus den Kaminen der Häuser Rauchschwaden in den Himmel. Der Anblick beruhigte sie.

Die Feuer im Herd waren noch nie ausgegangen. Dass sie auch heute brannten, glich einem stummen Versprechen. Es bedeutete, dass sie alle am Abend wieder zurück wären, um Torf nachzulegen, damit die Glut nicht erlosch. So wie immer. Warum nur weinten die Frauen?

Stampfend verließ die HMS Harebell das schützende Hufeisen von Village Bay. Annie sah die Insel zum ersten Mal vom Wasser aus, umgeben von schroff aus dem Meer ragenden Felsen. Sie umrundeten Oiseval, den Berg im Osten, Heimat der Eissturmvögel und der Sturmschwalben, und steuerten auf den offenen Atlantik zu. Die graue Festung im Meer glitt zurück. Sturmvögel und Papageientaucher umschwärmten das Boot. Annie deutete lachend in die Luft. Doch die Augen der Erwachsenen blieben fest auf den winzigen Punkt im stahlgrauen Atlantik geheftet.

Dann war es vorbei.

Seenebel senkte sich über die Schultern der Berge. St. Kilda verschwand, als hätte es nie existiert.

* * *

Die Hoffnung der Inselbewohner auf ein leichteres Leben auf dem Festland sollte sich nicht erfüllen, wie Annie in den Jahren darauf feststellen musste. Sie waren nicht vorbereitet auf eine Welt, die so anders war als jene, die sie zurückgelassen hatten. Schon als das Schiff spät am Abend desselben Tages in Oban festmachte, wurde Annie klar, dass dies nicht das Gelobte Land war.

Als sie die Menschenmassen sah, die sich am Kai drängten, erschrak sie zu Tode. In den Tagen vor der Evakuierung waren die Reporter von St. Kilda verbannt worden. Jetzt warteten sie voller Sensationsgier darauf, Fotos zu schießen von den Menschen, die die Zivilisation vergessen hatte. Annie hasste es, von den vielen fremden Leuten angestarrt zu werden. Beim Versuch, sich im Rockschoß ihrer Mutter vor den neugierigen Blicken zu verstecken, verhedderte sie sich in einem Tau und wäre beim Verlassen des Schiffs beinahe über die Reling gestürzt. Als sie sicher an Land stand, hörte sie, wie zwei Frauen sich über die Inselbewohner unterhielten. Offenbar hatten die Reporter berichtet, dass es sich bei den Leuten von St. Kilda um eine Horde wilder, verwahrloster Bettler handelte, denen man besser nicht über den Weg traute. Annie konnte förmlich spüren, wie ihnen von allen Seiten Misstrauen entgegenschlug. Zu dem Zeitpunkt ahnte sie noch nicht, dass einige Einwohner sogar die Häuser vor ihnen verriegelten.

Obwohl es die Regierung gut mit den Bewohnern St. Kildas meinte, lief alles schief. Es begann damit, dass Menschen, die in enger Nachbarschaft zueinander gelebt hatten, über ganz Schottland verteilt wurden. Annies Familie wurde ein Häuschen in Morvern zugewiesen. Wohin man Finlay brachte, wusste sie nicht. Es gab keine Möglichkeit, miteinander in Kontakt zu treten.

Erst im hohen Alter fand Annie heraus, dass die meisten Familien sich genau wie sie selbst nicht mit dem neuen Leben arrangieren konnten. Im Dorf hatte einen die Gemeinschaft am Leben erhalten, nun drehte sich alles ausschließlich um Geld. Früher waren die Inselbewohner freie, selbstständige Menschen gewesen, jetzt waren sie gezwungen, für fremde Herren zu arbeiten. Zwar wurden die Männer angemessen bezahlt, dafür musste man nun jeden Bissen Essen kaufen. Genauso war es mit der Kohle. Die Häuser besaßen Heizungen, aber niemand hatte Geld für Kohle. Auf Hirta hatte man nur losziehen und Torf für den Winter stechen müssen.

Den Männern wurden Arbeiten in der Forstwirtschaft zugeteilt, obwohl die höchsten Gewächse auf Hirta Kohlköpfe gewesen waren. Die Frauen litten darunter, dass sie alleine im Haus blieben und tagsüber keinen Kontakt zu ihren Männern hatten oder zu ihren Kindern, die weite Schulwege zurücklegen mussten. Mit den neuen Nachbarn war die Verständigung schwierig, da nur wenige Inselbewohner Englisch sprachen.

Was Männer wie Malcolm Maclean dazu gebracht hatte, St. Kilda zu verlassen, war in erster Linie die Sorge um ihre Kinder gewesen. Doch statt ihnen eine bessere Zukunft zu verschaffen, mussten viele Eltern ihre Söhne und Töchter in Morvern oder Argyll zu Grabe tragen. Auf dem Festland grassierten Krankheiten, gegen die die Inselbewohner nicht gewappnet waren. Viele der älteren Männer und Frauen von St. Kilda, wie Annies Großmutter oder Lachlan, verstarben bald nach der Evakuierung. Der Arzt hatte gemeint, dass Ruth einem Lungenleiden erlegen sei, aber Annie wusste es besser: Ruth war an gebrochenem Herzen gestorben.

Annie konnte gut nachvollziehen, warum, denn sie selbst litt stark unter dem Verlust ihrer alten Heimat. Obwohl sie und ihre Familie neun Monate im Jahr abgeschnitten vom Festland gelebt hatten, waren sie nie alleine gewesen. Die Gemeinschaft hatte ihnen Geborgenheit gegeben. Erst auf dem Festland hatten sie die wahre Bedeutung von Einsamkeit kennengelernt. Im Nachhinein erschien Annie die einsame, sturmumtoste Insel mitten im Atlantik als ein viel freundlicherer Ort. Dort hatte ihre Seele Frieden gehabt. Es verging kein Abend, an dem sie nicht mit Christeen und Marion hinunter an den Strand ging, in die Richtung blickte, in der St. Kilda lag, und ein stummes Gebet für die Menschen ihrer ehemaligen Dorfgemeinschaft sprach. Dabei bat Annie Gott immer wieder darum, ihr Finlay zurückzubringen, doch ihre Bitte wurde nie erhört.

33 Kapitel

Rachel legte den Stift beiseite. Die Überfahrt war ruhig verlaufen. So sehr war sie in ihre Aufzeichnungen vertieft gewesen, dass sie gar nicht bemerkt hatte, wie Dicks Boot in den Hafen von Leverburgh gesteuert war. Wenig später stand sie auf der Straße vor dem Tearoom, und der Fahrer, der sie gebracht hatte, wendete und fuhr über die holprige Straße davon.

Mit wild pochendem Herzen schritt sie auf das Haus zu. Durch die Fensterscheibe fiel mattes Licht. Fast wäre sie impulsiv und ohne Anklopfen in die Küche gestürmt, dann aber besann sie sich. Solange sie nicht wusste, wie es um Annie bestellt war, musste sie behutsam sein, um sie nicht unbeabsichtigt zu erschrecken. Also stellte sie die Tasche am Fuß der Treppe ab und klopfte an die Tür. Bei dem Geräusch von Sams hüpfenden Schritten glitt ein Lächeln über ihr Gesicht. Im nächsten Moment flog die Tür auf, und Sam warf sich ihr an den Hals. »Mummy! Da bist du ja!«

Außer sich vor Freude, Sam wiederzuhaben, schwenkte sie ihn durch die Luft. Schließlich setzte sie ihn ab und strubbelte über sein karottenrotes Haar. »Als ich deine Nachricht bekommen habe, bin ich gleich losgefahren.« Verwundert schnupperte sie in die Luft. Im Haus roch es nach frisch gebügelter Wäsche und Bohnerwachs. Rachel fragte sich, wer geputzt und gebügelt haben mochte, wenn es Granny so schlecht ging.

Sam sah mit einem flehenden Blick zu ihr auf. »Du darfst Granny nichts sagen …«

Was meinst du damit?, wollte sie fragen, wurde aber im letzten Moment durch ein Geräusch daran gehindert. Sie wandte den Kopf.

Annie stand in der Tür zum Wohnzimmer, die Augen unter den schweren Lidern vorwurfsvoll auf sie gerichtet. »Was machst du denn schon hier? Sollte der Workshop nicht bis Mitte nächster Woche dauern?«

Während Sam sich fest um ihre Taille klammerte, zwang Rachel sich, ihren wachsenden Unmut zu unterdrücken. »Ich … bin etwas früher zurückgekommen.«

»Warum?« Annies schlaffe Haut unter dem Kinn zitterte, ihre Stimme klang spröde. »Haben sie dich gefeuert?«

»Unsinn, natürlich nicht!«

»Na, zum Glück«, sagte Annie. »Es wäre ärgerlich, wenn sie dich zurückgeschickt hätten, weil du das Essen versalzen hast. Wie stünde ich dann vor Pete da?«

Das war der Moment, in dem Rachel beschloss, die Scharade zu beenden. Sie löste Sams Hände von ihrer Taille und warf ihm einen strengen Blick zu. »Es scheint, dass dieser junge Mann hier beim MOD angerufen und darum gebeten hat, dass ich nach Hause komme.«

Mit einem Schlag wurde Annies Miene streng. Ihr Blick wanderte zu Sam. »Wie ist das passiert? Ich habe nicht gehört, dass du telefoniert hast.«

»Das war heute Morgen, als du auf der Couch eingenickt bist«, gab Sam kleinlaut zu.

Annie kniff den Mund zusammen, ein Netz aus Falten zog sich um ihre Lippen. »Du wusstest genau, dass die Nummer nur gewählt werden darf, wenn alle Stricke reißen.«

Beschämt senkte Sam den Kopf.

»Ich könnte mich nicht erinnern, dass ein Notfall vorlag«, sagte Annie, ihr Unterton klang missbilligend.

Noch immer blickte Rachel nicht ganz durch, was hier vor sich ging. Dennoch hatte sie das Gefühl, Sam in Schutz nehmen zu müssen. »Sam hat angerufen, um zu sagen, dass …«

»… dass du mir ganz schrecklich fehlst, Mummy«, platzte er dazwischen und sah aus unschuldigen Augen zu ihr hoch.

Rachel zögerte. Ihre Finger spielten mit Sams wuscheligem Haar, das dringend geschnitten werden mussten. Er sah aus wie ein Vogel in der Mauser. »So war es wohl«, meinte sie leichthin und bedachte Sam mit einem warnenden Wir-sprechen-uns-noch-mein-Freund-Blick.

»Und warum weiß ich nichts davon?« Mit den Fingerspitzen schob Annie eine silberne Strähne aus ihrem Gesicht.

»Weil es eine Überraschung sein sollte«, meinte Sam. Obwohl er grinste, wirkte es nicht sehr überzeugend.

»Ich mag weder Geheimnisse noch Überraschungen. Das weißt du ganz genau«, stellte Annie ungerührt fest.

Sam schob die Unterlippe vor und schwieg. Plötzlich glitt ein Leuchten über sein Gesicht. »Was ist mit dem Schatz, Mummy? Hast du ihn gefunden?«

»Ja … das habe ich …« Rachel holte tief Luft. »Ich habe das Cleit am Ende der Welt gefunden und den Schatz auch.«

Aus den Augenwinkeln meinte Rachel zu sehen, wie Annie ins Schwanken geriet und Halt am Türrahmen suchte, als würden ihre Beine nachgeben. In der nächsten Sekunde hatte sie sich wieder im Griff.

»Warum setzen wir uns nicht ins Wohnzimmer?«, schlug Rachel rasch vor. Sie ging auf Annie zu und hakte sie unter.

Eine ungewohnt schweigsame Annie ließ sich von ihr zu dem abgewetzten geblümten Sessel führen. Rachel nahm die Wolldecke und legte sie um Annies Schultern. »Es ist kühl hier drin.

Ich mache uns einen Tee, und du hilfst mir dabei, junger Mann. Danach zeige ich euch den Schatz.« Sie legte eine Hand in Sams Rücken und schob ihn vor sich her in die Küche.

»Was ist hier los?«, zischte sie halblaut, nachdem sie die Tür hinter sich geschlossen hatte.

»Werd jetzt bitte nicht sauer«, piepste Sam ängstlich. Zu ihrem Entsetzen füllten sich seine Augen mit Tränen.

»Okay.« Sie ging vor ihm in die Knie und nahm seine Hände. »Ganz in Ruhe und von vorne.«

»Ich war gestern mit Annie am Strand«, begann Sam. »Alles war ganz normal, bis Granny einen Vogelzug gesehen hat. Und dann …« Sam schluckte. »… dann war Granny auf einmal so seltsam.«

»Wie … seltsam? Was genau meinst du damit?«

Sam überlegte. »Irgendwie weggetreten. Du weißt schon … wie diese Leute in der Hypnoseshow, die wir mal im Fernsehen gesehen haben.«

Rachel nickte. Sie verstand, was er meinte.

»Dann hat sie gesagt, das eben sei ein *Sluagh* gewesen.«

»Ein *Sluagh?*«

»Ja. Ein Geisterheer.«

Rachel stöhnte leise auf. Offensichtlich hatte Annie Geistergeschichten erzählt und Sam dadurch so erschreckt, dass er vor Angst zum Hörer gegriffen und nach seiner Mummy verlangt hatte. Sie straffte die Schultern und sah ihm fest in die Augen. »Es gibt keine Geister, Sam, hörst du?«

»Das kannst du nicht wissen, Mummy, du warst nicht dabei.«

»Trotzdem. Gespenster gibt es nur in Geschichten. Nicht in echt.«

»Aber diese hier schon, ich hab's gespürt. Wir standen mitten in der Sonne, aber dann ist mir ganz kalt geworden bei dem Flügelrauschen. Es war so eisig, wie wenn man sich vor die Tür des Gefrierschranks stellt, wenn einem vom Rennen zu heiß ist.«

»Das hast du dir eingebildet.«

»Nein, ehrlich nicht. Es war ein *Sluagh.* Das sind Seelen von Verstorbenen, in der Gestalt von Vögeln«, erklärte er eifrig. »Ein *Sluagh* kann einen ausgewachsenen Mann in die Luft heben und mit sich hinwegtragen. Es waren siebenundzwanzig Basstölpel. Ihre Körper waren weiß, die Flügelspitzen wie in schwarze Tinte getaucht. Mit gelben Köpfen, scharfen Schnäbeln und komischen grauen Augen.«

Unwillkürlich musste Rachel an die Basstölpel denken, die bei der Abfahrt von Village Bay um die Infinity gekreist waren.

»Sie sind nicht in einer geraden Reihe geflogen, sondern ganz komisch. So etwa …« Sam hob die Arme und formte mit den Händen eine Sichel. »Und dann war da auf einmal so ein Wind. Granny sagt, der *Sluagh* reist immer mit dem Westwind, nie mit dem Ostwind. Und sie sagte, dass der Wind von St. Kilda kam.«

Rachel spürte, wie ihr immer unbehaglicher zumute wurde.

»Es war ein Geisterheer, Mummy, ganz sicher«, plapperte Sam weiter. Sein Redeschwall schien kein Ende nehmen zu wollen. »Granny sagte, sie sind ihretwegen gekommen. Sie würden sie mitnehmen auf eine letzte große Reise.« Er verzog das Gesicht. »Da habe ich Angst bekommen … Ich wusste nicht, wann Granny loswollte zu ihrer Reise, und du warst noch nicht zurück. Ich weiß, du sagst immer, ich bin tapfer, aber ich wollte nicht alleine hier im Haus bleiben …« Er senkte den Kopf und blickte auf seine Schuhspitzen. »Bist du jetzt böse auf mich?«

»Nein.« Sie drückte ihm einen Kuss auf den Haarschopf und erhob sich. »Das bin ich nicht. Du hast alles richtig gemacht.«

»Stirbt Granny jetzt?«, fragte Sam.

Sie antwortete nicht gleich.

»Sag doch was.« Sam zupfte an ihren Jeans.

»Keine Angst, Sam, so schnell stirbt es sich nicht.« Sie hob die Arme, fasste das Haar im Nacken zusammen und band es zu einem Zopf. Ohne ihr Zutun wanderten ihre Gedanken zurück zu Ailic. War es wirklich erst fünf Stunden her, dass er sie in seinen Armen gehalten hatte? Sie gab sich einen Ruck und schob die Erinnerung an ihn beiseite. »Ist dir sonst etwas an Granny aufgefallen? War sie müder als sonst? Musste sie sich aufstützen oder öfters hinsetzen?«

»Nein …« Sam zuckte die Schultern. »Alles wie immer. Heute Nachmittag hat sie Wäsche gebügelt und die Möbel poliert.«

»Na bitte, du siehst, es geht ihr gut.« Sie lächelte ihm zu. »Also schön, jetzt lass uns Tee machen. Du holst die Kekse und legst sie auf einen Teller. Ich bringe die Tassen. Und den Schatz«, fügte sie nach einer kurzen Pause hinzu.

»Geht klar.« Sam nickte und sauste los. Seine Wangen glühten vor Eifer.

Rachel trat ans offene Fenster und gönnte sich einen Augenblick des Luftholens. Ihr Verstand hatte nach wie vor Mühe, mit dem Tempo der Ereignisse Schritt zu halten. Es fühlte sich an, als wäre ihre Seele noch nicht wieder in der Zivilisation angekommen. Nach der Abgeschiedenheit auf St. Kilda kam ihr das Leben auf Harris hektisch und laut vor.

Ihr Blick wanderte über die Straße. Auf dem Gehweg parkten Autos, ein paar Meter weiter tickte ein abkühlender Motor. Im Haus gegenüber lief der Fernseher, das künstliche Gelächter einer Sitcom drang aus dem geöffneten Fenster. Und dort, wo der Weg auf die Weiden zuführte, lehnten eine Handvoll pickliger Halbwüchsiger die schlaksigen Körper gegen den Zaun, aus ihrem Gettoblaster dröhnten Technobeats. Rachel stöhnte innerlich auf. Sie fragte sich, wie sie es je ertragen hatte, in London zu leben. Die Geräusche der modernen Welt um sie herum erdrückten sie schier. Sie fühlte das Bedürfnis, sich zurück in die Stille St. Kildas zu flüchten, aber natürlich war das nicht möglich. Willkommen zurück im richtigen Leben, ging es ihr durch den Kopf.

Sie ließ Wasser in den Kessel laufen und dachte daran, wie kostbar die wenigen Tage gewesen waren. Was sie und Ailic verbunden hatte, war besonders gewesen. Ob er auch gerade an sie dachte? Eine sanfte Brise strich vom blühenden Machair heran über ihre Haut.

Das Leben ist eine Illusion, Rachel …

Vielleicht hatte Ailic recht damit. Dennoch hatte die Illusion von Ailic und ihr als Paar sie glücklich gemacht. Jetzt blieb ihr nur die Erinnerung daran, wie es mit ihm gewesen war, zu einer anderen Zeit, an einem anderen Ort.

* * *

Eine halbe Stunde später saßen sie im Wohnzimmer beieinander. Annies Wangen waren gerötet, ihre Augen glänzten. Sie hatte die Hände im Schoß um den Holzvogel gelegt, den Finlay vor vielen Jahren für sie geschnitzt hatte. Die geöffnete Blechdose stand neben den Teetassen auf dem Tisch. Sam hatte den Vogel nehmen und betrachten dürfen, doch seitdem er ihn Annie zurückgegeben hatte, hielt sie ihn wie eine Kostbarkeit an sich gedrückt.

»… und dann war es tatsächlich so, wie Pete gesagt hat«, schloss Rachel ihren Bericht. »Das Cleit lag vor unseren Füßen auf einer grasbewachsenen Klippe. Ailic ist hinuntergeklettert und kam mit der Dose zurück.« Rachels Herz verkrampfte sich. Sie verdrängte die aufkommende Sehnsucht und den Gedanken daran, dass Ailic in diesem Augenblick wohl auf der Bank vor dem Haus saß, die langen Beine von sich gestreckt, den Blick auf die Bucht und die zerklüfteten Umrisse von Dùn gerichtet. Vielleicht war er gerade dabei, mit Cynthia, Yi und Chloé den morgigen Tag zu planen.

»Kommt Ailic uns besuchen?«, hörte Rachel Sam fragen.

Rachel lehnte sich vor und schenkte sich Tee aus der Kanne nach. »Warum sollte er?«, fragte sie betont beiläufig.

»Wäre doch cool«, meinte Sam. Er nahm sich einen Keks und biss hinein. Rachel beobachtete, wie sich die Krümel auf dem Boden um ihn herum verteilten. »Dann könnte ich ihn fragen, wie es in dem Cleit war. Du bist ja nicht richtig dabei gewesen.« Sein Blick ließ keinen Zweifel, wie enttäuschend er es fand, dass sie nicht zum Cleit hinabgeklettert war.

»Dafür kann ich dir erzählen, wie es sich angefühlt hat, auf der Klippe am Ende der Welt zu stehen«, sagte Rachel und suchte nach einem geeigneten Vergleich. »Weißt du noch, wie du im letzten Sommer auf das Dreimeterbrett im Schwimmbad geklettert bist?«

»Klar.« Sam nickte und zuckte die Schultern, als wäre es langweiliger Babykram.

»Jetzt stell dir vor, du stehst ganz am Rand des Brettes. Streck die Arme zur Seite.« Sie hob ihn vom Stuhl und stellte ihn vor sich hin. »So etwa. Schließ die Augen und neig den Oberkörper nach vorne. Denk dir, du bist ein Vogel. Du schlägst mit deinen Schwingen und fliegst los. Unter dir donnern Brecher gegen die Klippen, die Gischt spritzt auf und du riechst das Meer. Der Wind trägt dich höher und höher, und du meinst, bis in die Unendlichkeit blicken zu können.« Sie ließ seine Arme los und lehnte sich zurück.

»Wow«, machte Sam. Er öffnete die Augen und wandte sich an Annie. »Stimmt das, Granny?«

»Es ist genau, wie deine Mutter sagt«, nickte Annie. »Es war ein hartes Leben, das wir führten, aber trotzdem kam es uns vor, als wäre es das Paradies. Niemand konnte uns zwingen, etwas zu tun, was wir nicht wollten. Unsere Köpfe waren nicht voll mit Plänen, wie wir zu noch mehr Geld kommen oder wie erfolgreich wir sein wollten.« Ihre Stimme brach. Rachel warf ihr einen besorgten Blick zu. Die Erinnerungen schienen wie eine Flut über Annie hereinzubrechen. Sie hob den Vogel an ihr Gesicht und strich mit den Fingern vorsichtig über das hölzerne Gefieder. »Auf St. Kilda waren wir frei. Damals, als wir Flügel hatten …«

Im Zimmer wurde es still. Das gleichmäßige Ticken der Uhr schien übermäßig laut.

Schließlich nahm Rachel Sams Hand und erhob sich. »Zeit für dich, ins Bett zu gehen, junger Mann.« Zu Annie sagte sie: »Ich räume die Sachen später auf. Bitte lass alles stehen.«

»Keine Sorge, ich denke nicht daran, dir die Arbeit wegzunehmen«, entgegnete Annie, ihre Stimme hatte die ihr eigene Sprödheit wiederbekommen. Sie legte den Vogel in die Dose, schloss den Deckel und steckte sie in die Tasche ihrer Strickjacke. »Inzwischen bist du es ja gewohnt, mit Tellern und Töpfen zu hantieren. Ich werde mit Sam ins Bett gehen.« Umständlich schlug sie die Decke zurück und erhob sich aus ihrem Sessel.

»Du bist bestimmt müde nach all der Aufregung heute.« Rachel legte den Arm um sie und drückte Annie einen Kuss auf die Wange.

»Das will ich meinen.« Gedankenverloren tätschelte Annie Rachels Arm. »Da fällt mir ein, ich habe mich noch nicht bei dir dafür bedankt, dass du mir das Andenken an Finlay zurückgebracht hast. Du ahnst gar nicht, wie viel mir dieser kleine Vogel bedeutet.«

Doch, das tue ich, erwiderte Rachel im Stillen. Sie lächelte Annie zu. »Ich danke dir, dass du mich auf diese Reise geschickt hast. Ich hätte nicht gedacht, dass es so beindruckend sein würde, zu den Wurzeln zurückzukehren.« Sie machte eine Pause, unsicher, wie Annie auf die folgende Ankündigung reagieren würde. »Ich habe versucht, die Geschichte unserer Familie aufzuschreiben. Vielleicht ist es für Sam eines Tages wichtig, sie zu lesen. Würdest du gelegentlich einen Blick darauf werfen?«

»Das hast du wirklich getan?« Annie schüttelte den Kopf, ihre Lider flatterten. Sie war sichtlich gerührt. »Gut gemacht, meine Rachel. Sehr, sehr gerne sehe ich mir an, was du zu Papier gebracht hast. Vielleicht fällt mir noch die eine oder andere Kleinigkeit ein, die wir ergänzen können.«

»Das wäre wunderbar.« Rachel legte den Kopf schräg und überlegte. »Wie kommt es, dass du und Finlay euch vollkommen aus den Augen verloren habt?«

»Es waren andere Zeiten«, meinte Annie. »Damals gab es den modernen Kram noch nicht, mit dem man heute in Verbindung bleibt.« Sie zuckte die Schultern. »Die Dorfgemeinschaft wurde auseinandergerissen, dann kam der Zweite Weltkrieg. Später gab es Zusammenkünfte der ehemaligen Bewohner, aber die Spur von Finlays Familie hatte sich zu der Zeit schon verloren. Niemand wusste, was aus ihnen geworden war.«

»Ihr hattet also nie wieder Kontakt?«

»Nur in Gedanken …« Annie lächelte leise. »Du weißt ja, dass ich seit der Evakuierung jeden Tag an den Strand hinuntergehe und nach St. Kilda blicke. Ich bete für Finlay und für alle anderen Inselbewohner.« Sie wandte den Kopf ab, aber Rachel konnte dennoch sehen, dass ihre Wangen feucht waren.

»Ja«, meinte Rachel leise. »Das weiß ich.«

»Ich hoffe, die Tage auf der Insel haben dir geholfen herauszufinden, was du dir für dein weiteres Leben wünschst.«

»Ich denke schon«, erwiderte Rachel und gab Annie einen Gutenachtkuss auf die Wange. Ihre Gedanken wanderten zurück zu dem, was Nola auf dem Boot zu ihr gesagt hatte.

St. Kilda verändert dein Leben …

Es schien viel Wahres an diesem Satz zu sein. Rachel schloss die Augen. Sie war dankbar und glücklich für das Geschenk, das die Insel ihr gemacht hatte. Sie hatte nicht nur einen wunderbaren Mann kennen und lieben gelernt, sondern hatte dazu beitragen dürfen, dass sich am Ende für Annie der Kreis zu Finlay, Annies über alles geliebten Freund, geschlossen hatte. Ailic hatte recht gehabt: Am Ende wurde alles gut. Und wer weiß? Vielleicht, irgendwann in ferner Zukunft, auch für sie.

Kapitel 34

Ein paar Tage waren seit Rachels Rückkehr vergangen, und langsam bekam sie das Gefühl für ihr normales Leben zurück. An diesem Morgen jedoch war sie, ohne dass es einen erkennbaren Anlass gegeben hätte, aus einem düsteren Traum aufgewacht. Dazu passend war das Wetter so trist wie Rachels Stimmung. Dichte Nebelschleier hingen über den Hügeln, das Licht war seltsam fahl. Die auf den Mount Chiapaval zulaufende Landzunge schien von Zeit und Raum abgeschnitten. In dem diffusen Grau verliefen die Umrisse der Berge wie Pinselstriche auf einer nassen Leinwand. Selbst der Wind hatte aufgehört zu wehen. Rachel fühlte sich in einer surreal wirkenden Welt gefangen.

Infolge des ungemütlichen Wetters strömten die Besucher scharenweise in den Tearoom. Auf ihren Jacken und in ihren Haaren glitzerte Nieselregen, fein wie Diamantstaub. Die Luft, die die Gäste hereinbrachten, roch nach Torf und fettiger Schafswolle. Um fünf Uhr war der Besucherstrom endlich abgerissen. Rachel hatte das *Geschlossen*-Schild ins Fenster gehängt. Draußen aber dauerte der Spuk an. Das diesige Licht war deprimierend.

Doch nicht nur das Wetter war schuld an Rachels Schwermut. Heute war der Tag, an dem der Workshop auf St. Kilda offiziell endete. Mehrfach hatte sich Rachel dabei ertappt, nicht bei der

Sache zu sein. Einem Pärchen aus Birmingham hatte sie aus Versehen Tee statt Kaffee serviert. Eine Familie mit zwei kleinen Kindern hatte eine halbe Stunde auf ihren Karottenkuchen warten müssen, obwohl die Kleinen hungrig und quengelig gewesen waren. Rachel verstand gar nicht, wie sie die Bestellung hatte vergessen können. Sie hatte sich mehrfach bei der Familie dafür entschuldigt. Doch selbst danach war es ihr nicht gelungen, sich zu konzentrieren. Immer wieder hatten sich ihre Gedanken zum Fenster hinausgestohlen und im Nebel verirrt. Womit die anderen auf St. Kilda wohl gerade beschäftigt waren? Vielleicht beluden sie gerade die Schubkarren, um das Gepäck und die übrig gebliebenen Lebensmittel hinunter zum Pier zu schaffen. Dicks Boot würde bereits in der Bucht auf sie warten, um sie sicher nach Harris zurückzubringen. Dann würde St. Kilda wieder den Schafen und den Vögeln gehören. Die Main Street läge verlassen im Licht der untergehenden Sonne. Kein Rauch würde aus dem Kamin der Küche aufsteigen, kein fröhliches Geplauder durch die Stille des Abends hallen und sich unter die Rufe der Nachtvögel mischen. Vielleicht war es das diffuse, trübe Tageslicht, das sie in eine so düstere Stimmung versetzte, überlegte Rachel. Vielleicht lag es aber auch daran, dass sie sich um ihre letzten Tage mit Ailic betrogen fühlte. Natürlich hatte Sam richtig gehandelt, als er die Notfallnummer gewählt hatte. Sie hatte sich ohnehin unbehaglich gefühlt, weil sie ihn so lange mit Annie alleine gelassen hatte. Er war ein Kind und brauchte seine Mutter. Aber trotz aller Vernunft schmerzte es, dass ihr nicht mehr Zeit mit Ailic geblieben war. Sie waren so überstürzt auseinandergegangen. Die Panik, die Sams Nachricht in ihr ausgelöst hatte, hatte alles vernebelt. Im Nachhinein merkte sie, dass es noch so viel gegeben hätte, das sie ihm hätte sagen wollen.

Rachel löste sich aus ihrer Grübelei. Sie stellte den Wasserhahn ab und trat aus der Dusche. Nach der Arbeit im Tearoom war sie verschwitzt gewesen, und ihr Haar hatte nach Küche gerochen. Sie hatte es schamponiert und ausgiebig heißes Wasser über ihren Körper fließen lassen. Angenehm erwärmt trocknete sie sich ab, schlüpfte in einen bequemen Jogginganzug und schlang sich ein Handtuch als Turban um den Kopf. Der Spiegel über dem Waschbecken war vom Dampf beschlagen. Sie wischte mit dem Ärmel ein kreisrundes Loch in die Mitte und starrte unverwandt auf ihr Ebenbild. Einen Moment meinte sie, Ailics Augen in dem Dunst zu erblicken und seinen Atem wie einen zarten Hauch im Nacken zu fühlen. Sie schloss die Augen. Ihre Gedanken wanderten zurück zu der Begegnung mit Ailic im Waschraum, als er mit nacktem Oberkörper vor dem Waschbecken gestanden und sich rasiert hatte. Es kam ihr vor, als läge es nur einen Wimpernschlag zurück, da sie die Wärme seines Körpers neben sich gespürt und er sie geküsst hatte.

Sams Stimme drang aus dem Vorgarten zu ihr hinauf und holte sie in die Wirklichkeit. Sie hatte ihn vorgestern mit nach Leverburgh genommen und ihm einen Fußball gekauft, weil er zu Hause für die Aufnahme ins Schulteam trainieren wollte. Seitdem verbrachte er jede freie Minute damit, auf der Wiese dribbeln zu üben. Froh darüber, dass er sich von Tag zu Tag mehr auf Harris zu Hause fühlte, spitzte sie die Ohren. Sam unterhielt sich mit jemandem. Worum es ging, konnte sie nicht verstehen, aber es war eine männliche Stimme. Sie schob das Fenster einen Spalt weit auf und griff nach ihrer Zahnbürste. Während sie sorgfältig ihre Zähne schrubbte, versuchte sie, durch das Grau zu erkennen, mit wem er da redete. Der Nebel ließ nur Konturen erahnen, aber einen Moment lang meinte sie, Ailics hochgewachsene Gestalt neben Sam stehen zu sehen. Kopfschüttelnd beugte sie sich über das Waschbecken und spülte den Mund aus. Offenbar ging ihre Fantasie mit ihr durch. Ailic war längst auf dem Weg nach Stornoway, um von dort aus nach London zu fliegen.

Sams Freudengeheul drang zu ihr hinauf. Sie trocknete den Mund an einem Handtuch ab und trat ans Fenster.

»Das war ein Hammerpass«, jubelte Sam.

»Hier, dein Ball.«

Rachel spürte ein Flattern in ihrem Magen. Bislang hatte sie geglaubt zu träumen, aber als sie die Stimme vernahm, gab es keinen Zweifel mehr: Dort unten stand tatsächlich Ailic. Mit beiden Händen umklammerte sie fest das Waschbecken, als sie spürte, wie ihre Knie weich wurden.

»Ist das der Tearoom von Annie McViccar?«, hörte sie ihn fragen.

»Ja.« Sam klang noch immer außer Atem vom Rennen. »Jetzt ist aber geschlossen.«

»Schade. Ist deine Mummy da?«

»Die ist oben und duscht. Aber wir können Granny holen.«

Rachel stand wie erstarrt da. Ihre Gedanken wirbelten durcheinander wie Blätter im Wind. Sosehr sie sich bemühte, sie bekam keinen davon zu greifen. Ailic war gekommen. Was hatte das zu bedeuten? Sie reckte den Hals und sah, wie die beiden auf die Haustür zugingen. Mit bebenden Fingern schob sie das Fenster wieder zu. Sie trat an das Waschbecken, stützte die Hände auf den Rand und warf einen prüfenden Blick in den Spiegel. Durch den Schleier ihrer Gedanken bemerkte sie, wie blass sie war. Kurz spielte sie mit dem Gedanken, Make-up aufzulegen, aber dann sagte sie sich, dass es albern wäre. Auf St. Kilda war sie die ganze Zeit ohne Schminke herumgelaufen, ohne dass Ailic sich daran gestört hatte. Warum sollte er es jetzt tun? Entschlossen band sie das feuchte Haar im Nacken zu einem Pferdeschwanz und ging hinunter ins Wohnzimmer.

Als sie den Raum betrat, riss die Unterhaltung ab. Ailic erhob sich aus dem Sessel, auf dem er gegenüber von Annie und Sam Platz genommen hatte, und kam mit einem breiten Grinsen auf sie zu. Ihr Herz machte ein paar schnelle Schläge, als er sie in die Arme nahm und auf beide Wangen küsste. Die Nähe seines Körpers rief mit einem Schlag alle Gefühle wieder wach. Sie spürte ein solches Verlangen nach ihm, dass ihr ganz flau im Magen wurde. Im gleichen Moment sah sie, dass Sam zu ihnen hinüberschielte und Ohren machte wie ein Luchs. Auch Ailic schien es zu bemerken und löste sich aus der Umarmung.

Rachels Herz pochte so laut, dass sie meinte, es wäre im ganzen Zimmer zu hören. Unfähig zu begreifen, was gerade passierte, stand sie da. Die Spannung zwischen Ailic und ihr war kaum auszuhalten. Obwohl räumlich inzwischen reichlich Abstand zwischen ihnen lag, schienen sie unaufhaltsam aufeinander zuzutreiben. Immerhin hatte sie sich zumindest so weit im Griff, dass sie ihre Sprache wiederfand. »Wie schön, dich zu sehen. Solltest du nicht auf dem Weg nach London sein?«

»Ursprünglich ja. Aber dann kam etwas dazwischen.«

»Setz dich doch«, forderte sie ihn auf. »Möchtest du eine Tasse Tee?«

»Das hat Granny auch schon gefragt«, platzte Sam dazwischen. »Aber er sagt, ein Glas Wasser wäre ihm lieber.«

Rachels Blick wanderte zu dem Tisch, auf dem kein Glas stand, und zurück zu Sam. Sie zog die Augenbrauen hoch.

»Schon verstanden.« Sam hob resigniert die Achseln. »Ich geh schon.«

»Ich komme mit«, sagte Annie und richtete sich auf. »Mir ist nach einer schönen Tasse Tee.«

»Er ist ein netter Junge«, meinte Ailic, als Sam und Annie das Zimmer verlassen hatten.

»Ja, das ist er …«, presste Rachel hervor. Vor Herzklopfen war ihr schwindlig. Schließlich gab sie sich einen Ruck. »Ich hatte nicht damit gerechnet, dich wiederzusehen. Was führt dich hierher?«

»Es gibt Neuigkeiten … Es geht um Annie. Ich habe herausgefunden, dass Finlays Bruder noch lebt.«

Schlagartig verzog sich die rosarote Wolke, die seit Ailics Eintreffen über ihrem Kopf geschwebt hatte. Bei aller Freude für Annie war es ernüchternd zu hören, dass er nicht ihretwegen gekommen war. Sie schluckte. *Das Leben ist eine Illusion, Rachel* … Trotz aller Enttäuschung versuchte sie, Ailic nicht spüren zu lassen, wie es in ihr aussah. »Das … ist wunderbar«, brachte sie schließlich hervor. »Wie kommt es?«

»Lass uns warten, bis deine Granny zurück ist, dann erzähle ich alles.« Er streckte die Hand nach ihrer aus, ihre Finger verschränkten sich ineinander. »Aber da ist noch etwas, das ich dir sagen wollte …«

Er legte den Arm um sie und zog sie an sich. Sein Mund war weich und warm auf ihren Lippen. Es fühlte sich an, als wäre es ganz selbstverständlich, dass sie ein Paar waren und zusammengehörten. Inmitten dieses intimen, innigen Augenblicks erklangen Schritte im Gang. Langsam, beinahe widerstrebend, löste Ailic den Arm von ihr.

Kurz darauf saßen alle um den Wohnzimmertisch versammelt. Rachel wartete ab, bis Ruhe einkehrte. Währenddessen tauschte sie über den Tisch hinweg einen Blick mit Ailic. »Granny, wie es aussieht, gibt es gute Neuigkeiten. Ailic hat etwas entdeckt.«

»Ach wirklich?« Nur Rachel schien zu bemerken, wie verstört Annie für einen Augenblick war. Gleich in der nächsten Sekunde verbarg Annie den inneren Aufruhr hinter einem Lächeln. »Und was genau haben Sie auf St. Kilda entdeckt, Mr Burnett? Falls es ein altes Fass mit eingelegten Eiern ist, dürfen Sie es gerne behalten.«

Ailic schien die gleiche Art schrägen Humor wie Annie zu besitzen und lachte herzlich. »Ich komme lieber gleich auf den Punkt, Mrs McViccar, statt Sie auf die Folter zu spannen … Sie werden es nicht für möglich halten, aber durch Zufall habe ich herausgefunden, dass der Bruder Ihres Freundes Finlay noch lebt. Er wohnt nicht weit von hier, im Norden, auf Lewis.«

Alle Farbe wich aus Annies Gesicht. Ihr Blick wanderte zum Fenster. »Iain McDonald …« Ihre Stimme klang dünn, als stünde ein Geist aus der Vergangenheit plötzlich neben ihnen.

»Richtig«, meinte Ailic und nickte. »Wir hatten einen Besucher auf der Insel, einen älteren Herrn, der ganz in der Nähe von Iain lebt und ihn gut kennt. Offenbar war es ihm ein Herzensanliegen, St. Kilda zu besuchen, nachdem Iain ihm so viel über das Leben dort berichtet hatte. Iain selbst war vor zwei Jahren für einen Tag auf Hirta. Allerdings hat er dabei nur die ehemaligen Häuser besichtigt. Für eine Wanderung über die Insel hat er sich nicht kräftig genug gefühlt.«

Annie wirkte verdattert. Besorgt legte Rachel die freie Hand auf ihren Arm. Natürlich waren das wunderbare Neuigkeiten, dennoch befürchtete sie, dass die Aufregung zu viel für Annie werden könnte.

»Leider scheint es keine Telefonnummer zu geben«, fuhr Ailic fort. »Aber ich habe Iains Adresse in Ness ausfindig machen können. Theoretisch könnten Sie, wenn Sie möchten, hinauffahren und Iain besuchen.«

Noch bevor Annie antworten konnte, zerstörte Sam, der ein Händchen dafür zu besitzen schien, den besonderen Moment. »Cool, wir machen einen Ausflug!« Er strampelte mit den Füßen in der Luft und kam dabei den Teetassen gefährlich nahe, was ihm einen strengen Blick von Rachel einbrachte.

»Niemand hat davon gesprochen, dass du mitkommst«, rügte sie ihn. »Und außerdem hat sich Granny noch nicht entschieden.« Zu ihrem Ärger ignorierte Sam ihren Tadel und wandte sich mit einem bettelnden Hundeblick an Annie, die ihn glücklicherweise ignorierte.

»Ich würde sehr gerne fahren«, sagte Annie in die Runde. Auf einmal wirkte sie aufgeregt wie ein junges Mädchen. »Vielleicht gleich morgen? Es würde gut passen, denn da ist der Tearoom geschlossen. Leider ist es mit dem Bus eine halbe Weltreise bis hinauf nach Lewis. Rachel, wäre es zu viel verlangt, mich mit dem Auto hinzubringen?«

»Keine Frage. Natürlich fahre ich dich.«

»Wunderbar.« Mit einem Lächeln wandte sich Granny an Ailic. »Ich kann gar nicht mit Worten ausdrücken, wie dankbar ich bin, dass Sie die Mühe auf sich genommen haben, uns die wunderbare Nachricht persönlich zu überbringen.«

»Sehr gerne«, erwiderte Ailic und berührte unter dem Tisch sanft Rachels Fingerspitzen.

»Mr Burnett, was halten Sie davon, uns auf dem Ausflug zu begleiten? Es wäre eine Freude, Sie dabeizuhaben.«

Unbemerkt von den anderen verstärkte Ailic den Druck um Rachels Hand. »Wenn Sie möchten.« Langsam und zärtlich strichen seine Finger über Rachels Handballen.

»Dann ist es beschlossene Sache«, freute sich Annie.

»Und was ist mit mir?«, murmelte Sam halblaut.

»Du gehst wie immer in die Schule. Zum Unterrichtsende sind wir zurück«, erwiderte Rachel scharf.

Ailic zog ein zweifelndes Gesicht. »Machbar wäre es. Die Frage ist nur, ob es sinnvoll ist. Ich habe das vorhin mal gegoogelt. Man braucht für die Hin- und Rückfahrt circa vier Stunden. Wenn man bedenkt, dass Mrs McViccar und Iain sich sicher einiges zu erzählen haben, bleibt nicht allzu viel Zeit übrig. So gesehen bin ich nicht sicher, ob wir uns so unter Druck setzen sollten.«

»Aber anders geht es nun mal nicht.« Rachel stieß frustriert die Luft aus. »Wir können unmöglich länger wegbleiben. Bisher bestand keine Notwendigkeit, einen Babysitter für Sam zu organisieren. So schnell kann ich niemanden aus dem Hut zaubern.«

»Brauchst du auch nicht. Ich habe eine viel bessere Idee«, rief Sam und grinste dabei verdächtig breit, sodass sich in Rachel sofort Skepsis regte.

»Du bleibst ganz sicher nicht alleine hier«, herrschte sie ihn an, bevor er ihr mit irgendeinem Blödsinn kommen konnte. »Und es wird auch nicht auf Hausdächern herumgeklettert, wenn ich weg bin.«

»Aber das will ich doch gar nicht.« Aus Verzweiflung darüber, dass sie ihm schon wieder Hintergedanken unterstellte, verdrehte Sam die Augen. »Ich könnte doch bei Brodie übernachten.«

Rachel runzelte die Stirn. Im Allgemeinen hielt sie nicht viel davon, dass Sam unter der Woche bei Freunden schlief. Was die Folgen wären, wusste sie nur zu gut: Sam käme spät ins Bett und wäre am nächsten Tag vor Müdigkeit so überdreht, dass es nicht mit ihm auszuhalten wäre. Doch in einer so besonderen Situation erschien es ihr gerechtfertigt, eine Ausnahme zu machen. »Na schön«, erklärte sie seufzend. »Aber nur, wenn ich mich darauf verlassen kann, dass die Hausaufgaben nicht darunter leiden.«

»Hurra!« Sam sprang auf und riss die Arme in die Luft. »Darf ich gleich bei Brodie anrufen und ihn fragen? Brodies Bruder hat ein Zelt. Bestimmt lässt uns seine Mum im Garten schlafen. Das wird noch viel cooler als der Ausflug mit euch.«

»Na schön.« Schulterzuckend gab Rachel sich geschlagen. »Hängt die Klassenliste mit den Telefonnummern am Kühlschrank?«

Sam nickte.

»Ich gehe und kläre das.« Bedauernd löste Rachel ihre Hand unter dem Tisch von Ailics und erhob sich.

Wie sich herausstellte, hatte Brodies Mum keine Einwände. Nachdem das geregelt war und die Erwachsenen sich für zehn Uhr am nächsten Morgen zur Abfahrt verabredet hatten, stürmte Sam gleich zu Brodie hinüber, während Annie sich auf ihr Zimmer zurückzog. Rachel begleitete Ailic zur Tür. Der Himmel war noch immer mit einem undurchdringlichen Grau bedeckt, es nieselte.

Plötzlich wurde Rachel befangen. Sich von Ailic zu verabschieden, ohne darüber gesprochen zu haben, wie sie beide das Wiedersehen empfanden, fühlte sich falsch an. Doch aus irgendeinem Grund scheute sie davor zurück, das Thema Gefühle anzuschneiden. Sie räusperte sich. »Ich nehme an, du hast schon eine Unterkunft für heute Nacht?«

»Pete hat mir sein Gästezimmer angeboten.«

»Dann wäre das ja gelöst.«

Ailic nickte stumm. Für einen Mann, der für gewöhnlich äußerst redegewandt war, schien er auf einmal seltsam um Worte verlegen. Das Schweigen weitete sich aus und wurde undurchdringlich wie der Nebel. Schließlich löste er sich aus seiner Erstarrung. »Rachel«, begann er, ein Zögern in seiner Stimme. »Um ehrlich zu sein, bin ich nicht nur wegen Iain hier.«

Einen Moment stockte Rachels Herzschlag. Entgegen aller Vernunft spürte sie eine vage Hoffnung in sich aufsteigen, dass Ailic seine Beziehungsängste überwunden und sich für sie entschieden haben könnte.

»Ich hatte Zeit nachzudenken, als du weg warst.« Intensiv ruhte der Blick seiner blaugrünen Augen auf ihr. »Es fühlte sich nicht richtig an, als wir uns so plötzlich trennen mussten.« Wieder verstummte er.

Was ist es, das du mir damit sagen willst, Ailic Burnett, dachte sie nervös, sprach es aber nicht aus. Die Spannung zwischen ihnen war unerträglich.

Er starrte sie an, als hätte ihn die Entschlossenheit plötzlich verlassen. Nach einer langen Weile hob er zögernd die Hand und legte sie an ihre Wange. »Bist du glücklich hier, Rachel? Ist dies das Leben, das du führen möchtest?«

Ihre Brust bebte. Ein plötzliches Verlangen machte es ihr beinahe unmöglich, einen kühlen Kopf zu bewahren und sich nicht von ihren Gefühlen für Ailic überrollen zu lassen. »Sam hat es gut hier«, meinte sie vage.

»Und du?« Er sah ihr tief in die Augen.

»Ich … finde mich zurecht«, erwiderte sie und verbot sich, daran zu denken, wie nah sie einander auf St. Kilda gewesen waren.

Wieder entstand Schweigen.

»Was spricht dagegen, dass du mit mir nach London kommst?«

Die Frage kam so unvermittelt, dass es sie fast umwarf. Sie spürte ein Flattern im Bauch aufsteigen, für einen kurzen Augenblick waren die Schmetterlinge zurückgekehrt.

»Was willst du damit sagen? Dass wir zusammenziehen?«

»Na ja, ganz so sehr sollten wir es nicht überstürzen«, erwiderte Ailic.

»Also keine feste Beziehung?«

»Doch, schon. Wir könnten uns so oft sehen, wie wir wollten. Das wäre zumindest ein Anfang, oder nicht?«

Rachel wusste nicht, was sie sagen sollte. Sein Vorschlag klang so einfach, so verlockend. Ein dumpfer Schmerz breitete sich in ihr aus. Im Geiste war sie zurück auf der Insel. Sie sah Ailic in schwindelerregender Höhe am Rand der Klippe stehen. Der Wind zerrte an seinen Haaren. Die Luft um ihn herum vibrierte vor Energie. Er drehte sich zu ihr um. So frei, losgelöst und glücklich, wie sie ihn selten erlebt hatte. Und im gleichen Maß, wie sie spürte, dass er bei sich selbst angekommen war, zerriss es sie vor Sorge um ihn. Eine kalte Faust schloss sich um ihr Herz.

So verzweifelt sie sich bemühte, aber ihre Ängste ließen sich weder beiseiteschieben noch auf die leichte Schulter nehmen. *Lass ihn los,* flüsterte eine innere Stimme.

Sie spürte Tränen in sich aufsteigen und kämpfte tapfer dagegen an. Schließlich ließ sie die Luft mit einem langen Atemzug aus ihren Lungen entweichen. »Ich werde nicht zurück nach London gehen«, erklärte sie gefasst. »Annie braucht mich. Es geht ihr nicht gut. Sam und ich werden bei ihr bleiben. Außerdem kann ich ihn nicht schon wieder aus seinem Umfeld reißen.«

Einen Wimpernschlag lang meinte sie, Schmerz und Enttäuschung in seinem Blick aufflammen zu sehen. Er ignorierte ihren Einwand und zog sie an sich. »London liegt nicht auf dem Mond. Du könntest pendeln.«

»So wie du?«, entschlüpfte es ihr, obwohl sie ahnte, wie verletzend es klingen musste.

Er biss sich auf die Lippe. »Es wäre zumindest eine Lösung. Ich finde es verkehrt, dass du deine eigenen Bedürfnisse hintanstellst. Meinst du nicht, dass wir uns eine Chance geben sollten?«

»Und wie stellst du dir das vor?«, erwiderte sie hitzig. »Ich sitze in London herum und warte auf dich, während du durch die Weltgeschichte reist und dein Ding durchziehst? Glaubst du wirklich, dass das meiner Vorstellung eines glücklichen Lebens entspricht?«

Er seufzte. »Sieh es einmal so: In London könntest du jederzeit einen Job finden, der dich erfüllt. Auf Harris hingegen sind die Möglichkeiten sehr beschränkt. Willst du allen Ernstes dein Leben damit verbringen, Tee und Kuchen an Touristen zu verkaufen?«

»Warum verstehst du es nicht?« Sie schüttelte fassungslos den Kopf. »Ich kann Granny doch jetzt nicht im Stich lassen.«

»Wer spricht denn von jetzt?«

»Was soll das denn wieder heißen?«

»Nichts, außer, dass ich auf dich warten kann.«

»Warten, bis Granny endlich stirbt?« Sie befreite sich aus seiner Umarmung.

»Nein. Das hast du in den falschen Hals bekommen. Ich meinte warten, bis sich alles ein wenig eingespielt hat. Möglicherweise könntet ihr eine Aushilfe für den Tearoom einstellen, sodass du hin und wieder ein langes Wochenende einplanen kannst.«

»Und was ist mit Sam?«

»Auch da finden sich Lösungen. Entweder er kommt mit, oder er bleibt bei Annie oder Brodie, seinem Freund.«

Sie schüttelte den Kopf. »Du kennst mich nicht wirklich, Ailic. Vielleicht sind dieser Tearoom und ein Leben auf Harris nicht unbedingt glamourös, aber es ist allemal besser, als ständig krank vor Sorge zu sein, weil du mit einer Truppe von Adrenalinjunkies Afrika durchquerst oder dir gerade in den Kopf gesetzt hast, Fotos eines brennenden Atomkraftwerks zu schießen.«

»Wer sagt denn, dass ich das tun würde?«, gab er mit einem gereizten Unterton zurück.

»Was würdest du stattdessen tun? Schreibtische und Fahrräder für Kataloge fotografieren?« Eine einzelne Träne lief über ihre Wangen. Ärgerlich wischte sie sie mit dem Ärmel weg. »Vergiss es. Du kannst nicht von mir verlangen, dass ich mein Leben nach dir ausrichte, während sich für dich nichts ändert.«

»Ach, Rachel, so wäre es doch nicht«, sagte er leise und beugte sich zu ihr hinunter, um sie zu küssen.

»Doch. Genau so wäre es.« Sie schob ihn beiseite, aus Angst, dass sie doch noch schwach werden könnte, wenn ihre Gefühle für ihn überhandnähmen. »Bitte nicht, Ailic. Ich habe mich entschieden.«

»Es bleibt also bei einem Nein?«

»Das tut es«, sagte sie, während noch mehr Tränen über ihre Wangen kullerten. Sanft zog er sie in seine Arme und strich mit den Fingern über ihr Gesicht. Diesmal spürte sie trotz der Berührung eine Distanz zwischen ihnen, die es zuvor nicht gegeben hatte. Die Würfel waren gefallen. Sie brauchte nicht zu befürchten, dass er einen erneuten Versuch unternehmen würde, sie umzustimmen.

»Es ist spät. Ich muss Sam ins Bett bringen«, sagte sie und löste sich von ihm.

Ohne Widerspruch, aber sichtlich enttäuscht, griff er nach seiner Jacke neben der Tür und zog sie über. Dann beugte er sich zu ihr hinunter und küsste zum Abschied ihre Wange, nicht ihren Mund. »Du machst einen Fehler, Rachel. Das Glück wartet nicht ewig.«

Dann wandte er sich zum Gehen. Der Nebel verschluckte das Geräusch seiner Schritte.

Im Laufe der Nacht hatte sich der Nebel gelichtet. Dennoch blieb die Sicht auch am anderen Tag diesig wie bei einem unscharfen Foto. Die Linie am Horizont, an der der Himmel auf die stahlgrauen Wassermassen des Atlantiks traf, war nicht auszumachen. Die Sonnenstrahlen fielen aufgefächert durch zerklüftete Wolkengebirge. Rachel saß neben Ailic auf dem Beifahrersitz, ihr Blick glitt über die Landschaft. Sie hatten die engen Pässe des Clisham-Gebirges hinter sich gelassen, und Ailic hatte sie inzwischen beim Fahren abgelöst. Die sumpfigen Grasflächen rechts und links der schnurgeraden Straße hatten sich durch die langen Sonnentage in ein leuchtend gelbes Meer aus Moorlilien verwandelt. Dazwischen wuchsen Wollgrasbüschel, die aussahen, als hätte eine Fee in mühseliger Bastelarbeit Wattebäuschchen auf grüne Stiele geklebt. Die Schafe auf den Weiden waren frisch geschoren. Sie schüttelten blökend ihre Köpfe und versuchten, vor den Midges zu fliehen. Ohne den dicken Wollpelz litten sie unter den winzigen Mücken, die an windstillen Tagen wie dunkle Wolken über den Tieren schwebten. Der Rabe auf dem Schafszaun dagegen ließ sich dadurch nicht stören. Mit schräg gelegtem Kopf blickte er den vorbeifahrenden Autos hinterher.

»Hier müsste gleich eine Abzweigung kommen«, meinte Rachel, als sie auf Barvas zufuhren. Sie hob die Hand und deutete auf einen Punkt in der Ferne. »Da vorne rechts.«

Statt einer Antwort warf Ailic einen Blick in den Rückspiegel und lächelte. »Annie ist eingenickt.«

Rachel wandte sich um und musterte das ehemals schöne, von den Jahren gezeichnete Gesicht. Selbst im Schlaf wirkten Annies Gesichtszüge angespannt, ihre Haut ungesund bleich. Ihre Hände waren schützend über den geschnitzten Vogel gebreitet, als hätte sie Sorge, er könnte davonfliegen. Besorgt nahm Rachel ihren Schal vom Hals und breitete ihn über Annies Knie. Seitdem Ailic sie gestern mit der Nachricht überrascht hatte, schien Annie in ihrer eigenen Welt gefangen. Beim Frühstück hatte sie nur an einer Ecke Toast geknabbert und kaum Flüssigkeit zu sich genommen, weil sie nicht wollte, dass sie ihretwegen ständig anhalten mussten.

Als könnte er ihre Gedanken lesen, erkundigte sich Ailic: »Wie geht es ihr? Sams Nachricht klang alarmierend.«

»Sam hat übertrieben«, erwiderte Rachel und wandte sich wieder nach vorne.

Ailic löste die Hand vom Steuerknüppel und umschloss ihre Finger. »Weißt du etwas über Iain?«

»Nein.« Sie schüttelte den Kopf, während Ailics Berührung ihren Arm hinauffuhr, als hätte sie einen Stromschlag bekommen. »Ich wollte gestern noch mit Annie reden, aber sie hat sich auf ihr Zimmer zurückgezogen. So kenne ich sie gar nicht.«

»Du machst dir Sorgen um sie?«

»Annie ist unverwüstlich.« Rachel biss sich auf die Lippe und dachte an den *Sluagh*, den Annie gesehen und der Sam in wilde Panik versetzt hatte. Normalerweise glaubte sie nicht an Geistergeschichten, aber der Gedanke an den Vogelzug löste eine unerklärliche innere Kälte in ihr aus. Sie schenkte Ailic ein Lächeln. »Trotzdem bin ich froh, dass du mitgekommen bist. Wer weiß, was uns in Ness erwartet.«

Ailic wirkte nachdenklich. Er schien etwas auf dem Herzen zu haben. Rachel fühlte sich versucht, ihn darauf anzusprechen, unterließ es aber, weil Annie seit den letzten Metern unruhig vor sich hin grummelte.

»Granny?«, fragte Rachel über das Brummen des Motors hinweg und blickte nach hinten. »Bist du wach? Wir sind fast da.«

Die Lider ihrer Großmutter flatterten. Sie richtete sich aus ihrer zusammengesunkenen Position auf und strich das Haar zurück. Rachel sah, dass ihre Hand zitterte. »Sei nicht albern. Wie kommst du auf die Idee, dass ich geschlafen hätte?«

»Da vorne liegt Ness, Mrs McViccar.« Ailic lenkte den Wagen an den Rand und hielt an. Parallel zur Straße führte eine Trockensteinmauer auf eine Ansammlung grauer, schiefergedeckter Häuser zu. Er hob die Hand und deutete aus dem Fenster. »Pete meinte, in der Siedlung am Ortsende wären wir richtig.«

»Also dann. Auf zu Iain«, erklärte Rachel betont munter.

»Können wir kurz warten?« Nervös blickte Annie in Richtung der Häuser. Sie umfasste Rachels Kopfstütze und hielt sich mit beiden Händen daran fest. »Ich fürchte, mich verlässt gerade der Mut.«

Rachel drehte sich zu ihr um und streichelte ihren Arm. »Es muss sich seltsam anfühlen, Iain nach so vielen Jahren gegenüberzustehen.«

»Das ist es nicht. Es ist nur …« Sie schloss für einen Moment die Augen und stieß zitternd die Luft aus. »Was, wenn Finlay nicht mehr lebt? Bisher konnte ich mir einreden, dass es ihm gut geht. Ich bin nicht sicher, ob ich die Wahrheit erfahren möchte.«

»Mr McDonald hat keine Ahnung, dass wir auf dem Weg zu ihm sind«, meinte Ailic sanft. Im Rückspiegel suchte er Annies Blick. »Wir können immer noch umdrehen, wenn Ihnen das lieber ist, Mrs McViccar.«

Rachel hatte den Eindruck, dass Annie für einen Moment ernsthaft über Ailics Vorschlag nachdachte, aber dann schüttelte sie entschlossen den Kopf. »Nein, dafür ist es zu spät. Ich würde mir nur den Kopf zermartern, was aus Finlay geworden ist.«

»Sind Sie sicher?«

»Ja. Bringen wir es hinter uns. Bitte fahren Sie weiter.«

Kurz darauf hielten sie vor einem grauen Bungalow mit einem gepflegt angelegten, inzwischen aber verwilderten Vorgarten. Rechts und links des Eingangs blühten üppig Fuchsien. Über der Tür stand mit geschwungenen Messingbuchstaben der Name des Hauses geschrieben: *Tigh an Hiort*, Haus Hirta. Kein Zweifel. Hier waren sie richtig.

Ailic stieg aus und half Annie aus dem Wagen. Mit der einen Hand hielt sie den hölzernen Vogel umklammert, mit der anderen stützte sie sich auf Ailic. Rachel spürte einen Stich in der Brust, als sie beobachtete, wie Annie sich mit Ailics Hilfe langsam auf das Haus zubewegte. Sie wirkte wie ein Schatten ihrer selbst. Schmal und zerbrechlich. Ein Windhauch hätte sie davontragen können. Mühevoll setzte sie einen Fuß vor den anderen, ihr Atem ging stoßweise.

»Geht es dir gut?«, erkundigte sich Rachel besorgt.

»Es geht schon. Das lange Sitzen im Auto ist meinem Rücken nicht bekommen«, behauptete Annie. Sie hielt sich mit ihrer knochigen Hand am Geländer fest. Dabei wirkte sie angestrengt, als hätte sie Schmerzen, aber natürlich wäre sie, darauf angesprochen, viel zu starrköpfig, um es Rachel gegenüber zuzugeben. Rachels Magen krampfte sich zusammen. Obwohl Annie hart im Nehmen war, hatten ihre Kräfte in den vergangenen Tagen spürbar nachgelassen. Aber vielleicht steigerte sie sich in etwas hinein. Die alberne Geschichte mit dem *Sluagh* ließ Rachel bei dem geringsten Anzeichen von Schwäche sofort das Schlimmste befürchten. Entschlossen schob Rachel die Angst um Annie beiseite und wandte ihre Aufmerksamkeit wieder dem Haus zu.

Hoffentlich hatten sie mit ihrem unangekündigten Besuch Erfolg, ging es ihr durch den Kopf. Zu dumm, dass niemand Iains Telefonnummer kannte. Rachel mochte sich nicht ausmalen, wie enttäuschend es für Annie wäre, den Weg umsonst gemacht zu haben. Ob sich im Haus etwas regte? Mit gespitzten Ohren stand Rachel auf der Treppe und versuchte, den vorbeifahrenden Lkw und die spielenden Kinder auf dem Nachbargrundstück auszublenden. Gedämpfte Töne einer Quizsendung drangen an ihr Ohr. Erleichtert lächelte sie Annie zu. »Es scheint jemand da zu sein.«

Ailics Hand schwebte über dem Klingelschild. Mit fragendem Blick wandte er sich an Annie. »Soll ich?«

Sie nickte.

Es kam Rachel vor, als hielten sie zu dritt gleichzeitig den Atem an, während sie darauf warteten, dass sich von drinnen Schritte näherten. Die Sekunden verstrichen, und nichts passierte. Ailic klingelte erneut. Wieder nichts. Er wandte sich an Rachel. »Und jetzt?«

»Vermutlich ist nicht abgeschlossen«, meinte Rachel zögernd. »Aber wenn wir einfach hineingehen, erschreckt sich Mr McDonald zu Tode.«

»Keine gute Idee«, stimmte Ailic zu. Kurz entschlossen ließ er die anderen stehen und ging quer über den Rasen auf eine etwas weiter rechts gelegene Verandatür zu. Er beugte sich vor, legte eine Hand über die Augen und spähte hinein. Rachel war es ein wenig unangenehm, dass er gegen die Scheibe klopfte, um sich bemerkbar zu machen, aber dann beobachtete sie, wie er grüßend durch das Fenster winkte und Richtung Tür deutete.

»Der Fernseher war zu laut. Er saß auf seiner Couch und hat uns nicht gehört«, erklärte er und schlenderte zu ihnen zurück. »Er macht gleich auf.«

Rachel meinte, schlurfende Schritte zu hören, dazwischen das tappende Geräusch eines Gehstocks. Sie bemerkte, wie Annie angestrengt Luft holte. Ihr Atem ging keuchend, wie bei einer schweren Lungenentzündung. Die letzten Minuten verlangten ihr viel ab. Als die Schritte an der Schwelle angekommen waren, schickte Rachel ein stummes Dankgebet zum Himmel.

Mit einem leisen Seufzen öffnete sich die Tür. Vor ihnen stand ein älterer Herr, die Augen rot gerändert hinter den Brillengläsern, auf seiner Stirn zeichneten sich Altersflecken ab. Das weiße Haar war an den Seiten sorgfältig geschnitten, nur am Oberkopf stand ein widerspenstiger weißer Schopf in die Höhe wie ein Büschel Vogelfedern. Seine Haltung war aufrecht, obwohl er am Stock ging. Mit der freien Hand tastete er sich vorsichtig an der Hauswand entlang. Rachel vermutete, dass er nicht mehr trittsicher war und Angst vor Stürzen hatte.

»Guten Tag«, begrüßte er sie mit einer Stimme, die so eingerostet klang, als hätte er wenig Gelegenheit, sie zu benutzen. »Wie kann ich Ihnen helfen?«

Bewusst hielt sich Rachel zurück. Es war besser, wenn nur einer das Reden übernahm, um den Stress für die beiden hochbetagten Menschen möglichst gering zu halten. Ailic am besten, denn der stand Mr McDonald direkt gegenüber.

Mit seiner typischen einnehmenden Art hielt Ailic dem älteren Herrn die Hand entgegen und nickte ihm zu. »Mr McDonald?«

»Der bin ich.«

»Wie schön, dass wir Sie zu Hause antreffen.« Ailic ließ Iains Hand los. »Bitte entschuldigen Sie den Überfall. Ich hoffe, wir stören nicht?«

»Wobei denn?«, winkte Iain ab. »Ich saß vor dem Fernseher. Alles belangloser Unsinn … Aber was soll ich tun, die Pumpe macht nicht mehr so mit.« Er deutete mit der Hand auf sein Herz.

»Sehr freundlich, dass Sie uns aufgemacht haben«, sagte Ailic. »Ich möchte Ihre Zeit nicht unnötig in Anspruch nehmen, aber dürfte ich Ihnen eine kurze Frage stellen?«

»Nur raus damit.«

»Ich habe gehört, dass Sie einer der letzten ehemaligen Bewohner von St. Kilda sind. Stimmt das?«

»Das ist richtig«, nickte Iain, mit Stolz in der Stimme. »Aber ich muss Sie warnen, falls Sie gekommen sind, um mit mir über mein Leben auf Hirta zu sprechen.« Er pausierte, in seinen Augen blitzte der Schalk. »Wenn ich einmal damit anfange, höre ich nicht mehr auf.«

Annie öffnete den Mund und schloss ihn wieder.

»Nun …« Grinsend strich sich Ailic über das heute glatt rasierte Kinn. »Ich glaube, das trifft sich sehr gut.« Er wandte sich an Annie. »Die Dame hier stammt ebenfalls von St. Kilda.«

Iains Kinn klappte herunter. Er blickte zu Annie hinüber, als könnte er nicht glauben, was Ailic gesagt hatte.

»Mr McDonald, darf ich vorstellen«, fuhr Ailic mit bedeutungsvoller Miene fort. »Dies hier ist Mrs Annie McViccar. Sie war eng mit Ihrem Bruder Finlay befreundet. Vielleicht erinnern Sie sich?«

Annie schwankte. Reflexartig hakte Rachel sie unter. Hoffentlich verzichtete Iain auf eine ausschweifende Begrüßung und lud sie zu sich ins Haus ein, bevor Annie mitten auf der Treppe einen Schwächeanfall erlitt.

Doch Iains Reaktion fiel anders aus als erhofft. Zu Rachels Bestürzung schien ihm die Begegnung mit der Vergangenheit ähnlich an die Nieren zu gehen wie Annie. Seine geröteten Augen hinter den Brillengläsern wirkten glasig. Regungslos stand er da, nur die schlaffe Kinnpartie bebte. Rachel bekam es mit der Angst zu tun, als sie an sein schwaches Herz dachte. Im Geiste sah sie sich schon den Notarzt verständigen.

»Annie …«, brachte Iain mühevoll zwischen zwei Atemzügen hervor. Rachel ertappte sich dabei, wie sie sich vor Anspannung auf die Lippe biss, als er umständlich den Stock gegen die Tür lehnte und mit vorsichtigen Schritten auf Annie zuging. Es schien eine Ewigkeit zu dauern, aber dann standen sich die beiden auf Armlänge gegenüber.

»Annie«, wiederholte Iain langsam. Als Nächstes legte er den Arm um sie und tätschelte unbeholfen ihren Rücken. Der hölzerne Vogel entglitt Annies Händen und fiel zu Boden. Eine ganze Weile hielten sie einander schweigend umklammert. Das Bild war so anrührend, dass Rachel die Tränen in die Augen stiegen. Die beiden schienen völlig in die Nähe des anderen versunken. Zwei Zeitreisende, die in eine längst verlorene Welt entglitten. Ganz selbstverständlich schienen sie sich auf Anhieb wieder so nahe wie damals zu sein, als sie Teil einer winzigen Dorfgemeinschaft auf einer von der Welt abgeschnittenen Insel mitten im Atlantik gewesen waren. Zu gerne hätte Rachel den Ausdruck in Annies Gesicht gelesen, aber Annie stand so ungünstig zur Sonne, dass es nicht möglich war. Eine unbestimmte Zeit verstrich, und noch immer ließ Iain Annie nicht los.

Irritiert suchte Rachel Ailics Blick, aber dieser zuckte nur ratlos die Schultern. Bei allem Verständnis für die Wiedersehensfreude begriff Rachel nicht, was hier los war. Weitere Sekunden verstrichen. Inzwischen war das Gelächter der Kinder im Nachbargarten verstummt. Eine Taube hatte sich gurrend auf dem Kamin niedergelassen und stolzierte mit aufgeplustertem Kehlsack über den Sims. Allmählich wich Rachels Rührung über das Wiedersehen einem unguten Gefühl. Irgendetwas stimmte nicht. Gerade als Rachel Anstalten machte, sich zu räuspern, um sanft einzuschreiten, trat Iain einen Schritt zurück. Mit ausgestreckten Armen hielt er Annie ein Stück von sich weg und betrachtete sie. Zu Rachels Entsetzen bemerkte sie, dass Tränen über Annies Wangen liefen. Granny war völlig außer sich. Sie zitterte am ganzen Leib.

»Annie, meine Annie ...«, sagte der von den Jahren gezeichnete alte Mann mit belegter Stimme. Sein Atem ging flach, auch er schien den Tränen nah. »Ich hatte die Hoffnung aufgegeben, dich in diesem Leben noch einmal wiederzusehen.«

Auch Annie schien etwas sagen zu wollen, doch vor Ergriffenheit brachte sie keinen Ton heraus. Dafür sprach der Ausdruck in ihrem Gesicht Bände. Es war der eines jungen Mädchens, das dem Mann gegenüberstand, den sie aus tiefster Seele liebte.

Ohne dass Rachel es bemerkt hatte, war Ailic neben sie getreten und legte sanft die Hand auf ihre Schulter.

»Unglaublich«, sagte er leise zu ihr. »Wer hätte das gedacht?«

Gereizt schüttelte Rachel den Kopf. »Ich habe keinen blassen Schimmer, was du meinst«, gab sie halblaut zurück. »Dass Annie gerührt sein würde, war klar, aber dass die Begegnung mit Iain ihr derart ans Herz gehen würde, hätte ich nicht vermutet.«

»Oh Rachel.« Grinsend schüttelte Ailic den Kopf. »Ist es denn wirklich so schwer zu verstehen?«

»Anscheinend«, zischte Rachel zurück. »Könntest du aufhören, in Rätseln zu sprechen?«

»Sicher.« Ailic zuckte unbekümmert die Schultern. Er schien es zu genießen, sie auf die Folter zu spannen, doch allmählich überspannte er den Bogen. Rachel war kurz davor, ihn kräftig zu schütteln, wenn er nicht endlich damit herausrückte, was er zu wissen glaubte. Zum Glück war das der Moment, in dem Ailic sich an Iain wandte. »Mr McDonald?«

»Ja bitte?« Der alte Herr drehte sich zu ihnen um.

»Dürfte ich Ihnen eine sehr persönliche Frage stellen?«

»Und was wäre das?«

Ailic bedachte ihn mit einem intensiven Blick. »Gehe ich recht in der Annahme, dass Sie nicht Iain McDonald sind?«

Der alte Herr verzog keine Miene und blickte nur schweigend zu Annie hinüber. Es kam Rachel so vor, als würden die beiden eine stumme Übereinkunft schließen, endlich das Geheimnis zu lüften, das über dem Wiedersehen schwebte.

»Sie sind ein guter Beobachter, Mr Burnett«, meinte Annie schließlich und wischte mit der Handkante die Tränen beiseite. Vorsichtig machte sie einen Schritt auf Iain zu. Rachel bemerkte, wie Iain Annies Hand mit den Fingern umschloss und sie festhielt. »Es tut mir leid, dass wir euch so wenig Beachtung geschenkt haben, aber ich es kann noch immer nicht fassen. Rachel, Ailic, ihr habt mir den Menschen zurückgebracht, der mir auf der ganzen Welt am liebsten ist.«

Rachel stockte der Atem. Wie vor den Kopf gestoßen, blickte sie zwischen den beiden hin und her. »Ich fasse es nicht«, sagte sie schließlich zögernd. »Dann sind Sie also …«

»Ja«, kam ihr Iain mit einem feinen Lächeln zuvor. »Richtig erkannt. Ich bin nicht Iain, sondern Finlay.«

Am Ende war es Ailic, der dafür sorgte, dass sie nicht länger wie auf dem Präsentierteller im Vorgarten herumstanden. Souverän übernahm er das Kommando und dirigierte sie alle zusammen in Finlays Wohnzimmer. Während die anderen um den niedrigen Couchtisch Platz nahmen, ging er wie selbstverständlich in die Küche und kochte Tee. Dankbar nahm Rachel ihre Tasse entgegen. Ohne große Worte sorgte Ailic dafür, dass Normalität einkehrte, und das war gut so, denn endlich konnte sie sich entspannt in den Sessel sinken lassen. Sie sah sich um. Im Wohnzimmer roch es nach Pfeifentabak und einem Hauch von Desinfektionsmittel. Wie es aussah, lebte Finlay alleine, doch war auf die Hilfe einer Pflegekraft angewiesen. Oberflächlich betrachtet, wirkte alles aufgeräumt, bei genauerem Blick waren jedoch Spuren von Vernachlässigung zu erkennen. Eine dünne Staubschicht lag auf den Büchern und auf dem Sideboard. Die Blätter der Pflanzen waren an den Spitzen vertrocknet. Im Kamin in der Ecke brannte kein Torf, sondern elektrisches Feuer. Überrascht wanderten ihre Augen zu den Schwarz-Weiß-Fotografien an den Wänden. Es waren fast die gleichen Bilder wie bei Annie: historische Aufnahmen mit den Bewohnern von St. Kilda vor der Evakuierung.

Nachdem alle versorgt waren, machte es sich auch Ailic bequem. Seine Augen suchten Finlays Blick. »Wir sind sehr gespannt, Ihre Geschichte zu hören, Mr McDonald. Leben Sie schon lange in diesem Haus?«

»Sagen Sie doch bitte Finlay.« Der alte Herr streckte seine Hand nach Annie aus, die neben ihm auf der Couch saß. »Ich habe die meiste Zeit meines Lebens in Kanada verbracht. Aber nach der Pensionierung hielt ich es nicht mehr aus, zu allen Seiten von Land und Bäumen umgeben zu sein. Mir hat das Meeresrauschen gefehlt. Außerdem wollte ich näher an St. Kilda sein.«

»Annie ging es ähnlich«, schmunzelte Ailic. »Also sind Sie beide in die Nähe Ihrer alten Heimat zurückgekehrt, ohne voneinander zu wissen.«

»Unglaublich.« Finlay atmete hörbar aus. »Dabei habe ich so lange erfolglos nach Annie gesucht. Irgendwann habe ich die Hoffnung aufgegeben.«

»Vergeblich gesucht habe ich auch«, bestätigte Annie. »Doch die Hoffnung hatte ich nie verloren.«

Unwillkürlich musste Rachel daran denken, wie Annie jeden Tag an den Strand hinunterging, den Blick auf den weiten Atlantik gerichtet, um für Finlay und die anderen zu beten.

»Wir waren vorhin alle sehr überrascht …«, griff Ailic den roten Faden wieder auf. »Wie kommt es dazu, dass Sie den Namen Ihres Bruders verwenden?«

»Eine lange Geschichte. In unserer heutigen Zeit kaum vorstellbar.« Finlay unterbrach sich und nickte bedächtig. »Es war schwer damals nach der Evakuierung. Man hatte uns ein besseres Leben versprochen. Doch dann kam alles anders. Die Dorfgemeinschaft wurde auseinandergerissen. Familien, die Haus an Haus gelebt hatten, wurden über ganz Schottland verteilt.« Finlay verstummte und Ailic drängte ihn nicht.

»St. Kilda war ein friedlicher Ort für uns. Auf dem Festland drehte sich dann alles nur um Geld. Geld, um in feuchten Häusern zu wohnen. Geld, um heizen zu können. Geld, um Essen für unsere Familien zu haben. Ein schlechter Tausch für unsere Freiheit.«

»Übertreib nicht, Finlay. Nicht alles war so dunkel, wie du es schilderst«, warf Annie ein. »Vergiss nicht, dass wir keine andere Wahl hatten. Es gab keine Zukunft für uns auf der Insel.«

»Das streite ich nicht ab.« Plötzlich wirkte Finlay angespannt. »Aber das Leben auf dem Festland war nicht gerade rosig. Das Geld, das mein Vater mit der Forstarbeit verdiente, reichte hinten und vorne nicht. Ich war zu jung, um einen Betrag zu leisten, aber Iain bekam eine Stelle, als er fünfzehn wurde. Das war zwei Jahre nach der Evakuierung. Dann passierte der Unfall.« Der alte Herr unterbrach sich, sein Atem ging stoßweise. »Wir lebten in der Nähe von Inveraray, es regnete ständig. Iain war aufs Dach gestiegen, um ein Loch zu reparieren, und rutschte ab.« Seine Stimme brach. Ohnmächtig schüttelte er den Kopf.

»Bitte quälen Sie sich nicht, Finlay.« Behutsam stellte Ailic seine Teetasse zurück auf den Tisch. »Wir verstehen, wenn es Ihnen zu viel wird.«

Doch Finlay schien ihn nicht zu hören. Er starrte mit wässrigen Augen vor sich hin. »Iain war ein geschickter Kletterer. Er stieg mit einer solchen Gewandtheit in die Klippen, dass man meinte, er wäre mit Schafshufen an den Füßen geboren. Und dann stürzt er von einem drei Meter hohen Dach zu Tode ...«

Schweigen senkte sich über den Raum. Rachel bemerkte, dass Ailic Finlay sehr aufmerksam betrachtete. Schließlich richtete Ailic sich in seinem Sessel auf. »Also blieb nur eine Möglichkeit: Die Leute mussten denken, Finlay wäre gestorben und nicht Iain. Dadurch, dass Sie sich als Ihr älterer Bruder ausgaben, konnten sie mithelfen, die Familie über Wasser zu halten«, schlussfolgerte er mit ruhiger Stimme.

Mit Augen, in denen Tränen glitzerten, blickte Finlay auf. »So war es.«

Verblüfft schüttelte Rachel den Kopf. Sie war nicht sicher, was sie erwartet hatte, aber dass Finlay aus einer Notlage heraus ein Leben unter falscher Identität geführt hatte, war unglaublich.

»Sie sind ein bemerkenswerter Mann, Finlay«, erwiderte Ailic. Wie es schien, hatte er weniger Mühe als sie, mit dem Tempo der Enthüllungen mitzuhalten. Während Rachel noch damit beschäftigt war, das Gehörte zu verarbeiten, sorgte Ailics Gelassenheit dafür, dass Annie und Finlay sich zusehends erholten. Bewundernd blickte Rachel zu ihm hinüber. Er war wirklich umwerfend. Ein Fels in der Brandung. Vermutlich hätte sie spätestens in diesem Augenblick ihr Herz an ihn verloren, wenn sie es nicht schon längst getan hätte.

»Ganz klar mussten Sie den falschen Namen auch später beibehalten, da der Totenschein auf den Namen Finlay ausgestellt war«, schloss Ailic seine Überlegungen.

»Richtig. Alles andere hätte einen unglaublichen Aufstand verursacht. Man hätte die Polizei informiert. Möglicherweise wäre die Leiche exhumiert worden. Schon komisch. Manchmal wusste ich selbst nicht mehr genau, ob es mein Leben war, das ich führte, oder das von Iain.« Der Blick des alten Herren glitt durch die Verandatür nach draußen. Rachel fragte sich, ob es Schuld oder Trauer war, die ihn bewegte.

»Aber irgendjemand muss doch etwas bemerkt haben. Gab es denn keine Nachforschungen?«, wandte Rachel ein. Es erschien ihr unglaublich, dass niemand Verdacht geschöpft hatte.

»Dort, wo wir wohnten, gab es kaum Nachbarn. Zumindest keine, die uns näher gekannt hatten. Wer hätte Fragen stellen sollen?«

Zwar erklärte das einiges, aber Rachel war dennoch frappiert, dass Finlays Eltern es ertragen hatten, das falsche Kind zu beerdigen. Sie stellte es sich schrecklich vor, für den Rest des Lebens an eine Lüge mit solch immenser Tragweite gebunden zu sein. Allmählich begann sie zu verstehen, weshalb Finlay behauptete, sie wären auf St. Kilda trotz allem besser dran gewesen.

»Es waren schwere Zeiten damals.« Mit verständnisvoller Miene blickte Ailic zwischen Annie und Finlay hin und her. »Annie, wie gut, dass Sie nichts von alldem ahnten, sonst hätten Sie irrtümlich in dem Glauben gelebt, Finlay wäre tot. Ich bin froh, dass es ein gutes Ende für Sie beide genommen hat.«

Ein verschmitztes Lächeln glitt über Finlays Gesicht. »Sie täuschen sich, Ailic. Das hier ist nicht das Ende, sondern der Beginn von etwas Wunderbarem.« Der Blick, mit dem er Annie bedachte, rührte Rachel zutiefst. Sie wusste, was Finlay damit sagen wollte. Obgleich er und Annie sich aus den Augen verloren hatten, waren sie nie wirklich getrennt gewesen, denn ihre Herzen hatten Heimat ineinander.

Auch in Annies Augen schwammen Tränen. Sie nahm den Holzvogel und legte ihn behutsam in Finlays Hände. »Ich habe einen Wunsch. Lass uns in einer der nächsten Wochen zur Insel hinüberfahren, nur für einen Tag. Ich möchte noch einmal nach An Lag gehen und alte Erinnerungen wieder lebendig werden lassen.«

»Ich glaube nicht, dass meine Beine es dort hinauf schaffen. Als ich vor einigen Jahren dort war, bin ich nur bis zum Friedhof gekommen.« Bedauernd tätschelte Finlay Annies Arm. »Aber wir können uns auf eine Bank vor den Häusern setzen und über die Bucht blicken. Du wirst sehen, es wird so sein, als wären wir nie weg gewesen.«

Überrascht wischte Annie eine Träne beiseite. »Wie aufregend. Du warst wirklich auf Hirta? Wie war es?«

Die Antwort schien Finlay nicht leichtzufallen, denn er schwieg eine Weile. Schließlich schüttelte er den Kopf. »Schwer zu beschreiben. Obwohl das Dorf verlassen ist, hat sich die Atmosphäre kaum verändert. Es ist noch immer ein so viel friedlicherer Ort als sonst wo auf der Welt.«

Wortlos starrte Annie vor sich hin. Rachel bemerkte, dass sie sich mit etwas quälte. »Wie war es für dich, unsere ehemaligen Häuser in so verfallenem Zustand zu sehen?«, fragte sie schließlich verzagt.

»Die Wände sind erstaunlich gut erhalten.« Behutsam streichelte Finlay Annies Hand. »Falls es dir ein Trost ist, ich habe bei meinem letzten Besuch den Türstock eures Hauses geküsst, als einen Gruß von dir an die alte Heimat.«

»Danke, dass du das für mich getan hast …«

Bevor Finlay etwas erwidern konnte, räusperte Ailic sich. »Ich denke, wir sollten Sie jetzt alleine lassen.« Über den Tisch hinweg suchte er Rachels Blick. »Was hältst du von einem Spaziergang an den Strand, Rachel?«

»Hervorragende Idee«, erwiderte sie ohne Zögern.

»Ich bringe euch zur Tür.« Finlay machte Anstalten, sich zu erheben, aber Ailic kam ihm zuvor.

»Bitte machen Sie sich keine Mühe.« Entschlossen fasste Ailic Rachels Hand und zog sie mit sich. »Wir sind in einer Stunde zurück, Annie, damit Sie rechtzeitig zum Abendessen wieder zu Hause sind.«

»Ach? So schnell schon?« Unsicher wechselte Annie einen Blick mit Finlay. »Ich bin mir gar nicht so sicher, ob ich das möchte.«

»Dann bleib«, entschied Finlay. »Wir haben uns so viel zu erzählen.« Er wandte sich an Ailic. »Ich weiß, es ist eine weite Fahrt, aber dürfte ich Sie trotzdem bitten, Annie bis morgen bei mir zu lassen?«

»Das lässt sich problemlos einrichten. Wobei, rein theoretisch …« Ailic unterbrach sich und blickte Rachel fragend an.

»Was hältst du davon, wenn wir uns einen netten Abend in Stornoway machen und dort übernachten? Sam ist ja gut untergebracht.«

»Ein Abendessen in Stornoway wäre wunderbar. Ich war ewig nicht mehr aus«, meinte Rachel und stand kurz davor, Ailic vor Begeisterung um den Hals zu fallen. Zum Glück konnte sie sich noch rechtzeitig bremsen. Vielleicht lag es an ihrer melancholischen Stimmung, aber es fühlte sich richtig an, die Nacht mit Ailic zu verbringen. Ihre Gedanken wanderten zurück zu ihren letzten gemeinsamen Stunden auf St. Kilda. Inzwischen sah sie es ähnlich wie er. Der Abschied war viel zu plötzlich gekommen. Was sie miteinander gehabt hatten, war zu besonders, um es abrupt enden zu lassen.

Ailics ungeduldiges Räuspern durchbrach ihre Gedanken. Anscheinend befürchtete er, Rachel könnte es sich im letzten Moment doch noch anders überlegen. Mir sanfter Gewalt zog er sie zur Tür. »Dann abgemacht. Wir sehen uns morgen. Ich wünsche einen schönen Abend!«

Bevor sie recht wusste, wie ihr geschah, stand Rachel vor der Haustür. Fröstelnd schlang sie die Arme um den Oberkörper. Während sie gemütlich in Finlays Wohnzimmer gesessen hatten, war das Wetter umgeschlagen. Von der Westküste her fegte ein schneidend kalter Wind über das offene Meer heran. Ein Sturm kam auf. Er schien sich über St. Kilda zusammenzubrauen, das mit dem bloßen Auge nur vage als flirrender Punkt vor dem Horizont zu erkennen war. Besorgt blickte Rachel in den Himmel und kämpfte gegen das beklemmende Gefühl an, das von ihr Besitz ergriff, eine Vorahnung drohenden Unheils. Mit angehaltenem Atem beobachtete sie, wie ein Schwarm Basstölpel flügelrauschend über Finlays Haus hinwegzog: leuchtend gelbe Köpfe mit grauen Augen und spitzen Schnäbeln, die Flügel waren weiß, mit schwarz glänzenden, wie in Tinte getauchten Spitzen. Von den Vögeln ging eine unnatürliche Kälte aus. Etwas Vergleichbares hatte sie noch nie erlebt, obwohl sie mit Geistergeschichten groß geworden war.

Sie beeilte sich, zu Ailic in den Wagen zu steigen. Mit tief in Falten gelegter Stirn starrte sie aus dem Fenster, auf das Haus, in dem sie ihre Granny zurückgelassen hatte. Schließlich lenkte Ailic den Wagen um eine Kurve, und Rachel drehte sich zu ihm um: »Albern, aber ich fühle mich gerade, als hätte ich meiner minderjährigen Tochter erlaubt, bei ihrem Freund zu übernachten.«

»Gönn es ihnen. Sie haben es verdient«, antwortete er, seine Stimme klang belustigt.

Mit knapper Mühe rang sie sich ein Lächeln ab. »Tu ich ja. Es kam nur so unerwartet.«

Sein Blick ruhte intensiv auf ihr, trotz des Tempos, mit dem sie unterwegs waren. »Die besten Dinge im Leben passieren gerade dann, wenn man am wenigsten damit rechnet.«

Gleich darauf richtete er den Blick wieder nach vorne. Rachel atmete aus und dachte darüber nach, ob er recht hatte. Dass sie den Workshop hatte abbrechen müssen, war beispielsweise etwas, womit sie nicht gerechnet hatte. Sie bezweifelte, dass dies zu den besten Momenten ihres Lebens zählte. Ihr Blick glitt zum Fenster hinaus. Endlose Torfflächen erstreckten sich vor einem Himmel, über den in rascher Folge Wolkenfetzen zogen. Sie hob die Hand und wischte über das beschlagene Seitenfenster. »Wann geht dein Flieger?«

»Übermorgen.«

»So bald …?« Es gelang ihr nur schlecht, ihre Enttäuschung zu verbergen.

»Es gibt einiges zu organisieren.«

»Verstehe.«

Brütendes Schweigen lastete über ihnen.

»Wie ist es mit dir? Bleibt es bei deiner Entscheidung, Annies Tearoom zu übernehmen?«

Sie unterdrückte ein Seufzen. Etwas in ihr fühlte sich hohl an. Im Grunde war ihr danach, etwas ganz anderes zu sagen. *Ich liebe dich, Ailic.* So wenige Worte hätte es nur für die Wahrheit gebraucht. Dennoch brachte sie es nicht fertig, sie auszusprechen. Sie fühlte sich schwach und enttäuscht von sich selbst. Schroffer als beabsichtigt kam sie auf die Frage zurück. »Natürlich. Warum sollte sich seit gestern etwas daran geändert haben?«

Verstohlen musterte sie ihn von der Seite. Es war nicht zu erkennen, was ihn wirklich bewegte. Ohne ein Wort zu wechseln, fuhren sie durch die gleichförmige, schier endlose Landschaft. Was für ein großartiges Paar sie abgegeben hätten, dachte Rachel ironisch. Ailic war genauso gut darin wie sie, Gefühle für sich zu behalten. Jeder Therapeut wäre an ihnen verzweifelt.

Frustriert blickte sie durch das Fenster. Der Stadtrand von Stornoway rückte näher, der Himmel war grau mit Regen. In einiger Entfernung brach ein diffuses Licht durch die Wolken, darunter leuchtete ein Regenbogen. Schließlich hielt Rachel die Spannung zwischen ihnen nicht mehr aus. »Ich kann das nicht … Ich kann mein Leben nicht wieder nach London verlagern.«

Ohne den Blick von der Straße zu nehmen, griff Ailic nach ihrer Hand. Er drückte sie sanft. »Das habe ich inzwischen verstanden.«

Rachels Herz hämmerte gegen ihren Brustkorb. Sie beschloss, das Thema zu wechseln. »Hast du gesehen, wie aufgelöst Annie vorhin war? Bei aller Freude über das Wiedersehen, ich glaube, die Aufregung tut ihr nicht gut. Ob der Abend mit Finlay nicht ein wenig viel für sie wird?«

»Was hätten wir tun sollen? Sie von ihm wegreißen?« Ailic zuckte die Schultern. »Das wäre herzlos gewesen.«

»Aber gleich die ganze Nacht? Schließlich kennen wir Finlay kaum.«

»Meinst du nicht, dass Annie das selbst entscheiden kann?« Er zwinkerte ihr zu. »Mach dir keine Gedanken. Es wird schon alles gut.«

»Ich wünschte, ich wäre mir da so sicher wie du.«

»Was soll passieren? Finlay ist kein neurotischer Axtmörder.«

Daraufhin erwiderte sie nichts. Doch die düstere Vorahnung von vorhin war auf einmal wieder da. Beherzt schob sie sie beiseite. »Was hast du für den Nachmittag vor? Möchtest du dir etwas Bestimmtes in der Stadt ansehen?«

»Keine Pläne.« Ailic lenkte den Wagen am imposanten Lews Castle vorbei den Hügel hinunter. Er reihte sich in einer Schlange vor dem Kreisverkehr ein und ließ die Hände auf dem Lenkrad ruhen. »Ich habe darüber nachgedacht, was du auf St. Kilda gesagt hast.« Er bedachte sie mit einem intensiven Blick. »Niemand weiß, was die Zukunft bringt. Aber warum sollten wir nicht jetzt und hier glücklich sein?« Er beugte sich zur Seite und gab ihr einen Kuss auf die Wange, bevor der Wagen sich mit dem Verkehrsfluss weiterbewegte.

Rachel schwieg. Tatsächlich waren das ihre Worte gewesen. Allerdings waren sie in einem anderen Zusammenhang gefallen. Damals hatte sie noch nicht geahnt, wie tief ihre Gefühle für Ailic in Wirklichkeit waren. Das hier war die seltsamste Trennung, die man sich vorstellen konnte. Weil sie zu verwirrt war, um klar denken zu können, tippte sie auf ihrem Handy herum. Nach einer Weile blickte sie auf. »Es gibt mehrere Hotels. Das Crown Inn zum Beispiel liegt am North Beach, gleich beim Hafen. Was meinst du?«

»Das Crown Inn ist gut.« Ailic grinste breit. »Soweit ich weiß, soll Prinz Charles sich als 14-jähriger Junge in der Bar einen Cherry Brandy bestellt haben, als er seiner Aufsicht für ein paar Minuten entwischt ist.«

»Das erzähl mal besser nicht Sam.« Rachel verdrehte die Augen. »Der merkt sich das glatt, bis er so alt ist.«

Kurz darauf betraten sie die Eingangshalle des Crown Inn. Rachel überließ es Ailic, das Gespräch mit dem jungen, stoppelhaarigen Mann zu führen. Ihr Blick wanderte umher. Schwere braune Ledersessel bestimmten das Ambiente. Die Wände waren in dunklen Rottönen gehalten. Im schräg einfallenden Licht des Nachmittags tanzten Staubkörnchen. Wie es schien, waren Renovierungen im Gang. Es roch nach Farbe.

Ihr Zimmer im ersten Stock war winzig, aber gemütlich. Das Doppelbett nahm fast die gesamte Fläche ein und hatte Zierkissen aus grau-rotem Harris-Tweed. Rachel zwängte sich in den Spalt zwischen Bett und Wand, um aus dem Fenster zu sehen. Ailic trat neben sie. »Nette Aussicht.«

Sie spürte seinen Atem an ihrer Wange. Unter Rachels Herzklopfen mischte sich Begehren. Mehr als alles andere auf der Welt sehnte sie sich nach seiner Nähe. Als er sie in seine Arme zog, hielt sie sich an ihm fest wie eine Ertrinkende. Der Raum um sie herum trat in den Hintergrund. Auf einmal gab es nur noch sie beide und diesen einen, wunderbaren Moment. Sie spürte, wie ihr die Jacke von den Schultern glitt und Ailics Hände sich um ihre Taille schlossen. Er senkte den Kopf. Ihre Lippen verschmolzen in einem intensiven Kuss. Sie schob die Hände unter sein Hemd und spürte die Hitze, die von seinem Körper ausging. Er hob die Hand. Unendlich zärtlich strich er die Konturen ihres Gesichts nach. Jede Nervenzelle ihres Körpers reagierte auf seine Berührungen. Behutsam ließ er sich mit ihr auf das Bett fallen. Voll Verlangen schob er ihr das T-Shirt hoch und küsste sich bis zu ihren nackten Brüsten vor. Sämtliche Ängste, die sie bezüglich ihrer Zukunft gehabt hatte, waren verschwunden. In diesem Augenblick war es ihr völlig egal, was aus ihnen beiden wurde. Solange er sie in seinen Armen hielt, fühlte sie sich stark und glücklich. Nur das zählte. Schmerzhaft wurde ihr bewusst, dass sie in ihrem Leben sicher nie wieder so tief empfinden würde wie für Ailic.

»Ich liebe dich«, hörte sie sich sagen.

Er hob den Kopf. Sein Blick traf sie, unter sein Verlangen hatte sich Schmerz gemischt. Das war der Augenblick, in dem ihr mit blendender Klarheit bewusst wurde, dass sie sich etwas vormachte. Ailic war nicht bereit für den nächsten Schritt. Seine Antwort wäre anders als erhofft. Und so kam es auch.

»Ich wünschte, wir hätten mehr als nur das hier …« Kaum merklich schüttelte er den Kopf, während seine Finger sehnsüchtig über ihre Lippen strichen.

»Daran möchte ich jetzt nicht denken«, sagte sie. Und dann ließ sie sich fallen und gab sich der Nähe seines Körpers hin. Unter seinen drängenden Küssen driftete sie in ein Universum, in dem weder Zeit noch Raum eine Rolle spielten.

Der Wind peitschte schweren Regen gegen die Scheiben, doch in Finlays Wohnzimmer war es warm und gemütlich. Nachdem Rachel und Ailic gegangen waren, empfand Annie die Nähe zu Finlay noch intensiver als zuvor. Noch immer wagte sie kaum zu glauben, dass das alles tatsächlich passierte. Vielleicht war das der Grund, dass sie sich an seinem Gesicht kaum sattsehen konnte. Er hatte sich in all den Jahren nicht verändert. Nicht für sie. Für sie war er immer noch der gleiche fröhliche, zuversichtliche und unzerstörbare Finlay, der er als Junge gewesen war.

»Annie …«, flüsterte er. Vielleicht ging es ihm ähnlich, und auch er musste sich versichern, dass er nicht träumte, denn er legte den Arm um sie und zog sie an sich.

Unfähig zu sprechen, schmiegte sie sich an seine Brust und lauschte dem unregelmäßigen Pochen seines Herzens. Als sie schließlich den Blick hob, sah er sie fragend aus seinen wässrigen, rot geäderten Augen an. »Hättest du geglaubt, dass wir uns in diesem Leben noch einmal begegnen?«

Sie fand keine Worte, um auszudrücken, wie sie sich fühlte, also lächelte sie nur leise. Behutsam streckte sie den Arm aus und fuhr mit den Fingerspitzen die schlaffe, faltige Haut an seinen Wangen und an seinem Kinn nach. Seine Augen waren von hängenden Lidern und Tränensäcken umrahmt, aber der Blick war immer noch derselbe. Offen und warmherzig, doch inzwischen gereift und weise. Ihre Brust öffnete sich weit, ihr Herz machte ein paar rasche Schläge und befreite sich aus dem Käfig, in dem es ein ganzes, einsames Leben lang gefangen war.

Sie dachte nicht daran, was hätte sein können. Kein einziger Tag, den sie in der Hoffnung verbracht hatte, Finlay eines Tages wiederzusehen, war ein verschwendeter Tag gewesen. Am Ende war alles gut. Sie war bei Finlay, und Finlay war bei ihr. Nur das zählte.

Ihre freie Hand umschloss den Sturmvogel, den er vor so vielen Jahren geschnitzt hatte, als Unterpfand für das Versprechen, das sie sich gegeben hatten. Es hatte sich erfüllt. Sie waren zurückgekehrt. Obgleich nicht nach Hirta, so doch in die Arme des anderen.

Mit einem Seufzen löste er sich aus der Umarmung. Sein Blick ruhte auf ihr, als versuchte er, jede einzelne Spur, die das Leben in ihrem Gesicht hinterlassen hatte, zu lesen. »Ich kann mir ganz genau vorstellen, wie du als junge Frau ausgesehen hast«, meinte er und küsste ihre Lippen. »Und dann denke ich daran, was uns entgangen ist.«

»Nein.« Sie schüttelte den Kopf. »Sag das nicht. Lass uns nicht darüber nachdenken, was hätte sein können. Sonst verlieren wir nicht nur die Vergangenheit, sondern auch die Gegenwart.«

»Meine kluge, wunderhübsche Annie … Wie recht du hast. Ich bin glücklich, dass wir am Ende unserer Reise zueinandergefunden haben.«

»Am Ende schließt sich der Kreis. Alles ist gut, wie es ist.«

Statt einer Antwort küsste er erneut ihren Mund. »Denk bloß nicht, dass ich dich wieder gehen lasse. Ich möchte nicht mehr ohne dich sein. Nicht für einen einzigen Tag.«

»Ich würde es nicht ertragen, mich von dir zu trennen«, erklärte Annie. In ihrem Hals brannte ein Kloß. Erschöpft, aber glücklich, schloss die Augen und ließ den Kopf gegen Finlays Brust sinken.

* * *

Die Dunkelheit hatte sich über die Landschaft gesenkt wie ein schweres Tuch. Trotz Finlays Protest hatte Annie für sie beide ein leichtes Abendessen bereitet, während Finlay seinen besten Wein aus der Speisekammer geholt und entkorkt hatte. Bei Kerzenschein hatten sie sich am Küchentisch gegenübergesessen und erzählt, was ihnen wichtig erschienen war. Sie hatten miteinander gelacht und geweint. Miteinander das Schweigen geteilt, das von sanfter Gelassenheit statt von Bedauern oder Reue getragen wurde. Jetzt waren beide müde. Annie spürte, dass der Abend sich dem Ende zuneigte. Die Kerze war heruntergebrannt. Unstet flackerte die Flamme, bevor sie endgültig erlosch.

Mühsam ein Gähnen unterdrückend, schälte sie sich aus der karierten Wolldecke, die Finlay fürsorglich um ihre Schultern gelegt hatte. »Es ist spät geworden. Ich denke, wir sollten zu Bett gehen.«

Finlay stemmte sich schwerfällig hoch. Das lange Sitzen hatte seinen Gliedern nicht gutgetan. »Das sollten wir, mein Liebes.« Sanft ließ er die Hand auf ihrer Schulter ruhen. Sein Blick war eindringlich. »Ich habe einen Wunsch. Allerdings weiß ich nicht, ob ich dich damit erschrecke.«

Ein feines Lächeln breitete sich auf ihren Lippen aus. »Wir haben beide ein furchtloses Alter erreicht. Was sollte mir noch Angst machen?«

»Ich hatte gehofft, dass du das sagst.« Er legte die Hand an ihre Wange und streichelte sie sanft. »Würdest du die Nacht neben mir verbringen, Annie? Ich könnte es nicht ertragen, alleine dazuliegen und an die Decke zu starren. Mein Leben lang habe ich mich danach gesehnt, deinen Atem neben mir zu hören.«

Beim Klang seiner Worte stieg Traurigkeit in ihr auf. Vielleicht war es das, was auch sie in all den Jahren am meisten vermisst hatte: das Geräusch von Finlays gleichmäßigen Atemzügen dicht an ihrem Kopf. Seltsam, dass ihr das erst jetzt so schmerzlich bewusst wurde. Doch für Traurigkeit war keine Zeit. Entschlossen straffte sie den Rücken und kämpfte die Tränen nieder.

»Ich könnte mir nichts Schöneres vorstellen«, erklärte sie ruhig.

Arm in Arm stiegen sie die Treppe hinauf zu Finlays Schlafzimmer. Die Luft war kühl und klar. Finlay trat an das halb offene Fenster, schloss es und zog die Vorhänge zu.

»Nein …« Annie hob bittend die Hand. »Lass die Vorhänge offen. Ich wünsche mir, dass der erste Schein des neuen Tages uns findet.«

»Arm in Arm«, nickte Finlay. Dann trat er neben sie und half ihr, die Strickjacke abzulegen. Er nahm seine Brille ab, zog das Hemd aus und hängte es ordentlich über den Stuhl neben dem Bett. In ein sauberes Unterhemd und weite, bis über die Oberschenkel reichende Shorts gekleidet, wartete er ab, bis sie sich ebenfalls bis auf die Unterwäsche entkleidet hatte. Dann schlug er die Bettdecke zurück und half ihr, es sich neben ihm auf dem Laken bequem zu machen. Bedacht darauf, dass sie es warm hatte, zog er die Decke um ihre Schultern. Als sie sich schließlich mit einem wohligen Seufzer in seinen Arm schmiegte, küsste er sanft ihre Lippen. »Geht es dir gut, mein Liebes?«

Sie atmete tief aus. »Ich fühle mich wunderbar.«

Mit der freien Hand tastete er nach dem Schalter und löschte das Licht.

»Ich liebe dich, Annie«, sagte er auf Gälisch in die Finsternis hinein. »Du bist die Liebe meines Lebens.«

»Und du die meine«, antworte sie beseelt in der alten Sprache. Wie lange hatte sie darauf gewartet, diese Worte aus seinem Mund zu hören? »Ich liebe dich ebenso. Von ganzem Herzen. In diesem Leben und in allen, die folgen.«

»Nichts kann uns jetzt noch trennen«, sagte er und wiegte sie sanft in seinem Arm.

Sie barg das Gesicht an seinem Hals, spürte seinen Atem. Und dann war sie nur noch müde, so müde …

»Schlaf gut, meine geliebte Annie«, sagte er in einem schleppenden Ton. Sie fühlte, dass er ruhig und ohne Aufbegehren der Nacht entgegenging. »Bis morgen.«

»Dann kommt ein neuer Tag für uns«, erwiderte sie leise und voll Vertrauen, dass es so sein würde.

Mit einem Lächeln auf den Lippen schloss sie die Augen. Sie hielt die Hand auf sein ungleichmäßig pochendes Herz gelegt, als er geborgen in ihrer Liebe in den Schlaf entglitt.

Sie folgte ihm wenig später.

Kapitel 38

Scheint ein nettes Städtchen zu sein«, meinte Ailic am anderen Tag beiläufig und ließ seine Fototasche auf den Rücksitz des Wagens fallen.

»Ließe sich besser beurteilen, wenn wir etwas davon gesehen hätten«, hielt Rachel augenzwinkernd dagegen. Sie stellte sich auf die Zehenspitzen und gab ihm einen Kuss.

Er löste den Arm von ihr und hielt ihr grinsend die Beifahrertür auf. »Du warst diejenige, die das Zimmer auf keinen Fall verlassen wollte. Meinetwegen hätten wir gerne an den Hafen gehen können. Ich hätte uns zwei Flaschen Bier und einen Gettoblaster besorgt, und wir hätten wie zwei verliebte Teenager auf der Mauer am Pier gesessen.«

»Ach ja? Und wer ist auf die Idee gekommen, das Abendessen aufs Zimmer zu bestellen, obwohl es in der Nähe von Restaurants nur so wimmelt?«

Er lachte lauthals über ihre Bemerkung und stieg in den Wagen. Bevor er den Gang einlegte und rückwärts aus der Parklücke fuhr, warf er ihr einen langen, intensiven Blick zu. Voll Sehnsucht dachte Rachel zurück an die vergangenen Stunden, die sie berauscht von der Nähe des anderen verbracht hatten. Sie hatten sich mit verzehrender Intensität geliebt. In den mondhellen Momenten dazwischen hatten sie gemeinsam über belanglose Dinge gelacht, sodass kaum Raum gewesen war, um

Luft zu holen. Dafür nahm es sich jetzt umso sonderbarer aus, dass sie mit jedem Meter, den der Wagen zurücklegte, immer schweigsamer wurden. Der Abschied rückte näher. Wie ein unsichtbarer Gast hatte er auf der Rückbank Platz genommen und drängte sich zwischen sie. Schließlich gab Rachel sich einen Ruck. Mit finsterer Entschlossenheit verbot sie sich, an die bevorstehende Trennung zu denken. Noch war es nicht so weit.

»Erzähl mir von Afrika«, sagte sie und ließ ihre Hand auf seinem Oberschenkel ruhen.

»Du würdest es lieben.« Ein Lächeln umspielte seine Lippen, er nahm ihre Hand und verschränkte ihre Finger miteinander. »Die Wiege der Menschheit …«

In der nächsten halben Stunde lauschte sie mit wachsender Faszination seinen Erzählungen. Ailic schaffte es, eine derart detailgetreue Illusion entstehen zu lassen, dass Rachel förmlich meinte, den heißen Lufthauch der Savanne auf ihrer Haut zu spüren und das Zirpen der Grillen im Busch zu hören.

Viel zu rasch tauchte der Ortsrand von Ness vor ihnen auf, und Ailic parkte das Auto vor *Tigh an Hiort*. Der Motor tickte leise beim Abkühlen. Rachel saß da und knibbelte an ihren Nägeln, während Ailic sich über das Steuer lehnte und den Blick an der Fassade des Hauses entlangschweifen ließ. Irgendwie schien sich keiner von ihnen aufraffen zu können, die kleine Welt des Wageninneren zu verlassen. Sie saßen in einer Schneekugel, geschützt vor der Wirklichkeit, und um sie herum schneite es Flocken von Geborgenheit.

Schließlich stieß Rachel mit einem langen Atemzug die Luft aus. »Die beiden hatten bestimmt ein paar schöne Stunden«, meinte sie. Durch das Fenster fiel ein blendend heller Sonnenstrahl. Sie drehte den Kopf zur Seite. Über dem Meer klarte der Himmel auf. Ein doppelter Regenbogen spannte sich vom Atlantik aus über die Westküste.

»Das hatten wir auch«, sagte Ailic und legte den Arm um sie. Rachel meinte, eine leise Melancholie in seiner Stimme mitschwingen zu hören.

Ihr Blick glitt über den verwilderten Rasen, über die Fenster, welche dringend geputzt werden mussten, und die üppig blühenden Fuchsien neben dem Eingang. Plötzlich spürte sie ein leichtes Unbehagen aufsteigen.

Ailics Stimme holte sie aus ihren Gedanken. »Sollen wir?« Seine Hand tastete nach dem Türgriff.

Rachel zögerte. Eine merkwürdige Ruhe lag über dem Haus. Es fühlte sich falsch an, den Frieden zu stören.

»Was ist?« Fragend hob er eine Augenbraue.

»Nichts, nur…«, unterbrach sie sich und zuckte die Schultern. Sie konnte nicht einordnen, woher ihre plötzliche Befangenheit stammte.

»Ich weiß, was du sagen willst.« Ailic blickte konzentriert auf den Eingang, als erwartete er jeden Moment, Finlays vom Alter gezeichnete Gestalt in der Tür auftauchen zu sehen. »Eigentlich müssten wir Annie bei Finlay lassen. Sie gehört zu ihm.«

»Vermutlich ist es das«, behauptete Rachel, obwohl es das verstörende Gefühl nicht annähernd erklärte.

»Komm jetzt. Bringen wir es hinter uns und entreißen unsere Julia Romeos Armen. Wir haben noch eine längere Rückfahrt vor uns. Sam brennt sicher darauf, dich zu sehen.«

Als sie an der Tür standen, drückte Ailic die Klingel. Nichts regte sich, genau wie gestern, nur dass diesmal keine Fernsehgeräusche zu hören waren. Im Haus war es totenstill. Die Sekunden dehnten sich ins Unerträgliche.

»Und jetzt?«, fragte Rachel, ihre Stimme zitterte. Alle möglichen düsteren Ängste stiegen in ihr auf. Ihr Mund war trocken, das Herz schlug hämmernd gegen ihren Brustkorb.

»Wir gehen hinein«, sagte Ailic entschlossen und öffnete die Tür, die, wie es auf den Inseln üblich war, nicht abgeschlossen war.

Im Flur war es dämmrig. Die Luft roch verbraucht. Anscheinend war seit gestern nicht gelüftet worden. Die Tür zur Küche stand offen. Neben der Spüle stapelte sich gespültes Geschirr zum Trocknen. Eine abgebrannte Kerze stand auf dem Tisch. Erstarrte Wachstropfen zogen sich über den Rand des silbernen Leuchters.

Ohne ein Wort zu sagen, setzten sie die Runde fort. Als Ailic die Wohnzimmertür einen Spaltbreit öffnete, hielt Rachel den Atem an.

»Keiner da«, kommentierte Ailic.

Rachel fröstelte. Das Ganze war mehr als seltsam. »Vielleicht sind sie spazieren gegangen?«, überlegte sie, obwohl sie es bezweifelte. Annie war die Pünktlichkeit in Person. Sie hatten zehn Uhr zur Abfahrt vereinbart, jetzt war es fünf Minuten danach.

»Nein. Sie sind hier.« Ailics Stimme klang verhalten. Er deutete auf den unteren Treppenabsatz. Dort standen Annies Straßenschuhe sorgfältig nebeneinander. Rachel spürte erneut Kälte in sich aufsteigen. Ein Gefühl wie bei einem Déjà-vu. Es konnte nur eine Erklärung geben, jedoch brachte sie es nicht über sich, es auszusprechen.

»Warte hier«, sagte Ailic in ihr Schweigen hinein. »Ich sehe nach.«

Wie in Trance blickte sie ihm hinterher. Ihre Sinne schienen überempfindlich. Alle Eindrücke strömten tiefer in sie hinein als sonst. Sie meinte, das feine Vibrieren der Glühbirne über ihrem Kopf zu hören. Von draußen drang das kratzende Krock-Krock der Basstölpel an ihr Ohr. Atemlos beobachtete sie, wie Ailic die Tür am oberen Ende der Treppe öffnete. Im nächsten

Augenblick wehte ein kaum merklicher Lufthauch den Gang hinunter wie flüchtiges Gas. Instinktiv schloss sie die Augen. Ein Duft von süßem Jasmin, vermischt mit einem bitteren Walnussaroma, stieg in ihre Nase.

Der Geruch war ihr vertraut. Sie wusste, was damit verbunden war.

Annies Lebenslicht war erloschen.

Ihre Knie drohten nachzugeben. Eine eiserne Faust umklammerte ihr Herz, sodass sie vor Schmerz aufstöhnte.

»Rachel …« Ailic streckte den Arm nach ihr aus. Sie versuchte, einen Schritt auf ihn zu zu machen, aber sie war wie gelähmt. Wortlos eilte Ailic die Treppe hinunter und schloss sie in seine Arme. Sie schmiegte den Kopf gegen seine Brust, während das Zittern in ihrem Körper so stark wurde, dass sie es nicht kontrollieren konnte.

»Es tut mir so leid …«, murmelte er leise neben ihrem Ohr.

Sie schluchzte auf. »Es ist Annie … sie ist tot, nicht wahr?« Ihre Nasenflügel bebten, sie biss sich auf die Lippe. Irgendwo tief in ihr meldete sich ein winziges Fünkchen Hoffnung, dass sie sich täuschte. Dass Annie da war, aber nur schlief.

»Es sieht aus, als wäre sie friedlich gestorben«, sagte er leise.

»Oh Gott …«, stöhnte sie und presste die Faust vor den Mund, während unaufhaltsam Tränen über ihre Wangen strömten.

Vor ihrem inneren Auge erschienen die Menschen, die sie geliebt hatte und die bereits gegangen waren.

Ihr Vater.

Ihre Mutter.

Ihr Bruder.

Josh.

Und nun Annie … Obwohl es nicht ihrer Persönlichkeit entsprach, kam sie sich auf einmal schrecklich verwaist vor. Bislang war ihr nicht bewusst gewesen, dass Annies Tod eine so einschneidende Veränderung für sie darstellen würde. Sam war alles, was ihr blieb, und der war noch ein Kind. Ab jetzt war sie mit allem alleine. Es fühlte sich beklemmend an, von einem Moment auf den anderen ganz oben an der Spitze der Leiter zu stehen. So angsteinflößend, dass ihr schwindlig wurde. Wer würde ihr eine Hand reichen, wenn ihre Sorgen übermächtig wurden? Wer würde da sein, wenn sie eine Schulter zum Anlehnen brauchte? Wer sie trösten, wenn alles sinnlos und leer erschien?

Ailic wartete geduldig, bis ihr Schluchzen nachließ. Er trat einen Schritt zurück. Seine Hände ruhten auf ihren Schultern wie ein schwerer Mantel. Als sich ihre Blicke begegneten, bemerkte sie, dass sich um seine Mundwinkel tiefe Falten eingegraben hatten. »Es ist nicht nur Annie …«, sagte er tonlos. »Finlay ist auch entschlafen.«

Sie begriff nicht, was er meinte. Es überstieg ihren Verstand. Trotzdem nickte sie.

»Möchtest du hineingehen?«

Benommen stieg sie hinter ihm die Treppe hoch.

Die Vorhänge im Schlafzimmer waren weit geöffnet. Blendend hell fielen die Sonnenstrahlen durch die Scheibe, direkt auf die Gesichter der Toten. Annies Züge waren entspannt, wie Ailic gesagt hatte. Ihr Arm ruhte auf Finlays Brust, so natürlich, dass es aussah, als wären sie nur kurz eingenickt. Rachel spürte erneut Tränen in sich aufsteigen. Um Beherrschung ringend zog sie sich einen Stuhl heran und setzte sich zu Annie ans Bett. Ohne Zögern ergriff sie ihre Hand. Sie hatte zu viele Verstorbene gesehen, um Scheu vor dem Tod zu haben. Wie immer durchlief sie bei der Berührung der Leiche ein Schauer. Die Hand fühlte sich anders an als gewohnt. Ein sicheres Zeichen, dass die letzte, leise Schwingung von Annies Seele den Körper verlassen hatte. Rachel hielt im Stillen lange Zwiesprache mit Annies Geist. Am Ende dankte sie Gott, dass Annie so friedvoll entschlafen war, und bat ihn darum, die Seelen der Toten bei sich aufzunehmen. Dann lehnte sie sich zurück und versuchte, das Bild der beiden tief in ihrem Inneren aufzunehmen, um es für immer festzuhalten.

Finlay lag auf dem Rücken, die geschlossenen Augen zur Decke gerichtet. Einen Arm hatte er unter Annies Rücken geschoben, der andere ruhte seitlich an seinem Körper. Die Muskeln in seinem Gesicht hatten ihre Spannung verloren. Dadurch war der Unterkiefer heruntergeklappt. Der Mund stand offen, was ihm einen leicht verwunderten, aber dennoch zufriedenen Ausdruck verlieh. Annie lag auf der Seite. Neben ihrem Kopf, auf dem Kissen, entdeckte Rachel den geschnitzten Vogel. Auch Annies Gesicht war entspannt, die Stirnfalten und die Furchen um die Mundwinkel stark abgemildert. Um ihre Lippen spielte ein Lächeln, das sie glücklich, beinahe heiter wirken ließ. Es schien ein friedlicher Ort zu sein, zu dem sie gegangen war.

Rachel erhob sich und zog sorgsam die Bettdecke über die Körper der Toten. Dabei fiel ihr Blick auf das gerahmte Schwarz-Weiß-Foto auf Finlays Nachtkästchen. Sie nahm es hoch und fuhr mit dem Finger vorsichtig über den Rahmen. Annie erkannte sie auf den ersten Blick. Sie war noch ein kleines Mädchen auf dem Bild, fünf oder sechs Jahre alt. Das Foto musste vor der Evakuierung entstanden sein. Somit handelte es sich wohl um die letzte Schulklasse auf St. Kilda. Finlay stand ganz am Rand, vor der Mauer des Pfarrhauses, und hielt Annie an der Hand. Daneben reihten sich eine überschaubare Anzahl Kinder und der Lehrer. Wie alle anderen Mädchen auch trug Annie das schwarze Haar streng in der Mitte gescheitelt und zu Zöpfen geflochten. Ihre Augen blickten ernst und erwartungsvoll in die Welt. Rachel schluckte. Unwillkürlich fragte sie sich, was Annie sich im Moment der Aufnahme für ihr Leben gewünscht hätte, wenn sie hätte wählen dürfen. Es musste ihr das Herz gebrochen haben, die Heimat und all die Menschen, die ihr etwas bedeutet hatten, aufgeben zu müssen. Dennoch hatte Rachel nie eine Spur Verbitterung an Annie bemerken können.

Als sie das Foto auf seinen Platz zurückstellte, bemerkte sie, dass Ailic im Türrahmen lehnte, die Arme vor der Brust verschränkt, die Beine überkreuzt.

»Sie wirken so glücklich«, sagte sie heiser.

»Sie hatten einen schönen Tod«, erwiderte Ailic, seine Stimme klang belegt. »Die letzte Reise durften sie gemeinsam antreten.«

Sie nickte. Zögernd wandte sie ihm den Kopf zu. »Ich … hätte eine Bitte.«

»Was immer du möchtest.«

Sie schluckte. »Hättest du etwas dagegen, ein Foto zu machen, bevor wir den Arzt und die Polizei verständigen?« Sie biss sich auf die Lippen. »Ich habe Angst, dass ich vergesse, wie Annie am Ende ihres Lebens ausgesehen hat.« Sie brach ab. Plötzlich sah sie sich wieder auf der Intensivstation sitzen. Sie hatte alles dafür getan, sich jedes Detail an Joshs Körper einzuprägen, bevor die Schwestern das Leichentuch über ihn gezogen hatten. Die drei kleinen Muttermale an seinem Unterarm, die die Form eines Dreiecks bildeten, die Form seiner Hände und Fingernägel, die geschwungenen, leicht ironisch verzogenen Lippen, der Bogen, in dem seine Augenbrauen ein wenig aufwärts verliefen. Die Lachfältchen um seine Augenwinkel, die trotz der Spuren, die die schwere Krankheit in seinem Gesicht hinterlassen hatte, deutlich zu sehen waren. So sehr hatte sie sich bemüht, sein Bild in ihrer Erinnerung festzuhalten, und doch war es ihr entglitten, mit jedem Tag ein winziges Stück mehr.

Ailic maß sie mit einem langen Blick. »Gerne. Es ist eine schöne Idee.«

Trotz aller Trauer um Annie und Finlay spürte sie eine Welle von Zärtlichkeit über sie hinwegrollen, als sie ihn dort in der Tür lehnen sah, diesen großen, starken und doch so widersprüchlichen Mann. Ein Mensch, der gewohnt war, in riskanten Situationen die Nerven zu bewahren und den Überblick zu behalten. Zumindest nach außen schien es so. Niemand, der Ailic Burnett gegenüberstand, ahnte, dass er ein Mensch voll abgrundtiefer Zweifel war. In der kurzen gemeinsamen Zeit war es Rachel gelungen, tiefer in ihn hineinzublicken. Sie wusste, was mit ihm los war.

Ailic hatte nicht erst durch den Unfall die Orientierung verloren. Was Gefühle betraf, irrte er schon viel länger durch den Nebel. Und wie es aussah, würde sich daran nie etwas ändern.

* * *

Dr. Cleave brauchte eine knappe Viertelstunde, bis er mit der Begutachtung der Leichen fertig war. Er klappte seine Tasche zu, setzte die Brille auf und machte sich dann daran, den vorläufigen Totenschein auszustellen. Sein Blick wanderte zwischen Ailic und Rachel hin und her. »Ich denke nicht, dass eine Autopsie nötig ist. Es scheint sich in beiden Fällen um einen natürlichen Tod zu handeln.«

»Wissen Sie, woran die beiden gestorben sind?«, fragte Ailic.

»Ich denke, ja«, nickte der Arzt. »Mr McDonald war seit Jahren schwer herzkrank. Ein Wunder, dass er überhaupt so lange durchgehalten hat. Als ob er auf etwas gewartet hätte …« An dieser Stelle unterbrach Dr. Cleave sich und tippte gedankenverloren mit dem Stift gegen das Papier. »Wie auch immer. Jedenfalls vermute ich, dass Mr Donald im Schlaf einem plötzlichen Herzversagen erlegen ist.«

Am liebsten wäre Rachel aufgesprungen, um Dr. Cleave den Stift aus der Hand zu nehmen. Das Klopfen trieb sie in den Wahnsinn. Sie räusperte sich. »Was ist mit meiner Großmutter passiert?«

»War sie krank?« Dr. Cleave warf Rachel einen fragenden Blick zu.

»Sie war in letzter Zeit schwächlich …«, meinte Rachel. Im Geiste dachte sie an den *Sluagh,* den erst Annie und gestern auch sie gesehen hatte, direkt über dem Haus. Schließlich zuckte sie die Achseln. »Sie hat davon gesprochen, dass sie nicht mehr lange zu leben hätte, aber ich habe das auf die leichte Schulter genommen. Jetzt bereue ich es.«

»Sie hatte eine Vorahnung.« Dr. Cleave nickte bedächtig. »Das höre ich häufig hier auf den Inseln. Bevor ich hierherkam, führte ich eine Praxis in Glasgow. Die Menschen dort haben nicht gerne über den Tod gesprochen. Hier dagegen haben die Menschen eine bemerkenswert aufrechte Einstellung zu ihrer eigenen Vergänglichkeit.«

»Woran ist Mrs McViccar Ihrer Meinung nach gestorben, Doktor?«, fragte Ailic.

»Tja, das ist schon etwas merkwürdig … Fast bin ich geneigt zu sagen, dass sie sich bewusst entschlossen hat, loszulassen und zu gehen, nachdem Mr McDonald gestorben war …« Er endete und hing seinem Gedanken noch eine Weile nach. Schließlich gab er sich einen Ruck. »Natürlich ist das medizinisch eine vollkommen unhaltbare Theorie. Insofern würde ich sagen, es geschah aus Zufall zur beinahe selben Zeit. Eine Laune des Schicksals, wenn Sie so wollen. Ich werde im Totenschein vermerken, dass Mrs McViccar an Altersschwäche verschieden ist.«

Rachel nickte, aber insgeheim bezweifelte sie, dass es sich um einen Zufall handelte. Es war, wie Ailic gesagt hatte: Die beiden hatten ihr ganzes Leben damit verbracht, aufeinander zu warten, sodass nichts und niemand sie mehr trennen sollte. Nicht einmal der Tod.

»Soweit ich weiß, hat Mr McDonald keine Verwandten.« Dr. Cleave blickte von seinen Unterlagen auf. »Ich nehme an, Mrs McViccar wird unten auf Harris beerdigt und er auf dem Friedhof in Ness?«

»Nein«, stieß Rachel hervor, ihr Puls dröhnte in ihren Ohren. Was der Arzt vorschlug, erschien ihr schrecklich falsch. Als sie Ailics erstaunten Blick auffing, versuchte sie, sich zu beherrschen, und atmete ruhig durch. Entschlossen blickte sie in die Runde: »Ich werde dafür sorgen, dass beide gemeinsam beerdigt werden.«

»Schön.« Zum Zeichen, dass das nicht seine Entscheidung war, hob Dr. Cleave die Hände. »Dann werden die Leichen nach Harris überführt, nehme ich an?«

Einen Moment herrschte Schweigen.

Rachel suchte Ailics Blick. Er nickte ihr zu. Sein Gesichtsausdruck verriet, dass er Rachel unterstützen würde, was immer sie vorhatte.

»Ich möchte, dass die Leichen nach Stornoway ins Krematorium überführt werden. Die beiden sollen dorthin zurückkehren, wo ihre Reise begonnen hat.«

Es entstand eine kurze Pause. Sie und Ailic hielten einander mit ihren Blicken fest.

»Was Rachel meint, ist Folgendes …«, erklärte Ailic, ohne die Augen von ihr zu lösen. »Sie möchte, dass die Urnen nach St. Kilda gebracht und dort auf dem Friedhof beigesetzt werden.

Dankbar atmete Rachel auf. Während sie viel zu aufgebracht war, um ihre Gedanken klar zu formulieren, hatte Ailic begriffen, was sie meinte.

»Das könnte schwierig werden«, wandte der Arzt ein. »Vor allem müssten Sie eine Sondergenehmigung einholen. Ich habe keine Ahnung, wer dafür zuständig ist.«

»Ein guter Freund von uns wird uns helfen«, erwiderte Ailic in aller Seelenruhe. »Er kennt sich bestens mit St. Kilda aus.«

Pete … schoss es Rachel durch den Kopf. Mit Petes Hilfe wäre es sicher zu schaffen.

Mit einem höflichen Lächeln verabschiedete sich Dr. Cleave. Doch plötzlich schien ihm noch ein Gedanke zu kommen, denn er blieb stehen und streckte die Hand nach dem Bild auf dem Nachtkästchen aus. »Merkwürdig, aber Mr McDonald hat mit so viel Liebe von St. Kilda gesprochen. Mich wundert, dass er die Insel in all den Jahren nur ein einziges Mal besucht hat. Dabei liegt sie praktisch vor der Haustür. Es wäre ein Leichtes gewesen, regelmäßig hinüberzufahren, vor allem in der ersten Zeit, als er noch fit war.«

Rachel wandte den Kopf. Ihr Blick versenkte sich in Annies Kindergesicht auf dem Foto. Mit ernstem Blick stand sie da, neben ihr Finlay. Auch er wirkte finster entschlossen, so als müsste er Annie vor dem drohenden Unheil beschützen, das sich unsichtbar am Horizont zusammenbraute. Mit einem tiefen Atemzug schloss Rachel die Augen und ließ sich in Gedanken davontragen. Und dann befand sie sich wieder oben auf dem Gap, die Arme weit ausgebreitet, und der Wind strich ihr durch die Haare. Neben ihr stand Ailic, die Wollmütze tief in die Stirn gezogen, den langen Körper auf das Stativ gestützt, den Blick auf einen unbestimmten Punkt am Horizont gerichtet. Ein eisiger Wind fegte von Westen heran, aber Ailic hatte den Arm so fest um sie gelegt, dass ihr nichts passieren konnte.

Alles war anders und doch war es gleich, wie die Jahreszeiten, die kamen und gingen. Annie und Finlay waren durch dieselbe unsichtbare Macht des Schicksals miteinander verbunden wie

Ailic und Rachel. Und wie ihre Granny zuvor, konnte Rachel nichts tun, als loszulassen.

Das Geräusch eines Rasenmähers drang vom Nachbargarten herein. Rachel öffnete die Augen und betrachtete nachdenklich die Falten in Dr. Cleaves Gesicht. Sie fragte sich, wie es sein konnte, dass ein Arzt so viel von Krankheit verstand und dabei das Wesentliche übersehen konnte. Finlay war nicht an einer altersbedingten Herzschwäche gestorben. In Wirklichkeit hatte er seit fünfundsiebzig Jahren mit einem gebrochenen Herzen gelebt.

Benommen stand sie auf und reichte Dr. Cleave die Hand. »Auf Wiedersehen. Und um auf ihre Frage zurückzukommen: Ich verstehe sehr gut, weshalb Finlay nur ein einziges Mal nach St. Kilda zurückgekehrt ist.« Sie bemühte sich zu lächeln, damit ihr nicht wieder die Tränen in die Augen stiegen. »Manchmal ist es besser, sich eine Illusion zu bewahren, als der Realität ins Auge zu sehen.«

Kapitel 39

Die Fahrt zurück nach Harris verlief schweigend. Über dem Clisham Gebirge hatten sich dichte Wolken zusammengeballt, die Bergspitzen lagen im Nebel. Das milchige Licht ließ alle Farben verblassen und tauchte die Umgebung in ein Meer aus Grautönen. Die baumlose, felsige Landschaft wirkte so trostlos, als befänden sie sich auf der dunklen Seite des Mondes.

Als sie über die Schnellstraße hinunter auf die Westküste zufuhren, lag der tosende Atlantik vor ihnen, die Wellenkämme zu weißen Schaumkronen aufgepeitscht, die auf die Klippen zubrandeten. Weit draußen über dem Meer stahl sich ein einzelner Sonnenstrahl durch die Wolkendecke und zauberte Lichtreflexe auf das Wasser. Im Wageninneren schien die Luft spannungsgeladen wie vor einem schweren Sturm. Diesmal ließ sich der bevorstehende Abschied nicht verdrängen. Rachels Blick fiel zum Fenster hinaus, auf das breite Asphaltband, das sich entlang der Küste schlängelte. Ihre Gedanken wanderten zu Sam, der nicht ahnte, dass seine Urgroßmutter gestorben war.

Während sie auf Northton zufuhren, versuchte Rachel mit aller Macht, den Moment festzuhalten. Die Nähe von Ailics Körper, den Duft seiner Haut, das Gefühl ihrer ineinander verschlungenen Finger, das Pochen in ihrer Brust, wenn sie so dicht neben ihm saß. Viel zu plötzlich war es vorbei. Ailic parkte den Wagen vor Annies Haus und schaltete den Motor ab.

Langsam drehte er ihr den Oberkörper zu. »Bist du sicher, dass du alleine zurechtkommst?«

»Natürlich.« Sie holte tief Luft. »Das hatten wir doch vorhin schon besprochen.«

»Du hast recht. Es ist besser, wenn ich nicht noch einmal mit ins Haus komme.«

Sie nickte.

»Dann ist das der Abschied?«, fragte er, die Muskeln an seinem Kiefer spannten sich an.

Rachel konnte nichts sagen. Ihre Kehle war wie zugeschnürt.

»Komm her.« Er löste den Gurt und zog sie in seine Arme.

Eine gefühlte Ewigkeit saßen sie eng ineinander verschlungen da. Rachel hatte den Kopf an seine Brust gelehnt. Sein Herzschlag ging hart und hämmernd. Schließlich löste er sich von ihr und umfasste ihr Gesicht mit beiden Händen. »Ich wünschte, mein Terminplan wäre nicht so gedrängt …« Er ließ den Satz in der Luft hängen. Für den Bruchteil einer Sekunde wirkte es, als würde er ernsthaft darüber nachdenken, seine Pläne über den Haufen zu werfen. Dann erschien bittere Entschlossenheit auf seinem Gesicht. »Ich muss morgen Abend in London sein. Die Vorbesprechung findet um acht Uhr im Klub statt.«

Es folgte Schweigen.

»Wann geht dein Flieger?«, fragte sie. Irgendwo in ihr keimte die selbstquälerische Hoffnung auf, den Abschied noch ein letztes Mal hinausschieben zu können.

»Gleich um sieben, die erste Morgenmaschine. Zu früh, als dass du mich zum Flughafen bringen könntest, falls es das ist, was du meinst. Du müsstest mitten in der Nacht aufstehen. Und es steht außer Frage, Sam eine weitere Nacht bei Brodie zu lassen.« Er hob die Hand und strich ihr sanft eine Träne aus dem Gesicht. »Ich habe mit Pete telefoniert. Er fährt mich.«

Sie presste die Lippen zusammen und wollte nicht daran denken, dass es gleich vorbei sein würde. Durch den Schmerz hindurch spürte sie, wie Wut in ihr hochkochte. Wut auf Ailic, der ebenso aufrichtig für sie empfand wie sie für ihn und dennoch nicht fähig war, sich auf eine Beziehung einzulassen, aber vor allem auch Wut auf sich selbst. Sie hatte geahnt, dass sie am Ende mit gebrochenem Herzen dastehen würde. Und mit Erinnerungen, die mit jeder Welle im Meer immer weiter fortgerissen wurden. Ailic hatte ihr von Anfang an nichts vorgemacht. Nur hatte sie nicht damit gerechnet, noch ein Mal im Leben einem Mann zu begegnen, den sie so sehr liebte wie Ailic.

»Bist du sicher, dass wir nicht in Verbindung bleiben sollten?« Die Anspannung hatte sich so tief in sein Gesicht gegraben, dass sich zwischen seinen Augenbrauen ein dunkles Delta bildete.

»Ja, das bin ich«, erwiderte sie mit einer Entschlossenheit, die sie selbst überraschte.

»Dann ist es also vorbei?«

»Ja, Ailic. Das ist es.«

Wie hypnotisiert starrte er vor sich hin. »Wow.«

Rachels Herz raste. Offenbar hatte sich Ailic bis zur letzten Sekunde Hoffnung gemacht, dass sie sich anders entscheiden würde. Dass sie ihnen eine wie auch immer geartete Chance geben würde, ihre Beziehung weiterzuführen. Was willst du, Ailic, dachte sie, wenn du doch nicht bereit für mehr bist? Schweigend starrte sie vor sich hin. Schließlich nahm sie seine Hand und drückte sie. »Ich wünsche dir, dass du darüber hinwegkommst.«

Er nickte. Sein Adamsapfel hüpfte auf und ab. »Es wird verdammt schwer, dich zu vergessen.«

»Das meinte ich nicht.« Sie schüttelte den Kopf. »Worüber du hinwegkommen musst, ist die Sache mit deiner Mutter. Und darüber, dass du dir Vorwürfe machst, noch am Leben zu sein, während dein bester Kumpel bei dem Unglück gestorben ist.« Nachdenklich musterte sie sein Gesicht. Er wirkte brüskiert, aber auch ungewohnt verletzt. Ein Gefühl, als müsste sie alles daransetzen, ihn festzuhalten, anstatt ihn gehen zu lassen, stieg in ihr auf.

»Du hast ja keine Ahnung, was du da sagst …«, stieß er hervor.

»Doch, das habe ich«, widersprach sie tapfer, obwohl ihr eher danach war, den Kopf an seine Brust zu legen und sich der Illusion hinzugeben, dass es mit ihnen doch noch irgendwie funktionieren könnte. »Aber wie es aussieht, hast du vor, dich dein restliches Leben auf der dunklen Seite des Mondes zu verstecken.«

Mit einem beinahe trotzigen Schweigen drehte er den Kopf zur Seite und blickte aus dem Fenster.

»Du musst lernen zu verzeihen. In erster Linie dir selbst, aber auch deiner Mutter«, sagte sie, ohne zu wissen, woher die Worte auf einmal kamen. Sie hatte weder darüber nachgedacht noch vorgehabt auszusprechen, was sie bewegte, aber nun war es geschehen.

Gegen das Licht wirkte sein Profil wie ein Scherenschnitt. Einen Moment lang glaubte sie zu sehen, wie sein Kinn zuckte, als würde er mit sich selbst kämpfen. Das Schreien von Seevögeln drang an ihr Ohr. Sie hob den Kopf. Als sie einen Schwarm Eissturmtaucher nach Westen, auf St. Kilda zufliegen sah, wurde ihr wehmütig ums Herz. Entschlossen verdrängte sie die Erinnerung an die Tage dort. Dafür wäre später Zeit, wenn Ailic in Richtung Hauptstraße unterwegs war, um den Bus nach Leverburgh zu nehmen. So hatten sie es besprochen. Sie gönnte sich einen kurzen Moment, um sich zu sammeln, dann straffte sie den Rücken. »Ich muss los. Sam wird jede Minute da sein.«

»Ja … ja natürlich«, sagte Ailic gepresst. »Ich helfe dir mit deiner Tasche.« Mit einem Ruck öffnete er die Tür. Er umrundete den Wagen, half ihr auszusteigen und legte den Arm um sie. Ein letztes Mal schmiegte sie sich an ihn und ließ sich von ihm zum Haus führen. Warm und zärtlich berührte sein Mund ihre Lippen. Der Kuss dauerte endlos und war doch viel zu schnell vorbei.

»Pass auf dich auf.« Sanft strich er mit dem Daumen über ihre Wange. »Und auf Sam.«

»Das werde ich«, erwiderte sie und löste sich aus der Umarmung. Obwohl es noch so viel gab, was sie ihm hätte sagen wollen, verstummte sie. Mit angehaltenem Atem beobachtete sie, wie er sich langsam entfernte. Alles in ihr schrie auf. *Lass ihn nicht gehen,* forderte ihr Herz, während die Stimme der Vernunft unerbittlich die Oberhand behielt.

»Ailic?«

»Ja?« Er drehte sich zu ihr um, irgendwie ähnlich verzweifelt wie sie, aber um seine Lippen spielte ein dünner Hoffnungsschimmer.

Das war der Moment, in dem sie spürte, wie ihr Herz zersplitterte. Sie musste heftig schlucken, bevor sie wieder sprechen konnte. »Du weißt ja …«

Er zog fragend eine Augenbraue in die Höhe.

»Am Ende wird alles gut.«

In seinen Augen lag ein seltsamer Ausdruck. So, als hätte er insgeheim eine andere Reaktion von ihr erhofft, aber eingesehen, dass es sinnlos war, darum zu kämpfen. Resigniert zuckte er die Schultern. »Quantenphysik … Die Realität ist nichts als Illusion.«

Mit einem traurigen Lächeln nickte er ihr zu. Dann bog er um die Ecke und verschwand in das Leben, das in London auf ihn wartete.

Drei Wochen waren vergangen seit Annies und Finlays Tod. Dank Petes Hilfe war es Rachel gelungen, eine Beisetzung auf St. Kilda zu ermöglichen. Nun saß sie in der kleinen Kirche, in welcher Annie und Finlay als Kinder den Worten von Mr Cameron gelauscht hatten, in Trauerkleidung gehüllt. Neben ihr, in der linken vorderen Reihe, saßen Pete und Sam. Leicht nervös wandte sie sich um und blickte über die Schulter. Der Raum war voll bis auf den letzten Platz. Es schien, als hätte halb Harris sich versammelt, um der *Cailleach* die letzte Ehre zu erweisen. Mit drei Booten waren sie heute Morgen vom Hafen in Leverburgh gestartet. Ein weiteres Boot, das von Lewis abgelegt hatte, machte gerade am Pier fest. An Bord waren Freunde und Bekannte von Finlay.

»Ich habe mit dem Pfarrer vereinbart, dass wir warten, bis alle da sind.« Pete beugte sich zu ihr hinüber. Auch er wirkte angespannt.

»Wie sollen wir denn noch mehr Leute unterbringen?«, flüsterte Rachel zurück. »Die Bänke sind alle belegt.«

»Wir werden zusammenrücken. Ein paar werden stehen müssen. Zur Not gebe ich meinen Platz frei.«

»Bloß nicht.« Rachel warf ihm einen entsetzten Blick zu. »Komm bloß nicht auf die Idee, mich alleinzulassen.«

Geistesabwesend tätschelte Pete ihre Hand. »Nur die Ruhe. Da sind sie schon.«

Bevor Rachel protestieren konnte, erhob Pete sich und trat aus der Bank. Ihr Magen zog sich zusammen, plötzlich kam sie sich schrecklich verlassen vor. Es wäre wesentlich angenehmer gewesen, Pete während der Trauerfeier neben sich zu haben statt einer fremden Person.

Mit Mühe zwang sie sich, ihre Enttäuschung zu verbergen, und drehte sich zu den Neuankömmlingen um. Strahlend hell schien die Sonne durch die geöffnete Tür. Unwillkürlich musste sie blinzeln.

Das Leben ist nur eine Illusion, Rachel …

Das Herz hämmerte wie wild in ihrer Brust. Die Umrisse von Ailics vertrauter Gestalt zeichneten sich dunkel im Gegenlicht ab. Kein Zweifel, er war es wirklich. Fragend blickte sie zu Pete auf, der nicht annähernd überrascht wirkte. Anscheinend wusste er Bescheid. Rachel dämmerte, dass das Ganze ein abgekartetes Spiel war. Im ersten Moment war sie verärgert, dann aber siegte die Neugier. Warum hatte Pete so ein Geheimnis daraus gemacht? Und was hatte das alles zu bedeuten? Mit ruhigen Schritten ging Ailic auf die vorderste Bank zu und nahm wie selbstverständlich Petes Platz ein.

»Ailic …« Ungläubig schüttelte sie den Kopf. »Was machst du denn hier? Ich dachte, du wärst mit den Vorbereitungen deiner Reise beschäftigt?«

Er bedachte sie mit einem eindringlichen Blick. »Ich habe mich umentschieden.«

»Was ist mit der Rallye?«, fragte sie leise, während sie ein vertrautes Flattern im Bauch spürte.

»Die wird wohl ohne mich stattfinden.«

»Ich verstehe nicht ganz …« Die Gedanken kreisten so wild durch ihren Kopf, dass sie keinen einzigen davon zu fassen bekam.

»Wir reden später.« Ailic nahm ihre Hand und hielt sie fest. Sein Blick richtete sich nach vorne. Nachdem alle einen Platz gefunden hatten, kehrte Ruhe ein. Mit einem wachen Blick in die Runde gab der Pfarrer das Zeichen, sich zu erheben. Neben dem Pult standen die beiden schwarzen Urnen mit den sterblichen Überresten der beiden letzten Bewohner St. Kildas. Der Kantor stimmte auf Gälisch die erste Zeile an. Psalm 23, der Davidspsalm.

»Der Herr ist mein Hirte, mir wird nichts mangeln …«

Voll dunkler Schwermut schwebten die Worte durch den Raum, gefolgt vom rituellen, in Einzelornamente zerbrochenen Echo der Gemeinde.

»Er weidet mich auf einer grünen Aue und führet mich zum frischen Wasser…«

Berührt von der Schönheit der gälischen Psalmengesänge, ließ Rachel sich in Gedanken davontragen. Hirta, Hirta … Ein Flüstern aus der Vergangenheit schwebte den Gang hinunter. Rachel erschauerte. Vor ihrem geistigen Auge sah sie, wie die Geister der Verstorbenen, der wahren Besitzer der Insel, auf den Bänken mitten unter den Besuchern Platz nahmen.

»Er erquicket meine Seele. Er führet mich auf rechter Straße um seines Namens willen …«

Hirta, Hirta … Sie alle waren versammelt, um Annie und Finlay zu begrüßen: Flora, Christian, die alte Ruth, Malcolm Maclean mit seinen zahlreichen Kindern, Christeen und all die anderen. Ein Lächeln stahl sich über Rachels Gesicht. Sie war glücklich, dass sie es Annie und Finlay tatsächlich hatte ermöglichen können, nach Hause zurückzukehren, wo man sie erwartete.

»Und ob ich schon wanderte im finstern Tal, fürchte ich kein Unglück; denn du bist bei mir, dein Stecken und Stab trösten mich …«

Hirta, Hirta … Die Seelen der Ahnen hatten die Insel nicht verlassen. Das Echo ihrer Stimmen hallte von den Wänden wider und pflanzte sich draußen fort in den Wasserläufen, dem Wogen der Gräser, dem Rauschen des Windes. Endlos und endlos und endlos.

»Du bereitest vor mir einen Tisch im Angesicht meiner Feinde. Du salbest mein Haupt mit Öl und schenkest mir voll ein …«

Hirta, Hirta … Die Stimmen wurden leiser und verklangen. Sie hinterließen eine schmerzliche Leere in Rachels Herzen. Mit zitternder Brust atmete sie aus. Ihre Hand war mit der von Ailic fest verschränkt. In der anderen lag, in ein Tuch gehüllt, der Vogel, den Finlay für Annie geschnitzt hatte.

»Gutes und Barmherzigkeit werden mir folgen mein Leben lang, und ich werde bleiben im Hause des Herrn immerdar …«

Der gälische Psalmengesang verebbte, so leise, wie die Wellen auf den sichelförmigen Strand von Village Bay ausliefen. Der Gottesdienst war zu Ende.

Eine kalte Hand umfasste Rachels Herz. Es war so weit. Die Urnenträger erhoben sich und kamen nach vorne.

Der letzte Teil des Weges, der schwerste von allen, lag vor ihnen.

Während die Trauergäste Spalier standen, trat Rachel zusammen mit Sam und Ailic ins Freie. Sie hob den Blick. Der Himmel über Hirta war bedeckt, doch durch die Wolkenfetzen hindurch schickte die Sonne breit gefächerte goldene Strahlen zur Erde.

Schweigend schritt die Prozession zum Friedhof, so, wie es das alte Ritual verlangte. Über Geröll und Senken hinweg, über Wasserläufe und Wiesen, dem Weg folgend, den die Strahlen der Sonne auf den Boden zeichneten.

So war es immer gewesen. Seit Anbeginn menschlichen Daseins auf Hirta, als der Kreis begonnen hatte. So war es, als die beiden letzten Bewohner von St. Kilda heimkehrten, um zu ruhen, wo keine Schatten fielen.

Durch den Schleier der Tränen hindurch blickte Rachel auf das offene Grab, das man innerhalb der Friedhofsmauer zwischen den verwitterten Steinen ausgehoben hatte. Eine gemeinsame Ruhestätte für beide, so hatte Rachel es für Annie und Finlay beschlossen.

»… und so übergeben wir die sterblichen Überreste von Annie McViccar und Finlay McDonald dem Schoß der Erde, der die Generationen vor uns aufgenommen hat …« Die Stimme des Pfarrers drang wie von fern an ihr Ohr.

»Annie …« Ein erstickter Schrei löste sich aus ihrer Brust, als sich der Gurt mit den Urnen in die kühle Erde senkte.

»… *Ar n-Athair a tha air nèamh, gu naomhaichear d'ainm* …«

Vater unser im Himmel …

Rollend, wie die Brecher in den Klippen, säuselnd, wie das im Wind wogende Sauergras, hallten die Worte über den Friedhof und die verlassene Dorfstraße entlang, sodass es in jedem Winkel der verfallenen Häuser zu hören war. Und das Flüstern all jener Seelen, welche die steilen Geröllhalden ringsum bevölkerten, fiel in das Gebet ein.

»… Asche zu Asche, Staub zu Staub …«

Die Tränen strömten ihre Wangen hinunter, als sie den in schwarzen Samt geschlagenen Vogel behutsam aus dem Stoff wickelte und das verwitterte Holz mit einem letzten Kuss bedeckte. So untrennbar war der Sturmvogel mit Annies und Finlays Schicksal verwoben, dass er für alle Zeiten neben ihnen ruhen sollte.

»… Schlaf gut, Annie …«, murmelte sie unter Tränen und ließ den Vogel fallen.

»In meines Vaters Haus sind viele Wohnungen ...« Der Pfarrer trat einen Schritt zu Seite, während die männlichen Trauergäste damit begannen, Erde auf das Grab zu schaufeln, so, wie es schon immer auf den Äußeren Hebriden Sitte war. Als die letzte Lage Erde aufgehäuft war und sie das Arbeitsgerät beiseitestellten, setzte der Wind ein. Ein Rauschen wie von Tausenden Flügeln erfüllte die Luft.

Fröstelnd blickte Rachel zum Himmel.

Ein sichelförmiger Zug von Basstölpeln, von Westen kommend, siebenundzwanzig an der Zahl, kreiste über dem alten Friedhof. Dreimal zogen die schillernden Leiber über ihnen durch die Luft. Dann wurden ihre Körper von den atlantischen Winden ergriffen. Mit langen, mühelosen Schlägen ihrer schwarz getupften Flügel glitten sie davon, über die im Dunst verborge Spitze des Conachair.

Ailic, der ebenfalls in den Himmel geblickt hatte, legte den Arm um Rachels Taille und zog sie an sich. Schweigend schmiegte sie sich an ihn und lauschte dem ruhigen, beständigen Pochen seines Herzens.

* * *

Nachdem die Trauerfeier beendet war, kehrte der Großteil der Trauergäste auf die Boote zurück. Überraschend hatte das Wetter aufgeklart, die Sonne schien von einem wolkenlosen Himmel. Einer spontanen Eingebung folgend, hatten Rachel und Ailic beschlossen, das letzte Boot zu nehmen und bis zum Abend zu bleiben. Pete war zusammen mit Sam und einer kleinen Gruppe von Besuchern zu einem Rundgang durch das alte Dorf aufgebrochen, während Rachel und Ailic noch einmal hinauf zum Gap gestiegen waren.

In so großartiger Schönheit hatte Rachel die Insel noch nie erlebt. Es war, als hätte sich St. Kilda in sein feierlichstes Gewand gekleidet, um den Tag der Beerdigung von Annie und Finlay zu begehen. Der Himmel war ätherisch und endlos weit. Boraray und die Stacs schienen so nah, dass sie meinte, nur die Hand nach ihnen ausstrecken zu müssen. Die Luft war erfüllt von dem würzigen Geruch nach Salz, Kelp und Torf. Zwischen den Steinen wuchsen Grasnelken aus dem Boden. Die Geröllhalden waren mit orangen Moosflechten überzogen. Rachel drehte den Klippen den Rücken zu und ließ den Blick über die Hänge der Berge schweifen, die wie schlafende Riesen über dem Tal wachten, welches so vielen Generationen von Inselbewohnern Heimat gewesen war. Eine friedvolle Stimmung lag über Hirta. Von hier oben aus betrachtet, mutete die Insel an wie ein Überbleibsel aus der Urzeit. Nur die steinernen Einfriedungen von An Lag und das alte Dorf ließen erahnen, dass einst Menschen auf St. Kilda der rauen, unwirtlichen Natur ein Überleben abgetrotzt hatten. Schwindende Spuren einer längst vergangenen Zivilisation, die vielleicht nicht das Paradies, aber einen Ort gefunden hatte, an dem die Seele mit sich selbst im Frieden war. Die Art und Weise, wie die Menschen auf St. Kilda gelebt hatten, war vom Antlitz der Welt verschwunden. Doch Rachel spürte, dass die Geschichte der Insel und ihrer Bewohner für immer die Herzen der Menschen verzaubern würde, sie sich davon berühren ließen. Über das sanfte Rauschen des Windes hinweg drang Ailics Stimme an ihr Ohr und holte sie zurück in die Gegenwart.

»Rachel, bitte, können wir reden?«

Schlagartig spannte sich ihr Körper an, während sich ihre ganze Aufmerksamkeit auf Ailic konzentrierte. »Ich werde nicht an der Rallye teilnehmen. Jedenfalls nicht in diesem Jahr.« Er umfasste ihr Kinn, sodass sich ihre Blicke begegneten. »Ich bin nicht nur wegen der Beerdigung gekommen, sondern wegen dir …«

Hitze flutete durch ihren Körper. Ihre Emotionen waren so widersprüchlich, dass es sie schier zerriss. Während sie einerseits Angst davor hatte, dass er weitersprach, hoffte sie gleichzeitig inständig, dass er es tat.

»Es fing schon auf dem Rückflug an. Ich hatte einen längeren Zwischenstopp in Glasgow, also ging ich in die Caledonia Bar und setzte mich an einen der Tische am Fenster. Zuerst ist mir die Schrift in der Scheibe gar nicht aufgefallen, aber dann ...« Er brach mitten im Satz ab und fuhr sich mit der Hand in den Nacken.

»Ich verstehe nicht. Was willst du mir sagen?« Verständnislos schüttelte sie den Kopf. Sie war noch nie am Flughafen von Glasgow gewesen.

»Es klingt verrückt. Ich weiß selbst nicht genau, wie ich es dir erklären soll.« In seinem Blick spiegelte sich eine verwirrende Vielfalt von Gefühlen. Rachel las Hoffnung und Liebe, aber auch Zweifel und Angst. »Da ist eine Inschrift, die an die Geschichte von St. Kilda erinnert. Auf einmal konnte ich nicht mehr aufhören, daran zu denken, dass Annie und Finlay ihr ganzes Leben lang getrennt waren. Bei der Erinnerung an die beiden hat es mich schier zerrissen. Rachel ...«

»Ja?« Ihr Herz klopfte zum Zerspringen.

»Ich möchte nicht, dass das Gleiche mit uns passiert ...«

Vorsichtig sah sie zu ihm auf. Etwas war anders zwischen ihnen, das spürte sie.

»Ich will mit dir zusammen sein, Rachel, ohne Wenn und Aber.« Er verzog das Gesicht zu einem schiefen Grinsen. »Ich habe viel nachgedacht über das, was du beim Abschied zu mir gesagt hast. Du hattest recht mit allem. Mittlerweile kenne ich jeden einzelnen Krater auf der dunkeln Seite des Mondes. Auf Dauer ist es dort ziemlich eintönig.«

Zu überrascht, um zu begreifen, was er da sagte, musterte sie ihn. »Und was wird mit deinem früheren Leben? Du möchtest doch bestimmt so bald wie möglich wieder für *National Geographic* arbeiten?«

Einen Augenblick herrschte Stille.

»Verflixt, Rachel, das eine schließt das andere doch nicht aus. Es gibt genügend Jobs, die reizvoll und trotzdem sicher sind.« Er hob die Hand und fuhr sich durch das Haar. »Was ich dir gerade zu sagen versuche, ist, dass ich dich liebe und mein Leben mit dir verbringen möchte.«

Ihr Herz pochte so laut, dass Ailic es sicher hören konnte.

»Ich kann dir nicht garantieren, dass es funktioniert.« Er warf ihr einen langen Blick zu. »Wir riskieren beide unser Herz. Aber wäre es nicht viel schlimmer, wenn wir irgendwann bereuen, es nie versucht haben?«

»Ich kann das nicht. Nicht mehr.« Heftig schluckend kämpfte sie mit den Tränen. »Das Leben in London ist nichts für mich. Und für Sam auch nicht.«

»Wer redet von London? Ich könnte zu dir ziehen. Für meine Auftraggeber spielt es keine Rolle, ob ich von London oder von Harris aus arbeite.« Er beugte sich zu ihr hinunter und küsste sie. Diesmal schwieg die Stimme der Vernunft. All ihre Zweifel waren wie weggeblasen. Unerwartet spürte sie ein überwältigendes Glücksgefühl in sich aufsteigen, so heftig, dass es ihr den Atem nahm. Als er sich von ihr löste, lag ein Glitzern in seinen Augen. »Erinnerst du dich daran, wie wir das letzte Mal hier oben auf dem Gap gestanden haben?«

Sie nickte.

»Wir dachten, wir müssten nur unsere Arme ausbreiten und uns mit dem Wind davontragen lassen, um frei zu sein.«

»Oder in die Klippen zu stürzen«, murmelte sie.

»Ich bin entschlossen, das Risiko einzugehen.« Er strich mit dem Finger über ihre Wange und wischte sanft die Tränen weg. »Die Geschichte von Annie und Finlay hatte auf der allerletzten Seite ein Happy End. Das reicht mir nicht. Ich möchte nicht am Ende meines Lebens feststellen müssen, dass ich es ohne den Menschen verbracht habe, der mir mehr bedeutet als alles andere.«

Ein breiter Sonnenstrahl fiel in ihr Herz, es öffnete sich weit. Behutsam legte er die Stirn gegen ihr Gesicht, während seine Finger ihren Nacken umschlossen. Seine Stimme klang zärtlich, aber dennoch so entschlossen, dass es ihr durch und durch ging. »Unsere Reise beginnt hier und jetzt. Bist du bereit?«

Bibliografie

Der vorliegende Roman ist ein Werk der Fiktion, inspiriert von wahren Ereignissen.

Folgende Quellen dienten mir zur Recherche:

~ Altenberg, Karin: *Island of Wings.* Quercus, 1988.
~ Chambers, Bob: *Rewriting St. Kilda. New Views on Old Ideas.* The Island Book Trust, 2011.
~ Fleming, Andrew: *St. Kilda and the Wider World. Tales of an Iconic Island.* Windgatter Press, 2005.
~ Gannon, Angela und Geddes, George: *St. Kilda. The Last and Outmost Isle.* Historic Environment Scotland, 2016.
~ Gillies, Donald: *The Truth about St. Kilda, An Islander's Memoir.* Birlinn Ltd., 2010.
~ Hutchinson, Roger: *St. Kilda. A People's History.* Birlinn Ltd., 2014.
~ Love, John: *St. Kilda. A World Apart.* Scottish Natural Heritage, 2004.
~ MacLean, Charles: *Island on the Edge of the World. The Story of St. Kilda.* Canongate, 2006.
~ Mitchell, W. R.: *Finlay MacQueen of St. Kilda.* House of Lochar, 1999.
~ Mitchell, W. R.: *St. Kilda. A Voyage to the Edge of the World.* House of Lochar, 1999.
~ Murray, Donald S.: *The Guga Stone. Lies, Legends and Lunacies from St. Kilda.* Luath Press Ltd, 2014.
~ Quine, David: *St. Kilda Snapshots.* The Island Book Trust, 2011.
~ Quine, David: *St. Kilda Revisited.* Dowland Press, 1983.

~ Quine, David: *St. Kilda Portraits.* Dowland Press, 1988.
~ Quine David: *St. Kilda.* Colin Baxter Photography Ltd., 2008.
~ Steel, Tom: *The Life and Death of St. Kilda.* HarperPress, 2011.
~ Williamson, Kenneth und Boyd, J. M.: *St. Kilda Summer.* Hutchinson, 1960.
~ Zanolla, Roberto: *Land Of Bird-Men.* Lulu Press, 2017.
~ *St. Kilda Mail Number 2013, 2014, 2015, 2016, 2017, 2018.* St. Kilda Club, Edinburgh.
~ *Scotland, St. Kilda, Interviews with Islanders.* Documentary Report 1972, Thames TV.

Nachwort

Liebe Leserinnen und Leser,

der vorliegende Roman beschreibt das letzte Kapitel der Geschichte der Bewohner von St. Kilda, einer abgeschiedenen Inselgruppe vor Schottland, die nach über fünftausend Jahren Besiedelung im Jahre 1930 evakuiert wurden. Aufgrund der drastisch gesunkenen Bewohnerzahl und der schwierigen Versorgungslage ging eine einzigartige Lebensweise für immer verloren. Das Schicksal der Bewohner von St. Kilda, ihr Stolz, ihr unerschütterliches Vertrauen und ihre Einstellung zum Leben hat viele Menschen tief bewegt. So auch mich. In diesem Sinne möge das Buch nicht nur Unterhaltung, sondern auch Hommage an die Bewohner von St. Kilda und an ihre Nachkommen sein.

Verschiedene Aufenthalte auf St. Kilda haben tiefe Spuren in meinem Leben hinterlassen. Wenn ich von An Lag aus auf das verlassene Dorf hinunterblicke oder auf der Bank vor Haus Nummer eins über die Bucht blicke, erfüllt mich etwas, das ich nur noch selten empfinde: Seelenfrieden. Hirta … Hirta … raunt es an stillen Abenden in der Luft.

Es ist mir ein Herzensanliegen, dass dieser einmalige Ort der Nachwelt erhalten bleibt. Daher geht ein Teil des Erlöses aus diesem Werk an den National Trust for Scotland, in dessen Besitz sich die Inselgruppe befindet.

Mein aufrichtiger Dank gilt dir, lieber Leser, der du mit dem Kauf dieses Romans zum Erhalt von St. Kilda beiträgst.

Herzlichst
Isabel

Dies ist ein Roman, also ein fiktionales Werk, das jedoch auf realen Ereignissen, nämlich der Evakuierung von St.Kilda, beruht.

Danksagung

In erster Linie gilt mein Dank meinen Leserinnen und Lesern, die mich auf dem dritten und letzten Teil meiner Reise über die Äußeren Hebriden begleitet haben. So viele wunderbare Rückmeldungen haben mich zu den beiden ersten Büchern erreicht, wie ich es nie für möglich gehalten hätte. Besonderer Dank meinen treuen Bloggerinnen und BuchhändlerInnen, die mich so großartig unterstützen und dazu beitragen, dass meine Romane ihren Weg zum Leser finden.

Großer Dank an Christine Steffen-Reimann und ihr Team für die fabelhafte Unterstützung, an meine wunderbare Beraterin Silvia Kuttny-Walser, meine äußerst engagierte Lektorin Dr. Clarissa Czöppan und an das Team der AVA.

Ganz besonders möchte ich mich bei Marcus McAdam und James McCormick bedanken, die mir nicht nur diverse Aufenthalte auf St. Kilda ermöglicht haben, sondern mit unerschütterlicher Geduld daran gearbeitet haben, eine halbwegs passable Fotografin aus mir zu machen. *You rock!* Kaum zu glauben, dass es eine meiner dabei entstandenen Aufnahmen tatsächlich aufs Cover dieses Buchs geschafft hat. Undenkbar wären die Tage auf St. Kilda ohne Elaine Macdonald Hutchinson gewesen, deren selbst gebackene Scones und Porridge uns nach der Wanderung zum Gap um vier Uhr morgens das Leben gerettet haben. Elaine, ich vermisse unsere Gespräche auf der Bank vor dem Haus! Nicht zuletzt geht mein Dank an Derek und dessen Team für die sicheren und komfortablen Überfahrten und die atemberaubenden Touren um die Stacs. Jedem, der St. Kilda bereisen oder sich näher informieren möchte, sei ein Besuch der Webseiten von www.worldwide-explorers.com und www.gotostkilda.co.uk ans Herz gelegt.

Danke an Monika Böck für die Beratung zu Rachels Leben als Store Assistant.

Des Weiteren danke ich meinem persönlichen St.-Kilda-Kreis, den Menschen, in deren Gesellschaft ich für eine kurze Zeit auf Hirta leben durfte. Viele von euch sind mir sehr ans Herz gewachsen, sodass uns auch heute noch wunderbare Freundschaften verbinden.

Letztendlich gilt mein Dank meinen Töchtern Svenja, Helen, Cassandra und Finja, die meine Leidenschaft für das Schreiben nach wie vor mit einem Augenzwinkern und bewundernswerter Gelassenheit ertragen.

Ein geheimnisvoller Fremder, eine große Liebe,
eine sturmumtoste schottische Insel

ISABEL MORLAND

Die Rückkehr der Wale

Roman

Magisches Licht, die unendliche Weite des Meeres und schroffe Küsten – hier auf der kleinen, abgeschiedenen Hebriden-Insel wollte Kayla einst an der Seite ihres Mannes Dalziel ihr Glück finden. Doch immer öfter geraten die beiden in Streit, und Dalziel wird so wütend, dass sie Angst vor ihm bekommt.
Da taucht eines Tages ein Fremder auf, über den bald einiges geredet wird, was Kayla bei ihrer ersten Begegnung mit ihm bestätigt findet: Er ist nicht nur sehr attraktiv und teilt mit ihr die Liebe zur Musik, er scheint auch eine besondere Gabe für alles zu haben, was mit dem Meer zu tun hat.
Ihre eigenen, immer stärker werdenden Gefühle für ihn, aber auch das Gerede der Inselbewohner treiben Kayla mehr und mehr in einen inneren Zwiespalt, aus dem es kaum einen Ausweg zu geben scheint …

Eine große Liebesgeschichte und ein Hauch von Mystik auf den Hebriden-Inseln

ISABEL MORLAND

Der Herzschlag der Steine

Roman

Als Ailsa nach vielen Jahren auf ihre kleine Insel auf den Äußeren Hebriden zurückkehrt, will sie eigentlich nur das Haus ihrer verstorbenen Mutter verkaufen. Nichts scheint sie mehr mit ihrer Heimat zu verbinden, mit ihrer Vergangenheit hat sie längst abgeschlossen und in Toronto ein neues Leben angefangen. Doch der Zauber der Insel zieht sie bald wieder in den Bann, und als sie ihrer alten Liebe begegnet, muss sie sich eingestehen, dass die Bindungen an ihr Zuhause stärker sind als gedacht. Doch wird es ihr gelingen, alte Wunden zu heilen?

KNAUR